Tom Saller

Ein neues Blau

MIX
Papier
FSC FSC® C014496

List ist ein Verlag
der Ullstein Buchverlage GmbH

ISBN 978-3-471-36004-0

Gesetzt aus der Granjon LT
Satz: Pinkuin Satz und Datentechnik, Berlin
Druck und Bindearbeiten: GGP Media GmbH, Pößneck

Tom Saller

Ein neues Blau

Roman

List

Für M

In tiefer Verneigung vor
zwei Meistern
der deutschen Sprache

*

Robert Walser
und
Erich Kästner

Wenn ich behaupten würde,
dass es zwischen Erde und Mars
eine Teekanne aus Porzellan gäbe,
welche auf einer elliptischen Bahn
um die Sonne kreise, so würde niemand
meine Behauptung widerlegen können [...]

(aus *»Is There a God?«* von Bertrand Russell)

»[...] Porzellan herzustellen ist eine Art, neu zu beginnen, seinen Weg zu suchen, eine Route und einen Umweg zu sich selbst.«

(aus *»Die weisse Strasse«* von Edmund de Waal)

»[...] those who see will find something captured that escapes explanation.«

(Liner notes *»Miles Davis – Kind of Blue«* by Bill Evans)

PROLOG

Es ist eine jener Nächte, in denen Wundersames geschieht, ohne dass die Menschheit etwas davon ahnt – oder nur ein sehr kleiner Teil der Menschheit.

Wie ein schwarzsamtenes Tuch mit unzähligen winzigen funkelnden Löchern liegt der Himmel über der preußischen Hauptstadt, die dank ihres hellsten Sternes, des geliebten Königs, inzwischen zur europäischen Großstadt gereift, aber dennoch bar jeder Vorstellung ihrer zukünftigen Rolle in der Geschichte ist – in jeder Geschichte.

Vier Jahre lang haben die Porzellanmaler der *Königlichen Porzellan-Manufaktur* in Berlin unter der Leitung des genialen Chemikers Franz Carl Achard experimentiert. Unermüdlich haben sie gemischt, gebrannt, gemalt und wieder verworfen. Haben versucht, dem ausdrücklichen Wunsch Seiner Allererlauchtesten Majestät nach dessen Lieblingsfarbe Genüge zu tun. Ein ins Lila gehendes ersterbendes Blau hat er sich gewünscht, ihr Monarch, gleich dem zarten Farbton, der bereits die Wände seiner Privaträume in Sanssouci schmückt. Ebenjenen will er jetzt auch auf seinem Lieblingsservice, dem *Neuzierat*, sehen; schließlich ist der Herrscher über alle Preußen bekannt für seinen feinen Sinn in Sachen Kunst und Schönheit. Und nun – endlich! –, in dieser Nacht, ist es so weit: Ein neues Blau erblickt das Licht der Welt.

Mit bebenden Fingern hält der Vorsteher der Porzellanmalerei Friedrich dem II. am nächsten Morgen eine schlichte weiße Schale hin, auf die eine ebenso schlichte blaue Blüte gemalt ist.

»Er hat es also geschafft«, sagt der große Friedrich und nickt anerkennend, »eine Leistung von allerhöchstem Wert. Er sei gewahr: Auch wir selber wollen nicht von der Zusammensetzung des *bleu mourant* kennen. Er möge schwören, an niemanden, er sei, wer er wolle, und unter keinem Vorwand die Rezeptur zu offenbaren. Er möge sie verschwiegen halten, bis er in die Grube geht!«

Für einen Moment hält der kluge König inne. Dann beugt er sich mit knisterndem Seidenjabot vor und ergänzt: »Einzig der Modellmeister seinerseits darf wissen um die Verbindung des weißen Goldes mit dem sterbenden Blau. Das sei für alle Zeit!«

So spricht der Herrscher, und so geschieht es. Immer nur zwei Männer gleichzeitig hüten das Arkanum, das Geheimnis des wertvollsten Gutes der *Königlichen Porzellan-Manufaktur* – die genaue Formel von Material, Farbe und Brand.

Das *Neuzierat* mit dem *bleu mourant* wird zum Vermächtnis des »ersten Dieners des Staates«, sprich, zum letzten der insgesamt einundzwanzig Service, die dieser in seiner eigenen Manufaktur bestellt und bezahlt – danach stirbt er.

Doch was geschieht mit dem Anfang, dem Urstück, der schlichten weißen Schale, die sich als erste Trägerin des sterbenden Blau auf so unnachahmliche Weise in die Geschichte der Porzellanherstellung eingebrannt hat?

Sie gerät in Vergessenheit, die Schale, weil sie dem Blick des frühen Betrachters nicht wertvoll erscheint. Zu sparsam sind die Meister der *Königlichen Porzellan-Manufaktur* gewesen, um bei ihren Experimenten um ein neues Blau immer wieder wertvolles Material zu verschwenden. Stattdessen haben sie sich aus dem Lagerbestand bedient und die Reste verwendet, die von den Vorbesitzern der Manufaktur, den Herren Wegely und Gotzkowsky, übrig geblieben sind. Sie tragen noch das Signet W oder G und nicht das königliche Zepter aus dem kurfürstlich-brandenburgischen Wappen, das die Erzeugnisse der *Königlichen Porzellan-Manufaktur* inzwischen so unverwechselbar macht.

Und so wird die Schale zunächst ins Regal geräumt, später in eine mit Stroh gepolsterte Kiste gepackt, um noch später in einem Schuppen in einer Ecke des Werksgeländes, zusammen mit zahllosen anderen Kisten, eingelagert zu werden. Unbemerkt macht sie den Umzug an den neuen Standort am Tiergarten mit, nachdem das Gebäude in der Leipziger Straße dem Bau des Preußischen Landtages weichen musste. Jahr für Jahr liegt sie in ihrem dunklen Versteck und harrt der Dinge, die da kommen.

BERLIN

1985

Das Haus, an dessen Tür ich klingele, liegt nicht weit von unserem entfernt, mitten in Charlottenburg. Es sieht genauso aus wie seine Kollegen rechts und links und stammt wie diese aus einer anderen Zeit – nicht anders als die Frau, die mir jetzt die Tür öffnet. Sie ist ziemlich dünn und hat schlohweiße Haare, was einen merkwürdigen Kontrast zu ihrem Gesicht bildet, denn da sind kaum Falten. Alles, was älter ist als vierzig, kann ich sowieso nicht schätzen, aber bei ihr stehe ich völlig auf dem Schlauch. Sechzig, achtzig, hundert? Sie mustert mich misstrauisch, was an dem Tracey-Thorn-Schnitt liegen könnte, den ich mir vor ein paar Tagen selbst verpasst habe. *Eden* ist eins meiner absoluten Lieblingsalben. Ich hole tief Luft.

»Ich heiße Anja Hermann. Mein Vertrauenslehrer schickt mich. Ich wollte mich um den Job als Ihre … Ihre Gesellschafterin bewerben.«

Verwirrt blickt sie mich an. »Welcher Vertrauenslehrer und was für ein … Job?«

Oh Mist, bei meinem Glück bin ich natürlich auf so eine halbverkalkte Alte gestoßen. »Na ja, Herr Franke vom Sophie-Charlotte-Gymnasium in der Sybelstraße. Der Direktor hat ihn angesprochen und gemeint, ein Freund von ihm suche jemanden für seine Mutter. Man solle sich direkt bei Ihnen melden, wenn man Interesse an einem Nebenjob hat, für ein paar Nachmittage die Woche.«

Sie presst die Lippen zusammen. »Er hat seine Drohung also wahr gemacht.«

»Wer?«, stottere ich.

Sie fasst mich genauer ins Auge und dann offensichtlich einen Entschluss. »Kommen Sie erst einmal herein. Wir brauchen die Angelegenheit nicht an der Haustür zu besprechen.«

Sie dreht sich um und tritt in den Flur. Ich folge ihr und schließe die Tür hinter mir. Die Frau ist vollkommen schwarz gekleidet. Schwarzes Kleid, schwarze Strümpfe, schwarze Schuhe. Wirkt irgendwie ein bisschen gruselig. Schade, wär echt doof, wenn sie eine Schwarze Witwe ist, also so eine Art Serienkillerin, und mich abmurkst. Gut, dass Franke weiß, wo ich bin. Ich hab ihm gesagt, dass ich heute hier vorbeimarschiere. Mutter und Vater habe ich erst mal außen vor gelassen: Sie nerven zu sehr.

Eigentlich ist der Fummel der alten Dame gar nicht so verkehrt. Ein bisschen altmodisch und super schlicht geschnitten. Steht ihr ziemlich gut. Von Mutter weiß ich, je simpler so was aussieht, umso teurer ist es. Wahrscheinlich hat sie richtig Kohle. Ich meine, wer sonst sucht sich schon eine »Gesellschafterin«?

Der Raum, den wir betreten, ist irre hell und ziemlich geil, weil quasi nichts drinsteht. Fast wie im Museum. Die Fenster gehen auf einen megagepflegten Garten raus. Da könnte Vater sich ruhig mal ein Beispiel dran nehmen. Er hasst Gartenarbeit, und wenn er zweimal im Jahr mit dem Mäher ums Haus pflügt, hat man den Eindruck, er spielt Vietnam. Aber ich schätze, er engagiert absichtlich keinen Gärtner, nur um Mutter zu ärgern. Die schämt sich nämlich volle Kanne, wenn ihre feinen Freundinnen zu Besuch kommen und auf der Terrasse sitzen und Kaffee trinken und auf unseren Dschungel glotzen. Dann hilft nur Sekt.

»Bring uns doch mal ein, zwei Piccolöchen, Anja.« Klar doch, hoch die Tassen!

»Bitte, nehmen Sie Platz«, fordert die alte Dame mich auf und deutet auf den Tisch mit den Stühlen in der Mitte des Raums. Das ist es auch schon, also ich meine das komplette Mobiliar. »Mögen Sie eine Tasse Tee?«

Ich nicke. Der Dritte-Welt-Laden bei uns um die Ecke betreibt eine Teestube. Da treffen wir uns ein paarmal die Woche, trinken Vanille-Tee und stinken uns die Klamotten voll – nicht umsonst heißen Räucherstäbchen Räucherstäbchen. Wenn ich nach Hause komme, rieche ich, als hätte ich den ganzen Nachmittag gekifft, was definitiv nicht der Fall ist. Meist zieht Mutter dann demonstrativ ihre Schnupper-Show ab und mustert mich vorwurfsvoll. Ich spare mir eine Antwort und schaue nur vielsagend ins Wohnzimmer, wo ihre Riesenschale mit dem Duftpotpourri steht, das jeden Monat ausgewechselt wird. Schwer zu sagen, was schlimmer mieft: ich oder der Mist, der zu ihrem *Schöner-wohnen-Style* gehört.

Die alte Frau kehrt mit einem Tablett in der Hand zurück, das sie vor mir auf dem Tisch abstellt. Schlichte Tonschalen, in die sie ein grünliches Pulver füllt. Sie gießt es mit heißem Wasser auf. Zu meiner Überraschung greift sie nach so einer Art Rasierpinsel mit hölzernen Borsten und fängt wie wild an, in den Schälchen rumzurühren. Ein exotisches Aroma liegt in der Luft.

»Haben Sie schon einmal *Matcha*, grünen Tee, getrunken?«, fragt sie.

»Nein«, sage ich.

»Sie müssen entschuldigen, dass ich ihn so formlos serviere, aber alles andere wäre unter den gegebenen Umständen sicher unangemessen.«

Ich habe keine Ahnung, wovon sie spricht, aber was soll's – man kann auch alt und bescheuert sein. Sie reicht mir die Schale, in der sich ein schaumig geschlagenes Gebräu befindet. Vorsichtig nehme ich einen Schluck und verziehe das Gesicht. Zum ersten Mal tritt der Hauch eines Lächelns auf ihre Züge. »Es braucht Zeit, bis man sich an den Geschmack des Neuen gewöhnt«, sagt sie.

***

So unauffällig wie möglich lasse ich den Blick durch den Raum wandern. Wie gesagt, das Zimmer ist fast leer. Allerdings sind da ein paar Skulpturen oder so auf kleinen, scheinbar extra dafür an der Wand angebrachten Regalbrettern. Sie sind weiß, und ich schätze, was ich da sehe, ist Kunst. Aber eigentlich sind's auch ganz normale Sachen: Tassen, Schalen, Vasen – nur irgendwie anders. Sie sind verformt, verzerrt, vergrößert oder verkleinert. Außerdem ist immer nur ein Teil lackiert oder wie man das nennt; der andere sieht roh und unbehandelt aus. Ziemlich schräg, finde ich.

»Ihr Vertrauenslehrer hat Sie also im Auftrag Ihres Direktors angesprochen?«

»Ja und der ihn im Auftrag eines Freundes. Herr Franke hat mir einen Zettel in die Hand gedrückt. Da standen Ihr Name und Ihre Adresse drauf. Keine Telefonnummer. Deswegen bin ich einfach vorbeigekommen.«

Sie nimmt einen Schluck von ihrem Tee. »Ich habe kein Telefon. Und das Haus verlasse ich nur ausgesprochen selten. Deswegen ist die Wahrscheinlichkeit, mich anzutreffen, ziemlich hoch. Das weiß er.«

»Wer?«

»Mein Sohn. Er ist der Freund, der mit dem Direktor gesprochen hat. Allerdings ohne meine Zustimmung.«

»Warum sollte er gegen Ihren Willen jemanden suchen, der Ihnen Gesellschaft leistet?«

Sie zuckt mit den Schultern. »Er macht sich Sorgen um seine alte Mutter.«

»Ähem … und wieso?«

»Dass ich vereinsamen oder sonst wie Schaden nehmen könnte nach dem … nach dem Tod meines langjährigen Begleiters.«

Stimmt, da war doch was. Ich mustere ihr Kleid, die dünnen Beine in der schwarzen Strumpfhose. »Sind Sie lange zusammen gewesen?«

Für einen Moment werden ihre Züge weicher. »Sehr lange, beinah ein Leben lang. Aber nicht so, wie Sie es vermuten. Er hat sich seit meiner Kindheit um mich gekümmert, ist wie ein zweiter Vater für mich gewesen. Doch ich mag Sie nicht mit den alten Geschichten langweilen.« Sie strafft ihre schlanke Gestalt, was sie immer noch nicht zu einem Sitzriesen macht; ich bin locker einen Kopf größer als sie. »Mein Sohn hat mich vor die Wahl gestellt – entweder ich finde selbst jemanden, der mich ab und zu besucht, oder er kümmert sich darum. Er will keinesfalls, dass ich den ganzen Tag allein bin.« Sie verzieht die Mundwinkel. »Ich habe versucht, auf Zeit zu spielen, und gesagt, ich würde es mir überlegen. Aber offenbar habe ich ihn unterschätzt, und nun hat er die Initiative ergriffen. Sind Sie eigentlich die Einzige, der Ihr Vertrauenslehrer diesen … diesen Job angeboten hat, oder muss ich befürchten, dass hier bald Heerscharen von Schülern einfallen?«

»Eher nicht. Ich glaube, er hat nur mich gefragt.«

»Warum ausgerechnet Sie?«

***

Franke ist einer der wenigen Lehrer, die einem nicht sofort auf den Sack gehen. Er sieht gut genug aus, dass die Hälfte aller Oberstufenmädchen in ihn verknallt ist, andererseits ist er locker genug, dass die Jungens mit ihm Witze machen und Basketball spielen. Gleichzeitig hält er Abstand, was ich okay finde. Er macht einem klar, ich bin der Lehrer und ihr seid die Schüler, und das ist halt so; eine Art natürliche Ordnung der Dinge. Er spricht mit uns wie zu normalen Menschen: schleimt sich weder ein, noch tut er irgendwie von oben herab. Vielleicht gibt's deshalb in seinem Unterricht keine Disziplinprobleme. Außerdem erzählt er fast nichts von sich. Da sind wir uns ziemlich ähnlich. Eigentlich bin ich wirklich nicht so eine Superlabertasche, aber …

Ich heiße Anja. Ein ätzender Name, ich weiß. Auch hierfür sind meine Eltern verantwortlich. Ein Anagramm übrigens: Anja. Ich hab's ausprobiert. Man kann *Na ja* daraus machen. Ich nehme an, so sehen mich die meisten. *Anja. Na ja.* Ein Name wie ein Achselzucken.

Damit bin ich nicht allein; auch ein paar andere Mädchen aus der Stufe hat es hart getroffen. Drei Sandras, zwei Sabines und vier Claudias. Scheiße! Kein Anagramm.

Bei den Jungens ist es nicht besser, nur gleichmäßiger verteilt. Je dreimal Thomas, Stefan, Michael und Frank. Einen hat es hammermäßig erwischt. Ralf. Richtig, und dann noch rote Haare!

Im Unterschied zu anderen vermittelt Franke den Eindruck, keine Mission in sich zu verspüren – von wegen ich verstehe euch, bin ja auch mal Schüler gewesen und ach so jung geblieben. Das Einzige, was er rausgelassen hat, ist, dass er seine Lieblingsfächer studiert hat: Deutsch und Geschichte. Als studentische Hilfskraft, meinte er, habe er dann festgestellt, mit was für Strebern er es an der Uni zu tun haben würde, wenn er eine wissenschaftliche Karriere anpeilte, und deswegen auf Lehramt umgesattelt. Guter Plan, denn mit Ausnahme von Dörthe Mosebach und Stefan Schneke gibt's bei uns keine Streber – und die beiden interessieren sowieso keinen.

Als Franke sich zur Wahl zum Vertrauenslehrer aufstellen ließ, haben wir mit großer Mehrheit für ihn gestimmt. Er ist nur selten in dem Minibüro anzutreffen, das ihm der Schulleiter zur Verfügung gestellt hat. Stattdessen marschiert er in den Pausen oder nach Schulschluss immer noch ein bisschen durch die Gegend – leider.

Darum ist ihm auch Oskar sofort aufgefallen, als er unten auf dem Parkplatz auf mich gewartet hat, um mich abzuholen. Irgendwas schien Franke an Oskar nicht gefallen zu haben, denn er ist auf uns zugekommen.

»Alles klar?«, hat er mich gefragt.

»Logo«, habe ich geantwortet, weil – da war ja noch alles klar. Aber Franke hat nicht lockergelassen, was eigentlich nicht seine Art ist.

»Willst du uns nicht bekannt machen?«, schlug er vor und hielt Oskar die Hand hin. Ich bin vor Scham fast im Boden versunken.

»Das ist Oskar. Er ist mein Freund«, murmelte ich. Oskar schüttelte Franke ziemlich widerwillig die Pfote. Und dann hat Franke tatsächlich gesagt:

»Anja ist meine Schülerin. Seien Sie nett zu ihr. Ich bin es auch. In diesem Sinne, einen schönen Nachmittag.«

Das ist ganz klar kein Witz gewesen, auch wenn es vielleicht so klingen sollte. Kaum war Franke weg, ist Oskar über mich hergefallen: Was ich Franke über ihn erzählt habe?

Was hätte ich Franke zu dem Zeitpunkt schon groß erzählen sollen? »Nichts«, habe ich geantwortet.

Das Ganze ist jetzt ein paar Monate her. Aber vor vier Wochen hat Franke mich nach der Doppelstunde Geschi beiseitegenommen.

»Ich seh dich gar nicht mehr mit deinem Freund, mit diesem Oskar. Stattdessen stehst du allein in der Raucherecke herum und bläst Trübsal. Ich habe gehört, da gab es einen Vorfall, auf irgendeiner Fete. Ist alles in Ordnung mit dir?«

Erst war ich wie vor den Kopf geschlagen. Woher wusste er davon? Dann überlegte ich für ein paar Sekunden, ihm alles zu sagen. Doch ich bin einfach nicht der Typ für so eine Wir-haben-uns-alle-lieb-Nummer. Also hab ich geantwortet:

»Bestens, ich kann gar nicht so viel essen, wie ich kotzen muss.« Nicht umsonst nehmen wir seit ein paar Monaten den Nationalsozialismus durch. Da bleibt was hängen.

»Verstehe«, meinte er und ließ mich in Ruhe.

Doch dann ist er vorgestern noch mal angekommen. »Hey«, sagte er, »der Direktor hat mich was gefragt. Er ist von einem Freund angesprochen worden, der jemanden für seine Mutter sucht. Unlängst sei ein sehr guter Bekannter von ihr gestorben, wohl ihre wichtigste Bezugsperson. Dieser Freund macht sich nun Sorgen, dass die alte Dame vereinsamen könnte. Da ist er auf den Gedanken gekommen, eine Schülerin unserer Schule, am besten aus der Oberstufe, die sich ein paar Mark dazuverdienen will, könnte behilflich sein, dem vorzubeugen. Der Direktor meint, sein Freund stelle sich vor, dass dieser Jemand seiner Mutter an ein, zwei Nachmittagen die Woche Gesellschaft leistet, sie gewissermaßen ein wenig bespaßt. Hast du Lust darauf?«

***

Die alte Dame wiederholt ihre Frage. »Warum ausgerechnet Sie?«

Ich schlage die Augen nieder. »Weiß nicht. Vielleicht dachte er, es täte mir ganz gut, mal was anderes zu sehen.« *Yes*, Diplomatentochter Anja Hermann! Das war jetzt die höfliche Umschreibung dafür, dass es mir eigentlich scheiße geht. Aber da kann die alte Dame nichts für.

Sie mustert mich prüfend.

»Der Schuss ist sowieso nach hinten losgegangen«, sage ich, »Sie suchen ja niemanden.« Ich stehe auf. »Darum gehe ich besser wieder. Was sollen Sie mit jemandem, auf den Sie eh keinen Bock haben?«

»Keinen Bock?«

Mit einem Mal wird mir bewusst, wie krank das Ganze eigentlich ist. Eine alte Frau, im einen Moment recht klar, im nächsten ziemlich verstrahlt, die ganz sicher nicht meine Sprache spricht. Und mit der ich einzig und allein aufgrund eines Missverständnisses zusammenhocke. Eines Missverständnisses in Person eines manipulativen Sohnes.

»›Kein Bock‹ heißt auf etwas überhaupt keine Lust haben.«

Für einen Moment scheint sie in sich reinzuhorchen. »Wo gehen Sie zur Schule, sagten Sie noch gleich?«

»Auf das Sophie-Charlotte-Gymnasium, in der Sybelstraße, nicht weit von hier. Wieso?«

»Ich bin ebenfalls in der Sybelstraße zur Schule gegangen. Allerdings auf das *Fürstin Bismarck Lyzeum.*«

»So hieß die Schule früher. Vor drei Jahren hatten wir 125-Jähriges. Ich musste ein Referat halten. Deshalb weiß ich das.«

»Sie meinen, Sie gehen auf dieselbe Schule wie ich damals?«, fragt sie interessiert.

»Sieht so aus.«

»Gibt es dort immer noch jüdische Schülerinnen?«

»Keine Ahnung. Religion ist nicht so mein Spezialgebiet. Aber wenn Sie es unbedingt wissen wollen – irgendwie bin ich auch einen Tacken jüdisch.«

»Einen Tacken?«

Langsam habe ich das Gefühl, mit einem Papagei zu sprechen. »Ja, mein Vater ist evangelisch, und meine Mutter hat gerade ihre religiösen Wurzeln wiederentdeckt – also ihre jüdischen. Fragen Sie mich jetzt nicht, was das bedeuten soll.«

***

Am nächsten Tag mache ich mich wieder auf die Socken, also gehe zu der alten Frau.

»Glauben Sie an Zufälle?«, hatte sie mich noch gefragt.

Ich musste an Vater, Frau Mahrsen und den Weg zum Kiosk denken. An all den Mist!

»Wir haben in Deutsch den *Fabian* gelesen«, antwortete ich. »Total trockenes Zeugs. Aber ich habe mir ein Kästner-Zitat gemerkt, nämlich, dass der Zufall blind ist und keinen Verstand hat. Das stimmt!«

Sie legte den Kopf ein wenig zur Seite. »Mag sein. Vielleicht auch nicht. Hätten Sie Lust, bei mir anzufangen? Mich für ein, zwei Stunden am Nachmittag zu besuchen?«

»Hätten Sie Lust?«, fragte ich zurück. »Ich meine, schließlich hat Ihr Sohn hinter Ihrem Rücken und so …?«

»Es würde mich freuen«, sagte sie schlicht.

»Okay, aber nicht jeden Nachmittag.«

»So, wie Sie es einrichten können. Ich bin hier. Sie müssen übrigens entschuldigen – ich habe mich noch gar nicht nach Ihrem Lohn erkundigt. Was darf ich Ihnen für Ihre Mühe geben?«

Das war jetzt doof. Ich hatte von Stundenlöhnen keine Ahnung und wusste nur vom Babysitten, dass man dafür sieben oder acht Mark kriegte. Das hier schien mir ähnlich. Na ja, vielleicht plus einen kleinen Alterszuschlag. »Zehn Mark?«, fragte ich vorsichtig.

Sie nickte. »Einverstanden. Wann wollen Sie wiederkommen?«

»Ähem … morgen?« Mir fiel nämlich ein, ich konnte die Kohle gut gebrauchen. In den kommenden Wochen hatten zwei Freundinnen Geburtstag, denen ich Geschenke kaufen musste. Außerdem ging der Trend zur Zweitstrumpfhose; die alte schwarze, die ich zu meinem Ledermini trage, würde es nicht mehr lange machen. Also wäre es nicht schlecht, so schnell wie möglich mit Geldverdienen anzufangen – fünfzig Mark Taschengeld im Monat sind nicht gerade der Oberhammer.

Deshalb bin ich jetzt wieder auf dem Weg zu dem seltsamen *Fräulein*, wie ich sie in Gedanken nenne. Sie mag zwar einen Sohn haben, aber ein Fräulein ist sie trotzdem, finde ich – so von der ganzen Art her.

Wieder führt sie mich in das Zimmer mit dem Blick in den Garten, und wieder trinken wir Tee. Schmeckt immer noch nicht besser, aber ich habe mir vorgenommen, in meinem neuen Job höflich zu sein, immerhin bin ich jetzt »Gesellschafterin«.

»Das sind übrigens ziemlich schöne Schälchen«, sage ich und zeige auf die Teetassen.

»Es freut mich, wenn sie Ihnen gefallen. Ich habe sie selbst gemacht. Ebenso wie die Sachen in den Regalen.«

Ich drehe den Kopf. »Echt? Aber die Schälchen sind aus Ton und die … die Skulpturen da an der Wand? Erst dachte ich, es ist Porzellan, aber dazu passen diese rauen Stellen nicht.«

»Nun, Sie liegen schon richtig. Das eine Material ist Ton, bei dem anderen handelt es sich tatsächlich um Porzellan. Was Sie als rau bezeichnen, ist lediglich unglasiert. Ich nutze diese Technik, um Kontraste zu gestalten, Unterschiede herauszuarbeiten und zu verdeutlichen.«

»Machen Sie viel von dem Zeugs? 'tschuldigung, ich meine töpfern und, ähem … porzellanisieren, also fertigen Sie viel davon an?«

»Ich töpfere jeden Tag. Aber nicht jeden Tag gelingt mir etwas. Im Gegenteil. Es sind nur zwei oder drei Arbeiten pro Jahr, die mich wirklich zufriedenstellen. Diese modelliere ich dann in Porzellan und lasse sie brennen. Aber auch von den anderen Stücken kann ich mich nur schwer trennen.«

»Das heißt, irgendwo in einem alten Schuppen oder so liegen Ihre ganzen Fehlentwürfe herum?«

»Kommen Sie, ich zeige es Ihnen.« Sie steht auf und öffnet die Glastür zum Garten. Ich stelle mich neben sie.

»Da.« Sie deutet nach draußen.

Erst verstehe ich nicht, was sie meint. Vor uns erstreckt sich ein ganz normaler Kiesweg mit so komisch rosa Kieselsteinen, was ziemlich bescheuert aussieht. Aber als ich genauer hingucke, erkenne ich, dass das alles rosa, rote, braune Scherben sind. Tonscherben.

»Heißt es nicht, Scherben bringen Glück?«, sagt sie, »deswegen sammele ich sie vorsichtshalber.«

***

Ich schätze, ich gucke ziemlich blöd, aber sie tut so, als ob sie nichts merkt. Oder hält sie etwa das, was sie mir da zeigt, für alltäglich? Vorsichtig mustere ich sie von der Seite. Sie wirkt vollkommen normal.

»Wenn Sie mögen, zeige ich Ihnen auch den Rest des Gartens.«

Ich nicke. Mal schauen, was noch kommt. Vielleicht ein Berg alter rostiger Konservendosen?

Der Garten ist der Hammer. Wie schon gesagt, nie zuvor habe ich so was Ordentliches gesehen. Gleichzeitig wirkt er total natürlich. Ich kann mich nicht entscheiden. »Wer hält das alles in Schuss?«

»Bis vor ein paar Jahren mein Freund und ich gemeinsam. Er war Japaner.«

»Japaner? Wann ist er denn gestorben?«

»Vor zwei Monaten. Doch schon vorher ist er sehr krank gewesen, sodass ich den Garten allein versorgen musste. Wir haben es jedoch so eingerichtet, dass er mir Gesellschaft leisten und Tipps geben konnte. Sehen Sie.«

Okay, das ist jetzt entschieden cooler als ein Haufen Konservendosen. Für einen Moment komme ich mir vor wie *Karate Kid* oder, noch besser, wie Caine aus *Kung Fu*. Als kleines Mädchen habe ich die Serie verschlungen.

»Ist das ein echtes Teehaus?«, erkundige ich mich.

Sie lächelt und wirkt auf einen Schlag hundert Jahre jünger. »So echt, wie ein Teehaus in einem Charlottenburger Garten sein kann. Mein Freund hat es entworfen und den Bau beaufsichtigt. Es steht für unsere friedliche kleine Welt inmitten einer sehr viel unfriedlicheren da draußen. Später hat er mir sogar eigenhändig einen Brennofen gebaut für meine Tonarbeiten. Er ist dort hinten, an der Gartenmauer.« Sie zögert. »Das war nach unserer … Rückkehr.«

»Sie haben nicht immer in Berlin gelebt?«

»Nein, ich war während des Krieges in Amerika. Mit meinem Mann. Und meinem Sohn. Er ist dort geboren. Es ist die glücklichste Zeit meines Lebens gewesen.«

»Warum sind Sie zurückgekommen?«

»Mein Mann ist gestorben. Und plötzlich fühlte ich mich da, wo ich sieben Jahre lang zu Hause gewesen war, wieder fremd. Fremd und unzugehörig.« Sie greift nach meinem Arm. »Aber ich hatte ein Zuhause. Ein echtes Zuhause. Hier in Berlin.«

»Ähem, ich dachte, Sie waren in den Staaten?«

»Mein treuer Freund hatte all die Jahre unser Haus gehütet und gepflegt. Er war das Sicherheitsnetz, das meinen Sohn und mich nach dem Tode meines Mannes aufgefangen hat. Weil«, für einen Moment scheint sie zu schwanken, »alle anderen waren nicht mehr da. Unsere Haushälterin und ihre Töchter. Der Rabbi, der mich unterrichtet hat, seine Familie und die anderen aus der Gemeinde. Sie alle waren … weg. Ich habe sie nie wiedergesehen.«

Ich fürchte, ich weiß, was sie damit meint. Gleichzeitig weiß ich, dass ich nichts weiß. Und nie wissen werde. Wie hat Birne es letztes oder vorletztes Jahr genannt? *Die Gna-*

de der späten Geburt. Ich schätze, damit hat er ausnahmsweise mal richtiggelegen.

Sie mustert mich düster. »Sie sind nicht die Einzige, meine Liebe, die jüdische Vorfahren hat. Nur dass es bei mir umgekehrt ist. Mein Vater war Jude und meine Mutter Christin.«

Und wieder greift die Vergangenheit nach ihr. Man spürt es förmlich. Aber als könnte das alte Fräulein meine Gedanken lesen, lässt sie los – endlich. Meinen Arm und das andere ebenso. Für den Moment jedenfalls.

»Entschuldigen Sie«, sagt sie, »eigentlich wollte ich Ihnen von meinem wunderbaren Freund berichten und weniger von mir. Als er bettlägerig wurde, habe ich ihm dauerhaft im Teehaus ein Lager aufgeschlagen. Sooft es ging, öffneten wir die Schiebetüren, sodass er dabei war, wenn ich im Garten arbeitete. Mitunter genoss er aber auch nur die Nähe seines geliebten Teiches.« Ihr Blick geht in die Ferne. »Er war der zufriedenste Mensch, den ich je kennenlernen durfte. Ich habe es als großes Glück empfunden, ihn zu pflegen. Es hatte etwas von Zurückgeben, von Wiedergeben, endlich konnte ich eine alte Schuld begleichen. Wenn auch nur zu einem kleinen Teil.«

Und plötzlich wird mir klar, sie braucht gar keine Gesellschafterin. Stattdessen benötigt sie eine Zeugin. Für all die Dinge, die sie erlebt hat. Und die sie sonst niemandem erzählen kann oder will.

Deswegen hat sie mich engagiert.

Für nichts anderes.

BERLIN

1919–1923

Die Porzellanmasse besteht aus den drei Grundbestandteilen Kaolin, Feldspat und Quarz. Sämtliche Manufakturen verfügen über eigene Rezepte, deren genaue Zusammensetzung wohl gehütet wird.
In der Porzellanherstellung kommt jedem der drei Stoffe eine besondere Bedeutung zu. Das Kaolin zeichnet unter anderem für den Weißegrad des Scherben verantwortlich, der Feldspat für dessen Verdichtung und Transparenz und der Quarzsand für seine Festigkeit.
In ihrer Verbindung liegt das eigentliche Geheimnis.

(frei nach »*Handwerkskunst*«, KPM Berlin)

1. KAPITEL

in dem Lili einen Asiaten kennenlernt,
der von sich behauptet, er sei halb und halb.
Jakob und sie soll er helfen ganz zu machen.

An der linken Hand Jakob, den Vater. Rechts die Mutter, Charlotte. So sollte es sein, und so gehört es sich. Die Eltern rahmen ihr Kind. Doch rechts ist leer, und das gehört sich nicht, so soll es nicht sein. Aber wen anschuldigen? *Adonaj*?

Jakob sagt an guten Tagen: »Wir verstehen *Ihn* nicht. *Er* ist der *Unaussprechliche*. Der *Unverständliche*.«

An weniger guten Tagen fragt er sich, ob der *Ewige* die Menschen versteht. Weshalb täte er ihnen sonst solches Leid an?

So warten sie also da, der stattliche Mann und das kleine Mädchen: Hand in Hand. Stattlich meint gut geschnittener Anzug mit Weste, Krawatte und eine standesgemäße Wohlbeleibtheit. Die Zöpfe des Mädchens sind sorgfältig geflochten.

Gekreuzte Eleganz. Zweifelsohne.

Monatelang hat Jakob seiner kleinen Tochter erzählt, sie werden umziehen; sie bekomme ein neues Zuhause, in Charlottenburg, da, wo früher einmal die Königin gelebt habe. Von seiner Sehnsucht spricht er nicht.

Charlottenburg.

Von nun an wird auf jedem Brief der Name seiner Frau zu lesen sein. Jedes Mal, wenn er am Schloss vorbeikommt, wird er an sie erinnert werden. Und jeder Weg die Berliner Straße entlang würde durch ihr Tor führen.

Außerdem ist da die Synagoge. Nicht weit entfernt, in der Fasanenstraße.

Ein Ort des Trostes?

Er weiß es nicht, kennt es bislang nur von außen, das Haus des *Herrn*. Es fehlt ihm an Erfahrung, an Wurzeln. So kann er nur hoffen. Auf Trost durch ein Judentum, das ihm in seiner Jugend für einen Moment wie eine Fata Morgana erschienen und danach wieder verschwunden ist.

Weiß lackierte Sprossenfenster blicken auf das kleine Mädchen und seinen Vater hinab, die Eingangstür mustert es stumm. Fest ruht der Sockel des Hauses in seinem Fundament.

»Gründerzeit«, sagt Jakob, ohne dass Lili versteht, was gemeint ist. Aber es klingt gut, irgendwie vertrauenerweckend.

Der Mann, der ihnen jetzt die Tür öffnet, trägt einen Pyjama. Wenigstens in Lilis Augen. An und für sich kein schlechtes Zeichen, weil – sie hasst Nachthemden. Jakob hat es ihr erlaubt, das Pyjamatragen. Allerdings nicht mitten am Tag.

Der Haarschopf des Fremden ist empörend schwarz.

Lili neigt den Kopf zur Seite und kneift ein Auge zu. Sie lässt sich Zeit, wählt ihre Worte mit Bedacht. Der erste Satz ist wichtig. Das weiß jeder, der ihn schon einmal gesprochen hat: Er bestimmt die Beziehungstiefe.

»Du hast dunkelschwarze Haare!«, stellt sie fest. Vielleicht ein wenig vorwurfsvoll.

Alle in der Familie – Jakob, Charlotte, sie selbst – haben schwarze Haare. Nur *Hund*, der Hund, hat weiße, aber wenigstens einen schwarzen Streifen unter dem Ohr. Doch sie hat die schwärzesten. Eigentlich.

»Wie nennt die junge Dame ihre eigene Haarfarbe?«, fragt der Fremde nicht unfreundlich.

Erneut unterzieht Lili das glatt-glänzende Dunkel auf seinem Kopf einer kritischen Prüfung. Dann greift sie nach einem ihrer Zöpfe und führt ihn sich vor Augen. Sieg und Niederlage sehen einander manchmal zum Verwechseln ähnlich.

»Meine Haare sind hellschwarz.«

Der Mann nickt. »Sehr schön. Dunkelschwarz und Hellschwarz passen gut zueinander. Besser als Rot und Grün, weißt du?«

Lili weiß. Und weiß nicht. Natürlich stimmen Schwarz und Schwarz besser überein als Rot und Grün. Doch wer hat schon grüne Haare?

Obwohl der Gesichtsausdruck des Mannes unverändert bleibt, bemerkt sie die winzigen Fältchen in seinen Augenwinkeln. Staunenswerte Winkel und staunenswerte Augen. Nicht rund wie die ihren und die von Jakob oder die von *Hund*, sondern länglich und ein klitzeklein bisschen schräg gestellt.

»Witz?«, fragt sie.

Abermals nickt der Mann und bestätigt: »Witz!« Diesmal verziehen sich seine Lippen zu einem Lächeln. »Ich heiße Takeshi.«

Vorsichtig erkundigt sich Lili: »Wieder Witz?«

»Kein Witz!«

Lili ist sechs. Oder sieben. Manchmal verwechselt sie es, insbesondere wenn sie gerade Geburtstag gehabt hat.

Beim letzten, dem ersten, den sie alleine gefeiert haben, hat Jakob sich geräuspert und mit rauer Stimme gesagt, die Zeit vergehe so schnell. Das bezweifelt sie. Trotzdem kennt sie nicht immer ihr Alter. Es ist uninteressant. Der Mann vor ihr ist keinesfalls uninteressant. Im Gegenteil. Sie interessiert sich für ihn. Brennend sogar.

»Bist du Chinese?«

Er faltet die Hände vor der Brust und verneigt sich höflich. »Nur zur Hälfte. Der andere Teil«, er macht eine kurze Pause, »der *ausgeprägtere*, ist japanisch. Takeshi stammt aus dieser Sprache. Es bedeutet ›Beschützer‹.«

Lili ahmt seine Geste nach. Sie verbeugt sich ebenfalls.

»Ich bin aus Berlin. Lili klingt auch ein bisschen chinesisch, finde ich. *Li-Li.* Oder japanisch. Ich kenne mich da nicht so aus. Der gleiche Laut, zweimal hintereinander, weißt du?« Seit ein und einem halben Jahr geht sie zur Schule.

Takeshi weiß.

Jakob weiß ebenfalls.

Die Beziehungstiefe stimmt.

2. KAPITEL

in dem Jakob Takeshi begegnet und inmitten Osakas den Müggelsee findet.

Ein Mann des Ausgleichs, dieser Jakob Kuhn. Nicht zu viel und nicht zu wenig, etwas von hier und ein bisschen von dort, nicht mit allen gemein sein, jedoch niemanden vor den Kopf stoßen.

So lautet seine Devise.

Früher ist das anders gewesen, ist er anders gewesen. Da wollte er mit dem Kopf durch die Wand, musste mit dem Kopf durch die Wand und ging mit dem Kopf durch die Wand – auf und davon.

Eine seltsame Vorstellung: Wäre er damals weniger beherzt gewesen, läge er jetzt womöglich noch immer auf seinem Strohlager im heimischen Württemberg. Nur durch ein paar dünne Bretter von der Bettstatt der Eltern auf der einen und dem Stall der mageren Milchkuh auf der gegenüberliegenden Seite getrennt. Kuh und Eltern waren außerstande, sich eine abweichende Wirklichkeit auszumalen.

Nicht so Jakob.

Später, in Berlin, kurz nachdem er sich dazu entschlossen hatte, selbstständiger Kaufmann zu werden, dachte er nach langer Zeit wieder an sie. An seine Eltern. Nicht an die Kuh.

Wieso?

Im *Café Nagler* am Moritzplatz war er von einem älteren Mann angesprochen worden. Bart, Zwicker und Gehrock.

»Gestatten?«, fragte dieser, alle anderen Tische seien besetzt.

Man geriet ins Plaudern, und Jakob berichtete von seinen Plänen. Tee sollte es sein. Aus Japan und China. Das sei besonders, fand er. Gut durchdacht. Kühn außerdem.

Sein Gegenüber stellte sich vor.

»Professor Wilhelm Lindmeyer. Oberstudienrat im Ruhestand.«

»Jakob Cohen. Demnächst hoffentlich viel auf Reisen. Und dann – im Unruhestand.«

»Ah, der sprichwörtliche jüdische Humor! Bis zu meiner Pensionierung habe ich Griechisch, Latein und – privat – Hebräisch unterrichtet. Die drei heiligen Sprachen. Sind Sie der Sprache Ihrer Väter mächtig?«

»Nein«, antwortete Jakob, »ebenso wenig wie meine Väter. Verzeihung, ich meine natürlich meine Eltern. Wir haben zu Hause ausschließlich Deutsch gesprochen.«

»Nun, dann wird es Sie vielleicht interessieren, dass Ihr Name, also *Cohen*, im biblischen Zusammenhang *Priester* bedeutet. Wussten Sie das?«

Jakob schüttelte den Kopf.

Angeregt unterhielt man sich weiter. Nach einer halben Stunde stand der Professor auf, verabschiedete sich und ging. Seine Worte blieben. Mitsamt dem Widerspruch.

Jakob ist Jude, aber nicht religiös; will Geschäftsmann werden, in Sachen Tee. Wäre für eine weltweit erfolgreiche Tätigkeit ein neutralerer Name nicht sinnvoll?, überlegt er.

Folglich ändert er ihn, seinen Nachnamen. In Kuhn. Das klingt in den eigenen und in den Ohren seiner zukünftigen Handelspartner verlässlich – und nicht nach Priester.

Das Jüdische ganz ablegen möchte er nicht. Zumal ihm der Professor, nachdem er ihn über die Bedeutung seines Nachnamens aufgeklärt, auch von Jakob erzählt hatte, einem der Stammväter des Volkes Israel. Er habe zwölf Söhne gehabt, von denen er dem zehnten ausdrücklich ein großes kaufmännisches Geschick prophezeite.

Hier stimmt also die Verbindung zwischen Profession und Name, dachte Jakob.

Nun ja, so ungefähr.

In den folgenden Jahren führte ihn sein aufblühender Teehandel häufig nach Asien, und er vergaß Eltern und Herkunft wieder. Japan und China bildeten seine bevorzugten Ziele. Vor allem die japanische Kultur hatte es ihm angetan. Sie kam seinem Wesen entgegen – nicht zu viel und nicht zu wenig, etwas von hier und ein bisschen von dort, nicht mit allen gemein sein, jedoch niemanden vor den Kopf stoßen.

Aber diesmal war er ungern von zu Hause aufgebrochen, um seine Reise in den, von Europa aus gesehen, Fernen Osten anzutreten. In der Woche zuvor hatte er eine junge Frau kennengelernt. Charlotte. Ein merkwürdiges Gefühl: Schon bei der Abfahrt vom Schlesischen Bahnhof freute er sich auf die Rückkehr.

Ist das Liebe?

Ein Töchterchen war weit und breit noch nicht in Sicht.

Die Sommer in Osaka sind heiß. Heißer als die in Berlin. Feuchter und schwül. Wie eine Glocke hing die Hitze im Juli über der Stadt. Kein Windhauch bewegte das Wasser der Bucht. In den Gassen stand der Geruch von Gewürzen und Bambus, von Obst, Gemüse und Tee. Von Fisch und Fleisch und vielem anderen mehr. Es roch, aber es stank nicht. Wieder einmal wurde sich Jakob der empfindlichen Nasen seiner Gastgeber bewusst.

Breite geflochtene Hüte bedeckten die Köpfe des ärmeren Teils der Bevölkerung. Vornehme Japanerinnen in kostbaren Kimonos führten Papierschirme spazieren. Im alten Zentrum Shinsaibashi flirrte die Luft.

Jakob stand nicht im Verdacht, ein Einheimischer zu sein, mit seinem Panama und dem weißen Leinenanzug. Als er den Eingang des Handelskontors passierte, war es ein Eintritt in eine andere Welt. Wohltuender Schatten umfing ihn wie ein sanftes Tuch. Trotzdem klebte ihm der dünne Stoff seiner Kleidung am Leib.

Er kannte den Ort, war schon mehrfach hier gewesen, um mit *Nippon Imperial & Co., Ltd.* Geschäfte zu tätigen. Doch das Gesicht des jungen Japaners, der jetzt auf ihn zutrat, war ihm fremd. Höflich beugte der etwa Zwanzigjährige den Oberkörper nach vorn und sagte zu seinem Erstaunen auf Deutsch: »Bitte entschuldigen Sie, dass Sie nicht der ältere Partner begrüßt. Aber er ist kurzfristig erkrankt und konnte Sie nicht mehr rechtzeitig benachrichtigen. Damit Sie den Weg nicht umsonst gemacht haben, mögen Sie ausnahmsweise mit meiner bescheidenen Person vorliebnehmen. Selbstverständlich werde ich alles weitergeben, was wir besprechen.« Er reichte Jakob eine schwarz glasierte Teeschale. Heißer Dampf stieg empor.

»Nicht bei dieser Hitze«, wehrte Jakob dankend ab.

»Gerade wegen der großen Hitze«, antwortete sein Gegenüber.

Normalerweise verständigte Jakob sich hier mit Händen

und Füßen, schlug sich mit ein wenig Englisch und den paar Brocken Japanisch durch, die er auf seinen Reisen gelernt hatte. Der unerwartete Klang der eigenen Sprache ließ ihn vertrauen. Er nahm die Teeschale und führte sie zum Mund. Und plötzlich, gleich beim ersten Schluck, tauchte inmitten der überhitzten Hafenstadt Osaka das Bild des Müggelsees vor ihm auf – des zugefrorenen Müggelsees!

Schlittschuhläufer, die elegant übers Eis glitten, dichte Atemwolken vor dem Gesicht. Spaziergänger mit Mütze, Schal und Handschuhen, in dicke Mäntel gehüllt. Er spürte förmlich die belebende Kühle, die sich auf seine Züge legte, seinen Körper durchströmte wie die Luft an einem klaren Wintertag.

Verblüfft fragte er den Japaner: »Was ist das?«

»Tee«, antwortete dieser.

»Ich weiß, schließlich handele ich damit. Aber einen solchen Tee habe ich noch nie getrunken.«

»Er stammt aus einem Hochtal des Berges *Löwengipfel* in China und ist in Japan nicht sehr bekannt. Nur an zwei Tagen im Jahr wird er gepflückt, und selbst dann verwendet man bloß die Blattknospe und das jeweils jüngste Blatt am Strauch. Ein besonderes Zusammenspiel von Reife, Ernte und Zubereitung.« Er deutete auf die Regale, in denen zahlreiche Porzellandosen mit fest verschlossenen Deckeln standen. Hunderte von Teesorten, zum Riechen, Schmecken und Verkosten. »Ich stehe erst am Anfang, lerne, was zu lernen ist. Eine angenehme Wirkung?«, erkundigte er sich höflich.

Jakob nickte. »Eine sehr angenehme Wirkung. Ich darf mich Ihnen noch einmal persönlich vorstellen. Mein Name ist Jakob Kuhn. Wie Sie wissen, komme ich aus

Deutschland. Würden Sie mir, solange ich hier bin, erlauben, gemeinsam mit Ihnen zu lernen?«

Erneut neigte der Japaner den Kopf nach vorn. »Mein Name lautet Takeshi. Der Weg des Tees ist ein langer. Ich wäre erfreut, Kuhn-san einen Teil der Strecke begleiten zu dürfen.«

3. KAPITEL

*in dem Lili eine Überraschung erlebt,
die leider keine Türen hat.
Doch Takeshi kennt sich aus.*

»Glaub mir, es ist genau richtig für uns. Nicht zu groß und nicht zu klein. Von außen kaum zu unterscheiden von den anderen Häusern in der Straße. Aber nach hinten raus, im Garten, der von einer hohen Mauer umgeben ist, dort wartet eine Überraschung auf dich. Du wirst staunen!«

Ein Widerspruch: Fast alle Kinder sind neugierig, gleichzeitig schätzen sie das Neue nicht. Das Alte ist vertraut, gibt Sicherheit. Die Dinge sollen so bleiben, wie sie sind. Aber die Welt dreht sich weiter. Unaufhörlich. Gleich einem *Perpetuum mobile*, das es bekanntlich nicht gibt.

Oder vielleicht doch?

So gut es ging, hatte Jakob seiner Tochter das Haus beschrieben, versucht, ihre Lust auf das Neue zu wecken. Ebenso gut könnte man sagen, er habe sie geködert.

Ungeduldig wippt Lili mit den Fersen auf und ab und beobachtet, wie ihr Vater und der Halb-und-Halb-Mann sich die Hand geben. Bedächtig, ernsthaft, wie sie es zuletzt auf dem Friedhof erlebt hat, am Grab, als die wenigen Trauergäste zu ihnen gekommen waren, um ihr Beileid auszudrücken.

Eigentlich hatte sie gedacht, so eine Beerdigung sei eine große Sache, sehr wichtig, mit vielen Menschen ganz in Schwarz, aber Jakob hatte ihr erklärt: »Berlin kennt uns nicht. Die Stadt ist groß, und wir sind klein.«

Allerdings war sie abgelenkt gewesen, hatte sich immer wieder verstohlen umgedreht, in der unwahrscheinlichen Hoffnung, einen Blick auf ihre Mutter zu erhaschen.

Nach Charlottes Tod war sie von Jakob mit den Worten getröstet worden: »Du brauchst nicht traurig zu sein. Sie ist noch nicht ganz weg, also noch nicht endgültig im Himmel. Sie ist bloß unsichtbar. Du weißt, Engel sind unsichtbar, nicht wahr?«

Lili hatte genickt. Engel mussten unsichtbar sein, denn sie war noch nie einem begegnet – von Angesicht zu Angesicht.

»Nun ja«, Jakob räusperte sich, »und so lange ist sie quasi noch bei uns. Gewissermaßen für den Übergang. Sie besitzt nur keinen Körper mehr und kann nicht sprechen. Nach einer bestimmten Zeit, wenn sich alle daran … daran gewöhnt haben, du, ich, und«, er schluckte, »Mama, dann darf sie zu *Ihm.*«

Natürlich hatte Jakob geflunkert oder, anders gesagt, das im Juden- wie im Christentum gleichermaßen geltende Verständnis von Engeln als Boten *Adonajs* ein wenig erweitert. Aber wer wollte es ihm verdenken?

Religion ist ein Mysterium. Immer und überall. Niemand vermag zu sagen, woher *Er* die Schar *Seiner* Engel nimmt.

Die Gläubigen glauben zu wissen.

Die Nichtgläubigen ebenfalls.

Erstaunlich. In der Tat ist Religion ein Mysterium.

Am Grab sprach der Pastor unverhohlen von »Gott«, während Jakob es tunlichst vermied, *Seinen* Namen auszusprechen. Eine rhetorische Feinheit, von Lili nicht infrage gestellt, weil schlicht überhört.

Erfreut stellt sie jetzt fest, dass sie endlich hereingebeten werden – in ihr Haus. Von Takeshi. Auch wenn niemand so heißt, sie hat sich seinen Namen sofort gemerkt. Er klingt fremd, aber irgendwie auch ein bisschen vertraut. Beinah, als hätte er in ihrem Inneren nur darauf gewartet, wachgeküsst zu werden. Wie die Prinzessin in dem gläsernen Sarg, von der Jakob ihr gestern Abend vor dem Einschlafen vorgelesen hat. Vielleicht ist Takeshi ja ein Prinz, wo er schon ein Beschützer ist?

Sie durchqueren die kleine Eingangshalle, die bislang recht kahl aussieht; keine Bilder, keine Pflanzen. Aber immerhin schwarz-weiß gemusterte Fliesen, wie Lili registriert. Sie fragt sich, ob Takeshi *Himmel und Hölle* kennt.

Er tut es, aber das weiß sie noch nicht.

Der Raum, der sie empfängt, ist wundervoll hell. Gleißendes Licht fällt in breiten Bahnen durch die hohen Fenster, die die gesamte Rückseite einnehmen, wirft eine Sonnenlache mitten in den Raum.

»Der Salon«, flüstert Jakob Lili zu.

Sie hat das Wort noch nie gehört, aber es gefällt ihr. *Salong.* Das klingt lustig und auch ein wenig japanisch, findet sie.

Vor ihnen tritt Takeshi an die Scheiben und öffnet die Glastür, die hinaus in den Garten führt. Lili greift nach Jakobs Hand und folgt gespannt.

Im selben Moment ist es vorbei. Aus mit Berlin, mit der großen Stadt und der ganzen neuen Wirklichkeit. Lili erblickt ein Märchen. Diesmal keines mit einem gläsernen Sarg, sondern ein Märchen in Gestalt einer verwunschenen Landschaft. Mit fremdartigen Bäumen und Sträuchern und einem kiesbedeckten Weg. Er führt zu einem kleinen, zerbrechlich wirkenden Häuschen, hinter dem – sie traut ihren Augen nicht – ein Teich zu sehen ist. Das Häuschen scheint aus Holz zu sein; an den Außenwänden sind dunkle, rechtwinklig verlaufende Leisten zu erkennen. Sie bilden ein gleichmäßiges Muster, wobei die dazwischenliegenden Flächen mit einem undurchsichtigen Gewebe bespannt sind. Das seltsame Gebäude hat zwei Dächer: ein etwas größeres, sanft geschwungenes viereckiges, das an den Seiten übersteht, und darüber ein kleineres, ebenfalls mit schwarz glasierten Dachziegeln gedecktes, das genauso aussieht wie sein Bruder darunter.

Lili hält es nicht an Jakobs Hand. Sie reißt sich los und stürmt nach vorn. Weiße Kiesel spritzen unter ihren Füßen zur Seite. Beinah im Flug nimmt sie die Stufe, die auf die hölzerne Umrandung führt, die das Zauberhäuschen umgibt.

Ein Zauberhäuschen. Zweifelsohne. Denn trotz sorgfältiger Prüfung entdeckt Lili keine Tür. Nicht einmal eine Türklinke ist zu sehen. Sie geht ganz um die verwunschene Hütte herum. Fenster? Auch die scheint der Erbauer vergessen zu haben.

Vorsichtig berührt sie die Wand vor sich. Das reisfarbene Material zwischen den Holzlatten fühlt sich unendlich zart und – wie Takeshis Name – fremd und vertraut zugleich an. Papier! Die Wände des Zauberhäuschens bestehen aus Papier, stellt Lili überrascht fest. Papier, das auf schwarze Leisten gespannt ist und von diesen in rechteckige Felder unterteilt wird.

Sie dreht sich um. Jakob und Takeshi sind ihr gefolgt und stehen nun ebenfalls vor dem geheimnisvollen Objekt.

»Schieben«, sagt Takeshi und deutet auf die papierbespannte Wand vor Lili, »aufschieben und hineingehen.« Er blickt zu Jakob. »Ich denke, Tee trinken im Garten des neuen Hauses ist ein guter Anfang!«

4. KAPITEL

in dem es neun Jahre zuvor zwischen Jakob und Charlotte funkt. In der Elektrischen. Liebe auf den ersten Sprung.

Das ist interessant, hatte Jakob gedacht. Per Aushang teilte die Betreibergesellschaft *Große Berliner Straßenbahn* ihren Kunden mit, sie habe die letzte Pferdebahnstrecke auf Berliner Stadtgebiet stillgelegt; genau fünfundvierzig Jahre nachdem 1865 die erste Pferdebahn vom Brandenburger Tor nach Charlottenburg gefahren ist. In den zurückliegenden Jahrzehnten habe sich die Elektrische überall durchgesetzt, hieß es, sie sei schneller, sicherer und effizienter – stehe eben für das sprichwörtliche Berliner Tempo.

Inzwischen bediene man Hunderte von Kilometern Schienennetz im Oberleitungsbetrieb, insgesamt seien über tausend Trieb- und Anhängerwagen im Einsatz, welche pro Jahr Millionen Fahrgäste befördern. Von daher brauche die Berliner Elektrische sich weder vor der in Paris noch der in London zu verstecken.

Und ebenso wenig vor der in Peking oder Tokio, ergänzte Jakob im Geiste. In der kommenden Woche würde er erneut zu einer Geschäftsreise nach Asien aufbrechen – nach Osaka, um genau zu sein – in der sicheren Gewissheit, diesen seinen Eindruck bestätigt zu finden. China und Japan befanden sich im Aufbruch, aber Berlin war längst angekommen.

Erst vor Kurzem hatte er gelesen, dies hänge mit den Franzosen zusammen, besser gesagt, mit deren Geld. Nach dem gewonnenen Krieg von 1871 habe die junge Deutsche Nation hohe Reparationszahlungen erhalten und davon große Summen in den Ausbau der neuen Hauptstadt ihres neuen Reiches gesteckt.

Das konnte er bestätigen.

Seitdem er 1895 als Fünfzehnjähriger nach Berlin gekommen war, fest entschlossen, hier, in der großen Stadt, sein Glück zu machen, hatte er miterlebt, wie die Boulevards von Jahr zu Jahr breiter, die Bauten prächtiger und die Plätze heller geworden waren. Wie Motten, die vom immer häufiger elektrifizierten Licht der Straßenlaternen angezogen werden, waren die Menschen nach Berlin geschwärmt, sodass sich die Bevölkerungszahl seit damals, seit dem Deutsch-Französischen Krieg, mehr als verdoppelt hatte – wenigstens war es so in der *Berliner Morgenpost* zu lesen gewesen. Es blieb nur zu hoffen, dachte Jakob, dass zukünftig niemand in einem Krieg einen geeigneten Motor für das Wachstum der einheimischen Wirtschaft sehen würde.

Allerdings schien ihm die Elektrische ein gutes Beispiel dafür, in welche Richtung sich die Dinge entwickelten. Ihm gefiel, dass sie ein Transportmittel für alle war; im Unterschied zu den Automobilen, die zwar zunehmend die Straßen der Stadt verstopften, aber letztlich einer Minderheit vorbehalten blieben.

Er ließ den Blick durch das Innere des Wagens schweifen und sah Beine in staubigen Arbeiterhosen, Männer in

Anzügen, vermutlich Büro- oder Bankangestellte, und kräftige Damen mit ausladenden Hüten, die neben steiflippigen Gouvernanten und ihren Zöglingen saßen. Er bemerkte eine junge Frau, vielleicht siebzehn oder achtzehn, die wie er kurz zuvor in die Ankündigung der *Großen Berliner Straßenbahn* vertieft war. Sie hatte die Stirn in Falten gelegt; vielleicht weil sie sich konzentrierte, womöglich aber auch nur, weil sie weitsichtig war. Egal, ihr Gesicht bekam dadurch einen leicht trotzigen Zug wie der eines Menschen, der sich nichts gefallen lässt.

Mist! Die Bahn hatte gehalten und fuhr gerade mit fröhlichem Klingeln wieder an. Er stürzte ans hintere Ende des Wagens und sprang von der Plattform ab. *Tauentzienstraße*, hier musste er raus. Neben ihm landete ein weiterer Fahrgast.

»Soeben noch geschafft, was?«, sagte er und drehte sich lachend zur Seite.

»Ja, geschafft!«

Es war das Mädchen, das ihm aufgefallen war, wegen dem er beinah zu weit gefahren wäre. Aus der Nähe betrachtet, schien er mit seiner Schätzung richtiggelegen zu haben. Ihre Haut war glatt und leuchtete von innen, wie es für gewöhnlich nur bei jungen Frauen der Fall ist. Das pechschwarze Haar steckte zu großen Teilen unter einem Topfhut. Sie trug einen schlichten dunkelgrünen Rock; darüber ragten zwei sanft gebräunte Arme aus den Ärmeln ihrer Bluse. Es war warm in Berlin an diesem sonnigen Spätherbsttag; sie hielt die Jacke in der Hand.

»Ähem, Sie haben das mit der Pferdebahn gelesen?«, fragte Jakob, ein wenig lahm. Auch wenn er inzwischen dreißig war – seine Erfahrungen mit Frauen hielten sich durchaus in Grenzen. In engen Grenzen.

»Wie bitte?«

»Ich habe gesehen, wie Sie den Aushang gelesen haben.«

»Sie haben mich beobachtet?«

»Ja … ähem, nein, natürlich nicht, ich wollte nur sagen …« Er brach ab.

»Nicht schlimm. Dafür habe ich mitgekriegt, wie Sie zum Wagenende sind, um im letzten Moment abzuspringen. Das sah ziemlich flott aus, sodass ich es ebenfalls probieren wollte.«

»Sie meinen, Sie mussten hier gar nicht aussteigen?«

»Nein. Sie?«

Jakob kam der Gedanke, dass er ganz bestimmt hier aussteigen musste, andernfalls wäre er mit dieser seltsamen jungen Frau nicht ins Gespräch gekommen – nur, dass er ihr das schlecht sagen konnte. Also antwortete er: »Ja«, und verfluchte im Stillen sein mangelndes Konversationstalent.

Mit der Leichtigkeit eines Schmetterlings stieg das Lachen des Mädchens in die Luft. »Sie sind kein großer Redner, was?«

»Ja. Ich meine, nein. Sie wissen schon.«

»Was weiß ich?«

Jakob gab sich einen Ruck, jetzt oder nie. »Es ist warm. Haben Sie Lust, eine Limonade mit mir zu trinken?« Er lauschte hinter seinen Worten her. War es wirklich er, der diese Frage stellte? Ausgerechnet er, der die junge Frau, die ihm von Sekunde zu Sekunde besser gefiel, zu einer Limonade einlud?

»Ja. Aber nur, wenn Sie vorher noch einmal mit mir Straßenbahn fahren und wir wieder im letzten Moment abspringen. Ist das ein prima Angebot?«

Jakob war sich sicher, nie ein besseres bekommen zu

haben – gleichzeitig wusste er, dass er nicht abspringen wollte. Im selben Moment kam die Bahn und erlöste ihn aus seinen widersprüchlichen Überlegungen. Sie stiegen ein. Und an der nächsten Haltestelle wieder aus. Falsch, sie *sprangen* wieder raus.

Danach schlenderten sie in Richtung Kaiserallee, um kurz darauf die Stufen zur Terrasse des *Café Josty* emporzusteigen. Von ihrem Tisch aus blickten sie auf einen Kiosk, hinter dem ein paar Jungen Versteck spielten.

»Verzeihung, darf ich fragen, wie Sie heißen?«

»Charlotte. Und Sie?«

»Jakob.«

Er bestellte beim Kellner für seine Begleiterin eine Limonade; er selber nahm ein Helles. Wer weiß, was der Tag noch bringt, dachte er.

»Was machen Sie beruflich?«, fragte Charlotte.

»Ich bin Kaufmann, habe häufig in Asien zu tun. Ich handle mit Tee. Vor zwei Jahren habe ich mich selbstständig gemacht.«

»Das klingt aufregend. Haben Sie da nicht oft mit ausländischem Geld zu tun?«

»Nun, meist wickele ich meine Geschäfte in den jeweiligen Landeswährungen ab. Später lasse ich mir die Gewinne dann hier in Berlin von der *Commerzbank* in Mark und Pfennig gutschreiben. Weshalb interessiert Sie das?«

»Wissen Sie«, sie stellte einen Ellenbogen auf und stützte das Kinn mit der Hand ab, »manchmal frage ich mich, ob das Leben nicht auch eine Art Handel ist? Einer, bei dem es darum geht, möglichst gut abzuschneiden? Was meinen Sie?«

»Ich weiß nicht. So habe ich es noch nie gesehen.«

»Aber heißt es nicht, alles habe seinen Preis? Oder, was

kostet das Leben? Doch in welcher Münze bezahlt man es? Hm?«

Jakob starrte sie mit offenem Mund an. Für einen Moment glaubte er, Charlotte wolle ihn auf den Arm nehmen. Aber der gespannte Ausdruck in ihren Augen sprach eine andere Sprache – sie erwartete ernsthaft eine Antwort von ihm. Eine Antwort auf eine Frage, die ihm noch nie jemand gestellt hatte und von der er sicher war, dass sie ihm nie wieder jemand stellen würde.

Während er fieberhaft überlegte, winkte Charlotte den Zigarettenboy heran. Sie kaufte ihm eine einzelne filterlose *Eckstein No. 5* ab und steckte sie sich zwischen die – augenscheinlich – ungeübten Lippen. Noch bevor Jakob reagieren konnte, zündete der Boy sie ihr beflissen an. »Echt und recht«, grinste er.

»Sind Sie nicht viel zu jung zum Rauchen?«, fragte Jakob und bereute seine Worte sofort.

»Ich bin einundzwanzig«, sagte Charlotte und musterte ihn herausfordernd.

Ein Mensch, der sich nichts gefallen lässt, dachte Jakob, ein trotziges Kind und gleichzeitig eine erwachsene Frau, und wusste im selben Moment, er war verliebt. Charlottes Anblick würde sich ihm für immer einprägen: die Zigarette zwischen den gespitzten Lippen, das plötzlich belustigte Funkeln in ihren Augen.

»Vielleicht liegen Sie gar nicht so falsch«, sagte sie. »Es ist meine erste Zigarette und, wie es aussieht, auch die letzte.« Sie nahm die *Eckstein* aus dem Mund, zog die Nase kraus und drückte sie im Aschenbecher aus. »Es schmeckt wirklich eklig. Wo sind wir gleich stehen geblieben?«

»Bei der Währung des Lebens. Ich fürchte, mir fällt nichts Schlaues dazu ein.«

»Kein Problem. Vielleicht kommen Sie ja später drauf. So lange gebe ich Ihnen Kredit. Einverstanden?«

Jakob ahnte nicht, dass es ein Heiratsantrag war, den er ihr im nächsten Augenblick machte. Später würde er ihn noch einmal richtig formulieren, in offizielle Worte kleiden.

Aber jetzt sagte er, Kaufmann und Liebender zugleich: »Ich werde Ihnen alles erstatten. Mit Zins und Zinseszins zurückzahlen. Nur mit dem Wechselkurs kenne ich mich noch nicht aus!«

5. KAPITEL

in dem Jakob, Takeshi und Lili einen guten Anfang machen.

Wer glaubt, das japanische Teehaus sei einfach ein Gebilde aus Holz, Papier und Dachschindeln, irrt. Man findet es weder frei stehend in einem öffentlichen Park noch in guter Lage in einem beliebten Viertel. Im Gegenteil, es ist Rückzugsort und Teil eines sehr privaten Versuches, die Schönheit im Unvollkommenen zu erkennen; sprich, das Leben als solches erträglich zu machen. So stellt der *chasitsu*, der Teeraum, einen Ort der Einkehr dar – der inneren wie der äußeren.

Takeshi sagt: »Ich denke, Tee trinken im Garten des neuen Hauses ist ein guter Anfang!«

Jakob und er steigen den Absatz zum Eingang von Lilis Zauberhaus empor. Sie ziehen die Schuhe aus. Dann beugen sie die Köpfe; voll Demut gegenüber den Dingen, die sie hinter sich lassen, und mit Respekt vor denen, die sie erwarten. Durch die niedrige Türöffnung betreten, nein, kriechen sie in das Innere des Teehauses, dessen Boden mit strohfarbenen Tatamimatten ausgelegt ist.

Eine Einrichtung nach europäischem Verständnis existiert nicht. In einer Nische hängt eine Bildrolle mit japanischen Schriftzeichen. Etwas versetzt, auf einem schwarzen Lacktisch an der Wand, eine einzelne Blume in einer schlichten Vase. In der Nähe des Eingangs die Herdstelle.

Das ist es. Mehr nicht.

Takeshi lässt sich nieder und bittet seine Gäste, es ihm gleichzutun. Sie knien sich gegenüber – Jakob und Lili auf der einen Seite der in den Boden eingelassenen, aus Lehm gebauten Feuerstelle, Takeshi auf der anderen. Er deutet auf die Gerätschaften neben sich. An Lili gewandt, sagt er:

»Man nennt es *wabi-cha*, das schlichte, reine Ritual. Für die einen ist es Religion. Eine Religion des Lebens. Den anderen bereitet es vor allem Genuss. Uns soll es Friede bringen. Jetzt und in Zukunft.«

Ein Kessel, eine hölzerne Schöpfkelle und ein Schlagbesen aus Bambus. Mehrere glasierte Teeschalen. Eine Teedose und ein Wassergefäß. Es braucht nicht viel, um den *chadō*, den *Weg des Tees*, zu gehen, doch manchmal bedeutet wenig alles.

Jakob weiß, in den zurückliegenden Jahren ist Takeshi ein gutes Stück vorangekommen auf jenem Weg. Eine Tatsache, die er unter keinen Umständen zugeben würde, nicht einmal unter Androhung von Gewalt. Es wäre anmaßend – die zweite Todsünde neben unhöflich. So entsprechen seine Vorbereitungen heute auch nur in den Grundzügen der strengen ausgearbeiteten Teezeremonie seiner Heimat. Lili würde noch hinreichend Gelegenheit haben, die Dinge zu erlernen – später, wenn die Zeiten weniger zornig wären.

Fünf Jahre liegen zwischen Takeshis und seiner letzten Begegnung in Japan und jetzt.

Fünf lange Jahre und der Tod.

Seit ihrem ersten Treffen in Osaka hatte er vom Wissen

des jungen Japaners profitiert. Weshalb ausgerechnet Takeshi? Er hätte es nicht sagen können – vermutlich hing es mit dem Müggelsee zusammen. Aber von da an versäumte er es auf keiner seiner Reisen, bei *Nippon Imperial & Co., Ltd.* vorstellig zu werden. Manchmal tätigte er dort Geschäfte und manchmal nicht. Aber immer setzte er sich am Ende des Tages mit seinem neuen Bekannten zusammen, um sich von diesem die Geschichte des Tees erzählen zu lassen.

»In China, heißt es, trinke man Tee, um den Lärm der Welt zu vergessen«, erklärte Takeshi und reichte ihm eine schlichte Porzellanschale, aus der ein herb-süßlicher Duft nach Kirsche – und Pfeffer? – emporstieg.

Und er hatte genickt.

Doch der Lärm der Welt lässt sich nicht vergessen, und das zarte Gebilde, das sich zwischen ihnen entwickelte, musste sich über die Ferne bewähren.

Fünf Jahre gingen ins Land. Fünf lange Jahre und der Tod.

Er, Jakob, wurde einberufen. Als einer der Allerersten. Und als einer der Ersten wurde er wieder nach Hause geschickt. Heimatschuss. Das Kriegsglück war ihm hold. Oder auch nicht. Nach wie vor steckten beide Arme in den Ärmeln seiner Uniformjacke, aber nur in einem steckte Leben. Den linken Arm sollte er nie mehr bewegen können.

Als er die Wohnung betrat, in der Charlotte und Lili auf ihn warteten, starrte seine kleine Tochter ihn vorwurfsvoll an. Sie hatte nicht verstanden, weshalb er weggegangen war. Er selber hatte es ebenso wenig verstanden. Charlotte weinte – Tränen des Glücks und des Schmerzes, den Blick auf seinen Arm gerichtet.

Jeder Liebe wohnt etwas Besonderes inne.

Was war es hier, das Besondere?

Er war Jude – zumindest formal; Charlotte Protestantin, aber gleich zu Beginn ihrer Beziehung hatte sie ihm erklärt, sie fühle sich ihrem Glauben ebenso fern wie er. Religiöse Mischehen waren selten zu Beginn des 20. Jahrhunderts. Zu kompliziert, zu schwierig. Nicht nur zwei Menschen trafen aufeinander, nein, gleich zwei Glaubensrichtungen standen sich gegenüber.

Als Charlotte ihrem Vater erklärte, sie werde ihn, Jakob, heiraten, einen Juden, der eigentlich keiner sei, weil er seinen Glauben nicht lebe, entgegnete dieser: »Dit gloobt doch keener. Itzich is Itzich!« Und ihre Mutter hatte zustimmend genickt.

Es war der letzte Kontakt Charlottes zu ihren Eltern gewesen. Ein rechtschaffenes Arbeiterpaar aus Köpenick, ein Mann und eine Frau mit neun Kindern haben Besseres zu tun, als sich um die emotionalen Irrungen ihrer Jüngsten zu kümmern.

Ihre Tochter hatte ebenfalls Besseres zu tun. Charlotte und er heirateten. Standesamtlich, nicht kirchlich – Gott ist von Berlin aus nicht immer leicht zu erkennen.

Zwei Hälften ergeben ein Ganzes; ein Jahr später wurde Lili geboren. Sie waren glücklich, die frischgebackenen Eltern und Eheleute, ganz ohne Religion und ohne Bindung an ihre Herkunftsfamilien. Dafür mit einem Kind. Sein Geschäft florierte – um den Preis, dass er viel auf Reisen war.

Das änderte sich schlagartig, als der Krieg ausbrach. Die Grenzen wurden geschlossen, die Telefonleitungen ins Ausland gekappt. Takeshi und er schrieben sich Briefe. Kürzere und längere, aus dem Feld sowie von zu Hause.

Und etwas sehr Schönes geschah: Das geschriebene Wort festigte das gesprochene. Tinte und Papier besiegelten die Freundschaft zwischen ihnen endgültig.

Im Frühjahr 1919, das Schlimmste schien vorüber, erkrankte Lili, kurz vor ihrem siebten Geburtstag. Sie klagte über Kopf- und Gliederschmerzen und entwickelte am Abend Temperatur. Das Fieber stieg, hielt aber nicht lange an. Bereits nach wenigen Tagen ging es ihr wieder besser. Ihnen fiel ein Stein vom Herzen.

Am nächsten Tag sagte Charlotte: »Ich fühle mich unwohl. Es pocht in meinem Schädel.«

Auch sie entwickelte hohes Fieber, doch ihre Haut verfärbte sich bläulich schwarz. Zuletzt spuckte sie so viel Blut, dass ihr Körper gar nicht anders konnte – sie starb. Wo der Krieg seine Familie verschont hatte, kannte die Spanische Grippe keine Gnade. Er selber blieb gesund und wusste nicht, ob er dem *Ewigen* danken oder ihn verfluchen sollte.

Mühsam schüttelt Jakob die Nebel der Vergangenheit ab, beobachtet, wie Lilis Blick Takeshi folgt, der gerade das Feuer anzündet. Ein erwartungsvolles Knistern erfüllt den Raum.

Der Japaner stellt den Kessel auf den gusseisernen Fuß in der Feuerstelle. Als das Wasser sich erhitzt hat, schöpft er je eine Kelle voll in die Teeschalen, um sie vorzuwärmen. Das gebrauchte Wasser schüttet er in den bereitstehenden Topf. Er zieht ein viereckiges Tuch aus seiner schwarzseidenen Jacke, faltet es und faltet es noch einmal auf ganz besondere Art und wischt feierlich den schlanken Bambuslöffel ab, mit dem er das grünliche Pulver aus dem Lackgefäß in die bereitstehenden Schalen füllt.

»*Matcha*«, sagt er, »grünes Teepulver.«

»Woher weißt du, wie viel du nehmen musst?«, fragt Lili.

»Ich weiß es nicht.«

»Gibt es kein Rezept?«

»Kennst du ein Rezept für schönes Wetter? Für gute Laune?«

»Nein. Aber woher weißt du, wann es richtig ist?«

»Schwer zu sagen, ich gebe mir jedes Mal so viel Mühe wie möglich.«

»Und dann?«

Takeshi lächelt. »Wird es ein guter oder ein schlechter Tee.«

Jakob spürt die Wärme, die sich im Raum ausbreitet. Ihm ist bewusst, dass er jenes Band, das man Familie nennt, nie besessen hat. Aber dann ist Charlotte in sein Leben getreten und bald darauf Lili, und alles wurde gut – bis das Schlimmste eintrat.

Es braucht Familie.

Er braucht Familie.

Für Lili.

Erneut gibt Takeshi heißes Wasser in die Schalen. Eine von ihnen enthält nur einen Hauch des grünen Pulvers. Er greift nach dem Bambusbesen. Mit einer kräftigen Bewegung aus dem Handgelenk schlägt er die Flüssigkeit so lange, bis sie eine cremige Paste ergibt. Er verdünnt sie mit weiterem Wasser und rührt wieder; diesmal bildet sich ein feiner Schaum ohne größere Bläschen. Er reicht ihnen ihre Schalen, bevor er seine nimmt.

Jakob verbeugt sich und sagt: »*Otemae chōdai itashimasu.* Ich habe den Tee empfangen.«

Er spürt Lilis erstaunten Blick.

»Takeshi ist ein guter Lehrer«, sagt er. »Er wird dir,

genau wie mir, die Sprache des Tees beibringen.« Er deutet auf die Schale in ihrer Hand, aus der ein ungewohnter Duft aufsteigt. »Probier einmal.«

Vorsichtig führt Lili den Tee zum Mund. Sie verzieht das Gesicht. »Bitter!«

Jakob fallen die Geschichten ein, die Takeshi ihm erzählt hat. Am Anfang stand die Medizin, erst dann kam das Getränk. Bereits vor dreitausend Jahren kannte man in China die belebende Kraft der Teeblätter; schätzte ihre Fähigkeit, die Seele zu erquicken und den Willen zu stärken.

Nach Charlottes Tod hatte er sich in einer sehr kalten Ecke der Hölle wiedergefunden – seine Seele gefror zu Eis. Für einen Moment war ihm der Gedanke gekommen, sich umzubringen. Eine unsinnige Überlegung, die er sofort wieder verwarf. Da war Lili, für die er die Verantwortung trug.

Ohnehin wäre Selbstmord eine viel zu dramatische Geste für ihn gewesen. Sie passte nicht zu ihm. Gibt es etwas Lächerlicheres, als mit einem Missverständnis abzutreten?

Er schaut seine Tochter an und sagt: »Bitter? Hab Geduld. Es braucht Zeit, bis man sich an den Geschmack des Neuen gewöhnt.«

6. KAPITEL

in dem Jakobs Weg überraschend den seines Stammes kreuzt und er mit dem Unaussprechlichen *spricht.*

Als Jakob mit vierzehn den winzigen Weiler in Württemberg verließ, den er zwangsläufig Heimat nannte, geschah etwas Ungewöhnliches. Als wäre die Tatsache, dass jemand dem Dorf den Rücken kehrt, nicht schon ungewöhnlich genug – aber erstmals in ihrem Leben zeigten seine Eltern eine heftige Reaktion.

Sie verstießen ihn.

So wie Eltern ihre Kinder verstoßen, wenn sie sie nicht verstehen. Oder schlimmer, wenn sie sagen: »Wir verstehen dich!«, und sie dennoch verstoßen – innerlich.

Jakob wurde äußerlich verstoßen. Mit erhobener Faust, für alle sicht- und hörbar, rief sein Vater: »Wenn du jetzt gehst, brauchst du nicht wiederzukommen!«

Ausgerechnet der Vater, jener sich und das Leben vor allem ertragende Mann. Da war kein Hadern, kein Aufbegehren. Jeden Morgen verließ er die windschiefe Hütte und ging die staubige Dorfstraße hinab, um sein Werk als Tagelöhner zu verrichten. Und jeden Abend kehrte er zurück, um vor dem Schlafengehen zu essen und zu schweigen. Die Frau an seiner Seite: ein Spiegelbild, genannt Mutter.

Doch nun: »Wenn du jetzt gehst, brauchst du nicht wiederzukommen!«

Jakob ging. Er hatte nicht vor wiederzukommen. Aber so war es leichter. Mit Erlaubnis des Vaters – nun ja, gewissermaßen.

Zwei Wandergesellen waren durch das Dorf gekommen und hatten von Berlin erzählt. Berlin: die schillernde Metropole, die Hauptstadt, die jedem die Gelegenheit biete, sein Glück zu machen, wenn er es nur richtig wolle.

Vor Jakobs innerem Auge war das Bild einer besseren Zukunft aufgestiegen oder, bei genauerer Betrachtung, das überhaupt einer Zukunft.

Ja, er wollte.

Entschieden und unbedingt.

Bislang war sein Leben vor allem von Kühen, Hühnern und Ziegen bevölkert gewesen. Von den anderen Halbwüchsigen, mit denen er bis vor Kurzem die Schulbank gedrückt hatte und die von ihren Eltern, genau wie er, als lebendes Inventar behandelt wurden – neben den Kühen, Hühnern und Ziegen.

Jeden Tag hatte ihn sein Weg über die ungepflasterte Straße geführt, die sich in die eine Richtung bis zum Kirchplatz und in die andere ins Nichts erstreckte. Vor den wenigen Häusern saßen schwarz gekleidete Frauen, von denen man annehmen könnte, sie seien schon immer da gewesen. Stillstand war für sie die einzige Form der Bewegung. Ihre Söhne, Töchter, Schwiegerkinder und Enkel wiederholten, was sie vorgelebt bekamen – oder auch nicht.

Mit großer Klarheit erkannte Jakob das Schicksal, das ihn erwartete, das ewige Gleichmaß eines Lebens fernab des Lebens. Die immer selben Abläufe in der Provinz, die durch das Jahresrad in Bewegung gehalten wurden: Winter, Frühling, Sommer und Herbst. Eine Zeitenwende war nicht in Sicht.

Was blieb ihm anderes übrig?

Er floh.

Nie war der Himmel blauer, nie schien die Sonne verheißungsvoller als an dem Tag, an dem er das Dorf verließ. In wildem Taumel lief er über unbefestigte Wege, erklomm grün bewaldete Hügel und stieg in sanfte Täler hinab. Er folgte dem geschwungenen Lauf eines Flusses und machte im Schatten einer Klosterruine Rast. Wie nach einem reinigenden Gewitter, wenn die Sonne wieder die Wolken durchbricht, schien die Welt unendlich groß und schön und vor allem – erreichbar. Er und nur er allein entschied, wohin er die Füße setzte; einzig der Himmel sollte seine Grenze sein. Ein unbändiger Freiheitsdrang erfüllte ihn. Ohne es zu ahnen, spürte er in seinem Inneren das jahrtausendealte Erbe eines immer wieder freiwillig oder unfreiwillig bewegten Volkes – des jüdischen Volkes, seines Volkes.

Ein Jahr lang schlug er sich kreuz und quer durch das vor nicht allzu langer Zeit geeinte Deutsche Reich; von Württemberg im Süden bis Hannover im Norden, von der Rheinprovinz im Westen bis nach Brandenburg im Osten, bis er endlich Berlin erreichte.

Doch bereits zuvor hatte sich Entscheidendes ereignet.

Vollkommen unerwartet, aus heiterem Himmel, fernab der Heimat war er jenem unsichtbaren Ding begegnet, das man Wurzeln oder Herkunft nennt. In früheren Zeiten hätte man gesagt, sein Weg habe den seines Stammes gekreuzt. Des Stammes Jakob.

Was war geschehen?

In der ersten großen Stadt, in die er damals gekommen war, hatte er einen knorrigen Alten angesprochen und sich bei ihm nach Arbeit sowie einer billigen Unterkunft erkundigt. Auf seinen Stock gestützt, hatte der Greis ihn misstrauisch gemustert und gefragt:

»Wie heißt du?«

»Jakob Cohen.«

Verächtlich spuckte der Alte aus. »Da geht's lang! Geh zu deinesgleichen, Jakob Cohen«, schimpfte er, »die Itzigs werden sich um dich kümmern. Ihr haltet doch alle zusammen, verdammtes Pack!«, und deutete runter zum Fluss.

Jakob fand Aufnahme. Im Judenviertel. Bis dahin hatte er nicht gewusst, dass es so etwas gibt. Aufnahme. Und ein Judenviertel.

Die wenigen jüdischen Familien in seinem Heimatdorf hatten keinerlei Neigung gezeigt, ein Bekenntnis zu ihrem Glauben und ihrer Abstammung abzulegen. Sie gingen in der Menge auf. Oder unter. Je nach Betrachtungsweise.

Er war beschnitten, aber mehr auch nicht. Zu keiner Zeit war sein Vater der Pflicht nachgekommen, den Sohn zur Einhaltung der religiösen Gebote anzuleiten. So war er Jude, ohne zu wissen, was das bedeutet.

Einen Monat lang half er einem Schmied in dessen Werkstatt. Unentgeltlich durfte er nebenan im Stall übernachten und sich abends zu den anderen an den Tisch setzen. Erstmals in seinem Leben lernte er koscheres Essen kennen. Er schmeckte keinen Unterschied und verstand nichts. Nach vier oder fünf Wochen zog er weiter.

Alsbald entwickelte sich ein Muster. Sobald ihm auf seiner Wanderung das Geld ausging, steuerte er die nächste menschliche Ansiedlung an, die die Bezeichnung »Stadt« verdiente. Die über feste Mauern, Kirchen, einen Marktplatz und Geschäfte verfügte – und in aller Regel über Juden. Er fragte sich zum Gemeindevorsteher durch, der ihn an Handwerker, Fuhrunternehmer oder Kaufleute verwies, die eine zusätzliche Arbeitskraft gebrauchen konnten. Zu seiner Überraschung stellte er fest, dass das Einlagern von Waren, ihr Verkauf und deren Auslieferung ihm besondere Freude bereitete. Ja, der Handel schien eine interessante Sache zu sein, vor allem wenn er sich die Entfernungen zu vergegenwärtigen suchte, die manche Erzeugnisse zurückgelegt hatten, bis sie endlich im Halbdunkel des Lagers des Kolonialhändlers zur Ruhe kamen. Der Duft von Zucker, Kaffee, Kakao, von Gewürzen und Tee wurde für ihn zum Symbol des Fernwehs.

Fürs Handwerk zeigte er keinerlei Talent. Neidlos bescheinigte man ihm den Besitz zweier linker Hände.

So traf er auf seiner Wanderung durch die deutschen Landen immer wieder auf Menschen, die im Gegensatz zu denen in seinem Heimatdorf ihr Judentum lebten.

Manchmal ging er am Freitagabend zur Synagoge mit, blieb aber draußen vor dem Eingang stehen. Zu groß war der Respekt vor dem, was hinter den geschlossenen Türen geschah; vor den fremden Gesängen, die an sein Ohr drangen, dem Gemurmel der Betenden, vor dem Geheimnis des Glaubens, kurz gesagt: vor dem großen Unbekannten.

Nach dem Shabbatgottesdienst weilte er mal bei der einen, mal bei der anderen Familie zu Gast. Stumm beobachtete er, wie die Shabbatkerzen angezündet wurden und das Familienoberhaupt den *Kiddusch*, den Segen, über den Wein sprach. Anschließend wurde das Brot gebrochen.

Nach und nach enthüllten sich ihm Teile einer Welt, die von einem Gefühl der Verbundenheit geprägt wurde, das er aus seiner Herkunftsfamilie, warum auch immer, nicht kannte. Zum ersten Mal gehörte er irgendwo *dazu* – wenn auch nur am Rande. Es tat ihm gut, jenes Gefühl von Gemeinschaft; es wärmte ihn und erfüllte ihn mit Dankbarkeit, und er entwickelte eine ebenso ungenaue wie eigenwillige Verbindung zu seinem eigenen, neu entdeckten Judentum.

Weiterhin ernährte er sich nicht koscher. Es war ihm auf seiner Wanderschaft unmöglich, die Ernährungsvorschriften einzuhalten; oft war er froh, überhaupt etwas zu essen zu haben. Genauso wenig hielt er sich an die Shabbatregeln. Dennoch bemühte er sich, den Samstag als eine Art Ruhetag zu sehen. Innezuhalten, aufzuhören und im sanften Abglanz der Harmonie jenes besonderen Tages dem Schöpfer das Werk der zurückliegenden Woche zu Füßen zu legen.

In Worms erklärte ihm der Rabbi der Levy'schen Synagoge entrüstet, dass immer mehr Juden einer liberalen Richtung zuneigten. Erst unlängst sei in der alten Synagoge die Trennwand zwischen dem Männer- und dem Frauenbereich entfernt worden. Aber im jüdischen Glauben gebe es Dinge, die unumstößlich seien, donnerte er, die nicht so einfach eingerissen werden könnten wie eine Bretterwand. Der Name des *Allmächtigen* – er sei über alle Maßen heilig und folglich unaussprechlich! Der *Schöpfer* selbst werde ihn der Welt, wenn es so weit sei, offenbaren, auf dass ihn alle priesen und ehrten. Bis dahin dürfe er nicht im Munde geführt werden.

Jakob war beeindruckt von dem Respekt, der diesem Gedanken innewohnte. Es schien eine Vorschrift, die einzuhalten er sich imstande sah, und er beschloss, sie zu befolgen. Fortan dachte er nur noch in Umschreibungen über *Adonaj* nach, und – so widersprüchlich es klingt – er bildete sich ein, dem *Barmherzigen* dadurch näherzukommen.

Nach etwas über einem Jahr und mehr als zweitausend Kilometern, die er zu Fuß zurückgelegt hatte, erreichte er Berlin – und das zarte Pflänzlein, das er Glaube nannte, geriet wieder in Vergessenheit; schließlich galt es, sich ein ganzes Leben aufzubauen. Es geriet so lange in Vergessenheit, bis Charlottes Tod ihn wieder daran erinnerte. An die Wärme, an die Gemeinschaft, an das ebenso erstaunliche wie wohltuende Gefühl der Dazugehörigkeit.

7. KAPITEL

in dem Lili und der Rabbi fragen und Jakob antwortet.

»Was ist ein Rabbi?«

Natürlich hatte Lili nachgefragt, musste nachfragen. Sie ist klug, will die Dinge durchdringen; wie ihre Mutter. Und ebenso natürlich hatte Jakob seiner Tochter geantwortet. Er erkannte in ihrer Stimme die Charlottes – lebendig wie am ersten Tag. *Was kostet das Leben? Mit welcher Münze bezahlt man es?*

Er räusperte sich. »Ein Rabbi, das ist so etwas Ähnliches wie der Pastor, den du auf Mamas Beerdigung gesehen hast.«

»Warum heißt er dann Rabbi und nicht Pastor?«

»Weil … weil man den *Allmächtigen* aus verschiedenen Richtungen verehren kann. Mama war Christin, ich bin Jude. Darum bist du zur einen Hälfte jüdisch, zur anderen christlich. Halb und halb wie Takeshi, nur dass es bei ihm um Japan und China geht. Nun ja, und die Christen nennen ihre gelehrten Männer eben Priester oder Pastor, und wir sagen Rabbi zu ihnen.«

»Du hast es mir schon erklärt, aber ich weiß es nicht mehr.« Lili musterte ihn entschuldigend. »Weshalb gehen wir noch mal zu dem Rabbi?«

Jakob lächelte. Er spürte in den Worten seiner Tochter ihre Verwirrung. Juden, Chinesen, Christen, Japaner. Menschen – vom Grundsatz alle gleich und doch nicht gleich. Zumindest würden einige von ihnen darauf bestehen. Eine Sache, bei der man durchaus schon einmal den Überblick verlieren kann. Nicht nur als Kind.

»Wo ein Jude ist, finden sich meist noch ein paar mehr«, sagte er, »das Judentum liebt die Gemeinschaft. Du und ich, wir sind nicht ›ein paar mehr‹ – leider«, fügte er hinzu, »wir sind sehr wenig.« Sein Herz stolperte. »Wir können es uns nicht leisten, noch weniger zu werden. Jetzt, hier, im neuen Haus, in unserem neuen Leben, wollen wir versuchen, etwas deutlicher dazuzugehören. Das soll uns schützen.«

Rabbi Teichlmann ist von kleiner, aber kräftiger Statur. Sein grau gesprenkelter Bart strahlt zu gleichen Teilen Würde wie eine unbändige Energie aus. Die funkelnden braunen Augen hinter den Brillengläsern scheinen nur darauf zu warten, in eine Diskussion verwickelt zu werden, einen Disput, in eine Auseinandersetzung; gerne über die großen Themen und am liebsten über das ganz große: *Adonaj*, die Menschen und das Leben, das sie und den *Herrn* wie eine Brücke verbindet. Und trennt. Den Abgrund darunter möchten die wenigsten sehen – aber es gibt ihn. Ganz sicher.

Unermüdlich mahnt der Rabbi die Gemeindemitglieder: »Der *Allessehende* zeigt sich überall. Wir finden ihn ebenso bei unserer täglichen Arbeit in den Kontoren, Büros oder Fabriken wie zu Hause in unseren Familien. Stets beobachtet *Er* unser Tun. Seid also wachsam, Kinder Israels!«

Als verlängerter Arm des *Allmächtigen*, als einer *Seiner*

Diener, mustert er seine Besucher nun aufmerksam unter buschigen grauen Augenbrauen, die wie Insektenfühler nach vorn und zur Seite wegstehen: ein Mann, ein Mädchen und ein Hund – in trauter Eintracht.

»In welcher Synagoge haben Sie bislang gebetet?«, fragt er Jakob.

»Ähem … in keiner«, antwortet dieser.

»Und warum nicht?«

»Weil … ich zwar jüdischer Abstammung bin, meine Eltern ihren Glauben aber nicht gelebt haben. Jedenfalls nicht richtig«, ergänzt er. »Als ich klein war, sind wir an den hohen Feiertagen zur Synagoge gegangen, aber später auch das nicht mehr. Mit vierzehn bin ich von zu Hause weg, nach Berlin, habe mir hier eine eigene Existenz aufgebaut; mithilfe meines Teehandels.«

»Und mit *Seiner* Hilfe!«

»Ja, gewiss, doch dann …«

Mit wundem Herzen ruft Jakob sich die zurückliegenden Monate in Erinnerung. Unter Aufbietung all seiner Kräfte war es ihm gelungen, sich um Lili zu kümmern. Und er hatte das neue Haus gekauft. Mehr war ihm nicht möglich gewesen. Er hatte seine Geschäfte vernachlässigt. Sich selbst sowieso. Nur den Kontakt zu Takeshi hatte er aufrechterhalten. Oder war es der Kontakt zu Takeshi, der ihn aufrechterhielt?

Er hatte ihm alles geschrieben. Über seine Trauer. Die Lähmung. Seine Wut. Wem sonst? Der Krieg hatte vieles zerstort, aber ihre Freundschaft nicht. Eine stille, tiefe Freundschaft.

Und so erreichte ihn eines Morgens im Mai ein Brief aus Osaka. Ein wenig umständlich fragte Takeshi an, ob er Arbeit für ihn habe, in seinem Teehandel? Seit seiner

Jugend beherrsche er die deutsche Sprache, nun wolle er endlich die dazugehörige Kultur kennenlernen; er vermute, das gehe wohl am besten in Deutschland?

Laut seiner Herkunft war Takeshi nur zur Hälfte Japaner, in seiner Persönlichkeit war er es ganz. Unter keinen Umständen würde er ihm, dem Freund, direkt seine Unterstützung anbieten. Stattdessen erkundigte sich Takeshi, ob er ihm helfen könne.

In Teilen mit der japanischen Kultur vertraut, durchschaute Jakob das Manöver. Erkannte es als das, was es war: ein Geschenk, welches man nicht zurückweist. Er antwortete umgehend. Ob Takeshi sich in der Lage sehe, die Renovierung eines neu erworbenen Hauses zu überwachen? Und ob es für ihn vorstellbar sei, statt Tee zu verkaufen, eine Siebenjährige zu versorgen, die kurz zuvor ihre Mutter verloren habe?

Diesmal schickte Takeshi keinen Brief. Ein Telegramm erreichte Berlin. Der Text war kurz und unmissverständlich: Er, Takeshi, sei sehr dankbar, seine überschaubaren Kräfte in den Dienst von Kuhn-san und dessen kleiner Tochter stellen zu dürfen.

Genau sechs Wochen später traf Takeshi in Berlin ein, in der einen Hand einen Koffer, in der anderen das Bündel mit seinen Teegerätschaften. Ohne Zeit zu verlieren, ließ er sich nach Charlottenburg bringen und bezog ein Zimmer in dem neuen Haus – genau genommen zog er auf eine Baustelle.

Die Handwerker konnten nichts so recht mit ihm anfangen. Er war ausgesprochen höflich, aber sprach nicht viel. Sie hielten dies für typisch asiatisch – eben »unergründlich«.

Wie ein Geist lief Takeshi durch die Räume, prüfte

deren Aufteilung und blickte nachdenklich durch die Fensterfront im Salon in den Garten. Er kaufte einen großen hölzernen Zuber aus getrocknetem Fichtenholz; die Bretter gehobelt und gefast und sorgfältig mit Wachs abgedichtet. Nach dem abendlichen Bad zündete er eine Öllampe an und rollte seinen Futon aus. Er erhitzte Wasser auf dem kleinen tragbaren Kohlebecken und bereitete sich Tee zu: *Koicha*, den starken Tee, danach *usucha*, den schwächeren Sud.

Dann lauschte er in die Stille.

Aus jedem Zimmer vernahm er eine eigene Sprache, spürte die jeweiligen Schwingungen der Deckenbalken und die Spannung, die auf den Wänden lastete. Er atmete den Geruch der Backsteinmauern und fühlte den Hall im leeren Raum.

An manchen Abenden kam Jakob vorbei, und sie tranken gemeinsam Tee. Sie redeten. Über das, was gewesen war, und über das, was werden sollte. Ganz zum Schluss schilderte Takeshi seine Eindrücke vom neuen Haus.

Am nächsten Tag erschien Jakob auf der Baustelle, zeigte hierhin und dorthin, reklamierte die Putzarbeiten und monierte die Abstände der Fugen im Parkett. Die Handwerker murrten, aber fügten sich. Für gewöhnlich wussten sie, wo sie gepfuscht hatten.

Eines Abends sagte Takeshi: »Das Haus klingt gut, es ist solide und stark. Ich habe über den Garten nachgedacht. Es gibt hinreichend Platz für ein Teehaus.«

Jakob kehrt mit seinen Gedanken in die Gegenwart zurück, wo Teichlmanns Blick mittlerweile auf Lili ruht, die sich zur Hälfte hinter seinem, Jakobs, Bein versteckt hält.

»Wo ist die Mutter des Kindes?«, fragt Teichlmann.

Jakob senkt den Blick.

Erstmals werden die Züge des Rabbi ein wenig weicher. »Der *Ewige* hat sie zu sich genommen?«

Jakob nickt. »Sie … sie war Christin.«

»Ist Ihre Tochter christlich getauft?«

»Nun«, antwortet Jakob, »das ist es ja. Der Grund, weshalb wir hier sind. Sie ist weder getauft noch im jüdischen Glauben erzogen. Wir wollten es später entscheiden. Aber dazu ist es nicht mehr gekommen, weil Charlotte …, weil sie gestorben ist.«

»Wer kümmert sich jetzt um das Kind?«

»Papa«, platzt es aus Lili heraus, der es langweilig geworden ist, »und Takeshi. Er ist halb Chinese und halb Japaner. Sein Name bedeutet ›Beschützer‹.« *Hund* wedelt zustimmend mit dem Schwanz.

Teichlmann zieht die Augenbrauen hoch. »Halb Japaner und halb Chinese? Noch mehr Religionen? Wollen Sie, dass Ihre Tochter Buddhistin wird? Oder Taoistin?«

Ein gebildeter Mann, der Rabbi. Absolut.

»Nein«, antwortet Jakob, »da ich es nun allein entscheiden muss, möchte ich, dass Lili in meinem Glauben erzogen wird. Immerhin ist sie zur Hälfte Jüdin.«

Teichlmann hat sie bei sich zu Hause empfangen. In seiner für ihn, seine Frau und die vier Kinder viel zu kleinen Wohnung. Ein Hinterhaus, in der Nähe der Synagoge. Nicht überall ist Charlottenburg hell und vornehm.

Er mustert Jakob durch die nicht ganz sauberen Gläser seiner Brille. »Ebendas ist Ihre Tochter nicht«, antwortet er langsam und mit Nachdruck, »Jüdin. Nicht einmal zur Hälfte.«

8. KAPITEL

in dem Jakob fragt und der Rabbi antwortet.

»Was soll das bedeuten, Lili ist keine Jüdin, nicht einmal zur Hälfte?«

Ärger und Unglaube schwingen in Jakobs Stimme mit. Ärger und Unglaube sowie ein weiteres Gefühl. Schwer fassbar – eher ein dumpfes Ahnen, eine ferne Dissonanz.

»Nun«, bedächtig wiegt Rabbi Teichlmann den Kopf, »ich bin vielleicht der Letzte, der das sagen sollte, aber das Judentum ist ein sonderbarer Einfall des *Allmächtigen*. Wer außer *Ihm* käme auf den Gedanken, ein einziges Volk sei das auserwählte?« Er legt die Stirn in Falten. »Ähnlich wie mit *Seinem* Volk verhält es sich mit dessen Bräuchen und Traditionen. Nicht alle Bestimmungen der *Halacha*, des Religionsgesetzes, erschließen sich dem Auge des Betrachters auf den ersten Blick.« Er deutet auf Lili, die angelegentlich mit *Hund* beschäftigt ist. Erwachsenenkram. Streicheln ist wichtiger.

»Nehmen Sie Ihre Tochter. Sie ist weder Jüdin noch Halbjüdin, weil das Jüdischsein matrilinear weitergegeben wird.«

Die Verwirrung auf Jakobs Zügen nimmt zu. »Was meinen Sie damit?«

»Verzeihung«, der Arm des Rabbi beschreibt einen Bogen, der die zahllosen Bücher und Schriften im Raum umfasst, »das kommt davon, wenn man die Nase allzu oft in die überlieferten Texte steckt. Zuweilen ist man dem Wort näher als den Menschen. Damit meine ich, ausschließlich die mütterliche Linie bestimmt, ob jemand Jude ist oder nicht. Sie haben mir erzählt, Ihre verstorbene Frau gehörte dem christlichen Glauben an.«

Jakob betrachtet die in fleckiges Leder gebundenen Folianten, die dicht an dicht und zum Teil kreuz und quer die Regalbretter in den Schränken füllen. Hinter einer Glastür sind Dutzende von Textrollen zu erkennen; große, kleine, einige von ihnen mit Samthüllen versehen – ein ungewohnter Anblick. Beim Hereinkommen hat Teichlmann den Raum als Wohn- und Speisezimmer bezeichnet, in dem die Familie sich am Shabbatabend zum gemeinsamen Mahl zusammenfinde. Aber zu jeder anderen Zeit scheint er den Ort als Studierzimmer zu nutzen. In einem weiteren Fach liegen lange, geschwungene Tierhörner, deren Zweck Jakob unbekannt ist. Es handelt sich um eine fremde Welt, die sich ihm hier zeigt – ihm zeigt, aber nicht erschließt und seiner Tochter den Zutritt verwehrt.

Lili keine Jüdin, obwohl sein Blut in ihren Adern fließt? Weil ein Haufen stockfleckiger Bücher dies behauptet? Deren Inhalt wahrscheinlich nur einer Handvoll Gelehrter wie Teichlmann verständlich ist?

Das dumpfe Grollen in seinem Inneren wird lauter, dunkle Wolken rücken näher.

Ein merkwürdiges Wort kommt ihm in den Sinn: *Fehlgepaart.* Tragen Charlotte und er Schuld daran, dass Lili sich angeblich im religiösen Niemandsland befindet?

Doch wie soll man sich an eine Vorschrift halten, die man nicht kennt? Regeln befolgen, von denen man nie gehört hat?

»Itzich is Itzich!« Die Stimme von Charlottes Vater hallt in seinem Kopf wider.

Ebenso wütend wie ratlos fragt Jakob: »Wo kommt das her? Wer hat all das geschrieben?« Er deutet mit dem Kopf auf die Schriften ringsherum.

»Diese Frage ist nicht so einfach zu beantworten, wie man annehmen könnte«, sagt Teichlmann. »Sie müssen es sich so vorstellen: Aller Anfang ist die Bibel, der *Tanach*. Sie bildet den Ausgangspunkt und die Grundlage unseres Glaubens. Der *Tanach* besteht aus drei Teilen, deren wichtigster die *Tora* ist. *Adonaj* selbst hat sich Mose am Berg Sinai offenbart, und jener hat das ihm Zuteilgewordene niedergeschrieben. Auf insgesamt fünf Bücher hat er sein Wissen verteilt. Fünf«, der Rabbi hält die entsprechende Anzahl Finger in die Höhe, »deswegen nennen wir die *Tora* auch *Pentateuch*, wörtlich übersetzt ›Fünfgefäß‹. Sie haben vielleicht schon einmal davon gehört, dass man in früheren Zeiten Schriftrollen in tönernen Krügen aufbewahrt hat.« Der Blick des Rabbi wandert in die Ferne. »Später wurde der *Tanach* um die *Bücher der Propheten* und die sogenannten *Hagiographen* ergänzt. Psalmen, Sprüche und dergleichen, allesamt mündliche Überlieferungen, die gelehrte Männer über Jahrhunderte hinweg gesammelt, ausgewählt und zu Papier gebracht haben. Die Zahl ihrer Namen ist Legion. Nun«, Teichlmann räuspert sich, »und seither ist man bemüht, jene Texte auszulegen und zu verstehen.« Erneut zeigt er auf die Regalwände. »Eine Disziplin, in der wir es zu wahrer Meisterschaft gebracht haben, und eine Aufgabe, die niemals abgeschlossen ist.

Man könnte meinen, all das diene dem Selbstzweck, aber das Gegenteil ist der Fall, weil die wichtigsten Erkenntnisse aus den Schriften im *Talmud* niedergelegt sind, der *Lehre*. Sie hilft uns, die Gebote des *Allmächtigen* zu begreifen und in unseren Lebensalltag einzubinden.«

Auch wenn Teichlmann sich bemüht hat, die Zusammenhänge möglichst einfach darzustellen – Jakob qualmt der Kopf. *Tanach, Tora, Talmud*; fremd klingende Begriffe aus einer vergangenen Welt. Wieso konnten diese Dinge heute noch solche Bedeutung haben und es im Berlin des beginnenden 20. Jahrhunderts einem kleinen Mädchen verbieten, als Jüdin zu leben?

Er merkt, wie sein Ärger einem tiefer liegenden Gefühl Platz macht, sich die Gewitterfront in seinem Inneren in einem grellen Blitz der Erkenntnis entlädt: Angst! Es ist eine hundserbärmliche Angst, die er verspürt. Nicht erst jetzt, sondern schon seit Jahren.

Der Krieg hat sein Vertrauen in das Leben zutiefst erschüttert, Charlottes Tod ihn um ein Haar zerstört. Ist er bis dahin der Auffassung gewesen, sterben sei vor allem etwas für alte Leute, hat die Wirklichkeit ihn eines Besseren belehrt. Eines Besseren, das das Schlimmste ist. Wie soll er Lili schützen, wenn jederzeit alles passieren kann?

»Wir können es uns nicht leisten, noch weniger zu werden«, hat er ihr erklärt. Aber wie will er es verhindern? Er kann es nicht verhindern. Er kann lediglich Vorsorge treffen. Letztlich muss Lili keinem bestimmten Glauben angehören – auch nicht dem Judentum. Wichtig ist, sie wird Teil einer Gemeinschaft. Die sie bewahrt. Vor Einsamkeit und Alleinsein. Die ein Netz bildet, welches sie auffängt, für den schrecklichen Fall, er ginge ihr ebenso verloren wie Charlotte. Glaube als Familienersatz. Wie kommt er darauf? Nur weil er es damals, auf seiner Wanderung, so erlebt hat? Aber wäre nicht vielleicht das Christentum, Charlottes Religion, geeigneter dafür? Mit einem Mal scheint ihm das Judentum viel zu kompliziert für eine so einfache Fragestellung.

Es ist, als könnte Teichlmann seine Gedanken lesen. »Die Frage des Jüdischseins ist keine unkomplizierte, im Gegenteil. Seit zweitausend Jahren lebt das Volk Israel in der Diaspora. Man möchte uns glauben machen, wir seien Fremde in der Fremde, anders als die anderen, egal, wie viel Mühe wir uns geben – doch wir werden nur anders gesehen. Was ist es also, das uns eint – unsere gemeinsame Kultur, Abstammung und Geschichte? Der Glaube, die Rituale, die Tradition?« Er öffnet die Handflächen zum Himmel. »Höchstwahrscheinlich schon. Aber wir sind auch ein zerstrittenes, ein uneiniges Volk. Darum muss die Bibel und ihre Auslegung unser Leitfaden in einer unübersichtlichen Welt bleiben. Seit der Zerstörung des Zweiten Tempels, seit unserer Zerstreuung in aller Herren Länder ist sie uns eine transportable Heimat. Und in ihr steht ohne jeden Zweifel geschrieben: Jude ist nur, wer eine jüdische Mutter hat!«

Falls die Worte des Rabbi tröstend gemeint sind, so verfehlen sie ihre Wirkung. Hilflos fragt Jakob: »Aber was kann ich tun?«

»Das, was die meisten Menschen in dieser Gemeinde tun«, sagt Teichlmann, ein kämpferisches Funkeln in den Augen, »mir vertrauen. Wenn Sie wollen, werde ich Ihre Tochter im jüdischen Glauben, in den Sitten und Gebräuchen des Judentums unterrichten, und wenn Sie in ein paar Jahren immer noch der Überzeugung sind, sie solle Jüdin werden, dann ist ein Übertritt möglich. Zuvor habe ich allerdings eine Bitte, oder – nennen Sie es ruhig eine Bedingung.« Sein Blick wandert zu Lili. »Ein kleines Mädchen und zwei Männer, davon einer Asiate. Das ist ganz und gar nicht gut …«

Hund und Lili heben den Kopf. Aufmerksam geworden. Mindestens einer von beiden knurrt.

9. KAPITEL

in dem Jakob auf Reisen geht und ein preußisch-jüdischer Soldat das Regiment im Haus übernimmt. So weit als möglich.

Ein rotbrauner Fleck, verschwommen, vor grünem Hintergrund. Blattwerk und Schattenspiele. Zitternde Sonnenstrahlen im Geäst. Die Magie der frühen Stunde. Leichtfüßig läuft das Eichhörnchen den Stamm der Linde herab und hockt auf der feuchten Wiese; die glänzenden dunklen Knopfaugen auf seine Umgebung gerichtet. Spiegelnde Fensterscheiben, bemooste Mauern. Plötzlich, an der Rückseite des Hauses, eine Bewegung. Entschwunden, eine rotbraune Erinnerung vor grünem Grund.

Behutsam zieht Takeshi die Glastür zum Garten hinter sich zu. Es ist still im Haus. Lili schläft. Keinesfalls möchte er sie aus ihren Träumen wecken.

Kühle, klare Morgenluft, der Tag deutet sich gerade erst an. Tautropfen, die wie kostbare Perlen auf den Spitzen der Gräser und Pflanzen funkeln. Unbewegt wie eine dunkle Schieferplatte ruht das Wasser des Teiches.

Zweihundert Jahre zuvor, überlegt er, und das Teehaus wäre das, was es ursprünglich einmal war: eine einfache Grashütte in der Natur. Die hohe Gartenmauer hält nicht nur die Straßengeräusche ab, sondern scheinbar die ganze Welt. Als wäre er allein in Berlin, allein in der großen Stadt, unter Millionen Menschen.

Eine Illusion. Wie so vieles im Leben.

Um Punkt sieben würde Frau Herschowitz das Haus durch den Hintereingang betreten, um zum Dienst anzutreten, wie sie es nennt.

»Zum Dienst antreten«.

Er spürt eine Gemütsregung, die er am ehesten als Unmut deuten würde.

Jakob hat ihm erzählt, wie Rabbi Teichlmann am Ende ihres Gespräches auf Lili gedeutet und energisch beschieden hatte:

»Ein kleines Mädchen und zwei Männer, davon einer Asiate. Das ist ganz und gar nicht gut. In einen ordentlichen jüdischen Haushalt gehört eine Frau. Ich werde die Witwe Herschowitz verständigen. Sie wird sich um sie kümmern.« Er hüstelte. »Gegen Entgelt natürlich. Sie ist eine ordentliche und sittsame Frau!«

So lautete seine Bedingung.

Und außerdem ist sie ein Soldat, denkt Takeshi. Ein preußisch-jüdischer Soldat, der Jakobs Haushalt einem strengen Regiment unterzieht:

»Gegessen wird am Tisch, nicht im Garten.«

»Gespült wird sofort, nicht später.«

»Der Hund hat nichts in der Küche zu suchen.«

»Überhaupt, alles hat seinen Platz!«, pflegt sie zu sagen und sorgt mit großer Geste dafür, dass dem so ist.

Was den letzten Punkt betrifft, so stimmt er ihr zu – ausnahmsweise.

Niemand weiß, dass er einen zweiten Vornamen besitzt. Nicht einmal Jakob. Aus Respekt vor den deutschen Jesuiten, in deren Waisenhaus er einen Teil seiner Kindheit und Jugend verbrachte, hatte er sich taufen lassen. Auf den Namen Alexander. Im Griechischen ein zusammengesetztes Wort aus *Mann* und *schützen* – also *Beschützer.* Die Ordensbrüder legten Wert darauf, dass die christlichen Namen ihrer Zöglinge deren Ursprungsnamen entsprechen.

Später, als Jakob ihm von Charlottes Tod berichtete, hatte er es als Fingerzeig empfunden. Nicht unbedingt als Fingerzeig Gottes. Er ist getauft, aber nicht gläubig. Auch hierin fühlt er sich seinem Freund verbunden; Jakob, dem jüdischen Nichtjuden. Aber egal, wer oder was dafür verantwortlich zeichnet, im dem Moment, in dem er Jakobs Brief las, ahnte er, dass er seine Bestimmung gefunden hatte.

Er fühlt eine tiefe Ruhe in sich. Jakob ist auf Reisen, und wie immer hat er ihm die Verantwortung für Lili übertragen. Die Witwe Herschowitz liegt durchaus richtig – alles hat seinen Platz und Lili ihren *Beschützer.* Ein Leben lang.

Er atmet tief ein und spürt, wie die frische Morgenluft seine Lungen füllt. Unter seinen nackten Fußsohlen bewegen sich die glatten Steine des Kiesweges. Feucht glänzen die glasierten Dachziegel des Teehauses im ersten Schein der Sonne. Gleich dahinter liegt der Teich.

Unzählige Male hatte er in den zurückliegenden Monaten an dessen Ufer gekniet und Klangsteine arrangiert, Wasserpflanzen ein- und umgesetzt. War bis auf die Knochen nass geworden, während er im Regen stand und den Tönen lauschte, die die herabfallenden Tropfen beim Aufprallen erzeugen – auf dem Kies, auf den breitblättrigen Pflanzen und den schmalen Ausläufern des Schilfs.

Er tritt näher. Hinter dem Teehaus steht das Fass. Ein

großes hölzernes Fass, das er einem Weinhändler abgekauft und dessen Deckel er entfernt hat. Jetzt steht es aufrecht da und fängt das Regenwasser auf. An der Vorderseite hat er ein Loch gebohrt und ein dünnes Tonrohr eingesetzt. Es ragt aus dem unteren Drittel der Fasswölbung hervor. Silbrig hell ergießt sich ein Wasserstrahl daraus, der von einem einzelnen runden Klangstein aufgefangen wird. An weiteren Klangsteinen vorbei fließt das Wasser durch eine schmale Rinne in den Teich.

Takeshi schließt die Augen und folgt den Tönen, die an sein Ohr dringen. Sein Geist weitet sich. Er weiß nicht, wie lange er so ausharrt. Schließlich bückt er sich und rückt den kleinen ovalen Klangstein zu seinen Füßen ein winziges Stück zur Seite. Will das Teehaus eine einfache Grashütte in der Natur sein, so weben Garten und Teich den passenden Klangteppich dazu; jedes Instrument sauber gestimmt.

In einer fließenden Bewegung lässt er sein Gewand von den Schultern gleiten und steigt mit langsamen Schritten in den Teich. Atemberaubende Kühle umfängt ihn. Er geht in die Hocke, eins mit sich und der Welt.

Eine Illusion. Wie so vieles im Leben.

Unvermittelt erschallt eine Stimme vom Haus: »Kommen Sie sofort da raus und ziehen sich etwas über, junger Mann! Was soll nur die arme kleine Lili denken, wenn sie Sie so sieht?«

Die Witwe Herschowitz ist offenbar früher als üblich »zum Dienst angetreten«. Er richtet sich auf und watet zurück ans Ufer. Nackt. Er wartet den Bruchteil einer Sekunde, bevor er sich bedeckt.

Eine Botschaft. Für jeden, der sehen kann. Und selbst für die, die es nicht können.

Er bückt sich und bringt den kleinen ovalen Klangstein wieder in seine alte Position.

Alles hat seinen Platz.

Jakob. Lili. Und Frau Herschowitz.

Er würde sich den seinen nicht streitig machen lassen. Auch und gerade nicht von einem preußisch-jüdischen Soldaten.

10. KAPITEL

in dem Menschen Farbe bekennen und Jakob Champagner kauft, der keiner ist.

Andere Mädchen haben Geschwister, Freundinnen, eine Kinderfrau – vorausgesetzt, ihre Väter sind ähnlich wohlhabend wie Jakob. Sie spielen mit ihren Kaufläden oder in ihren Puppenküchen. Zuweilen blicken sie ihren Müttern über die Schulter und dürfen auf dem Herd in der Küche kleine Gerichte zubereiten. Sie backen Pfannekuchen oder rühren Haferschleim um.

Lili kocht Tee. Mit Takeshi. Im Zauberhäuschen im Garten.

»Ursprünglich hat es nur eine einzige Teepflanze gegeben«, erklärt er und reicht ihr ihre Schale hinüber, »in China. Sie stammte aus der Familie der Kamelien. Weiße, wunderschöne Blüten an einem immergrünen Strauch. Kannst du dir das vorstellen? Ein Gewächs, immer da, immer grün, scheinbar losgelöst vom Lauf der Zeit?«

Lili pustet vorsichtig in ihre Teeschale. Sie kann es sich vorstellen, sieht es förmlich vor sich, das Weiß der Teeblüten. An Takeshi.

Nach Charlottes Tod war ihre Welt grau geworden. Aber die Menschen darin farbiger. Wenigstens kam es ihr so vor. Weil plötzlich kostbarer?

Es ist wie in den Märchen, die Jakob ihr abends vor dem Einschlafen vorliest. Die Figuren tragen Farben in sich. Wesensfarben. Strahlen sie ab. Als Ausdruck dessen, was sie sind. Ebenso treten Menschen in Beziehung. Sie bekennen Farbe. Und harmonieren oder harmonieren nicht.

Jeder weiß, Märchen verfügen über ein geheimes Wissen. Auch wenn sie erfunden sind, bedeutet das nicht, sie sind nicht wahr. Weshalb würde Jakob sie ihr sonst vorlesen?

Rotkäppchen. Schneeweißchen und Rosenrot. Die Verheißung von Gefahr, und der Gegensatz zwischen Liebreiz und Expressivität.

Die »Faule« in *Frau Holle.* Natürlich regnet am Ende die allerklebrigste schwarze Strafe auf sie herab. »Kikeriki, kikeriki, unsere Pechmarie ist wieder hie!«

Und über allem *Schneewittchen.* »So weiß wie Schnee, so rot wie Blut und so schwarz wie Ebenholz.« Anmutiger vermag ein Kind nicht zu sein. Und kaum mehr Farben in sich zu vereinen. Später, als junge Frau, ist Schneewittchen schöner, als die Welt erlaubt und die Stiefmutter es aushält. Selbstverständlich bekommt es den Königssohn, das Schneewittchen.

Also stellt sie sich die Menschen in ihrer Umgebung in Farben vor. Nicht immer, nur manchmal. Sie tut es unbewusst. Eben nach Märchenart.

Als Charlotte starb, ist Lili traurig gewesen. Unendlich traurig. Es brach ihr das Herz. Ihre Welt wurde grau, sie wurde grau, ihre Seele zeigte ein erschöpftes Schwarz. Takeshi hatte es bemerkt. Von Anfang an. Nur, dass er einen Scherz daraus machte – um sie zu schonen: »Dunkelschwarz und Hellschwarz passen gut. Besser als Rot und Grün, weißt du?«

Doch er hatte geflunkert. Denn er selbst war nicht

schwarz. Im Gegenteil, er war weiß. Und das Zusammensein mit ihm färbte auf sie ab.

Plötzlich gerieten die Dinge in Bewegung. Ihre Trauer veränderte sich, verging. Das Leben ging – weiter. Und an die Stelle, an der sich eben noch ein bleiernes Grau befand, trat Blau. Ein sanftes, schwermütiges Blau. Es blieb. Begleitete sie. Wurde Teil von ihr.

Takeshi, die Teeblüten, das Teehaus hingegen – in ihrer Wahrnehmung allesamt unterschiedliche Abstufungen von Weiß.

Sie nimmt einen Schluck aus ihrer Schale und hebt den Kopf. Nicht nur Menschen zeigen Farben. Die ganze Welt ist voll davon. Hell, dunkel, bunt leuchtend oder schwarz. Insbesondere die Maler wissen darum. Sie hat sich vorgenommen, mit ihren Augen zu sehen.

An manchen Tagen fällt goldumrandetes Sonnenlicht durch die papierenen Wände des Teehauses und verbreitet ein mildes, durchscheinendes Weiß. Das Weiß der Ruhe, der Leere.

Heute hingegen ist die Luft schwer. Wolken sind aufgezogen, ein Grauschimmer hat sich in das Weiß gemengt, und es ist ganz still im Inneren des Teehauses, bis plötzlich fragend die ersten Tropfen aufs Dach klopfen.

Sie zieht die Schiebetür auf, legt sich bäuchlings auf den Boden. Das Kinn in die Hände gestützt, streckt sie den Kopf nach draußen; nur so weit, wie er vom Überstand des Daches geschützt wird. Gespannt lauscht sie dem Rauschen des Regens. Und vor ihren Augen wachsen Spritzwasserblumen aus dem Wasser des Teiches.

Hinter ihr stellt Takeshi den eisernen Kessel auf die Herdstelle. Er sagt: »Feuer und Wasser gehören zusammen.«

Wie zur Bestätigung erhellt ein Blitz den dunklen Himmel.

Sie weiß, auch Jakob trägt Teile jenes besonderen Blaus in sich. Seit Charlottes Tod und Takeshis Eintreffen in ihrem Leben hat es Besitz von ihm ergriffen. Sie erkennt es. Vorher ist er rot gewesen. Dunkelrotorange. Vertraut und warm wie die Glut in der Feuerstelle. Jetzt ist er violett – das ursprüngliche Rot und das neue Blau haben seiner Persönlichkeit einen anderen Ton verliehen.

Der Regen hört auf. Sie lauscht dem Echo der letzten Tropfen hinterher, erhebt sich, faltet die Hände vor der Brust und bedankt sich bei Takeshi für den Tee. Dann geht sie hinüber ins neue Haus, welches in ihrer Vorstellung immer das *neue* Haus bleiben wird; egal, wie lange sie darin lebt.

Jakob sitzt im Salon und liest Zeitung.

»Spielst du mit mir?«, fragt sie.

Jakob nickt. Er legt die Zeitung beiseite, steht auf und setzt sich zu ihr an den Tisch. Erst spielen sie ein paar Partien Mühle, dann Halma und zum Schluss Mensch-ärgere-Dich-nicht. Sie ärgert sich nicht. Sie gewinnt ziemlich häufig. Jakob ärgert sich ebenfalls nicht.

Währenddessen verschmelzen im Garten die Pflanzen mit der Dämmerung; das Teehaus gerinnt immer mehr zu einem Tagtraum.

»Erzählst du mir was?«, fragt sie. »Von deinen Reisen?«

Jakob steht auf, geht zum Kamin und schichtet Anzündholz auf. Er entfacht das Feuer. Als die ersten Flammen emporzungeln, legt er zwei dicke Buchenscheite nach. In einer Ecke des Raums steht ein kleiner Tisch mit einer Karaffe und zwei zierlichen Gläsern. In das eine schenkt er zwei Fingerbreit eines weißen Portweins ein; ein seltener Tropfen, den ihm ein Kaufmannskollege aus Portugal mitgebracht hat. Er kehrt an den Tisch zurück und setzt sich. Genüsslich nimmt er einen Schluck aus seinem Glas und lehnt sich auf dem Stuhl nach hinten.

»Da ist der *Pu-Erh*«, beginnt er seinen Bericht. »Obwohl eine der wertvollsten Sorten überhaupt, ist er nicht immer auf den ersten Blick als Tee zu erkennen, weil man ihn nach der Verarbeitung in Kugeln oder Blöcke presst. So lässt er sich leichter lagern und transportieren. Man sagt, je älter er ist, umso besser schmeckt er.« Jakob senkt die Stimme. »Stell dir vor, in China habe ich einmal für eine Scheibe tausend Goldmark bezahlt.«

Sie versucht es sich vorzustellen. Vergeblich. Tee in Scheiben. Unvorstellbar.

»Noch seltener ist der *Yin Zhen*, die Silbernadel«, fährt Jakob fort. »Ein weißer Tee, den ich zum ersten Mal bei Takeshi in Osaka probieren durfte. Die *Silbernadel* ist der Champagner unter den weißen Tees!«

Diesmal klappt es besser. Vor ihrem inneren Auge steigt das Bild von Jakob auf, wie er, hoch zu Ross, in ein nebelverhangenes Gebirge reitet. In einem versteckt gelegenen Tal macht er halt. Eine winzige Ansiedlung von einem Dutzend Bambushütten. Teebauern, sehr arm natürlich. Er sitzt ab und nimmt eine kleine hölzerne Truhe vom Sattel. Er klappt den Deckel auf, und ein Raunen geht durch die Reihen der Dorfbewohner. Zahllose goldene Münzen blitzen und blinken in der Sonne Japans oder Chinas – wer weiß das schon! Ehrfürchtig sperren die Bauern das verrostete Schloss des Lagerschuppens auf und bringen eine mit Stroh gepolsterte Kiste herbei. Mit der gebührenden Sorgfalt entnehmen sie ihr drei große grüne Champagnerflaschen und übergeben sie Jakob – selbstverständlich mit der *Silbernadel* darin.

»Sind wir reich?«, fragt sie.

Jakob reibt sich das Kinn. »Der Krieg hat alles durcheinandergebracht. Bis dahin sind die Geschäfte sehr gut gelaufen. Auch jetzt geht es erstaunlich schnell wieder bergauf. Als ob die Menschen etwas nachholen wollten. Wir konnten uns das neue Haus leisten. Und das Teehaus im Garten. Mit Teich. Aber der Markt ist instabil. Ich werde weiter viel auf Reisen sein. Alte Kontakte pflegen und neue Kunden gewinnen. Derweil bist du gut bei Takeshi aufgehoben.« Er runzelt die Stirn. »Und bei Frau Herschowitz, natürlich.«

11. KAPITEL

in dem Lili und Takeshi ins Mittelalter reisen, aber bezweifeln, dass es sparsame Ritter gibt.

Es ist eine ungewöhnliche Gemeinschaft, die sich in dem neuen Haus in Charlottenburg, nicht weit entfernt von der Spree, zusammengefunden hat.

Gefunden? Dafür hätte jemand suchen müssen. Finden, ohne zu suchen – das dürfte Schicksal sein.

Notgemeinschaft wäre zu stark und Zweckgemeinschaft zu wenig. Von daher Schicksalsgemeinschaft – ja, das ist es. Schicksalsgemeinschaft: Eine Ansammlung von Menschen, die sich unter normalen Umständen nicht begegnet wären; die meisten von ihnen jedenfalls. Dazu bedurfte es des Todes. Charlottes Tod. Jakobs Liebe zu ihr, über den Tod hinaus, und Takeshis Freundschaft.

Vermag der Tod also auch Gutes zu bewirken? Neben all dem Schrecklichen?

Es wird sich zeigen.

Ein Rhythmus entsteht. Ein Alltag spielt sich ein. Frau Herschowitz kümmert sich um das Essen, das Reinemachen und die Wäsche, Takeshi pflegt den Garten und versorgt den Rest des Hauses. Lili geht zur Schule. Sie liegt im Osten der Stadt. Nicht gleich um die Ecke, von Charlottenburg aus gesehen. Sie liegt da, wo Jakob und Lili mit Charlotte gelebt haben, bevor sie vor ihren Erinnerungen geflohen sind.

Jeden Morgen bringt Takeshi Lili zur Schule, und jeden Mittag holt er sie wieder ab. Dann spazieren sie durch die Stadt, der schlanke Japaner und das kleine Mädchen. Kein alltäglicher Anblick, selbst für die Weltstadt Berlin. Man schaut ihnen hinterher, dem ungleichen Paar. Hält sie für etwas Besonderes. Sie selber finden das nicht. Im Gegenteil. Für sie kann es gar nicht anders sein. Was schon wieder besonders ist.

»Hast du heute etwas gelernt?«, fragt Takeshi. Es ist nicht selbstverständlich, dass Lili in der Schule etwas lernt – das hat er verstanden. Weil sie es ihm beigebracht hat. Denn nicht selten antwortet sie auf seine Frage:

»Das hätte ich mir sparen können. Bei dir hätte ich tausendmal mehr gelernt.«

Ein schönes Kompliment. Vielleicht ein wenig übertrieben. Allerdings nicht sehr.

Heute aber sagt Lili: »Berlin ist gar keine Stadt!«

Interessiert erkundigt sich Takeshi: »Was ist es dann?«

»Berlin ist *zwei* Städte! Wir haben gelernt, es sind zwei Ansiedlungen gewesen, aus denen Berlin entstanden ist. Auf jeder Seite der Spree eine.«

»Das klingt vernünftig«, antwortet Takeshi. »Warum sollte man auch nur auf einer Seite des Flusses siedeln? Es sei denn, die Fische würden ein Ufer meiden.«

Lili mustert ihn streng. »Ich weiß, wenn du mich auf den Arm nimmst. Die Fische schwimmen überall. Und gehandelt wird auch auf beiden Seiten. Darum sind ganz nah am Fluss zwei Handelsstützpunkte entstanden, die sich gegenüberliegen. Lehrer Kollwitz sagt, einer am Molkenmarkt, zwischen der Nikolaikirche und der Spree, und der andere in Cölln, am Cöllnischen Fischmarkt, zwischen der Petrikirche und der Spree.«

»Sollen wir hingehen, es uns angucken?«

Lili nickt zufrieden. »Das ist unsere Hausaufgabe.«

Sie gehen hin und stellen sich auf den Mühlendamm, genau in die Mitte. Von das aus können sie in beide Richtungen blicken: auf der einen Seite hinüber ins ehemalige Cölln, auf der anderen ins Nikolaiviertel. Und da sind sie, die Reste vom Mittelalter, man muss nur den Hals ein wenig strecken und wissen, worauf zu achten ist. Zwei alte Kirchen, beide mit Turm. Der der Petrikirche schlank und scheinbar direkt in den Himmel führend; der Turm der Nikolaikirche gedrungener, dafür mit zwei – Helmen? Außerdem, am Ufer, Fischerboote. Nicht viele, aber immerhin. Am eindrucksvollsten ist jedoch die Burg. Ein riesiges Gebäude aus gelbroten Ziegelsteinen mit Türmen und Zinnen. Sie treten näher und entdecken neben dem Haupteingang ein Schild, auf dem steht: *Städtische Sparkasse.* Fragend schaut Lili zu Takeshi. Der zuckt ratlos mit den Schultern. Sparsame Ritter? Das klingt nicht sehr nach Mittelalter.

Auch der Rest des Mühlendamms wirkt durchaus modern. Man erkennt ihn kaum noch als Brücke, so schwer und stabil ruht er auf seinen Pfeilern. Beidseits breite Bürgersteige, die zahllosen Menschen Platz bieten; dazwischen eine Trambahn, die über die Spree fährt – das muss sich mal einer vorstellen! Und dort, ein weiteres Wunder der Technik: die Schleuse. Egal, wie lange Lili am eisernen Geländer steht und verfolgt, wie der Wasserpegel in der Kammer steigt – niemals würde sie begreifen, weshalb die schwer beladenen Lastkähne nicht untergehen. Ein Wunder. Mit oder ohne Schleuse.

»Vielleicht magst du Rabbi Teichlmann von unserem kleinen Ausflug berichten«, schlägt Takeshi vor. »Davon, was euer Lehrer euch im Unterricht erzählt hat und von dem, was du heute Nachmittag mit eigenen Augen gesehen hast.«

12. KAPITEL

in dem magische Schalen auftauchen und auf Wellen des Wissens schwimmen.

»Das ist gar nicht einmal so falsch«, sagt Rabbi Teichlmann und streicht sich durch den struppigen Bart, »genau genommen ist es sogar richtig, was dieser Kollwitz euch erzählt hat. Man sollte um den Ursprung der Dinge wissen. Insbesondere wenn man tagtäglich von ihnen umgeben ist.«

Sein Lob gilt Lilis Lehrer und dessen Unterrichtsstunde über die Entstehung Berlins – Lili hat berichtet. Ein bemerkenswertes Lob, hält der Rabbi doch nicht allzu viel von staatlichen Schulen. Das Niveau der entsprechenden jüdischen Einrichtungen sei schlicht höher – ganz abgesehen von den theologischen Inhalten. Ebenso hat er sich auch Jakob gegenüber geäußert.

Dieser aber ist hart geblieben – ausnahmsweise. Lili habe im letzten Jahr bereits genug Veränderungen durchgemacht, da wolle er ihr einen Schulwechsel ersparen. Sie werde ohnehin demnächst aufs Lyzeum gehen. Solange wolle er sie, um sie nicht unnötig zu belasten, in ihrem gewohnten Umfeld, in ihrer alten Klasse belassen.

Rabbi Teichlmann hat das hingenommen. Hinnehmen allerdings nicht im Sinne von klaglos. Wie ein alttestamentarischer Prophet, mit erhobenem Zeigefinger, ermahnt er Lili seitdem in schöner Regelmäßigkeit, nicht all dem modernen *Schmonzes* zu trauen, der ihr in der Schule beigebracht werde; das Wort Schule klingt dabei aus seinem Mund wie etwas Anstößiges.

Und so ist Takeshis Empfehlung, Lili möge Teichlmann von ihrem Ausflug an die Spree berichten, beides: sanfte japanische Botschaft an eine entrüstete jüdische Seele sowie Auftakt zu einem viele Jahre lang andauernden Wetteifern um Lilis *Charakterbildung*.

Ihre Persönlichkeit stellt ein Brennglas dar, in dessen Zentrum sich eine Vielzahl von Einflüssen bricht. Einflüsse, die sich vor allem durch ihre Unterschiedlichkeit auszeichnen – staatlich, jüdisch, japanisch. Tradition und Moderne. Familie und Ersatzfamilie.

Wie geht man mit Unterschieden um?

Man kann sie betonen oder überwinden, wobei Letzteres interessanter erscheint. Denn was kommt danach? Was liegt jenseits der Unterschiede?

Eine Fragestellung, die Rabbi Teichlmann für den Moment eher fernliegt.

»Man merke«, seine Stimme hebt sich, »zwei Ansiedlungen, einander gegenüberliegend, in unmittelbarer Nähe des Flusses. Und was findet sich? Von Beginn an? Handel! Handel, Geld und Kirche; zwei Kirchen sogar. Die Christen haben eindeutig vor uns damit angefangen. Wenigstens hier in Berlin«, schränkt er seine Worte ein, ebenso um die Vorurteile wissend, denen sein Volk seit mehr als zweitausend Jahren ausgesetzt ist, wie um die Existenz des wohlhabenderen Teils seiner Gemeinde.

Jakob zählt dazu, zum wohlhabenderen Teil. Nach wie vor ist er kein vollwertiges Gemeindemitglied, besucht nicht die Synagoge, dennoch: Sein Auftrag an Rabbi Teichlmann ist nicht nur für Lili von besonderer Bedeutung. Nach langer Zeit ist sie wieder die erste Nichtjüdin, die der Rabbi auf einen möglichen Eintritt ins Judentum vorbereitet.

Nachdem Ende des vergangenen Jahrhunderts die Zivilehe in Preußen eingeführt wurde, hat er in seiner Gemeinde nur noch wenige Übertritte aus anderen Religionsgemeinschaften zu verzeichnen gehabt. Eine Entwicklung, die ihm Sorge bereitet. Denn erfolgt keine vorherige Konversion, so ist die Ehe zwischen einem Juden und einer Nichtjüdin oder – umgekehrt – zwischen einer Jüdin und einem Nichtjuden nicht nur untersagt, sondern ungültig. Jedenfalls nach den strengen Maßstäben der *Halacha*, des jüdischen Religionsgesetzes. Lili ist das Kind einer solchen Verbindung. Auch wenn Teichlmann die Konzentration und Ernsthaftigkeit seiner jungen Schülerin schätzt, ist diese seines Erachtens ein gutes Beispiel dafür, wie kompliziert die Dinge in solchen Fällen liegen. Allerdings tut das seinem pädagogischen Ehrgeiz keinen Abbruch, im Gegenteil.

Im Jiddischen nennt man die Synagoge *Schul*. Rabbi hingegen ist hebräisch und steht für »Lehrer«. Gute Lehrer halten sich nicht immer an den vorgegebenen Lehrstoff. Sie nehmen das, was gerade da ist, und improvisieren. So gesehen gehört Teichlmann zu den besten.

»Wo wir schon bei den Ursprüngen sind«, seine Augen funkeln hinter den Brillengläsern, »wie sieht es da mit deinem Namen aus, mein Kind? Hat dein Lehrer in der Schule schon einmal darüber mit dir gesprochen? Siehst du! Tatsächlich klingt Lili beim ersten Hinhören nicht unbedingt jüdisch«, stellt er mit der gleichen gewichtigen

Miene fest, mit der er sonst über Regeln und Rituale jüdischen Lebens, die *Tora* oder die Geschichte des Volkes Israel zu dozieren pflegt, »aber«, er legt eine kunstvolle Pause ein, »ich könnte mir vorstellen, Lili leitet sich vom hebräischen *Lilith* ab. Dessen Entsprechung im Arabischen«, sein Zeigefinger klappt nach oben, »lautet *Leila*, also ›Nacht‹. Viele Geschichten ranken sich um jenen Namen und verleihen ihm ebenso viele Bedeutungen.«

Die damit Gemeinte, die Namensträgerin, sitzt still auf dem Stuhl vor seinem Schreibtisch. In den bisherigen Unterrichtsstunden hat Lili gelernt, der Rabbi spricht gern. Nicht schlimm, sie hört gerne zu. Mal mehr und mal weniger. Ihr Blick gleitet über das Meer gedruckter Gelehrsamkeit, das sie umgibt. Wenn sie die Augen ein ganz klein wenig zukneift, hat es den Anschein, als schaukelten die ledernen Folianten, Leinenbände und losen Papierheftungen auf dem Schreibtisch und in den Regalen sanft hin und her. Ein interessanter Effekt: Wellen des Wissens. Gerade sagt der Kapitän:

»Ursprünglich war Lilith die Göttin des Windes, später geistert sie als ›die Nächtliche‹ umher, bis der Talmud sie schließlich zu Adams erster Ehefrau erhebt.« Nachdenklich zupft Teichlmann sich den Bart. »Adam – der erste Mensch. Es gibt eine Version, in der *Adonaj* Lilith *Seinen* heiligen Namen verrät und ihr dadurch unbegrenzte Macht verleiht. Sie verlangt Flügel von *Ihm* und fliegt davon. Nicht von *Ihm*, dem *Herrn*, sondern von Adam, ihrem Gatten.« Der Rabbi schüttelt zweifelnd den Kopf. »Ich fürchte, kein gutes Vorbild für jüdische Frauen und die Verbindlichkeit der Ehe.«

Lili antwortet nicht. Die Geschichte des Rabbi arbeitet in ihrem Kopf. Das Bild eines geflügelten Wesens, halb

Mensch, halb Vogel, das durch die Nacht davonfliegt. Ist Charlotte nicht ebenfalls davongeflogen? Hat Jakob nach ihrem Tod nicht erklärt, sie sei ein Engel geworden – vorübergehend? Besteht also ein Zusammenhang zwischen Lilith, der Nächtlichen, und den Engeln des Herrn? Hat Lilith Charlotte mitgenommen? Und hat sie, Lili, aufgrund ihres Namens in irgendeiner Form damit zu tun?

Rabbi Teichlmann fährt fort. »Es gibt Quellen, in denen Lilith bedrohlicher beschrieben wird. In denen sie als nächtlicher Dämon den Tod in die Häuser der Menschen bringt, sodass diese sich gezwungen sahen, sich vor ihr zu schützen. Sie fertigten magische Schalen an, die sie mit Bannsprüchen versahen.«

»Magische Schalen?«, fragt sie gespannt. Engel, Tod, Dämonen. Und jetzt noch Zauberei. Da reicht keines von Jakobs Märchen heran.

»Jawohl, magische Schalen«, bekräftigt Teichlmann. »Man hat sie bei Ausgrabungen im Zweistromland gefunden. Dem Gebiet, durch das die beiden großen Flüsse Euphrat und Tigris fließen. Du hast vielleicht schon einmal von ihnen gehört.«

Sie schüttelt den Kopf.

»Nun denn, auf jenen Tonschalen findet sich ein Bild von Lilith und kreisförmig darum herum unterschiedliche Beschwörungsformeln. Sie sind meist in Aramäisch abgefasst, einer dem Hebräischen verwandten Sprache. Die Menschen haben die Schalen mit der Öffnung nach unten an den Ecken ihrer Häuser oder unter der Türschwelle vergraben, um Lilith und damit den Tod von sich fernzuhalten. Möglicherweise handelt es sich dabei um eine Vorform unserer *Mesusa*. Die allerdings müsstest du kennen«, er mustert sie streng, »wir haben erst unlängst darüber gesprochen!«

Sie ruft sich den Inhalt der vergangenen Unterrichtsstunde ins Gedächtnis. Es ist um jüdische Symbole und Zeichen gegangen.

»Ist die *Mesusa* nicht das kleine Ding, das man in den Türrahmen hängt? Mit den Bibelversen darin?«, sagt sie.

»Richtig.« Rabbi Teichlmann nickt. »Und warum macht man das?«

Jetzt befindet sie sich auf sicherem Boden, denn eines trifft im Zusammenhang mit dem jüdischen Glauben immer zu. »Weil es so geschrieben steht.«

Teichlmann verkneift sich ein Lächeln. »Ganz genau. Und wenn es geschrieben steht, hat es Sinn. Absolut und ohne Ausnahme. Die *Mesusa* verleiht uns Schutz und Identität, sie macht uns echt. Sie zeigt an, dass ein Haus von Kindern Israels bewohnt wird.«

Tatsächlich irrt sich Rabbi Teichlmann.

Natürlich nicht in seiner Erklärung hinsichtlich Funktion und Bedeutung der *Mesusa.* Nein, er irrt sich bei der Herleitung des Namens Lili.

Aber so ist das nun einmal. Auch ein Rabbi, ein Lehrer, kann sich irren. Doch nichts ist unschuldig, wenn ein gelehrter Mann sich irrt. Weil seine Schüler an ihn glauben. Ihm glauben. So auch Lili.

Beinah ein Leben lang.

BERLIN

1985

»Omas gutes Service!«

Mutters Ausruf zerschneidet die Stille.

Etwas ist entzweigegangen.

Ich dachte immer, Porzellan sei unzerbrechlich; unter normalen Umständen wenigstens. Aber das stimmt nicht. Es braucht nur den richtigen Druckpunkt. Und eine gewisse Rücksichtslosigkeit. Dann kann man mit wenig Aufwand eine Menge Schaden anrichten.

»Wieso musst du immer alles kaputt machen?«

Klänge Mutters Stimme bloß vorwurfsvoll, hielte ich es ja vielleicht noch aus. Aber mit der angeblichen Sorge, die darin mitschwingt, könnte ich kotzen. Echt.

»Lass sie doch in Ruhe!«

Super. Es geht wieder los. Nur keine Gelegenheit auslassen. Selbst wenn Vater sich gerade auf meine Seite schlägt – klar ist, es geht nicht um mich. Es geht um ihn. Und Mutter. Und den zerbrochenen Rest, den sie Ehe nennen.

Sie werden sich trennen, das steht fest, wollen es mir aber noch nicht sagen. Um mich zu schonen: »Sie soll erst mal in Ruhe ihr Abi machen.« Vorsicht, ich muss schon wieder kotzen.

Ich weiß es, weil ich es gehört habe. Es ließ sich nicht vermeiden. Sie besitzen nicht einmal mehr den Anstand, sich leise zu streiten. Ihr Anstand in Bezug auf mich hält sich sowieso in Grenzen.

Als Mutter mit bebender Stimme gefordert hat: »Anja bleibt bei mir«, stimmte Vater ihr ausnahmsweise sofort zu und meinte, er könne mich schon allein aus beruflichen Gründen nicht zu sich nehmen. Daraufhin hat Mutter gefaucht, was denn mit ihrem Job ist, für sie sei es genauso schwierig.

Danke! Ich finde es geil, wenn Eltern sich dermaßen um einen reißen, regelrecht prügeln.

Vater ist Rechtsanwalt, eigentlich immer in der Kanzlei. Würde ich mich für ihn entscheiden, würde ich mich gleichzeitig auch gegen ihn entscheiden. Weil er die ganze Zeit nicht da wäre. Und an den Wochenenden dürfte er mich dann abgeben. Aber er ließe mich wenigstens in Ruhe. Im Gegensatz zu Mutter.

Sie ist MTA und hat eine halbe Stelle im Krankenhaus. Mit der gleichen Sorgfalt, mit der sie Blut, Pipi und Scheiße unter dem Mikroskop betrachtet, beobachtet sie mich. Ich bin ihr liebstes Analyseobjekt. Auch eine Form von Zuwendung.

»Ich verstehe nicht, wie man mit einem Trinkglas einen Teller zerbrechen kann. Du musst ihn doch gleichzeitig festgehalten haben!«

Ich verstehe es auch nicht. Wahrscheinlich hat sie recht. Sie hat immer recht. Ihrer Meinung nach. Aber an irgendwas muss man sich ja festhalten, wenn die Eltern sich entziehen. Und wenns ein Teller ist.

»Oma hat das Service zur Hochzeit bekommen. Es heißt *Kurland*, und ich finde es«, ihre Stimme stockt, »für immer schön. Weil – mehr habe ich nicht von ihr.«

Ich kenne die Geschichte, hab sie schon x-mal gehört. Mutter kann sich an ihre Eltern nicht erinnern. Sie war zu jung, als sie starben. Der Krieg und all der Mist. Meist erzählt sie sie, um mir Schuldgefühle zu machen. Wie gut ich es im Vergleich zu ihr habe!

Sie stellt ihre Kaffeetasse zur Seite und dreht den Unterteller um. Irgendein blauer Stempel ist zu sehen. Sieht aus wie eine Tätowierung. »Das Signet der *Königlichen Porzellan-Manufaktur* in Berlin«, stellt Mutter zufrieden fest. »Ein Zeichen höchster Qualität.«

Vater grunzt. Er hat es nicht so mit Geschirr. Ich auch nicht. Flüchtig denke ich an das alte Fräulein. An ihre seltsamen kleinen Skulpturen. Komisches Zeug, dieses Porzellan.

Wir sitzen beim nachmittäglichen Kaffeetrinken – Mutter arbeitet eh nur vormittags, und Vater hat sich freigenommen –, einen Rosenstrauß zwischen uns (»den habe ich extra heute Morgen im *Art flor* für dich besorgt, Anja!«), und spielen Vater, Mutter, Kind. Nur dass es kein Spiel ist. Wir sind zu dritt. Wir sind immer zu dritt; Geschwister habe ich keine. Die gesamte Last der Verantwortung liegt auf meinen schmalen Schultern.

Aber im Ernst, wie oft habe ich mir schon gewünscht, ich hätte einen Bruder oder eine Schwester, am besten gleich beides, um zwischendurch einfach mal abtauchen zu können, nicht permanent unter Beobachtung zu stehen.

Wer glaubt, Einzelkindern ginge es besser, hat keine Ahnung!

Meine Eltern kriegen viel zu viel von mir mit, sogar Vater. Meistens jedenfalls. Nur wenns wichtig ist, pennen sie. Das haben sie eindrucksvoll bewiesen. Scheiß drauf!

Ich betrachte die beiden Scherben vor mir auf dem Tisch. Der Streuselkuchen ist auf dem größeren Stück geblieben. Sie sind so weiß, dass sie sich kaum von der Tischdecke abheben. Mutter legt Wert auf so etwas – frisch gestärktes Leinen für ihre festlich gedeckte Kaffeetafel!

Ich mag keinen Kaffee. Darum trinke ich Cola zum Kuchen. *Coca-Cola. Pepsi* mag ich nämlich auch nicht. Klar, dass das Zeug Michael Jackson die Löckchen abgefackelt hat.

Das Glas hat ganze Arbeit geleistet. An jedem der beiden Tellerstücke erkennt man eine saubere Schnittkante. Ich bin Rechtshänderin, nehme also die rechte Scherbe und drücke sie mir tief in die Beugeseite des linken Unterarmes. Nur im ersten Moment tut es weh. Dann fühlt es sich gut an.

Blut tropft auf die weiße Tischdecke. Weit entfernt höre ich Mutter schreien. Wahrscheinlich habe ich wieder etwas falsch gemacht. Kann aber eigentlich nicht sein. Denn vorhin, als ich die Kerzen auspusten sollte, habe ich mir etwas gewünscht.

Ach ja, heute ist mein achtzehnter Geburtstag. Ab jetzt bin ich ein großes Mädchen, haben Mama und Papa gesagt – da sind sie sich einig.

***

Heimspiel, würde ich meinen, für Mutter jedenfalls. Sie scheint jeden Einzelnen in der Notaufnahme der *Schlosspark-Klinik* zu kennen. Freundlich ist sie und charmant. Alle mögen sie. Bettina Hermann, die Frau des erfolgreichen Charlottenburger Rechtsanwaltes Ivo Hermann.

Eine gepflegte, gut aussehende Erscheinung – so nennt man das wohl in besseren Kreisen. Dunkle, bis auf die Schultern fallende Pamela-Ewing-Locken. Designerjeans, dazu ein flauschiger Pullover. Schlichte, aber teure Klamotten. Sie müsste eigentlich nicht arbeiten, hat es nicht nötig. Dass sie es trotzdem tut, spricht für sie. Wie ihr Engagement im Vorstand des Tennisvereins, ehrenamtlich natürlich. Ihre Tochter soll Talent besitzen, ist bei den Berliner Stadtmeisterschaften bei den Juniorinnen bis ins Halbfinale gekommen. Angeblich hat sie inzwischen aufgehört, Tennis zu spielen.

Richtig! Schon mit vierzehn fand ich es ziemlich krank, mit Mutter, den anderen Mamis und deren Töchtern einen auf feine Dame zu machen. Nach dem Spiel ans Netz zu gehen und meinen siegreichen Gegnerinnen zu gratulieren, obwohl ich den verfluchten Zicken am liebsten die Augen ausgekratzt hätte – Küsschen links, Küsschen rechts. Umgekehrt war es genauso. Niemand will wissen, wie es vor und nach den Matches in der Damenumkleide des Tennisclubs zugeht.

Kaum vorstellbar, aber noch schlimmer war hinterher der *small talk* auf der Terrasse des Clubhauses. Die Anwalts-, Arzt- und Apothekergattinnen alle ein Sektchen in der Hand und wir wohlerzogenen Töchter zur moralischen Stärkung eine *Fanta*.

»Anja hat heute sehr schnell aufgeschlagen. Betreibt sie Muskelaufbau?«

Nein, blöde Kuh, sag doch, dass du mich fett findest. Ich habe drei Kilo zugenommen, weil ich den ganzen Tag Schokolade in mich reinstopfe!

»Ist das da ein winziges Pickelchen auf deiner Stirn, Mona? Für gewöhnlich hast du so herrlich reine Haut.«

Du willst nur wissen, ob Mona schon die Pille nimmt, damit deine eigene Tochter nicht in Rückstand gerät, wenn es darum geht, sich durch die bessere Berliner Gesellschaft zu schlafen.

Als ich fünfzehn oder sechzehn war, erschienen plötzlich die Väter, die Brüder, die Cousins und deren Freunde bei den Turnieren, um uns zuzuschauen. Falsch!

Um uns zu *be*schauen. Denn nichts anderes war es: eine Fleischbeschau! Und wir Idiotinnen machten brav mit. Von Saison zu Saison wurden die Röcke kürzer und die Tops enger. Unschuldige Engel in weißen Tenniskleidchen à la David Hamilton. Und vom Rand spendete ein sabbernder Haufen keineswegs unschuldiger Männer begeistert Applaus.

Ich habe mit dem Tennisspielen aufgehört. Die Pille nehme ich inzwischen auch. Mein Körper hat sich seitdem verändert. Nur von Muskelaufbau spricht niemand mehr.

Das Handtuch, das Mutter mir um den Unterarm gewickelt hat, ist ziemlich durchgesifft. Als wir aufgerufen werden, stelle ich mich hin, wobei mir kurz schwindelig wird. Außerdem ist mir schlecht.

Die Chirurgische Ambulanz ist so, wie man das aus dem Fernsehen kennt. Grüne Fliesen, blitzendes Chrom und alles ein bisschen altmodisch. Da gab es diese tschechische TV-Serie, die wir alle wie blöd geguckt haben – *Das Krankenhaus am Rande der Stadt.* Genau so.

Die Ambulanzschwester wickelt vorsichtig das Handtuch ab, dann tritt der Arzt näher. Er wirkt nicht viel älter als ich, was natürlich Quatsch ist. Er muss mindestens Ende zwanzig sein, hat immerhin schon ein komplettes Medizinstudium hinter sich. In der Klasse wäre er der Aktenkoffertyp gewesen, mit *Tchibo*-Digitaluhr und so; wahrscheinlich Bio oder Chemie Leistung. Während er die Wunde untersucht, pfeift er leise durch die Zähne. Cat Stevens. Teestubenmusik. *The first cut is the deepest.* Zum ersten Mal heute muss ich lachen. Er schaut mich an.

»Da gibt's nichts zu lachen«, sagt er streng und wirkt plötzlich gar nicht mehr so jung. »Du hast tierisch Glück gehabt. Ein bisschen tiefer, und du säbelst dir den Nerv durch oder erwischst eine Arterie. Dann aber *Auf Wiedersehen*!«

Ich halte vorsichtshalber den Mund. Plötzlich schäme ich mich. Der ganze Aufwand und alles nur wegen mir. Gleichzeitig bin ich wütend. Als ob ich über Nerven oder Arterien nachgedacht hätte. Ich habe an überhaupt nichts gedacht. Ich habe nur die scharfen Kanten der Scherben gesehen und …

»Wird sie eine Narbe behalten?«, fragt Mutter. Sie hat es sich nicht nehmen lassen, mit reinzukommen. Vater ist draußen geblieben, er wartet vor der Tür. Er kann kein Blut sehen, ist zu Hause beinah schon umgekippt. »Typisch«, hat Mutter gezischt, während sie in der Küche ihre improvisierte Erstversorgung an mir vornahm. Auch jetzt zuckt sie nicht mit der Wimper. Irgendwie imponiert sie einem schon. Was kann diese Frau umwerfen? Eine blutende Tochter offenbar nicht.

»Zum Klammern oder Kleben ist die Wunde zu tief«, sagt der Arzt. »Ich werde nähen müssen. Aber keine Sorge, die Wundränder sind glatt, es wird später nur eine dünne helle Linie zu sehen sein. Bist du gegen Tetanus geimpft?«, fragt er mich.

Ich nicke. Letzten Monat bin ich barfuß in eine Scherbe getreten und habe mir beinah den großen Zeh halbiert – versehentlich. Zumindest habe ich es Mutter so erklärt; die wahren Gründe habe ich für mich behalten. Das Ganze musste ebenfalls genäht werden; da haben sie mir eine Tetanusauffrischung verpasst.

Die nächste Viertelstunde verläuft schweigend. Ich liege auf der Ambulanzbahre, ein grünes Tuch mit einem Schlitz über dem Arm, und dann wird desinfiziert. Mutter meckert immer, im Krankenhaus werde überall gespart.

Kann sein, aber an Desinfektionsmittel bestimmt nicht. Der Arzt tränkt die Wunde quasi damit. Als Nächstes kriege ich eine Betäubungsspritze, und nach einer kurzen Kunstpause beginnt er zu nähen. Komisches Gefühl, weil – ich empfinde nichts. Gar nichts. Die Nadelspitze bohrt sich in meine Haut, aber es könnte genauso gut die von jemand anders sein. Für einen Moment stelle ich mir vor, ich hätte die Betäubung abgelehnt. Jeder einzelne Stich ein heller scharfer Schmerz. Und mit dem Schmerz käme der Trost.

Wieder wird mir schwindelig. Ich schließe die Augen, will nichts von alldem sehen. Als ich sie wieder öffne, ist es vorbei.

Ich blicke auf meinen Arm. Er sieht aus wie ein weiteres Geburtstagsgeschenk. Winzige schwarze Schleifchen heben sich von der hellen Haut ab. Genauso gut könnten es aber auch Insektenbeine sein. Dünne, spillerige Beine von Spinnen oder Ameisen, die jemand mit dem Kopf voran in meinen Unterarm eingenäht hat. Sowohl der Schwindel als auch meine Übelkeit werden stärker. Ich drehe den Kopf in Mutters Richtung. »Können wir jetzt gehen?«

Der Arzt, der gerade die Handschuhe abstreift und auf den Rollwagen neben sich wirft, wo die Instrumente, Fadenreste und das zerknüllte grüne Tuch liegen, antwortet an ihrer Stelle. »Bevor ich dich gehen lasse, bin ich verpflichtet, dir eine Frage zu stellen.«

Seit der Oberstufe werden wir – mit Ausnahme von Franke – in der Schule gesiezt. Ich habe das immer doof gefunden, aber jetzt stört mich sein »Du«. Ich bin kein kleines Mädchen mehr.

»Was sollte das?« Er deutet auf meinen frisch geflickten Arm. »Wolltest du dich umbringen?«

Es erwischt mich völlig überraschend. Plötzlich dreht sich der Raum vor meinen Augen.

»Herr Doktor Meier«, Mutters Stimme klingt verständnisvoll und gönnerhaft zugleich, »das Ganze ist ein Unfall gewesen. Meine Tochter hegt keinerlei Ambitionen, sich das Leben zu nehmen. Nicht wahr, Liebes?«

Oha: »Nicht wahr, Liebes?« Damit macht Mutter mir unmissverständlich klar, dass ich nicken und den Mund halten soll.

Es stimmt. Ich habe nicht vor, mich umzubringen. Habe noch nie daran gedacht und es logischerweise nicht versucht. Ich weiß nicht, welcher Teufel mich reitet. »Woher willst du das wissen?«, entgegne ich.

Der gute Doktor Meier – klar, wie soll so ein Langweiler sonst heißen? – geht ab wie Schmitzens Katze. »Unter den Umständen muss ich dich den Kollegen von der Psychiatrie vorstellen. Es ist ihre Aufgabe, festzustellen, ob du nach Hause gehen kannst oder in der Klinik bleiben musst.«

Ein heiliger Moment – Mutter und Kind sind einer Meinung.

»Meine Tochter bleibt in keiner Klinik!«, blafft Mutter.

»Ich gehe nicht in die Klapse!«, rufe ich empört.

»Verzeihung, aber die Entscheidung liegt nicht bei dir. Falls die Psychiater eine akute Eigengefährdung sehen, behalten sie dich zur Not auch gegen deinen Willen da. Per Zwangseinweisung.« Er mustert mich eindringlich, dann blickt er zu Mutter. »Um sie vor sich selbst zu schützen.«

All das, was schon den ganzen Tag an die Oberfläche drängt, bricht auf einen Schlag aus mir heraus. Unaufhaltsam. Eine mächtige Woge.

Erbrechen im Strahl. So steht es hinterher im Arztbericht. Wahnsinn, in der Medizin gibt's echt für alles Superbeschreibungen.

Zwangseinweisung?

Nur über meine Leiche.

***

Scheint so, als sähen die alle gleich aus, diese Psychos. Pummelig, John-Lennon-Brille und gelockte schwarze Haare. Mit Schnurrbart wäre der Kerl diesem Komiker, dem mit seinen Brüdern, deren Filme immer als Wiederholung in Schwarz-Weiß laufen, zum Verwechseln ähnlich. Ohne wirkt er wie Willi aus *Biene Maja*. Okay, der hat keine Brille. Und braune Haare. Egal, der Typ ist einfach maximal ungeil.

Der Psychiater, dem ich in der *Schlosspark-Klinik* nach der Näherei und der Kotzerei und dem Ganzen vorgeführt wurde, hätte sein Zwilling sein können, aber wenigstens trug er einen weißen Kittel. Der, bei dem ich heute gelandet bin, steckt in einem Pullunder. *Fuck*, ich glaub, ich werde blind!

Er scheint den Bericht, den ich ihm beim Reinkommen in die Hand gedrückt habe, auswendig lernen zu wollen. Nee, doch nicht.

»Mein Kollege, der Sie gestern Abend gesehen hat, schreibt, Sie hätten ihm versichert, nicht in suizidaler Absicht gehandelt zu haben.«

Hä? Das mit dem »Sie« gefällt mir zwar besser als das »Du« von Doktor Meier, aber ansonsten verstehe ich nur Bahnhof. Irgendwie scheint er das mitzukriegen, denn er beugt sich in seinem Sessel vor und wiederholt auf Deutsch:

»Sie haben offenbar nicht versucht, sich das Leben zu nehmen?«

Volltreffer! Zu dieser erhellenden Erkenntnis ist sein Doppelgänger in der *Schlosspark-Klinik* vor etwas weniger als vierundzwanzig Stunden auch gelangt. Erst habe ich nicht mit ihm sprechen wollen, aber dann meinte er, wenn ich mich überhaupt nicht zu dem »Vorfall« äußere, müsse er schon allein aus Sorgfaltspflicht eine Unterbringung per PsychKG einleiten. Das war Vaters großer Moment. PsychKG stehe für *Gesetz über Hilfen und Schutzmaßnahmen bei psychischen Krankheiten,* dozierte er, und ich würde den armen Mann – den armen Mann! – quasi dazu zwingen, mich zwangsunterzubringen, wenn ich nicht den Mund aufmachte. Als Mutter dann noch in die gleiche Kerbe schlug: »Willst du das wirklich, Anja?«, hatten sie mich weichgekocht.

Durchhalten ist nicht gerade meine Stärke.

Wozu auch?

Also erklärte ich auf Nachfrage, weder Selbstmordgedanken zu haben noch jemals welche gehabt zu haben. Folglich hätte ich nie zuvor einen Selbstmordversuch unternommen und mir auch jetzt nichts zurechtgelegt, um mich um die Ecke zu bringen.

Der Psychiater bat mich, die Ärmel meines Pullovers hochzuschieben, fand aber nur die fein säuberliche Naht, die sie mir kurz zuvor in der Notaufnahme verpasst hatten. Eigentlich dachte ich, damit hätte ich es überstanden. Aber er musterte mich mit so einem komisch nachdenklichen Blick und fragte dann, ob ich bereit wäre, meine Jeans auszuziehen, damit er meine Beine untersuchen könne.

»Sollen Ihre Eltern so lange rausgehen? Es reicht, wenn

Schwester Eva als weibliche Bezugsperson anwesend ist.«

Die Krankenschwester, die in der Ecke saß und alles mitschrieb, was ich sagte, blickte kurz auf.

Es dauerte ein paar Sekunden, bis ich antwortete, weil mir tausend Sachen gleichzeitig durch den Kopf schossen. »Nein«, sagte ich schließlich, »sie können bleiben.«

Ich stellte mich hin, öffnete den Knopf an meiner Jeans und zog den Reißverschluss auf. Dann ließ ich die Hose bis auf die Knöchel hinabgleiten. Ich schaute den Arzt an und hörte, wie Vater neben mir scharf die Luft einsog. Mutter stieß leise »Mein Gott!« aus. Als ich den Kopf drehte, sah ich, dass sie sich die Hand vor den Mund geschlagen hatte und genau wie Vater auf meinen linken Oberschenkel starrte. Wie gesagt, ich bin Rechtshänderin. Wobei – eigentlich egal; ich hätte genauso gut das andere Bein nehmen können.

Mit ruhiger Stimme sagte der Psychiater: »Es mag sein, dass Sie nicht akut selbstmordgefährdet sind, womit eine mögliche Zwangseinweisung vom Tisch wäre. Dennoch gibt's da ein Problem. Was machen wir mit Ihnen und wichtiger: Was machen Sie mit sich?«

Man musste kein Hellseher sein, um zu kapieren, dass er die Narben auf meinem Oberschenkel meinte. Einige waren bereits abgeheilt, andere dunkelrot verkrustet. Ein paar waren ganz frisch. Ich hatte sie mir mit einer Rasierklinge beigebracht.

Mir war schon klar, dass er mit mir redete, logo, aber irgendwie hatte ich das Gefühl, er würde auch zu sich selbst sprechen. Seine Worte klangen zwar neutral, doch schwang darin nicht eine Art – keine Ahnung – interessierte Neugier mit? Okay, vielleicht wollte ich das ja so hören. Außerdem hatte er die Zwangseinweisung fallen lassen, und vielleicht war ich ihm dankbar oder so; auf jeden Fall reagierte ich zur Verblüffung aller und nicht zuletzt zu meiner eigenen ähnlich unerwartet wie bei unserem nachmittäglichen Kaffeekränzchen. Ich antwortete diesem mir völlig Unbekannten:

»Ich weiß es nicht. Können Sie mir helfen, es herauszufinden?«

Mutter schluckte, Vater kratzte sich ratlos am Kopf. So lammfromm kannten sie ihre Tochter nicht und ich selbst mich, ehrlich gesagt, auch nicht. Aber so ist das nun mal mit dem Trost von Fremden. Manchmal wiegt er schwerer als all die tollen Sympathiebekundungen von Freunden und der Familie – zumindest habe ich das irgendwo gelesen; abgesehen davon klingt es ziemlich *cool*, finde ich.

»Zu meinem Bedauern nein«, antwortete der Psychiater. Hab ich schon erwähnt, dass er eine tierisch ruhige Stimme hatte? »Ich arbeite ausschließlich mit stationären Patienten, hier in der Klinik. Was Sie brauchen, ist ein ambulanter Therapeut. Allerdings muss ich Sie warnen. Es ist ziemlich schwierig, einen Termin für eine Achtzehnjährige zu bekommen. Die meisten Erwachsenen-Psychotherapeuten fühlen sich nicht zuständig.«

Mutter und Vater nickten verständnisvoll, als hätten sie schon mal davon gehört. Wahrscheinlich befand sich die Hälfte der beknackten Kinder ihres beknackten Bekanntenkreises in Therapie. Ich zuckte mit den Achseln.

»Ich kann's ja mal versuchen.«

Die Bemerkung, vielleicht hätte ich ausnahmsweise einmal Glück, verkniff ich mir. So weichgekocht war ich nun auch wieder nicht.

Na gut, und jetzt sitze ich hier. Vor dem Muttersöhnchen in dem Pullunder. Er ist der Dritte, den ich angerufen habe, und der Erste, der ans Telefon gegangen ist. Bei den beiden anderen lief der Anrufbeantworter, wo ich zum Verrecken keinen Bock hatte draufzusprechen. Was hätte ich auch sagen sollen? Ich hab ein Problem mit Geburtstagskaffeetafeln? Oder einfacher und näher an der Wahrheit: Ich finde meine Eltern scheiße?

Der Typ hier ist am Telefon weder freundlich noch unfreundlich gewesen. Komischerweise hat er fast gar nichts wissen wollen. Als ich meinen Namen genannt und mich nach einem Termin erkundigt habe, hat er lediglich nach meinem Geburtsdatum und meiner Krankenversicherung gefragt und gemeint, wenn ich superspontan sei, könnte ich gleich am Nachmittag vorbeikommen, da habe jemand abgesagt. Klar, dass ich sofort zugestimmt hab, aber nachdem ich aufgelegt hatte, kamen mir Zweifel: Der Psychiater in der Klinik erzählt mir, es sei irre schwer für eine Achtzehnjährige, einen Termin bei einem Therapeuten zu bekommen, und ich krieg gleich einen für den nächsten Nachmittag? Bei meinem Glück war ich bestimmt an einen totalen *loser* geraten, zu dem sonst kein Schwein hinging – von wegen, jemand hat abgesagt. Ich beschloss, Vater anzurufen. Was offiziellen Kram angeht, kennt er sich aus. Er hörte sich die Geschichte an und sagte, ich solle mir keine Sorgen machen. Das mit dem ultraschnellen Termin läge daran, dass ich privatversichert bin. Dann fügte er leise hinzu: »Es tut mir leid.«

Was ist das jetzt für ein Scheiß?

So gesehen habe ich wohl die Wahl zwischen Pest und Cholera. Entweder ist der Pullundermann ein Vollversager und deshalb herrscht in seiner Praxis gähnende Leere oder der totale Abzocker, und es geht ihm vor allem darum, den Leuten das Geld aus der Tasche zu ziehen.

Vielleicht sollte ich herausfinden, wo seine Schmerzgrenze liegt.

»Hören Sie auf, meine Beine anzustarren!«, sage ich.

Sie starren alle meine Beine an. Ich bin kein Punk, aber meistens trage ich zu meinen Doc Martens eine schwarze Strumpfhose. Wenig durchsichtig natürlich, damit keiner die Narben sieht. Dazu kurzer Rock, T-Shirt, Lederjacke und fertig ist die Chose.

Erst mal reagiert der Typ gar nicht. Wahrscheinlich ist ihm das Herz in die Hose gerutscht. Dann mustert er mich nachdenklich. Es ist der gleiche Blick, den der Psychiater gestern in der Klinik aufgesetzt hat. Und in genau dem gleichen Ton sagt er:

»Ich bin davon ausgegangen, dass sei der Sinn der Sache. Sie wollen mich mit Ihrem Erscheinungsbild aufgeilen. So nennt Ihre Generation das, glaube ich, heutzutage?«

Sprachlos starre ich ihn an. Das hat er nicht wirklich gesagt, oder?

Irgendwo im Raum muss eine Uhr sein; ich weiß nicht, wo, aber man hört sie ticken. Vielleicht ist es auch eine Bombe. Zutrauen würde ich dem Kerl alles.

Er blickt mich an. »Nichts für ungut, aber meine Antwort ist eine bewusste therapeutische Intervention. Eine Art Spiegelung. Sie müssen damit rechnen, durch eine sexuell gefärbte Provokation eine entsprechende Gegenreaktion auszulösen.«

»Ist das jetzt so ein Psychogedingse?«, frage ich.

»Einerseits schon«, antwortet er, »auf der anderen Seite könnte man es ebenso gut für einen Ausdruck gesunden Menschenverstandes halten.«

»Ich bin nicht krank!«

»Habe ich das behauptet?«

»Nein, aber Sie haben gesagt …« Ich breche ab.

»Was habe ich gesagt?«

»Na ja, dass ich Sie sexuell provoziert hätte und so.« Verdammt, der Typ dreht einem das Wort im Mund herum. Ich weiß nicht, wie ich mir Psychotherapie vorgestellt habe, aber so bestimmt nicht. Auch wenn er aussieht wie der Freund von *Biene Maja*, ist er keinesfalls harmlos. Und lässt nicht locker.

»Wie kommen Sie überhaupt darauf, dass jemand Ihre Beine anstarrt? Passiert Ihnen das öfter? Wie finden Sie sie selbst? Und wie gefallen Ihnen die Schnitte darauf?«

Ehrlich gesagt mag ich meine Beine. Wahrscheinlich sind sie das Beste an mir; halbwegs lang und schlank und – auch wenn ich mit Tennis schon ewig aufgehört habe – immer noch einigermaßen muskulös. Natürlich finde ich die Narben scheiße, aber ich krieg's im Moment nicht anders gebacken. Außerdem – was geht das diesen Psycho an?

»Was geht Sie das an?«, frage ich.

»Nun, selbstverletzendes Verhalten ist sicher ein Thema, das hierhergehört.« Er macht eine kurze Pause. »Ansonsten werden Sie sich daran gewöhnen müssen, dass ich Sie beim Wort nehme. Man könnte auch sagen, ich höre Ihnen zu. Eine ungewohnte Erfahrung für Sie?«

Ohne Scheiß, will der mich verarschen?

»Genau genommen ist das sogar mein Job«, fährt er fort. »Ich bekomme Geld dafür.«

Ha, erwischt! Also doch der Abzockertyp.

»Wieso sollte ich mich daran gewöhnen?«, rotze ich ihm hin. »Und woher wollen Sie überhaupt wissen, ob ich wiederkomme? Zu jemandem, der sich seine beschissene Freundlichkeit bezahlen lässt?«

»Ich weiß nicht, ob Sie wiederkommen. Sagen Sie es mir. Wenigstens empfinden Sie mich als freundlich. Man könnte das für ein gutes Zeichen halten, nicht wahr?«

***

Zu Hause bin ich noch nicht ganz zur Tür rein, als Mutter mich schon abfängt und wissen will:

»Wie war's?« Zurückhaltung ist noch nie ihre Stärke gewesen.

»Wie soll's schon gewesen sein?«, gebe ich zurück. »Er hat gesagt, ihr seid an allem schuld. Was sonst?«

Entgeistert blickt sie mich an. »Ihr habt über uns gesprochen?«

»Nein, du kannst beruhigt sein, der Kerl wollte die ganze Zeit mit mir über Sex reden.« Auch das scheint nicht die gewünschte Antwort zu sein.

»Wieso kannst du dich nicht einmal vernünftig unterhalten, Anja?«

Tja, wieso kann ich das wohl nicht? Weil meine lieben Eltern sich fast nie vernünftig mit ihrer Tochter unterhalten? Mir üblicherweise den Eindruck vermitteln, nicht nur ihr einziges Kind, sondern auch ein wenig zurückgeblieben zu sein?

Werde erst einmal älter, Schatz, dann wirst du uns verstehen.

Ich schätze, es gibt keinen Satz, den ich seit meiner Kindheit häufiger gehört habe und gleichzeitig ätzender finde. Der Therapeut vorhin ist mehr als schräg gewesen, aber immerhin hat er mich wie eine Erwachsene behandelt. Auch wenn ich alles getan habe, um mich lächerlich zu machen. Wieso habe ich das mit meinen Beinen gesagt, ich Idiotin? Und ihm so eine Steilvorlage gegeben mit der Ritzerei? Normalerweise bin ich, was meinen Körper angeht, total zurückhaltend. Ich hasse es, wenn manche Mädchen in der Stufe anfangen, mit dem Hintern zu wackeln, wenn sie was erreichen wollen. Okay, bei dem einen oder anderen Lehrer mal mit Piepsstimme sprechen, um eine bessere mündliche Note rauszuschlagen. Oder ganz erschrocken gucken, wenns darum geht, das Referat in SoWi zu halten: »O nein, war das heute?« Aber sonst?

»Ich bin auf meinem Zimmer«, sage ich und gehe die Treppe rauf.

Oben angekommen, schmeiße ich die Stereoanlage an und haue mich aufs Bett. Von der Wand am Fußende starrt mich Robert Smith an. Seine Frisur ähnelt den Kakteen auf meiner Fensterbank. Ich mag Robert Smith. Und ich mag The Cure. Außerdem mag ich Kakteen. Sie stechen, wenn man ihnen zu nahe kommt. Ansonsten sind sie verdammt genügsam. Und gute Zuhörer.

Beim Abschied hat mir der Therapeut einen neuen Termin gegeben. »Sie können es sich ja überlegen«, meinte er. Zufall oder nicht – in der kommenden Woche habe schon wieder jemand abgesagt.

Klar! Verarschen kann ich mich selber.

BERLIN

1923–1930

Die Porzellanmasse will geformt werden, bevor sie Gestalt annimmt. Zunächst wird sie auf der Töpferscheibe zu einer groben Hohlform, dem Hubel, verarbeitet und anschließend in die Gipsform eingedreht. *Will man stattdessen einen Teller oder eine Schale fertigen, nimmt man eine Scheibe frische Porzellanmasse, die* über *die Gipsform gedreht wird. Noch anders verhält es sich beim figürlichen Porzellan, wo von einem freihand gestalteten Modell die sogenannte Mutterform abgenommen wird. Je nach Komplexität der Vorlage besteht sie aus über achtzig Teilen, die gegossen und zusammengefügt werden.*

Fast alle Modelleure sind Meister ersten Ranges. Entsprechend einzigartig ist das Ergebnis ihrer Arbeit.

(frei nach »*Handwerkskunst*«, KPM Berlin)

13. KAPITEL

in dem Tusche in Stangen wächst und zehn Bäume ein Wald sind.

Lili wächst heran, wechselt die Schule, besucht jetzt das *Fürstin Bismarck Lyzeum* in der Sybelstraße – wieder keine jüdische Schule. Rabbi Teichlmann grummelt. Aber genug ist genug, findet Jakob, auch in der Religion. Jüdischer Glaubensunterricht ja, jüdische Schule nein.

Er selbst ist da und nicht da. Ein Reisender in Sachen Tee. Zuweilen bringt sein schlechtes Gewissen ihn beinah um. Heilung ist nicht möglich, dafür Linderung.

»Lass uns Bilder gucken gehen«, sagt er, und nicht alles, aber vieles ist gut. Eine gemeinsame Leidenschaft: Zeichnungen, Porträts, Gemälde. Lili und er sind sich nah und – den Farben.

Jakob schätzt die Malerei in hohem Maße; vielleicht weil sie ihm in seiner Kindheit so fern gewesen ist. Eine Welt, die sich ihm erst als erwachsenem Mann erschlossen hat. In den Jahren vor Charlotte, in denen er in Berlin mehr oder weniger allein war. Erst Zuflucht, später Geschenk, hat er zahllose Stunden in den Sälen der Berliner Museen verbracht, um dort die Welt und ihre Geschichte zu erkunden. Historienszenen, Landschaften, die Porträts berühmter und nicht ganz so berühmter Männer und Frauen; wo Herkunft und mangelnde Schulbildung ihm tiefere Einsichten verwehrt hatten, erteilte die Kunst ihm Nachhilfeunterricht – so gut es ging. Sorgfältig las er die Beschreibungen an den Bildern, ihre Titel, studierte Ausstellungskataloge und nahm an den Wochenenden an Führungen teil. In manchen Bildmotiven erkannte er sich wieder, in dem einsamen Wanderer auf dem Berggipfel beispielsweise; andere erfüllten ihn mit Ehrfurcht und Schrecken wie der auf einem silbernen Teller ruhende Kopf Johannes des Täufers. Später, finanziell besser gestellt, suchte er die abseits gelegeneren, nicht ganz so bekannten Galerien auf, erwarb hier einen Druck und dort ein kleinformatiges Original.

Bis heute ist er alles andere als ein Sammler, aber wenn er sich vor eines seiner Bilder setzt, wird er ruhig. Ein Gefühl, das ihm auf seinen Reisen zuweilen abhandenkommt. Geschäftsleute sind nicht ruhig, dürfen nicht ruhig sein, spüren fortwährend den Atem der Konkurrenz im Nacken – wenigstens glauben sie das. Die Betrachtung eines Bildes dagegen: eine stille Betätigung, fern jeden ökonomischen Strebens, und dennoch ein Gewinn.

Lili geht das Thema wesentlich handfester an. Eine Haarsträhne zwischen die Zähne geklemmt, malt sie, was ihr in den Sinn kommt. Also alles. Sie malt mit Jakob, und sie malt mit Takeshi. Am liebsten malt sie mit *Hund*. Aus klugen braunen Augen beobachtet er sie. Ein echter Kunstkenner, scherzt Jakob. Lili stimmt ihm vorbehaltlos zu. Mit Frau Herschowitz malt sie nur ungern.

»Was soll das sein?«, fragt diese und deutet auf den Papierbogen, auf dem Lili soeben schwungvoll einen grünen Kreis gezogen hat.

»Ein Baum. Abstrakt«, antwortet Lili. »Das habe ich

neulich mit Papa in einer Ausstellung gesehen. So macht man das heute.«

»Und wo ist der Stamm?«

Lili wechselt den Stift und malt eine dicke braune Linie, gleich unterhalb des grünen Kreises. »Hier.«

»Und das soll ein Baum sein?«

Lili zögert. Dann schreibt sie die Zahl *10* neben ihre Zeichnung. »Es ist ein Wald!«

Natürlich. Kunst soll provozieren.

Verächtlich schnauft Frau Herschowitz durch die Nase und wendet sich ab. Das arme mutterlose Kind. Der Vater dauernd unterwegs. Und wenn er da ist, schleppt er seine Tochter in Galerien und Museen.

Wozu soll das gut sein?

Die Antwort fällt nicht schwer. Lili mag Farben. Und sie mag Bilder. Ihre eigenen. Die anderer schätzt sie noch mehr. Es ist, als schaute man in die Köpfe der Künstler, sagt sie, wenn sie das Bild eines Malers oder – seltener – das einer Malerin betrachtet.

Währenddessen hält sich Takeshi, ganz guter Geist des Hauses, im Hintergrund. Geister sehen viel, kommentieren aber nur wenig. Insbesondere höfliche japanische Geister. Es sei denn, sie haben etwas zu sagen.

Takeshi fragt: »Du hast ein Bild gemalt?«

Lili zuckt mit den Schultern. »Ja, einen Wald.«

»Darf ich es sehen?«

Lili holt ihren Zeichenblock und zeigt ihm ihr Werk.

»Interessant«, sagt Takeshi. »Vor allem die *10* überrascht das Auge des Betrachters. Witz?«

Lili grinst. Sie hat ihre erste Begegnung nicht vergessen. »Keine Ahnung. Eigentlich wollte ich nur Frau Herschowitz ärgern. Aber ich mag die Idee. Was meinst du?«

»Was gefällt dir daran?«

Lili runzelt die Stirn. »Dass man mit wenig viel ausdrücken kann? Zwei Ziffern machen zehn Bäume. Weißt du?«

Takeshi lächelt. Er erinnert sich ebenfalls an ihre erste Begegnung. »Ich denke schon. In der japanischen Schrift ist es ganz ähnlich. Ein einziges Zeichen hat oft mehrere Bedeutungen. Das fasziniert die Menschen, nicht zuletzt die Künstler. Einige von ihnen verwenden die Schriftzeichen als Motiv. Sie malen sie.«

»Immer die gleichen?«

»Nun, es gibt zwar viele Schriftzeichen, aber grundsätzlich schon. Sowohl die Zeichen als auch deren Strichfolge sind festgelegt. Man sagt, die eigentliche Kunst bestehe darin, herauszufinden, ob du das Zeichen malst oder das Zeichen dich. Es ist unsere Art, in die Köpfe der Künstler zu blicken. Wir nennen es *shodō*, den *Weg des Schreibens.*«

Und wieder einmal darf Jakob sein schlechtes Gewissen beruhigen, indem er sich seiner Tochter gegenüber großzügig zeigt. Von seiner nächsten Reise nach Japan bringt er Lili Pinsel, Tusche und mehrere Blöcke mit einem speziellen elfenbeinfarbenen Papier mit. Außerdem hat er in Takeshis Auftrag einen kleinen rauen Stein erworben.

Takeshi erklärt: »Man nennt ihn *suzuri.* Du legst ihn in ein Schälchen und gibst etwas Wasser darüber. Dann reibst du hiermit daran.« Er drückt Lili einen Gegenstand, der wie ein kurzer, in Papier eingewickelter Wachsmalstift aussieht, in die Hand. »Es ist Tusche in Stangenform. Du stellst also, bevor du mit dem Malen beginnst, deine eigene Tusche her.«

Jakob staunt, Lili ist entzückt.

Natürlich probiert sie es sofort aus. Sie füllt Wasser in

einen Krug, holt eine Schale, legt den Stein hinein und befeuchtet ihn vorsichtig. Dann reibt sie mit der Stangentusche über die raue Oberfläche des *suzuri*. Schwarze Tropfen bilden sich, laufen an den Rändern des Steins herab und sammeln sich am Boden des Schälchens. Lili gießt ein wenig Wasser nach und reibt wieder. Geheimnisvolle Spinnweben entstehen, krakenartige Meerestiere strecken ihre Tentakel aus. Die Flüssigkeit wird zunehmend dunkler, bis sie schließlich vollkommen undurchsichtig ist.

»*Sumi*«, sagt Takeshi, der schweigend zugeschaut hat, »schwarze Tusche. Ihrem Wesen nach so vielfältig wie schwarzer Tee.«

Lili zeigt auf das Schälchen mit der Tusche, die unbenutzten Pinsel und das Japanpapier. »Darf ich die Sachen hinüberbringen, ins Teehaus? Ich finde, es ist der geeignete Ort, um Schriftzeichen zu malen. Zeigst du mir, wie es geht?«

Takeshi zögert nicht. Kalligrafie. Tee. Porzellan. Er weiß, wann die Dinge zusammengehören.

»Gern«, antwortet er.

Manchmal liegen das Gute und das Schöne nur einen Pinselstrich voneinander entfernt.

14. KAPITEL

in dem Lili Erbauung sucht und stattdessen eine wichtige Frage findet.

Ein starker Bau. Oder anders gesagt, ein Ausdruck stetig gewachsenen Selbstvertrauens. Oder noch anders, das fantastische Gebäude gibt einen klaren Hinweis auf das nichts ahnende Selbstverständnis, mit dem die Berliner Juden zu Beginn des neuen Jahrhunderts ihrer Stadt und der Welt begegnen. Sie gehören dazu und zeigen das; sind Deutsche, überwiegend, nicht erst seit dem Edikt von 1812, und stellen ein Drittel der jüdischen Bevölkerung im Reich. Insgesamt einhundertundfünfzigtausend von ihnen sind als Gemeindemitglieder eingeschrieben. Da ist es mehr als nachvollziehbar, dass die erste Synagoge außerhalb des Stadtgebietes, nämlich die in Charlottenburg, mit besonderer Sorgfalt errichtet wurde und entsprechend prächtig anzuschauen ist.

Drei Kuppeln zieren das Gotteshaus, von der Fasanenstraße aus kaum zu sehen, da hintereinander angeordnet; beinah zweitausend Menschen passen hinein. Von vorn blickt man auf die helle Fassade mit dem spitz zulaufenden Giebel. Jeweils zehn Stufen führen zu den drei Eingängen hinauf, von denen der mittlere der Haupteingang ist. Wie seine Nachbarn rechts und links wird er von einer zweiflügligen Kassettentür bewacht, aber nur ihn allein krönt ein steinerner Baldachin. Orientalisch mutet das an und stellt eine Rückbesinnung auf traditionelle jüdische Werte dar. Zumindest behauptet Rabbi Teichlmann das, und dann muss es wohl stimmen.

Lili steht auf der gegenüberliegenden Straßenseite, den Kopf in den Nacken gelegt, um das Gebäude – wie so oft – in seiner ganzen Herrlichkeit zu bewundern. Recht hat er, der Rabbi, ein Palast aus Tausendundeiner Nacht offenbart sich ihrem Blick.

Sie sind etwa gleich alt, die Synagoge und sie, doch was für ein Unterschied liegt zwischen der Gewissheit, die dieses Bollwerk des Glaubens ausstrahlt, und ihrem eigenen Judentum, Halbjudentum, Nichtjudentum …? Ihr schwindelt bei diesem Gedanken, sodass sie den Kopf vorsichtshalber wieder nach vorn bringt.

Aufmerksam schaut sie in beide Richtungen, um ja keine der Kraftdroschken zu übersehen, die die Menschen Tag und Nacht in das Getümmel rund um den Ku'damm transportieren, bevor sie die Fasanenstraße überquert und den Männern, Frauen und Kindern folgt, die am Shabbatabend in das Gebetshaus strömen.

Erneut tönt Teichlmanns Stimme in ihren Ohren. Eigentlich werde in der Synagoge gar nicht so viel gebetet, hat er ihr erklärt, vielmehr huldige und preise und danke man dort dem *König der Könige* – nicht zuletzt zur eigenen Erbauung. So werde jedes Mal aufs Neue das Band, der Anschluss, an den *Unaussprechlichen* wiederhergestellt.

Zielstrebig passiert Lili einen der Nebeneingänge und steigt die Treppe zur Frauengalerie empor. Anfangs kam es ihr fremd vor: Männer und Frauen sitzen getrennt voneinander? Aber mit der Zeit hat sie sich daran gewöhnt und festgestellt, von hier oben hat man den besten Blick. Außerdem ist es möglich, von der Empore aus das Gebetshaus unbemerkt durch den Hinterausgang wieder zu verlassen. Ein nicht zu unterschätzender Vorteil, denn die stets in eindringlichem Singsang vorgetragenen Hymnen, Psalmen und Bibelpassagen wirken je nach Tagesform schon mal etwas einschläfernd auf sie. Überhaupt, warum muss das Ganze auf Hebräisch stattfinden? Längst nicht alle Gemeindemitglieder sprechen diese Sprache.

»Indem wir sie, unsere Sprache, bewahren, bewahren wir unsere Seele«, sagt Rabbi Teichlmann, »und die Seele des jüdischen Volkes ist seine Einheit. Folglich wirkt der Gebrauch des Hebräischen als mächtiges Bindemittel.«

Na schön, denkt Lili, ungewohnt aufsässig, dann verbindet uns eben, was wir nicht verstehen. Sofort schämt sie sich dieses Gedankens, zumal sie dank des Unterrichts des Rabbi das Hebräische in Grundzügen beherrscht, dennoch – je älter sie wird, umso häufiger spürt sie einen gewissen Widerstand in sich.

Sie blickt nach unten, wo die Männer sitzen, sämtlich Zylinder, Melonen oder *Kippot* in gedeckten Farben auf dem Kopf. Nach all den Jahren kennt sie viele von ihnen vom Sehen. Bei den Frauen und Mädchen neben ihr verhält es sich nicht anders. Gerade lächelt ihr Ruth, die jüngste Tochter des Rabbi, zu. Sie lächelt zurück, höflich – und genau das ist es. *Sie* ist es. Eine höfliche Fremde. Man respektiert sie, behandelt sie nicht unfreundlich, aber letztlich ist Jakobs Plan nicht aufgegangen. Sie ist keine von ihnen, jedenfalls nicht vollständig.

Eine Hälfte von ihr schätzt das Judentum mit seinen Traditionen, mit seiner Lebendigkeit, mit seinem hohen Gemeinschaftssinn sehr, aber was ist mit der anderen

Hälfte? Mit der, die zögert, Abstand hält und erst unlängst zum wiederholten Male Rabbi Teichlmanns Frage nach dem Zeitpunkt ihres Übertritts zum jüdischen Glauben offengelassen hat?

Zu ihrer Überraschung war der Rabbi nicht enttäuscht. Stattdessen hatte er genickt und gesagt: »Na schön. Auch wenn es das Gesetz nicht vorsieht: Eine überzeugte halbe Jüdin ist mir lieber als eine lauwarme ganze!«

Lili schluckt. Unbeabsichtigt hat Teichlmann es auf den Punkt gebracht: Sie ist weder Jüdin noch Christin; ebenso wenig Japanerin, auch wenn Takeshi es vielleicht gerne hätte. Sie ist ein Kind ohne Mutter. Tochter mit einem häufig abwesenden Vater. Ihr Halbsein macht sie aus. Aber strebt nicht jeder Mensch nach Ganzwerdung?

Sie vermutet, Jakob geht es nicht anders als ihr. Zwar spendet er Geld und unterstützt die Gemeinde, wenn er um Unterstützung gebeten wird, doch ähnlich wie sie lässt er sich nur bis zu einem bestimmten Punkt ein. Noch nie hat er aktiv an der Gestaltung des Gottesdienstes teilgenommen. Er ignoriert weiter die Speisevorschriften, und nicht rein zufällig besucht sie auch heute den Shabbatgottesdienst ohne ihn.

Ist es also ein Lernen am Vorbild beziehungsweise ein Lernen am Nichtvorbild, das sie betreibt? Oder hat es vielmehr mit Erbe zu tun? Jakob hat ihr erzählt, seine Eltern seien nicht religiös gewesen – neben der Tatsache, dass sie keine sonderlich guten Eltern waren. Sie hätten ihm weder Halt im Glauben noch anderweitig Orientierung gegeben. So sei sein Schicksal beinah zwangsläufig das des Wanderjuden geworden: Häufig unterwegs, nur selten zu Hause, wobei er sie entschuldigend angeblickt hatte.

Erneut schaut Lili nach unten, wo der *Chasan*, der Kantor, gerade aus der *Tora* vorliest, dem Wort Gottes. Was will er ihr sagen, Gott? Und überhaupt, welcher Gott ist der ihre?

Leise erhebt sie sich von ihrem Platz auf der Empore, steigt behutsam die Stufen zum Erdgeschoss hinab und verlässt den *Ort der Zusammenkunft* so, wie sie hereingekommen ist – allein. Sie hätte gern erfolgreicher an ihrer Erbauung gearbeitet, dennoch ist ihr Besuch nicht umsonst gewesen – deutlicher denn je erkennt sie die Frage, die ihr Leben bestimmt: Wenn es nicht das Band des *Herrn* ist, das die einzelnen Teile in ihr verbindet, was ist es dann?

15. KAPITEL

in dem Lili in die Köpfe der Künstler schaut, bis einer von ihnen den Spieß umdreht.

Alle Zeit der Welt, die Sonne im Gesicht. Jakob und Lili schlendern am Lützowufer entlang. Vor, neben, hinter ihnen Rücken, Hüte, Kleider. Müßiggänger in Anzügen und Frauen mit Stoffschirmen in der Hand. Zwei Burschenschaftler mit farbigen Schärpen. Soldaten in Uniform. Das würdige Schwarz einer Soutane. Ein unsichtbarer Tanz, und an der Ecke dreht der ewige Leierkastenmann den Takt dazu.

Gestern hat Lili Geburtstag gehabt, ist sechzehn geworden. Verstohlen mustert Jakob seine Tochter von der Seite. Er versteht nicht viel von Frauen; noch heute ist es ihm ein Rätsel, weshalb Charlotte sich damals seiner erbarmt hat. Doch er erkennt ein Wunder, wenn er eines sieht.

Lili hat die Kindheit hinter sich gelassen, steht mit beiden Füßen auf der Schwelle zum Erwachsensein. Sie befindet sich in dem Alter, in dem die *Eigenart* eines Mädchens zum ersten Mal in Gänze hervortritt; in dem es in seiner Anmutung am vollkommensten ist.

Tiefbraune Augen in einem klugen schmalen Gesicht, langgeschwungene Wimpern, eine schlanke Gestalt – nicht wenige der entgegenkommenden jungen Männer und auch ein paar von den älteren verlangsamen den Schritt in der Hoffnung, von dem schönen Mädchen bemerkt zu werden; in ganzer Männlichkeit natürlich. Die Müßiggänger schauen müßig, die Burschenschaftler tun wichtig, der Pastor lächelt milde – aber fast alle drehen sich, nachdem sie bereits vorbei sind, noch einmal um. War da nicht etwas Ungewöhnliches an der schönen jungen Frau, was man so nicht erwartet hätte?

Doch zu spät, im Rückblick sehen sie lediglich zwei wohlgeformte, dicht am Kopf anliegende Ohren, das eine eine Winzigkeit höher als das andere, und die gekreuzten Flechten des dunklen Zopfes, der Lili über den Rücken baumelt.

Auch bei Jakob hat es gebraucht, bis sein Erstaunen nachgelassen hat. Sein Erstaunen darüber, dass die kindliche Neugierde auf Lilis Zügen einer dauerhaften Ernsthaftigkeit gewichen ist. Einer Ernsthaftigkeit, die von Frau Herschowitz gelegentlich als Trauer fehlgedeutet wird.

»Guck nicht so trübsinnig, so kriegst du nie einen Mann ab«, sagt sie vorwurfsvoll – kräftig, rotwangig, die schwieligen Hände in die Hüften gestützt. Ein drängendes Thema für Frau Herschowitz, das Männerabkriegen, nennt sie doch vier unverheiratete Töchter ihr eigen.

Jakob grinst. Allesamt »im besten Alter«, wie sie zu betonen pflegt, sobald er in der Nähe ist. Zweifelsohne bilden ihre Worte die sicherste Methode, ein Lächeln auf Lilis Züge zu zaubern. Denn dann schmiegt sie sich an ihn, Sterne in den Augen, und flüstert verschwörerisch:

»Wozu brauche ich einen anderen Mann, ich habe doch dich.«

Erst vierundzwanzig Stunden zuvor ist ihm jenes Lächeln zuteilgeworden, nachdem sie mit vor Aufregung geröteten Wangen sämtliche Kerzen auf ihrem Geburtstagskuchen ausgeblasen hatte.

»Ich möchte dir ein Bild schenken. Du sollst es dir selbst aussuchen. Gleich morgen Nachmittag, in einer der Galerien am Kanal. Was hältst du davon?«, hatte er gesagt.

Eine rhetorische Frage selbstverständlich. Nicht umsonst führten ihre Spaziergänge sie fast immer an den gleichen Ort. Denn wo findet man Kunst in Berlin in diesen Tagen? Am Lützowufer natürlich. Da, wo die Galerien sind. Und was ist das für eine Kunst. Kühne Bilder, abstrakte Bilder. Bilder der Moderne und der Avantgarde.

Es heißt, die Erinnerung sei ein Hund, der sich niederlässt, wo er will; in seinem, Jakobs, Fall ist es ein gut dressierter. Zehn oder elf muss Lili gewesen sein, als er sie zum ersten Mal in eine Galerie mitgenommen hat. Zunächst hatte sie die ausgestellten Bilder aus sicherer Entfernung studiert, das Kinn auf eine Hand gestützt. Dann war sie auf das Werk eines ihm unbekannten Künstlers zugegangen, war stehen geblieben, hatte das Bild stumm betrachtet und schließlich andächtig gemeint: »Ich kann in seinen Kopf sehen!«

Eine Gewissheit, die sie seitdem nicht mehr verlassen hat. Ausstellungen besuchen, in Museen gehen oder die Auslagen der Galerien in Augenschein nehmen – all das bedeutet für sie, in die Köpfe der Künstler zu schauen. Eine eigenwillige Überzeugung, sicher, aber warum nicht?

Sanft fasst Jakob Lili jetzt am Arm. »Bist du bereit?«, fragt er.

Lili ist bereit. Nach einer halben Stunde des Gehens und Stehens, des Innehaltens, des die Auslagen der Schaufenster Studierens und Gemälde Betrachtens, um sich dann doch wieder abzuwenden, stoppt sie unvermittelt vor einem Geschäft mit einem einzigen Bild im Fenster.

Es ist ein Wiedersehen. Ohne jeden Zweifel. Ein Wiedererkennen von etwas, das bislang ausschließlich in ihrer Vorstellung existiert hat.

Das Bild ist nicht sonderlich groß, zeigt nur zwei Farben. Eine bräunliche Linienführung vor hellem Hintergrund – aber was für eine Wirkung!

Man sagt, im Krieg und in der Liebe sei alles erlaubt. Grober Unfug, denn nirgendwo ist die Verletzungsgefahr höher. In der Kunst indes *muss* alles erlaubt sein: Komponisten sollen Unerhörtes zum Klingen bringen, Schriftsteller Unbeschreibliches beschreiben und Maler nie Gesehenes sichtbar machen.

Ist Lili bislang der festen Überzeugung gewesen, in die Köpfe der Künstler schauen zu können, ist es hier anders. Gänzlich anders. Nicht sie blickt in den Kopf des Malers, sondern er in den ihren.

Das Bild zeigt ein Wesen, in einer einzigen Linie gezeichnet. Schlank, aufrecht, mit seltsamen Zacken, die direkt seinem Schädel zu entspringen scheinen. Man könnte jene Ausziehungen für Flammen oder eine Art Hahnenkamm halten; insbesondere im Zusammenhang mit den Flügeln, die rechts und links aus Rücken und Brustkorb der Kreatur herauswachsen. Aus Rücken und Brustkorb? Ja, aus Rücken und Brustkorb, und zwar je einer.

Das Wesen besitzt nicht nur Flügel, sondern außerdem Hände und Füße wie ein Mensch. Trotzdem ist es keiner, so viel ist sicher. Es ist ein Zwischenwesen, ein Mittler, ein Vermittler, ein Geschöpf des Übergangs.

Geht kaum mehr, fliegt noch nicht, hat der Maler in kleinen, sorgfältig ausgeführten Buchstaben an den unteren

Rand seines Werkes geschrieben. Es ist als Titel gedacht. Lili hingegen empfindet es als Beschreibung, als Hinweis auf die wahre Gestalt jenes Geschöpfes, das in ihrer Vorstellung weder menschlicher noch tierischer Natur ist.

Es ist Lilith. Der nächtliche Dämon. Die Wanderin zwischen den Welten. Eben so hat sie sie damals vor ihrem inneren Auge gesehen, als Rabbi Teichlmann ihr die Herkunft ihres Namens erklärte. Und ebendiese Vorstellung muss der Künstler gesehen haben, als er – wie auch immer – in ihren Kopf geblickt hat.

Magische Schalen. Zaubersprüche, Dämonen. Und der Tod. Sie erinnert sich genau. Darauf spielt der Titel des Bildes an. Darin besteht Liliths besonderer Auftrag, ihre spezielle Mission. Sie verhilft den Lebenden in das Reich der Toten, nimmt sie an die Hand und führt sie. *Geht kaum mehr, fliegt noch nicht.* Die Seelen der frisch Verstorbenen warten; sind unsicher, verwirrt, wissen noch nicht, wie und wohin. Und Lilith hilft.

»Das ist es«, sagt Lili mit leiser Stimme zu Jakob, »ich habe es gefunden.« Noch während sie den Satz ausspricht, fragt sie sich, ob er den Tatsachen entspricht.

Jakob nickt und hält ihr die Eingangstür zur Galerie auf. Sie betreten einen vergleichsweise kleinen Raum, in dem sich außer ihnen keine weiteren Kunden befinden. Ein zierlicher Mann in einem eleganten Anzug kommt aus dem hinteren Teil des Ladens auf sie zu.

»Samuel Schlechtheim. Stets zu Ihren Diensten. Ich bin der Inhaber der Galerie«, stellt er sich vor. »Was kann ich für Sie tun?« Die Haare streng zurückgekämmt, den Duft einer teuren Pomade ausströmend, erinnert er mit seinem sorgfältig gepflegten Schnurrbart an den Schauspieler Adolphe Menjou.

»Wir interessieren uns für das Bild im Fenster«, erklärt Jakob.

»Ah, eine interessante Wahl. Ein Klee. Er ist gerade erst eingetroffen. Ich hole ihn für Sie herein.«

»Nein!«

Überrascht mustern Schlechtheim und Jakob Lili.

»Bitte ... bitte lassen Sie das Bild da, wo es ist. Ich kenne es bereits.«

Zweifelnd schüttelt der Galerist den Kopf. »Das ist nicht möglich. Erst unlängst hat der Künstler es in Dessau vollendet, wo er derzeit mit seiner Familie lebt. Er lehrt dort am *Bauhaus.* Aber das Werk ist noch nie öffentlich zu sehen gewesen.«

»Egal, ich muss es mir nicht genauer anschauen. Ich bin mir sicher. Wir nehmen es.«

Argwöhnisch betrachtet Schlechtheim die seltsame junge Frau. »Sie wissen, wovon die Rede ist? Worüber wir hier sprechen? Es ist ein Klee. Geheimnisvoll und teuer.« Das letzte Wort kommt diskret verzögert aus seinem Mund.

Jakob eilt Lili zu Hilfe. »Selbstverständlich wissen wir um den Stellenwert Paul Klees in der Kunstwelt. Und um die Bedeutung seiner Werke. Da das Bild ein Geschenk für meine Tochter zum Geburtstag ist, würde ich mich gerne unter vier Augen mit Ihnen über den Preis unterhalten.«

»Gewiss«, stimmt Schlechtheim zu.

»Mach dir keine Gedanken. Es dauert nicht lange«, sagt Jakob zu Lili und folgt dem Galeristen in den rückwärtigen Teil des Geschäftes, wo offenbar dessen Büro liegt.

Im nächsten Moment ist Lili allein. Sie schaut sich um. Schlechtheim handelt nicht nur mit Bildern. Hölzerne Statuetten, vielleicht aus Afrika, goldglänzender Schmuck; Ringe, Ketten. Ein riesiger siebenarmiger Leuchter und einige wenige Porzellanschalen. All diese Gegenstände sind wohldurchdacht im Raum verteilt. Jeder einzelne wirkt selten und kostbar.

Lili weiß nicht, wie teuer ein Werk von Klee ist, im vorliegenden Fall eine Zeichnung. Sie kennt seinen Namen, also muss er einigermaßen berühmt sein. Über Jakobs finanzielle Verhältnisse ist sie nicht im Bilde. Sie erinnert sich an eine Bemerkung von ihm, dass die Menschen nach dem Krieg scheinbar ein enormes Nachholbedürfnis hätten und er ausgerechnet von den teuren und allerteuersten Teesorten mehr denn je importiere; Spitzenrestaurants und Luxushotels in ganz Europa rissen sich um seine Ware.

Sie hört ein Geräusch und dreht sich um. Jakob und der Galerist kehren zurück. Beide machen zufriedene Gesichter. Schlechtheim tritt auf sie zu und hält ihr die Hand hin.

»Ich gratuliere Ihnen, Fräulein Kuhn. Ein überaus wertvolles Geschenk, das Ihnen Ihr Vater da macht. Es ist wirklich einzigartig. Sie sind nun stolze Besitzerin einer Zeichnung von Paul Klee.«

Höflich greift Lili nach seiner Hand, die sich für einen Mann erstaunlich weich anfühlt. »Danke«, sagt sie.

Der Galerist eilt zur Tür und öffnet sie schwungvoll. »Es ist eine Freude, Geschäfte mit Ihnen zu tätigen, Herr Kuhn. Bitte beehren Sie mich bald wieder. Das Bild wird, wie besprochen, zu Ihnen nach Hause geliefert. Ihnen beiden einen schönen Tag. Habe die Ehre, Fräulein Kuhn.«

Sie treten hinaus in das Licht eines Berliner Sonnentages, wo Lili Jakob auf dem Trottoir so fest drückt, dass ihm die Luft wegbleibt. Einige Passanten beobachten sie – den beleibten Mittvierziger und das schöne junge Mädchen.

Außerdem ruht ein weiterer Blick auf ihnen, in ihrem Rücken – der eines geflügelten Wesens. Eines Wesens, weder menschlicher noch tierischer Natur. Unbewegt blickt es ihnen hinterher.

16. KAPITEL

in dem trotz und wegen größter Höflichkeit Fragen der Kleiderordnung unbesprochen bleiben.

Ein Gewand aus fließendem Wasser. Kühl und glatt gleitet es über ihre Haut. Zuvor ein Moment der Verunsicherung. Was trägt man darunter? Wohl kaum die dunklen kratzigen Wollstrümpfe. Ganz sicher keinen Hüfthalter. Ein kurzärmliges Unterkleid und ein weißes Brustleibchen – das könnte passen, das soll es sein.

Normalerweise hätte sie Takeshi um Rat gefragt. Wen sonst? Schließlich zeichnet er für das Problem verantwortlich. Problem? Eine seltsame Umschreibung für ein überaus großzügiges Geschenk.

Sie muss elf oder zwölf und ganz frisch auf dem *Fürstin Bismarck Lyzeum* gewesen sein, als sie das letzte Mal mit ihm über ihren Körper, über ihren *erwachenden* Körper, gesprochen hat. Die anderen Mädchen hatten sie gehänselt – wegen ihrer vermeintlich fehlenden Entwicklung. Wo denn ihr Busen sei, ob sie den zu Hause vergessen habe? Und in der Tat, da, wo sich bei einem Teil ihrer Mitschülerinnen deutliche Hügel zeigten, spürte sie nur zwei zarte Spitzen.

Ein Spott, der weniger verletzt, als vielmehr irritiert hatte. Seit ihrer Kindheit war sie vor allem männlichen Einflüssen ausgesetzt gewesen: Jakob, Takeshi, Rabbi Teichlmann; Frau Herschowitz und *Hund* auf ihre jeweils eigene Art ausgenommen. Da kann einem schon einmal etwas entgehen. Gab es vielleicht so etwas wie eine geheime Wachstumskurve für Mädchenbrüste?

Wie immer hatte Takeshi sie bei ihrer Rückkehr aus der Schule in Empfang genommen. »Hast du heute etwas gelernt?«, begrüßte er sie. Ein wohlgeübtes Ritual.

Ihre Antwort bestand aus einer Gegenfrage, weniger geübt: »Wie findest du meinen Busen?«

Die sprichwörtliche Ausdruckslosigkeit des asiatischen Gesichtes ist ein Klischee. Die Fähigkeit zu schweigen nicht. Für einen Moment wurde es sehr still zwischen ihnen.

Dann sagte Takeshi: »Ich denke, bald bricht die Zeit des Blütenschautees an. Was denkst du?«

Für einen höflichen Japaner die direkteste Art, mit dem Thema umzugehen – es zu umgehen.

Lili lächelt. Sie hat die Botschaft verstanden. Damals wie heute. *Dein Körper gehört dir und ist nicht Gegenstand öffentlicher Diskussion. Auch nicht mit mir.*

Dennoch gibt es ihn, ihren Körper. Und es gibt Takeshi, dessen unbestechliches Auge und sein Geschenk. Der seidene Kimono passt wie angegossen. Sie streckt die Arme zur Seite aus, dreht sich, wendet den Kopf nach hinten. Ihr Spiegelbild zeigt einen Schmetterling. Weiß und blau geblümt.

Sie geht zur Tür, drückt die Klinke und steigt die Treppe hinab, durchquert den Salon und öffnet die Glastür zum Garten. Unter ihren nackten Fußsohlen spürt sie die Kiesel.

Neben dem Kiesweg liegen zwei große graue Steine, deren Oberfläche schwarz im Tageslicht glänzt. Takeshi muss sie befeuchtet haben. Immer weiter hat er sie im Laufe der Jahre auf den Weg des Tees mitgenommen und in dessen Geheimnisse eingeweiht. Er hat sie zu einem *chajin*, einem Teemenschen, gemacht. Die feuchten Steine bedeuten: Sei willkommen!

Sie hebt den Kopf und mustert ihre Umgebung, bewundert die verborgene Ordnung der Bäume und Sträucher, der Gräser und Moose, die unter Takeshis sorgfältiger Pflege entstanden ist einschließlich ihrer Mithilfe. Es sind langsame Tage, an denen die Minuten und Stunden ihr Tempo vermindern, bis die Zeit stillzustehen scheint, während sie unter Takeshis Anleitung einen Busch beschneidet oder einen Ast kappt. Mitunter ist es ein Trittstein, der sich gelockert hat und wieder befestigt werden muss, oder sie entfernt mithilfe des Keschers ein paar welke Blätter aus dem Teich.

Nichts davon ist von Bedeutung.

Ganz zum Schluss harken sie die Kiesfläche. Ein Wellenmuster entsteht – und der Fluss der Zeit setzt wieder ein.

An manchen Tagen fordert Takeshi sie auf, mit der Arbeit innezuhalten. Dann stehen sie nebeneinander, einfach so. Takeshi nennt es »den Garten atmen«, dessen Wesen in sich aufnehmen, seine ganz besondere Natur.

Er sagt, es sei unabdingbar, das Atmen.

Lili setzt sich auf die hölzerne Bank und schließt die Augen. Sie wartet und atmet, wartet und atmet. Das Grün des Gartens, das Zwitschern der Vögel und das Rascheln des Schilfs am Teichufer. Eine sanfte Brise streichelt ihr Gesicht. Der Duft der Schwertlilien liegt in der

Luft. Takeshi hat sie gepflanzt. Eine Referenz an ihren Namen.

»Ich hoffe, es bereitet Lili nicht allzu viele Umstände, an dieser kleinen nachträglichen Geburtstagsfeier teilzunehmen; so unwürdig sie auch sein mag.«

Sie öffnet die Augen. Ein ungewohnter Anblick: Takeshi im Kimono, schwarz, mit einem weißen Kragen. Offenbar Teil seines Geschenks.

Es ist ein Spiel und gleichzeitig kein Spiel. Vor allem ist es eine Würdigung – der Besonderheit ihrer Beziehung.

Sie senkt den Blick und antwortet: »Es bereitet mir ganz bestimmt keine Umstände. Im Gegenteil, ich freue mich. Auch wenn ich deine großzügige Einladung nicht verdiene.«

Takeshi schweigt.

Und genau eine Sekunde später schallt ihr Lachen bis in den letzten Winkel des Gartens.

17. KAPITEL

in dem Lili versucht zu verstehen, was nicht zu verstehen ist.

Seiza sei eine bequeme Sitzhaltung, hatte Takeshi ihr erklärt und hinzugefügt:

»Der Standhafte bleibt unverwirrt!«

Ihr war bewusst, dass jene Erkenntnis sich nicht aufs Stehen, sondern aufs Sitzen bezog; folglich blieb sie knien, ihre gesamte Kindheit hindurch.

Verwirrend, aber wahr.

Auch heute kann sie nicht behaupten, Übung habe eine Meisterin aus ihr gemacht. Aber über die Jahre ist es ihr wenigstens gelungen, die Schmerzen beim Knien gegen ein fast schon angenehm zu nennendes Taubheitsgefühl in den Oberschenkeln und Waden einzutauschen – ihre Füße spürt sie schon nach wenigen Minuten nicht mehr.

Ebenso lang wie für den halbwegs korrekten Kniesitz hat sie gebraucht, um die intensive Würze zu genießen, die den *koicha*, den starken Tee, auszeichnet. Takeshi reicht ihr ihre Schale herüber. Dankend neigt sie den Kopf und nimmt sie mit beiden Händen entgegen. Sie dreht sie mit der rechten, während ihre linke als Unterlage dient. Dann kostet sie vorsichtig. Für einen Moment behält sie den heißen Sud im Mund, spürt seinen unterschiedlichen Aromen nach, bevor sie ihn hinunterschluckt.

Der Eintritt in eine andere Welt, fremd und vertraut zugleich.

Noch zwei weitere Male wiederholt sie das Ritual, bevor sie Takeshi die Schale zurückgibt. Er spült sie aus und wischt mit einem Tuch hindurch. Danach gießt er neuen Tee auf, diesmal für sich. All das geschieht schweigend, aber nicht ohne Austausch – lediglich die Ebene ist eine andere.

Der Raum misst viereinhalb Tatamimatten. Exakt das Maß, das Rikyu, der größte aller Teemeister, empfohlen hat. Lili dreht den Kopf zur Seite. In schwarzer Tusche zeigt die Rolle in der Bildnische einige seiner Regeln.

利休七則

茶は服のよきように点て
炭は湯の沸くように置き
冬は暖かに夏は涼しく
花は野の花のように生け
刻限は早めに
降らずとも雨の用意
相客に心せよ

Bereite eine köstliche Schale Tee.

Ordne die Holzkohle auf eine Weise, die es erlaubt, Wasser zu erhitzen.

Im Winter sollten Geborgenheit und Wärme erzeugt werden, im Sommer kreiere ein Gefühl der Kälte.

Ordne die Blumen so an, wie sie auf dem Felde wachsen.

Bereite alles zur rechten Zeit vor.

Auch wenn es nicht regnet, stelle dich auf Regen ein.

Gib denen, mit denen du dich zusammenfindest, dein ganzes Herz.

Es ist die Essenz.

Die Rückführung von etwas sehr Kompliziertem auf etwas sehr Einfaches. Lili richtet ihren Blick auf Takeshi.

»Dein Geschenk ist wunderschön.«

Takeshi nickt, dankend. »Ein Kleidungsstück vermag nur so schön zu sein wie seine Trägerin. Nichts kann sie beeinträchtigen, deine Schönheit.«

Lili errötet. Dann sagt sie: »Du würdest am liebsten eine Japanerin aus mir machen, nicht wahr?«

Takeshi lässt sich mit seiner Antwort Zeit. »Ich glaube nicht, dass man aus einem Menschen etwas machen kann, was er nicht ist«, sagt er schließlich.

»Und was bin ich in deinen Augen?«

Er lächelt. »Eine halbe Japanerin?«

Und plötzlich passiert es. Völlig unerwartet für Takeshi als auch für Lili selbst. Etwas, das weder bei Charlottes Tod geschehen ist noch danach. Nicht am Grab auf dem Friedhof und nicht im einsamen Dunkel des Kinderzimmers.

Lili weint.

Aus ihrem Augenwinkel löst sich eine einzelne Träne; das Gleiche auf der anderen Seite. Weitere Tränen folgen, bilden zwei silbrig glänzende Bäche, die ihr die Wangen hinablaufen.

»Es tut mir leid«, schnieft sie.

»Das Weinen?«

»Ja. Nein. Ich weiß nicht.«

»Was weißt du nicht?«

»Ich weiß nicht, wer ich bin!« Sie stößt es trotzig, beinah schroff hervor.

Takeshi wartet.

Lili zieht die Nase hoch. »Sei ehrlich, was soll das sein, eine halbe Japanerin? Ich sag's dir: weder Fisch noch Fleisch. Und überhaupt – wäre ich dann die obere Hälfte oder die untere? Die rechte oder die linke? Ich bin überhaupt keine Japanerin, auch wenn wir beide manchmal so tun!« Sie starrt ihn an. »Und weißt du, was das Schlimme daran ist? Dennoch fühle ich mich so, zum Teil japanisch, was immer das bedeuten mag! Es ist dir gelungen, dieses Empfinden in mir zu wecken.« Sie zuckt resigniert mit den Achseln. »Ich bin mir sicher, bei Rabbi Teichlmann verhält es sich nicht anders. Er sieht mich maximal als halbe Jüdin an, wenn überhaupt. Und laut Religionsgesetz bin ich ja nicht einmal das. Was bin ich also?« Wütend ballt sie die Hände zu Fäusten. »Ach ja, eine Halbwaise natürlich; schon als Kind reichte offenbar ein Elternteil für mich aus!«

Es gibt nicht *die* Stille. Selbst in einem Teehaus. Sie verändert sich fortwährend. Mal ist sie laut, dann wieder leise.

Lilis Worte kommen Takeshi eigentümlich vertraut vor. Da sind Jakobs Briefe an ihn in der Zeit nach Charlottes Tod. Er habe über das Leben nachgedacht, schreibt Jakob. Über sein Leben. Und dessen Bedeutung. In der Jugend aus dem Elternhaus verstoßen; von da an heimatloser Jude im doppelten Sinn, weil – weder Heimat noch Jude. Alles zur Hälfte, nichts ganz. Bis Charlotte in sein Leben getreten sei und er sich erstmals vollständig gefühlt habe. Für nur grausam kurze Zeit. Und nach ihrem Tod erneut das altbekannte Gefühl des *Uneins*-Sein.

Ist es möglich, sinniert Takeshi, ein solches Bewusstsein weiterzugeben, in die nächste Generation hinein? Nimmt das Neugeborene es vom ersten Atemzug in sich auf? Oder passiert es erst später, im Kindesalter, wenn Jakob und Lili plötzlich allein sind – ohne Charlotte? Hat es seitdem bei jedem Schlag von Jakobs Herzen seinen Weg in Lilis Brust gefunden? Unbemerkt, dafür umso wirkungsvoller?

Was tun Eltern ihren Kindern an?

Ungewollt?

Er stellt die Teeschale neben sich auf den Boden, greift nach dem Wassergefäß und löscht mithilfe der hölzernen Kelle die Glut in der Feuerstelle ab. Zischend steigt weißer Dampf empor. Ein nie gesehener Vorgang. Stets misst er die Menge der Kohle so ab, dass sie einfach ausglüht, ohne jeden äußeren Einfluss.

»Nimm das Teehaus«, sagt er und deutet zur Seite und nach oben, »es ist von Wänden umgeben, geschützt durch ein Dach. Aber die Wände und das Dach machen es nicht aus. Sie sind nur Teile des Ganzen. Es geht um den Raum dazwischen. Er verkörpert die Idee des Teehauses.«

Lili lauscht seinen Worten. Ihr ist heiß, auch wenn sie bloß den Kimono trägt. In feinen Tropfen liegt der Wasserdampf auf ihrem Gesicht, wo er sich mit ihren Tränen vermischt.

»Fühl dich von mir aus als halbe Japanerin, als halbe Jüdin«, fährt Takeshi fort, »fühl dich halb als Kind und zur anderen Hälfte erwachsen. Sei Teil dieser Welt und Teil einer anderen, wie immer sie aussehen mag. Wichtig ist, was du nicht bist. Nur im leeren Raum ist Bewegung möglich, bleib also offen, solange es geht. Sobald du dich festlegst, bist du stabil, gewinnst Sicherheit – und wirst starr und unbeweglich wie das Dach und die Wände des Teehauses.«

Lili reibt sich mit den Handballen durch die Augen, trocknet Dampf und Tränen. »Wunderschöne Gedanken, aber – glaubst du wirklich daran?«

»Darum geht es nicht. Entscheidend ist, was du denkst.«

18. KAPITEL

in dem Kinder, Frauen und Hunde ein lebendes Bild erzeugen und sich ein Unglück als Glück erweist.

Lili hat die Geschichte oft gehört, ist bei ihrer Entstehung sogar dabei gewesen. Im Mutterleib. Sicherheitshalber hat Jakob sie ihr aber später noch ein paarmal erzählt, denn Hören und Verstehen bedeuten vor der Geburt nicht zwangsläufig dasselbe – ebenso wenig wie danach. Aber es ist auch nicht immer einfach, das mit dem Hören und dem Verstehen, je nachdem worum es gerade geht.

Mit zerknirschter Miene hatte Jakob damals vor Charlotte gestanden, um sich wieder einmal zu verabschieden. »Du weißt, ich fahre nur ungern, aber es muss sein.« Hilflos rang er die Hände. »Der Teehandel. Das Geschäft wird immer schwieriger. Vor allem jetzt, wegen der Briten.«

Neun Jahre zuvor, 1902, hatten das Vereinigte Königreich und das japanische Kaiserreich eine Allianz geschlossen und sie zu Beginn des Jahres erneuert und erweitert. Zunehmend wurden britische Geschäftsleute von der Regierung in Tokio unterstützt und beim Handel bevorzugt. Keine einfache Situation für Jakob und die übrigen Kaufleute; von wegen *fair play.*

»Sei nicht traurig«, sagte Charlotte leichthin, »vielleicht wartet bei deiner Rückkehr ja eine Überraschung auf dich.«

Jakob stutzte. »Was meinst du damit? Von was für einer Überraschung sprichst du?«

»Nun«, Charlotte lächelte, »wenn ich es dir jetzt verraten würde, wäre es keine Überraschung mehr. Hab also ein wenig Geduld. Ich freue mich sehr auf deine Rückkehr.«

Und mit diesen eindeutig uneindeutigen Worten seiner jungen Ehefrau im Kopf reiste Jakob ab – guter Hoffnung, könnte man sagen.

Ein Zustand, von dem Charlotte unsicher war, ob er bei ihr vorlag. Sie stand erst ganz am Anfang, kannte sich mit Schwangerschaft nicht aus. Woher auch? Ihre Mutter wollte sie nicht um Rat fragen, auch wenn diese sicherlich Expertin war; neun Kinder sind schließlich kein Pappenstiel. Doch Charlotte hatte die abfälligen Äußerungen ihrer Eltern in Bezug auf Jakob nicht vergessen. Sie blieb sich selbst treu – jemand, der sich nichts gefallen lässt.

Zwei Monate später kehrte Jakob erschöpft von einer anstrengenden Reise zurück. Als er die Wohnung betrat, wartete Charlotte bereits im Flur auf ihn. Sie legte den Zeigefinger an die Lippen.

»Psst, er liegt im Nebenraum und schläft.«

Jakob stockte der Atem. Wie war das möglich? Er war doch nur zwei Monate weg gewesen? Und bei seiner Abreise hatte Charlotte ganz normal ausgesehen, also ihr Bauch. Ihr Bauch! Er war deutlich gerundet, wieso also konnte sie ihm jetzt …?

Ohne seine Reaktion abzuwarten, öffnete Charlotte die Tür zum benachbarten Zimmer. Vorsichtig winkte sie ihn heran. Jakob steckte den Kopf durch den Türspalt.

Zu seinen Füßen bewegte sich etwas. Glänzende Augen blickten ihn unternehmungslustig an. Mit einem unbeholfenen Satz hopste das haarige Etwas aus seinem Körbchen und bewegte sich auf tapsigen Pfoten, deren Krallen sich im Teppich verfingen, auf Jakob zu. Aufgeregt mit dem Schwanz wedelnd, schnupperte es an seinen Füßen.

»Freust du dich?«, fragte Charlotte.

»Ja, schon«, antwortete Jakob, um die passenden Worte bemüht. Sein Blick wanderte nach unten. »Ähem, … Hund. Aber eigentlich …, ich dachte, ich hatte gehofft …«, er zeigte auf die sanfte Kontur ihres Leibes, »wir hätten, du hättest …?«

»Ja, und damit liegst du richtig, Liebster. Eben deswegen brauche ich zukünftig jemanden, der uns«, sie legte die Hand auf ihren Bauch, »beschützt, wenn du auf Reisen bist, nicht wahr?«

Nie zuvor hatte Jakob ein zärtlicheres »uns« vernommen. Und nie zuvor war er von solch tiefer Sorge befallen worden. Hoffentlich ging während der Schwangerschaft und unter der Geburt alles gut. Hoffentlich wären Mutter und Kind von Beginn an wohlauf. Ein Kind mit einem heimatlosen Vater wie ihm. Würde es ohne Weiteres seinen Weg in die Welt finden?

Mühsam verdrängte er die düsteren Gedanken und fragte: »Wie heißt es denn?«, und deutete auf das vorläufig jüngste Familienmitglied, das aufgeregt hechelnd zu ihnen emporblickte.

In der ihr eigenen Art stellte Charlotte fest: »Eigentlich wollte ich den Namen mit dir gemeinsam aussuchen, aber du hast ihn, als du reingekommen bist, festgelegt. *Hund* ist der einzige Name, der infrage kommt. Du bist Jakob, ich bin Charlotte, das ist *Hund*!«

Eine Tatsache, der Jakob nicht widersprechen konnte.

Hund behielt seinen namenlosen Namen. Einfach war er und somit passend für einen Vierbeiner, den Charlotte einem Straßenhändler auf dem Hermannplatz abgekauft hatte und dessen Stammbaum einige interessante Verästelungen aufwies. Offenbar unbelastet von jedem falschen Dünkel, waren die Vorfahren *Hunds* ihrer Fortpflanzungspflicht im Geiste grenzenloser Großzügigkeit nachgekommen, sodass sein äußeres Erscheinungsbild eine enge Verwandtschaft zu Terrier, Spitz und Setter erkennen ließ – mindestens.

Was für eine schöne Geschichte, denkt Lili jetzt, während sie *Hund* betrachtet, der friedlich neben ihr hertrabt. Man erwartet ein Kind, dann ist es ein Hund und plötzlich doch wieder ein Kind – Vater werden ist gar nicht einfach.

Sie hebt den Blick. Der Tiergarten vor der Haustür, ein ungeheurer Luxus. Seit vielen Jahren geht sie allein mit *Hund* raus. Als kleines Mädchen ein erstes, vorsichtiges Die-Welt-Erkunden. Jetzt, als junge Frau, ein Sehen und Gesehenwerden, mal ein Blickekreuzen, und – häufiger – ein nachdenkliches Insichgekehrtsein. Das Gleichmaß ihrer Schritte rhythmisiert ihre Gedanken, hilft ihr Ordnung zu schaffen in einer für eine junge Frau zuweilen unübersichtlichen Welt.

Sie weiß nicht, was sie von ihr will, die Welt; ebenso wenig weiß sie, was sie von der Welt erwartet. In ein paar Wochen wäre sie mit der Schule fertig und dann? Da scheint eine unsichtbare Grenze zu sein zwischen dem Paradies der Kindheit und dem Leben danach. Sie kann nicht sehen, wie und wo ihr Weg verläuft. Die gewohnte Ratlosigkeit macht sich in ihr breit. Sie zuckt mit den

Schultern. Was soll's? Früher oder später würden sich die Dinge finden.

Schwungvoll lenkt sie ihre Schritte in Richtung Neuer See. Im selben Augenblick passiert es. Ein Junge überholt sie mit seinem Fahrrad, verheddert sich in der Hundeleine und stürzt. Fürsorglich nähert *Hund* sich dem auf dem Hosenboden sitzenden Kind und fährt ihm mit der Zunge durchs Gesicht. Dem Unfallopfer ist deutlich anzumerken, wie sehr es zwischen Weinen und interessierter Neugierde hin- und hergerissen ist.

Sie nimmt dem Jungen die Entscheidung ab: »Jetzt bin ich aber baff, du hast ja vielleicht Glück!«

»Wieso Glück?«, stottert der Neun- oder Zehnjährige, der seinen Unfall offenbar noch nicht unter diesem Blickwinkel betrachtet hat.

»Na ja, ich meine natürlich nicht den Sturz, sondern das Abgelecktwerden. Jeder weiß, es ist etwas Tolles, wenn ein Glückshund so was bei einem macht. Du etwa nicht?« Bis zu diesem Moment hat sie eher geahnt, denn gewusst, dass sie einen Glückshund ihr Eigen nennt, aber bei genauerem Hinsehen …

Der Junge wird einer Antwort enthoben, weil nun ein kleines Mädchen, etwas jünger als er, angerannt kommt und sich ohne Umschweife in das Gewirr von Mensch, Tier, Leine und Fahrrad stürzt.

»So ein liebes Hundchen!«, ruft es atemlos und umarmt *Hund*, der sich zweifelsohne erkannt fühlt, stürmisch. Den Jungen beachtet sie nicht.

Und als wäre all das nicht genug, vervollständigt schließlich eine elegant gekleidete Dame die Szene.

»Eckehart, Wetterl, bitte lasst sofort das arme Tier in Ruhe!«, verlangt sie mit energischer Stimme. In der nächsten Sekunde beginnt sie zu lachen. »Meine Güte, ein *tableau vivant*! Manet vielleicht – *Unfall im Grünen*, nur dass erfreulicherweise alle Beteiligten bekleidet sind.« Sie wendet sich an Lili. »Entschuldigen Sie bitte, meine Liebe, aber wir sind erst vor Kurzem nach Berlin gezogen und haben noch keine Zeit gefunden, uns nach einem Kindermädchen umzusehen. Darum bin ich mit den beiden spazieren gegangen«, hilflos hebt sie die Hände, »aber wie es aussieht, sind sie einfach zu schnell für ihre Mutter.«

»Sie brauchen sich nicht zu entschuldigen«, sagt Lili, »es war einfach ein unglücklicher Zufall. Ihren Sohn trifft keine Schuld. Abgesehen davon, scheint er ein tapferer junger Mann zu sein.«

»Ich habe kein bisschen geweint«, ruft Eckehart, »weil – er ist ein Glückshund!« Er zeigt auf *Hund*.

Schnell schaltet Lili sich ein und bestätigt: »Ja, ein rechter Glückshund, nicht wahr, Frau …?« Sie rollt, um Zustimmung heischend, mit den Augen.

»Von Pechmann. Alice von Pechmann«, stellt die Mutter der Kinder sich vor. Sie kneift ein Auge zu. »Ich glaube, ich weiß, was Sie meinen. Verhindern Glückshunde nicht alle möglichen, ähem … lautstarken Dinge?«

Lili nickt und lächelt.

»Das hier sind«, Alice von Pechmann deutet auf ihren Sohn und ihre Tochter, »übrigens Eckehart und Wetterl. Eigentlich Sybille, aber Sie wissen ja, wie das ist. Irgendwer fängt mit so einem Kosenamen an, und schon bleibt er hängen.« Sie zuckt mit den Achseln. »Niemand weiß, was es bedeutet.«

»Wie heißt der Hund?«, fragt das Wetterl von schräg unten nach schräg oben.

»Hund«, antwortet Lili.

»Nein, wie er heißt!«

»Sein Name lautet *Hund*, nur *Hund*«, erklärt Lili, »er hat keinen anderen.«

»Mami, darf ich mit *Hund* spazieren gehen?«, fragt die kleine Sybille, das Ungewohnte in bewundernswerter Schnelligkeit zum Gewohnten machend.

»Ich auch!«, ruft ihr Bruder.

Lili und ihre neue Bekanntschaft blicken einander an.

»Haben wir eine Wahl?«, fragt Alice von Pechmann.

Lili schüttelt den Kopf. »Ich glaube nicht.«

19. KAPITEL

in dem sogar dem Königlichen ein wenig Glanz abhandenkommt.

»Lili Kuhn«, antwortet Lili, als Alice von Pechmann sich freundlich nach ihrem Namen und ihren persönlichen Verhältnissen erkundigt. »Ich wohne mit meinem Vater«, sie deutet nach Westen, »nicht weit von hier. In einem Haus mit … Garten.«

Die genaue Bewandtnis des Gartens, seine Art und Bedeutung für sie sowie seinen Schöpfer, dessen Art und Bedeutung erwähnt sie nicht; es wäre zu kompliziert für eine Fremde.

Aber was ist das auch für eine Geschichte. 1910, ein Berliner, der nach Japan reist; 1919, ein Japaner in Berlin. Kein Austausch der Kulturen, sondern eine Zusammenführung – für sie und wegen ihr. Ersatzvater, Onkel, älterer Bruder und Freund; all das ist Takeshi und ihr näher als, mit Ausnahme Jakobs, jeder andere Mensch auf der Welt.

Nein, das wäre für den Anfang sicher zu viel, ebenso was das Schicksal Charlottes betrifft. Darum schließt sie ein wenig lahm: »Ich besuche die Abschlussklasse des *Fürstin Bismarck Lyzeums* in der Sybelstraße.«

Einfacher ist es, als Alice von Pechmann von ihr wissen will, ob sie sich mit Kindern auskennt.

»Das tue ich nicht«, erklärt Lili wahrheitsgemäß und ein ganz klein bisschen unfreiwillig komisch, in diese Verlegenheit sei sie bislang nicht gekommen.

Ein Spaziergang im Park, vielleicht eine Stunde lang, bei dem sich ein weiterer Fahrradunfall Eckeharts ereignet (diesmal mit dem Resultat eines blutigen Knies), ein Beinahbad des kleinen Wetterl im Neuen See (mit zumindest feuchtem Rocksaum) und eine halbe Stunde Stöckchenwerfen beider Kinder mit *Hund* (was diesen auch in seiner eigenen Wahrnehmung endgültig als Glückshund bestätigt).

Lili staunt. Sie hat keine Geschwister. Auch die Zahl ihrer gesellschaftlichen Kontakte ist überschaubar. Mit Gleichaltrigen kann sie nur wenig anfangen. Letztlich ist sie in beinah schon kontemplativ zu nennenden Verhältnissen aufgewachsen – doch jetzt? Plötzlich hat sie den Eindruck, im wirklichen Leben angekommen zu sein. Welche Energie! Und das allein bei den beiden Kleinen. Denn dazwischen, daneben und durchgehend gibt es Alice von Pechmann.

Alice von Pechmann, geborene Hesse, der Vater Geheimer Justizrat, die Mutter Jüdin aus der Mark Brandenburg, ist Mitte vierzig, gebildet, modern und in zweiter Ehe mit Günther von Pechmann verheiratet. Einem Bayern in Preußen und besonderen Mann in besonderer Mission.

»Vier Vornamen besitzt er«, erklärt Alice mit gespielter Ehrfurcht, »Hans, Max, August und Günther. Sein Vater ist bayerischer Offizier, seine Mutter eine geborene von Malchus; von daher ist er ein echter Freiherr. Aber nicht sein Adel, sondern seine Vernunft und seine Zielstrebigkeit zeichnen ihn aus. So hat er die meisten Namen inzwischen durch Titel ersetzt. *Professor Dr. Freiherr Günther von Pechmann, Erster Direktor der Staatlichen Porzellan-Manufaktur Berlin* steht auf seiner Visitenkarte.« Der Stolz in Alices Stimme ist unüberhörbar.

»Außerdem ist er sparsam, verlässlich und korrekt«, fährt sie fort, »fast schon mit einem Hang zur Pedanterie. So gesehen also beinah preußischer als die Preußen. Er verfügt über einen feinen Sinn für Kunst und künstlerische Gestaltung; vielleicht hat er deshalb die ursprünglich eingeschlagene Offizierslaufbahn abgebrochen. Eine Verlagerung vom Militärischen auf das Schöngeistige sozusagen und mit ein wenig Fantasie«, sie zwinkert Lili zu, »ein unsichtbares Band zum ersten Besitzer der *Königlichen Porzellan-Manufaktur*, dem großen Friedrich. Nachdem Günther in den letzten Jahren erfolgreich die *Neue Sammlung* in München aufgebaut hat, wurde er jetzt vom Preußischen Handelsminister Doktor Schreiber höchstpersönlich nach Berlin berufen. Es gilt, ein Staatsunternehmen zu retten. Nicht irgendeines, sondern den ältesten noch bestehenden Handwerksbetrieb auf Berliner Boden – die *Königliche Porzellan-Manufaktur.*«

Neugierig fragt Lili: »Eine königliche Porzellanfabrik, hier in Berlin?«

»Ja«, bestätigt Alice, »mit vier- oder fünfhundert Angestellten. Noch bis vor wenigen Jahren hat sie *Königliche Porzellan-Manufaktur* geheißen, aber mit der Abdankung des Kaisers ist ihr, wie sagt man, ein wenig Glanz abhandengekommen; heute firmiert sie unter dem Namen *Staatliche Porzellan-Manufaktur.*« Verschwörerisch senkt sie die Stimme. »Alles in allem geht es um fünfhunderttausend Butterbrote!«

»Wie bitte?«, fragt Lili verständnislos.

»Wahrscheinlich dürfte ich Ihnen das gar nicht erzählen, meine Liebe, aber ich finde das alles so schrecklich aufregend, und Sie, Sie wirken so *aufrichtig* auf mich, deshalb … Also, so ziemlich das Erste, was ich in Berlin gelernt habe, ist, dass hier ein Butterbrot *Stulle* heißt und im Kaffeehaus eine Mark kostet. So gesehen macht die *Staatliche Porzellan-Manufaktur* derzeit jährlich fünfhunderttausend Butterbrote Minus. Das ist der Hauptgrund, weshalb Günther hier ist. Er soll dafür sorgen, dass die Manufaktur genug Stullen erwirtschaftet, damit die Angestellten und Arbeiter satt werden – ohne dass Vater Staat dazubuttern muss.«

Lili lacht. Weil ihr der Vergleich gefällt. Weil ihr Alice gefällt. Die Liebe zu ihrem Gatten, die ihre Worte erkennen lassen. Der Humor und die Bescheidenheit, die darin enthalten sind.

Sie erinnert sich an eine von Takeshis Geschichten über Rikyu, den größten aller Teemeister. Sein Leben lang habe er seinen Tee aus derselben Porzellanschale getrunken. Hunderte von Jahren alt sei sie gewesen und sehr wertvoll. Niemand wusste, wie sie in seine Hände gelangt war. Gegen Ende von Rikyus Leben habe ein mächtiger Fürst ihm große Mengen wertvoller Güter für die Schale geboten: Gold, Jade, Elfenbein. Doch beschämt habe Rikyu das Angebot abgelehnt. Er wolle die Großzügigkeit des Fürsten nicht ausnutzen, lauteten seine Worte, denn eine Teeschale sei nur eine Teeschale: Geformt aus Wasser und Erde, zusammengefügt von Luft und Feuer – den vier Elementen, die die Natur dem Menschen umsonst überlasse.

Wie gesagt, ein Spaziergang im Park, etwa eine Stunde lang und doch mehr, denn beim Abschied legt Alice ihr die Hand auf den Arm:

»Sagen Sie, meine Liebe, hätten Sie trotz fehlender Erfahrung nicht Lust, an zwei oder drei Nachmittagen die Woche – nach der Schule und gegen Entgelt natürlich – auf Eckehart und das kleine Wetterl aufzupassen?«

Lili antwortet nicht sofort. Sie denkt an das Gespräch, das Jakob in der letzten Woche mit Takeshi und ihr geführt hat. Weder seinem Freund noch seiner Tochter gegenüber hat er ein Hehl daraus gemacht: Seine und damit ihrer aller finanzielle Lage habe sich quasi über Nacht grundlegend geändert. Der Teehandel und er mit ihm liege, wie beinah die gesamte Weltwirtschaft, am Boden.

Sie hatte geschluckt. »Wäre es unter den Umständen nicht sinnvoll, den Klee zu verkaufen?«

Der Klee. Sie erinnert sich an seine Ankunft im Haus. Die Energie, die von dem Bild ausging und den Raum erfüllte, nachdem Jakob und Takeshi es an der Wand über dem Kamin aufgehängt hatten. Und an die erhabene Stille danach.

»Nein!«, hatte Jakobs Antwort gelautet, selten war er ihr so rigoros vorgekommen. Und erstmals in ihrem Leben verspürte sie den Wunsch, selbst Geld zu verdienen.

Vielleicht gibt das den Ausschlag.

Vielleicht aber auch die Tatsache, dass Alice – im Gegensatz zu Jakob, Takeshi und Rabbi Teichlmann – eine Frau ist. Eine Frau, wie Charlotte eine gewesen ist.

Aber da ist noch etwas anderes, weniger Handfestes, mehr ein Gefühl.

Bislang ist sie der Meinung gewesen, die Künste, die Takeshi sie im Teehaus gelehrt hat, kämen im richtigen Leben nicht vor, seien etwas für den Elfenbeinturm: Kalligrafie, das flüchtige Zusammenspiel von Tusche, Wasser und Papier. Der Weg des Tees mit seinen Düften, Gerätschaften und zartwandigen Porzellanschalen. Wer vermag damit im Berlin des 20. Jahrhunderts, dem modernsten Berlin aller Zeiten, schon etwas anzufangen?

Doch wenn es eine Art unsichtbares Band gibt, das Friedrich den Großen und Günther von Pechmann verbindet – wieso sollte da nicht ein weiteres, eines zwischen Takeshi, Günther von Pechmann und ihr, existieren? Eines, das es ihr erlaubt, das Alte mit dem Neuen, das Angenehme mit dem Nützlichen zu verbinden und Geld in einer Umgebung zu verdienen, in der sie sich weiterentwickeln kann – wohin auch immer?

Und so ist es jetzt sie, die fragt: »Habe ich eine Wahl?«, und Alice von Pechmann, die den Kopf schüttelt: »Ich glaube nicht.«

20. KAPITEL

in dem Porzellan spricht, Blinde sehen und Taube hören.

Da ist die Stille nach dem Tee. Wenn der Geist zur Ruhe kommt und sich ein kleiner Teil der Welt offenbart. Weil sich ein Weg aufgetan hat. Ein Weg, der vorher nicht da gewesen ist.

»Ich möchte gerne nach der Schule für ein paar Stunden die Woche auf zwei Kinder aufpassen. Einen Jungen und ein Mädchen. Erlaubst du es?« Lili blickt zu Jakob. »Ich bekomme Geld dafür.«

Jakob seufzt. Er hätte sich eine solche Situation niemals vorzustellen vermocht, in der seine Tochter sich genötigt sieht, etwas zum gemeinsamen Familieneinkommen beizutragen. In den zurückliegenden Jahren hat er viel Geld verdient. Und beinah ebenso viel wieder verloren. Der Schwarze Freitag und die beginnende Weltwirtschaftskrise haben den Teil seines Vermögens vernichtet, den er in Aktien angelegt hat – nicht immer ist Papier geduldig.

»Danke«, antwortet er. »Es tut mir leid«, fügt er hinzu. »Natürlich darfst du auf die Kinder aufpassen.« Er hält inne. »Irgendwann werden die Zeiten wieder besser.«

Seine Stimme klingt fest; wie es um seine innere Überzeugung bestellt ist, behält er für sich. Die ständig wechselnden Regierungen, die hohe Arbeitslosigkeit, die Straßenkämpfe zwischen Kommunisten, Sozialisten und Nationalisten, von denen er zwar in Charlottenburg nichts mitbekommt, von denen aber in der Presse berichtet wird. Mit einem Mal scheinen die Unterschiede zwischen dem Großen und dem Kleinen, zwischen der Weimarer Republik und seinem Teehandel nicht mehr allzu ausgeprägt. Beide ringen sie an den Sollbruchstellen der angeblich zivilisierten Welt ums Überleben, sind jeweils abhängig von Wirtschaft und Politik, und um beide steht es gleichermaßen schlecht.

»Wie hast du die Stelle gefunden?«, erkundigt sich Takeshi.

Die Einfachheit des Teehauses – ein Gegenentwurf zur Welt. Wie immer knien sie einander gegenüber: Jakob und Lili auf der einen, Takeshi auf der anderen Seite.

Lili lacht. »Eigentlich hat die Stelle mich gefunden. Oder besser gesagt, *Hund* hat sie für mich gefunden. Oder noch anders, Eckehart, der für seine Fahrkünste entschieden zu schnell unterwegs ist, hat sich bei uns eingefunden.« Sie erzählt von ihren Erlebnissen im Tiergarten. »Und beim Abschied hat die Mutter der beiden Kleinen mich dann gefragt, ob ich nicht als Kindermädchen bei ihnen anfangen wolle.«

Ein erster Frühlingswind streicht ums Haus, bringt die Wände des Teeraums sanft zum Erbeben.

Takeshi blickt zu Jakob. »Ich habe ebenfalls über unser Gespräch in der letzten Woche nachgedacht und mich umgehört. Nicht weit von hier, zwischen Spree- und Salzufer, gibt es einen Betrieb, der kurzfristig eine Aushilfe sucht. Ich habe zugesagt und werde nächste Woche dort anfangen.«

Jakob ballt die Fäuste. »Ich habe uns in diese Situation gebracht und werde uns auch wieder herausbringen. Glaubt mir!«

Lili schaut zu Takeshi. Ein Themenwechsel tut not. »Du hast mir einmal erzählt, dein Vater sei Töpfer gewesen und habe in einer Porzellanfabrik gearbeitet. Kennst du dich ebenfalls mit Porzellan aus?«

Es passiert selten, aber Takeshis Stimme ist die Überraschung anzumerken. »Porzellan? Wie kommst du darauf?«

»Nun, die Familie, deren Kinder ich hüten soll, heißt von Pechmann; der Vater ist Direktor eines Porzellanbetriebes hier in Berlin, der *Staatlichen Porzellan-Manufaktur.*«

Ihre Worte verklingen im Raum.

Gibt es Zufälle? In Romanen schon, im wirklichen Leben nicht. Oder ist es umgekehrt?

Langsam, als spreche er vor allem zu sich selbst, sagt Takeshi: »Manchmal schließen sich Kreise, von denen man nicht ahnt, dass sie existieren. Der eine nennt es Zufall, der andere Schicksal oder Fügung. Mein Vater gehörte zu den Menschen, die dem Porzellan besondere Kräfte beimessen. Er war der festen Überzeugung, es liege in dessen Natur, Unmögliches möglich zu machen. Nur deshalb könne aus ein wenig Wasser und ein paar verwitterten Gesteinsbrocken einer der edelsten Stoffe der Welt entstehen; es sei eine Art von Magie. Und ebendiese Magie habe ihn und Mutter zusammengeführt. Über Tausende von Kilometern hinweg, über Flüsse, Meere und Gebirge, von der Insel Honshu vor der Küste Japans bis nach China, in den Nordwesten der Provinz Jiangxi. Dort, wo sich die ›weiße Erde‹ findet, aus der man Porzellan herstellt.«

Sein Blick geht zurück, in die Vergangenheit. »Er wurde in einem kleinen Ort in der Umgebung von Gaoling geboren. Bereits sein Vater und dessen Vater sind Töpfer gewesen. Eine Tradition, die viele Jahrhunderte zurückreicht und eng mit dem Kaolin zusammenhängt, wie man die ›weiße Erde‹ hier, in Europa, nennt. Kaolin – Gaoling. Daher stammt der Name.

Bei seiner Geburt war mein Vater taub. Tragisch, aber in den meisten Regionen der Welt kein Drama. In China, auf dem Land, schon. Die abergläubischen Bewohner des Dorfes sahen in seiner Taubstummheit eine Strafe der Götter. Von den Kindern wurde er gehänselt, von den Erwachsenen getreten und geschubst. Am liebsten hätten sie ihn aus dem Dorf gejagt. Darum machte er sich unsichtbar.

Er blieb zu Hause, verbrachte seine Tage in der Töpferwerkstatt seines Vaters, meines Großvaters, und verließ nur noch spätabends das Haus, um das Funkeln des Mondlichts auf dem Fluss zu beobachten, dessen silbernes Band sich am Horizont verlor. Mit der Zeit lernte er die Qualität der Tonerde allein anhand von Farbe und Geruch zu erkennen; er spürte die Brenntemperatur des Ofens auf seiner Haut und wusste unfehlbar zu bestimmen, wann das Brenngut aus der Kammer genommen werden musste.

Nicht viele Menschen in China verstanden damals so viel vom Töpfern wie er. Aber die Heimat wollte ihn nicht. Als er älter wurde, machte er sich auf den Weg und verließ das Dorf – in der Hoffnung auf eine bessere Zukunft an einem anderen Ort.«

Jakob, der Takeshis Bericht ebenso gespannt verfolgt wie Lili, nickt. Manche Dinge besitzen eine innere Notwendigkeit. Auch *Hund* hat den Kopf gehoben und hört aufmerksam zu.

»Mein Vater ging nach Jingdezhen«, fährt Takeshi fort, »der ›Stadt des Porzellans‹, in der Tag und Nacht die Feuer der Brennöfen lodern. Er wollte seine Kenntnisse um den Porzellanstein, um dessen Reinigung und Mischung, Lagerung und Anwendung vertiefen und erweitern. Seit mehr als tausend Jahren befinden sich in Jingdezhen die Manufakturen für den kaiserlichen Hofstaat. Das ›weiße Gold‹ wird dort gebrannt; Gefäße, Geschirre, Kunstgegenstände und vieles mehr werden für den *Sohn des Himmels* gefertigt.

Eines Tages begegnete mein Vater einer Frau, die für einen Hungerlohn in einem winzigen Handwerksbetrieb als Porzellanmalerin schuftete. Als Kind hatten Menschenhändler sie von Honshu, ihrer Heimatinsel, nach China verschleppt. Eine der unzähligen billigen Arbeitskräfte, deren Namen niemand kennt und deren Schicksal normalerweise im Nichts verhallt.

In diesem Fall wählten die Götter – oder sorgten die Kräfte des Porzellans für – einen anderen Verlauf. Meine Eltern heirateten. Und mein Vater, jener ruhige, verschlossene Mann mit den rauen und doch so geschickten Händen, wies dem nie erloschenen Heimweh meiner Mutter einen Weg. Er ging mit ihr nach Japan, brachte sie zurück nach Hause, weg von den ungebildeten Barbaren, wie Mutter die Chinesen nannte.

1889 wurde ich auf Honshu geboren, wo mein Vater, der Familientradition folgend, eine Töpferwerkstatt aufgemacht hatte. Er mischte, knetete, formte und war zufrieden in seiner stillen Welt; seine Frau sprach für ihn mit den Kunden. Zahllose Stunden meiner Kindheit verbrachte ich bei ihm in der Töpferei; fasziniert von den Gegenständen, die wie von Zauberhand aus den unförmigen Lehmklumpen auf der Töpferscheibe entstanden, um danach im Ofen das Wunder der Festwerdung zu durchlaufen.

Drüben, im Haus, machte meine Mutter mich mit den Errungenschaften ihrer Kultur vertraut. Sie erzählte mir vom Tee, lehrte mich die *kanji*, die japanischen Schriftzeichen, und unterwies mich im Umgang mit Pinsel, Farbe und Tusche. Sie verzierte die Produkte, die Vater in der Werkstatt herstellte, mit Ornamenten und Mustern; nicht so kunstvoll, wie sie es in China gelernt hatte, sondern für den alltäglichen Gebrauch. So wuchs ich in zwei Welten auf. Wenigstens kam es mir so vor. Aber meine Mutter sagte: ›Es ist wie bei der Teezubereitung. Dein Vater ist das Feuer.‹ Sie deutete hinüber zur Werkstatt mit dem Brennofen. Dann griff sie nach dem Kessel, füllte ihn auf und setzte ihn auf das Rost der Herdstelle. ›Ich dagegen bin das Wasser. Feuer und Wasser gehören zusammen.‹«

Takeshi bewegt die Finger; knetet, in Erinnerungen versunken, ein unsichtbares Stück rote oder weiße Erde, prüft die Beschaffenheit des feinen grünen Teepulvers, das seine Mutter in ihren Vorratsgefäßen aufbewahrte.

»Doch dann kam alles anders. Am Abend des 15. Juni 1896, ich war sieben Jahre alt, ereignete sich vor der Küste Japans ein schweres Erdbeben. Etwa eine halbe Stunde später traf eine fünfundzwanzig Meter hohe Flutwelle auf die Sanriku-Küste am nordöstlichen Ende Honshus. Wie ich später erfuhr, kamen fast 30 000 Menschen ums Leben, darunter meine Eltern und die komplette Familie meiner Mutter. Ich weiß nicht, weshalb ich überlebte. Helfer fanden mich im Inneren des Tonofens. Die

Wassermassen mussten die Öffnung eingedrückt und das Feuer im Ofen gelöscht haben. Anscheinend wurde ich in die Brennkammer gespült, wo sich eine Luftblase gebildet hatte. Bald darauf brachte man mich nach Osaka zu den Jesuiten. Deutsche Jesuiten, in deren Waisenhaus ich fortan aufwuchs. Sie lehrten mich ihre Sprache und vermittelten mir, als ich sechzehn war, eine Lehrstelle bei *Nippon Imperial & Co., Ltd.*, einem Import-und-Export-Unternehmen. Aufgrund meiner Sprachkenntnisse wurde ich dort übernommen.«

Takeshi richtet seinen Blick auf Lili und Jakob. »Ich dachte, diese Dinge liegen weit hinter mir, gehören zu einer anderen Welt – und das tun sie auch. Aber«, seine Stimme verändert sich unmerklich, »vielleicht hat mein Vater Dinge erkannt, die andere nicht erkennen. Vielleicht hat das Porzellan in den endlosen Stunden, die er vor dem Ofen verbrachte, zu ihm gesprochen und ihm einen kleinen Teil seiner Geheimnisse offenbart. Manchmal sind es die Blinden, die sehen, und die Tauben, die hören.« Er strafft die schlanke Gestalt. »Erneut hat das Porzellan etwas zusammengeführt. Hier in Berlin. Der Betrieb, bei dem ich in der nächsten Woche anfange, ist die *Staatliche Porzellan-Manufaktur*. Ihr Direktor heißt Günther von Pechmann.«

21. KAPITEL

in dem Lili nicht für 'n Appel und 'n Ei, stattdessen für ein paar Butterbrote arbeiten geht.

Mit gespannter Neugierde betrachtet die junge Frau das Namensschild über dem messingfarbenen Klingelknopf. Ein besonderes Namensschild, aus einem besonderen Stoff, und ein besonderer Name. Fein säuberlich, von Hand gemalt, heben sich die schwarzen Buchstaben von dem vornehmen Weiß des Untergrundes ab. Kühl und glatt fühlt sich das Porzellan unter den Fingerspitzen der Besucherin an, als sie behutsam darüberstreicht.

Vor ihr der Eingang zu einem neuen Haus. Diesmal weder links der Vater, geschweige denn rechts die Mutter. Siebzehn oder achtzehn ist sie, die junge Frau, manchmal verwechselt sie es, insbesondere wenn sie gerade Geburtstag gehabt hat. Sie steht auf der Schwelle zum Erwachsensein; gleichzeitig auf der des Direktorenhauses der *Staatlichen Porzellan-Manufaktur* in Charlottenburg – alles eine Frage des Standpunktes. *Prof. Dr. Günther Freiherr von Pechmann* ist auf dem Namensschild zu lesen. Die genaue Anschrift der Villa lautet: Berlin, NW 87, Wegelystr. 1 – ebenda, wo die *Staatliche Porzellan-Manufaktur* beheimatet ist.

Das Herz schlägt Lili bis zum Hals, als sie auf den Klingelknopf drückt.

Im Inneren des Hauses erklingen Schritte, rhythmisch und energisch, gefolgt vom Trappeln kleinerer Füße, unrhythmisch, aber nicht weniger energisch. Alice von Pechmann, die Hausherrin selbst, öffnet Lili die Tür. Links und rechts von ihr, ein wenig tiefer und noch tiefer, Eckehart und das kleine Wetterl.

»Du bist es«, ruft das Mädchen glücklich.

»Ich glaube, ja«, antwortet Lili und lacht.

Mit der Würde des älteren Bruders streckt Eckehart ihr die Hand entgegen. »Herzlich willkommen.«

»In der Tat, wir freuen uns sehr, Sie zu sehen«, begrüßt sie Alice von Pechmann, »bitte kommen Sie herein, meine Liebe!«

Ein wenig beklommen betritt Lili das fremde Haus. Allerdings ist da auch ein erwartungsvolles Prickeln.

Alice nimmt ihr Hut und Mantel ab. »Mein Mann ist schon gespannt, Sie kennenzulernen.«

Sie führt Lili – Eckehart und Sybille im Schlepptau – in den rückwärtig gelegenen Teil des Hauses, in einen großen, hellen Raum. Durch die hohen Scheiben öffnet sich der Blick auf die Terrasse und den gepflegten Garten.

»Der Salon«, erklärt Alice von Pechmann, und plötzlich fühlt Lili sich an zu Hause erinnert, denkt daran, wie sie als kleines Mädchen das Wort zum ersten Mal gehört hat: *Salong.* Sie merkt, wie ein Teil der Anspannung von ihr abfällt.

Die Einrichtung des Raumes besteht – gleich vor ihr – aus einem rechteckigen Tisch mit einer Gruppe schwarzlederner Stühle. Kein Holz, stattdessen geschwungenes Stahlrohr. Darüber, an der Wand, ein handgeknüpfter

Teppich, ausschließlich in den Farben Rot und Blau, ohne Muster, ohne Verzierungen – nichts. Ein bisschen kühl, ein wenig nüchtern vielleicht, aber längst nicht so ungewohnt wie die Stehlampe in der Ecke. Deren Schirm zeigt nach oben, zur Decke, und nicht nach unten, wie es sich gehört. Verkehrte Welt.

Aus einem geblümten Sessel neben dem Sofa erhebt sich ein schlanker Mann mittleren Alters. Er trägt das dunkle Haar sorgfältig gescheitelt, ein sauber rasierter Schnurrbart ziert seine Oberlippe. Bei ihrem Eintreten hat er in der *Vossischen Zeitung* gelesen, die er jetzt ordentlich zusammenfaltet und auf dem niedrigen Beistelltisch ablegt. Er tritt auf sie zu.

»Guten Tag. Ich darf mich vorstellen. Günther von Pechmann.«

Lili spürt einen kräftigen Händedruck.

»Sie müssen die junge Frau sein, von der meine Gattin erzählt hat. Fräulein Lili Kuhn, nicht wahr?«

Sie nickt.

»Er wird Ihren Namen nicht mehr vergessen«, sagt Alice, »dessen dürfen Sie gewiss sein.«

Als Offizier im Ersten Weltkrieg hatte Günther von Pechmann es sich zur Aufgabe gemacht, den Namen jedes einzelnen Soldaten seiner Kompanie zu kennen. Später, als Kommandeur des Sturmbataillons Nr. 9, gehörte er der Heeresgruppe Südost an. Feldmarschall von Falkenhayn persönlich beauftragte ihn, Offiziere und Mannschaften der verbündeten Truppen im Nahkampf zu schulen. Eine Leistung, für die der Baron mit dem *Türkischen Eisernen Halbmond* ausgezeichnet wurde. Während der Ordensverleihung erklärte er: »Nur wer seine Männer kennt, vermag sie zu motivieren und führen.«

Eine Erkenntnis, die er nach Kriegsende ins Zivilleben übertrug. Täglich sucht er eine andere Abteilung der *Staatlichen Porzellan-Manufaktur* auf, um Gesichter und Namen zuzuordnen. Mal ist es die Schlämmerei, dann die gewaltige Ofenhalle oder die Verwaltung, die er auf seinem Rundgang besucht. Stets nimmt er sich die Zeit, die Arbeiter und Angestellten zu grüßen, sich im Vorübergehen einen Eindruck von ihrem Arbeitsplatz und ihrer jeweiligen Tätigkeit zu verschaffen. Er möchte wissen, wer für die Qualität der Erzeugnisse der Manufaktur auf dem Werksgelände zwischen Spree- und Salzufer verantwortlich ist.

»Fräulein Lili Kuhn«, wiederholt er jetzt noch einmal halblaut. Ein Menschenfreund, Günther von Pechmann, entschieden und absolut.

Lili weiß nicht, dass ihr Gegenüber die Manufaktur als einen Handwerksbetrieb mit einer langen Tradition versteht. »Es ist die Hand des Einzelnen, des Schaffenden, die den Stoff formt«, pflegt er zu sagen. Jeder leiste auf unnachahmliche Art und Weise seinen Beitrag zur Herstellung der Produkte der *Staatlichen Porzellan-Manufaktur* – egal, ob es sich dabei um künstlerisches, technisches oder Gebrauchsporzellan handele. Sämtliche Erzeugnisse, die die Gebäude an der Wegelystraße verließen, seien in Handarbeit gefertigt und somit einzigartig in ihrer Ausführung.

»Maschinen leisten Fließbandarbeit, Menschen aber hauchen ihrem Werk Persönlichkeit ein«, predigt der Direktor der Manufaktur seinen Leuten. »Je unmittelbarer das Einwirken des Individuums, umso beseelter erscheint die Materie.«

Anscheinend ist seinem Blick Lilis Reaktion auf die

ungewöhnlich anmutende Stehlampe nicht entgangen. Er deutet darauf. »Gefällt Sie Ihnen? Meine Frau hat sie entworfen. Man findet die Lampe in den Ausstellungsräumen der Manufaktur an der Leipziger Straße, wo sie sich bei den Kunden zunehmender Beliebtheit erfreut.«

Lili spürt, hier geschieht Ungewöhnliches. Die Mütter ihrer Schulkameradinnen führen ihre Haushalte und treffen sich nachmittags in den Cafés am Ku'damm. Abends geben sie Gesellschaften und sind ihren Männern würdige Begleiterinnen bei diversen gesellschaftlichen Anlässen. Sie alle sind beschäftigt, gehen aber keiner geregelten Tätigkeit nach. Eine Frau, die über einen eigenen Beruf verfügt und dann noch über den einer Gestalterin – ihr Respekt vor Alice von Pechmann wächst weiter.

»Ich mag das Neue und die Erfahrungen, die damit einhergehen«, sagt Alice jetzt, »und meinem Mann geht es nicht anders. Es ist mit ein Grund, warum wir uns auf das Abenteuer Berlin eingelassen haben.«

»Was unsere Kinder angeht«, nimmt Günther von Pechmann den Faden auf, »verzichten wir auf allzu konservative Elemente in der Erziehung.« Er zeigt auf seinen Sohn und seine Tochter. »Eine klassische Gouvernante kommt für Eckehart und Sybille nicht infrage. Sie sollen mit Regeln, aber dennoch ungezwungen aufwachsen. Von daher hatte meine Gattin die Idee, Sie, Fräulein Kuhn, zu engagieren. Sie bringen zwar keine Erfahrung als Kindermädchen mit, aber in unserem Fall ist das vielleicht sogar von Vorteil. Meine Frau berichtete mir, dass sie allein kraft Ihrer Persönlichkeit gut mit den beiden zurechtkommen.« Fragend mustert er Lili. »Wo wir schon dabei sind: Wie sieht es mit Ihren Gehaltsvorstellungen aus, Fräulein Kuhn?«

Lili blickt hilfesuchend zu Alice. Sie haben vorher nicht darüber gesprochen, und sie hat nicht die geringste Ahnung, welchen Betrag sie nennen soll. Ihr kommt eine Idee.

»Das überlasse ich ganz Ihnen und Ihrer Frau, Herr von Pechmann. Bitte legen Sie meinen Lohn fest.« Mit vollkommen ernster Miene sagt sie: »Allerdings wäre es schön, wenn wenigstens zwei, drei Butterbrote pro Nachmittag dabei herauskämen.«

Eckehart und Sybille, die bislang still in der Tür gestanden und zugehört haben, prusten los. Ohne Zweifel – es ist lustig, ihr neues Kindermädchen!

22. KAPITEL

in dem Abschied und doch nicht Abschied genommen wird und es um viele Zeichen geht.

Lili sieht grün. Erstaunlich, aber wahr. Sie sieht das Grün der Hoffnung, das das Wesen Judiths umgibt, der ältesten Tochter Frau Herschowitz'. Hübsch ist sie, diese Judith, verfügt über frauliche Formen und ein freundliches Wesen. Eine den meisten Männern angenehme Kombination, vermutet sie. Auch Judith scheint sich nicht unwohl zu fühlen. Sie strahlt – voller Hoffnung – Jakob an. Lili verspürt einen Stich.

»Als alleinstehende jüdische Frau ist es mir unmöglich, ohne Begleitung das Haus eines alleinstehenden jüdischen Mannes aufzusuchen.« So weit im Vorfeld die Mutter, Frau Herschowitz.

Nur mit Mühe hatte Lili sich das Lachen verkneifen können, denn wie immer, wenn es um Sitten und Gebräuche jüdischen Lebens ging, zeigten Jakobs Züge ein Bild staunender Anteilnahme. Arbeiten ja, aufsuchen nein? Wie sollte das gehen? Beziehungsweise – es war doch längst gegangen.

Man sah ihm förmlich an, wie er darüber nachgrübelte,

dass Frau Herschowitz bereits seit Jahren in seinen Diensten stand und gewiss schon manche Stunde mit ihm im Haus allein verbracht hatte, ohne dass ihm das je bewusst geworden wäre. Doch jetzt, bei einer offiziellen Einladung, galt das plötzlich nicht mehr?

Aber Frau Herschowitz war noch nicht fertig gewesen. Mit festem, *sehr* festem Blick ergänzte sie: »So wird es Sie sicher freuen – endlich –, Judith, meine älteste Tochter, kennenzulernen. Sie kann mich begleiten.«

Und eingeschüchtert hatte Jakob zugestimmt.

Lili blickt zu Takeshi, der ihr am Tisch gegenübersitzt. Sieht er das, was sie sieht? Judiths Hoffnung? Und Frau Herschowitz' mütterlichen Stolz, der jegliche Auslegung jüdischer Umgangsformen rechtfertigt, sobald es um die Suche nach geeigneten Heiratskandidaten für ihre Töchter geht?

Takeshi nickt kaum merklich. Er sieht es.

Beide kennen sie Frau Herschowitz seit mehr als zehn Jahren. Schätzen sie – möglicherweise mit Einschränkungen. Mit Unbehagen erinnert Lili sich an eine Szene etwa ein Jahr nach Charlottes Tod. Tröstend hatte Frau Herschowitz sie an ihren Busen gedrückt und gesagt: »Du armes Kind, kannst ja nichts dafür, hast sie schließlich nicht absichtlich angesteckt.«

Sie war damals acht Jahre alt gewesen und hatte es nicht gewusst. Weder Jakob noch Takeshi hatten je mit ihr darüber gesprochen. Sie hielt es genauso, sprach nicht mit ihnen, machte es mit sich selbst aus, in ihrem Inneren. Doch mit diesem Wissen hatte sich alles geändert.

Mühsam schüttelt sie die unguten Gedanken ab. Frau Herschowitz und ihre Tochter sind nicht die einzigen Gäste an diesem Abend. Auch Rabbi Teichlmann ist gekommen. Gleich beim Eintreffen musste er seine Frau, die gute Seele, entschuldigen – der Jüngste, das *Tsukerle*, sei erkrankt, habe Magengrimmen und bedürfe des Trostes der Mutter.

So sitzen sie also zu sechst an der festlich gedeckten Tafel, während der siebente Teilnehmer darunter liegt und leise schnarcht. Nachdem die Gäste von *Hund* begrüßt und für gut befunden worden waren, hatte er sich dorthin zurückgezogen – definitiv nicht mehr der Jüngste.

Ein blütenweißes Tischtuch, Kerzen, sorgfältig gefaltete Servietten, das gute Geschirr und Kristallgläser. Jakob, Takeshi und sie haben sich Mühe gegeben.

Der Anlass der Einladung? Der Grund für das feierliche Miteinander?

Mit Vollendung des dreizehnten Lebensjahres erreicht ein jüdischer Junge die Volljährigkeit – die religiöse. An diesem Tag wird er zum *Bar Mizwa*, zum *Sohn des Gebotes,* und erwirbt die Fähigkeit, sich uneingeschränkt schuldig zu machen; schuldig im Sinne des Religionsgesetzes. Nur wer Schuld auf sich lädt, dem kann vergeben werden – der Ausgangspunkt jeden Glaubens. Um allen deutlich zu machen, dass hier ein frischgebackener Gläubiger und zukünftiger Schuldiger steht, begibt sich der *Bar Mizwa* am Shabbatmorgen nach seinem Geburtstag in die Synagoge, wo er erstmals die Gebetsriemen anlegt und eine Passage aus der *Tora* vorliest. Dann wird gefeiert: Die Eltern des auf solche Weise mündig gewordenen Jungen halten ein Festmahl für die geladenen Gäste ab.

So hat Rabbi Teichlmann es ihr erklärt, und so wird es seit Urzeiten gehandhabt.

Der entsprechende Tag für die jüdischen Mädchen wird bereits ein Jahr früher und etwas schlichter begangen –

nämlich gar nicht. Man sieht sie als reifer an, die jüdischen Mädchen, so wie man Mädchen immer als reifer erachtet als Jungen. Sie dürfen sich innerlich freuen. Das genügt.

Lili ist achtzehn und weder ein Junge noch *Bar mizwa*, feiert aber trotzdem. Auch bei ihr geht es um Religion: Sie nimmt Abschied, mit Wehmut. Abschied von den regelmäßigen Unterrichtsstunden bei Rabbi Teichlmann. Vor zwei Wochen hatte er sie erneut auf ihren Übertritt zum Judentum angesprochen.

»Wann, denkst du, bist du so weit?«

Und diesmal hatte sie sich ein Herz gefasst. »Bitte verzeihen Sie, Rabbi, aber ich weiß es nicht. Unzählige Male habe ich mir darüber den Kopf zerbrochen, bin aber zu keinem Ergebnis gelangt. Deshalb möchte ich die Entscheidung … aufschieben. Nicht nur für ein paar Wochen oder Monate, sondern richtig, für die kommenden Jahre. Erst einmal muss ich mich in der Welt umsehen, um sie besser zu verstehen.«

»Oy vej«, hatte der Rabbi geseufzt, »wer, außer *Ihm*, dem *Allmächtigen*, vermag die Welt schon zu verstehen? Aber das jüdische Volk ist Kummer gewohnt, und dessen Lehrer sind es sowieso.« Sein Blick strafte seine Worte Lügen, und seine Stimme klang freundlich, als er sagte: »All die Jahre hast du dich tapfer geschlagen, meine Kleine, die du nun eine Große bist, und aufgeschoben bedeutet nicht aufgehoben.« Er musterte sie mit vermeintlicher Strenge. »Ich werde den Kampf nicht aufgeben. Aber ich respektiere deinen Wunsch und werde deiner Seele – zunächst – etwas Ruhe gönnen.«

Danach war er aufgestanden, um seinen Schreibtisch herumgekommen und hatte seinen Schützling mit der Kraft eines alttestamentarischen Samson umarmt.

Und nun, heute Abend, ist Abschiedsfest. Jakob hat eingeladen, und der Rabbi ist der Einladung gefolgt. Ebenso wie Frau Herschowitz und Judith ihr gefolgt sind. Takeshi hingegen ist Familie; immer da.

In Lilis Augen ergänzen sich das Grau der Gelehrsamkeit des Rabbi und das strahlende Grün Judiths auf wundersame Art und Weise. Denn bei allen Unterschieden sind sie eins – Teil eines Volkes. Erneut spürt sie einen Stich.

Es ist das würdige Grau eines Diplomaten, das der Rabbi auf seine Umgebung abstrahlt. Das eines Diplomaten im Dienst des Herrn, der vorübergehend im Ringen um die Seele eines jungen Menschen ins Hintertreffen geraten ist, der aber die Leistung eines langjährigen Kontrahenten anzuerkennen weiß.

»Lili hat mir erzählt, Sie haben ihr die japanischen Schriftzeichen beigebracht und sie in der Kunst der Kalligrafie unterrichtet«, sagt er, an Takeshi gewandt.

»Das ist richtig«, erwidert dieser. »Und Sie haben sie großzügigerweise die Grundzüge der hebräischen Schrift gelehrt?«

Der Rabbi neigt den Kopf. »Damit sie später einmal die *Tora*, die *Lehre*, den *Wegweiser*, im Original lesen kann. Eine Fähigkeit, über die nicht alle jüdischen Frauen verfügen.«

Verlegen senken Frau Herschowitz und Judith den Blick.

»Und selbstverständlich nicht verfügen müssen«, beeilt der Rabbi sich hinzuzufügen, »denn sie dienen dem Glauben in wunderbarer Weise an einem anderen Ort als der Synagoge. Sie sind die Herrinnen des Hauses«, ein unsichtbares Ausrufezeichen schwebt durch den Raum,

»und dort für einen wichtigen Teil der religiösen Erziehung der Kinder verantwortlich. Außerdem sind sie es, deren Blut das Jüdischsein weitergibt. Welche Religion vermag das schon von sich zu behaupten?« Er macht eine kurze Pause, um seine Worte wirken zu lassen. »Das Hebräische nennt übrigens zweiundzwanzig Buchstaben sein Eigen. Wie viele Zeichen kennt Ihre Sprache?«, erkundigt er sich bei Takeshi.

Dieser denkt kurz nach. »Ich vermute, es gibt mehrere Tausend *kanji*.«

Erneut legt sich Stille über den Raum.

Jakob betrachtet angelegentlich das Muster, das das Essen auf seinem Teller hinterlassen hat. Frau Herschowitz und Judith haben die Häupter wieder erhoben. Auch Lili wartet gespannt auf die Reaktion des Rabbi.

»In jeder Synagoge auf der ganzen Welt werden die Torarollen in einem besonderen Schrein aufbewahrt. Stets befindet er sich an der Stirnseite des Gebäudes, gen Osten ausgerichtet, Richtung Jerusalem.« Der Rabbi hebt den Zeigefinger. »Jede Rolle enthält exakt den gleichen Text. Er wird vom *sofer*, vom *Schreiber*, von Hand geschrieben, und sollte dieser auch nur ein einziges Zeichen vergessen, so wäre die gesamte Schrift ungültig.« Siegesgewiss funkeln seine Augen hinter den Brillengläsern. »Dabei handelt es sich um genau dreihundertviertausendundachthundertfünf Buchstaben!«

23. KAPITEL

in dem sich Porzellan als ebenso geschmackvoll wie geschmacklos erweist.

Die kleine Sybille hält Mittagsschlaf. Eigentlich ist sie zu alt dafür. Und eigentlich ist es auch kein Mittags-, sondern ein Nachmittagsschlaf. Aber sie ist müde gewesen. Die Nacht zuvor hat sie wach gelegen. Keiner weiß davon. *Nachtgestalten* haben sie ans Bett gefesselt; wieder einmal. Hatten verhindert, dass sie aufstand oder nach ihren Eltern rief. Oder ins Nebenzimmer ging, wo ihr älterer Bruder den gerechten Schlaf des älteren Bruders schlief.

Nachtgestalten sind nicht ungefährlich. Das weiß jeder. Man sollte tagsüber nicht von ihnen sprechen. Man sollte überhaupt nicht über sie reden. Denn andernfalls würden sie sich in der darauffolgenden Nacht rächen. Dessen ist sich die kleine Sybille gewiss.

Und so ist sie eingeschlafen. Auf Lilis Schoß. Beim Vorlesen. Ein guter Ort zum Einschlafen, da sicher. Sybille mag Lili. Vertraut ihr. Von ganzem Herzen. Mit der grenzenlosen Zuversicht einer Siebenjährigen. Nur von den *Nachtgestalten* erzählt sie ihr nicht. Ebenso wenig wie ihren Eltern. Zu riskant. Sie möchte sie nicht gefährden.

»Kommen Sie«, flüstert Alice von Pechmann, deren Kopf, durch die ungewohnte Ruhe neugierig geworden, im Türspalt zum Kinderzimmer erschienen ist. »Kommen Sie, wir legen das kleine Wetterl für ein Stündchen aufs Bett. Dann wird es nachher erholt aufstehen und den restlichen Nachmittag gut gelaunt sein. Eckehart und mein Mann sind zu einer Modelleisenbahnausstellung gegangen. Folglich haben Sie Pause, meine Liebe. Lassen Sie uns eine Tasse Kaffee trinken.«

Sie sitzen im Salon mit Blick auf den Garten. Lili hat um Tee statt Kaffee gebeten, und Alice ist ihrem Wunsch nachgekommen. Unauffällig mustert sie den dampfenden Inhalt ihrer Tasse. Erstaunlich. Sie hätte ihn für vieles gehalten, nur nicht für Tee.

»Sie haben ein wunderschönes Haus«, sagt sie höflich.

»Vielen Dank, sehr freundlich von Ihnen. Die Villa ist beinah hundert Jahre alt, aber erst unlängst modernisiert worden. Mein Mann hat sie als Dienstwohnung zur Verfügung gestellt bekommen. Ursprünglich wurde das Haus von Karl Friedrich Schinkel errichtet. Sagt Ihnen der Name etwas?«

Lili verneint.

»Nun, er war ein berühmter preußischer Baumeister, wahrscheinlich der berühmteste preußische Baumeister überhaupt«, erklärt Alice. »Er hat halb Berlin erbaut und verfügte über vielfältige Talente; betätigte sich auch als Maler, Architekt und Bühnenbauer. Und«, ein spitzbübisches Lächeln tritt auf Alices Züge, »er hat Porzellanobjekte für die damalige *Königliche Porzellan-Manufaktur* entworfen. Ist das nicht großartig?«

Lili nickt.

»Kommen Sie, meine Liebe, ich möchte Ihnen etwas zeigen.«

Das Speisezimmer der von Pechmanns ist ebenso unaufdringlich möbliert wie die anderen Räume im Haus. Nichts wirkt überladen, kein Ding ist zu viel. In der Mitte der Tisch mit der Sitzgruppe, an den Wänden zwei mit Gläsern und Geschirr gefüllte Vitrinen; der Parkettboden von einem großen einfarbigen Teppich bedeckt.

Lili fühlt sich an die schlichte, quasi nicht vorhandene Einrichtung des Teehauses erinnert.

»Schauen Sie«, sagt Alice und deutet auf eine weiße Schale aus Porzellan, die mittig auf dem Tisch platziert ist. Ein paar Äpfel liegen darin, sonst nichts. »Was halten Sie davon?«

Lili schaut. Und schaut noch einmal. »Eine Obstschale?«, fragt sie nüchtern.

Alice lacht. »Das ist der berühmte Korb, den Karl Friedrich Schinkel zu Beginn des 19. Jahrhunderts für die *Königliche Porzellan-Manufaktur* entworfen hat und der seitdem unverändert hergestellt wird. Ein Klassiker.« Sie hebt die Äpfel aus der vasenförmigen Schale und reicht sie Lili. »Was fällt Ihnen daran auf?«

Lili nimmt den Schinkelkorb und wiegt ihn in der Hand. »Er ist leichter, als ich dachte.«

Alice zeigt auf das gitterartige Porzellangeflecht im oberen Drittel der Schale. »Sehen Sie? Schinkel hat seinem Entwurf durch die Auslassungen hier, an der schwungvollen Lippe, nicht nur ein filigranes Aussehen verliehen, sondern dadurch gleichzeitig Gewicht und Material gespart. Genial, nicht wahr?« Die Begeisterung der Gestalterin ist ihr anzumerken. »Haben Sie eine Vorstellung, wie die Öffnungen dort hineingekommen sind?«

Lili zögert mit einer Antwort. Nie zuvor hat sie sich Gedanken über die Herstellung oder Bearbeitung von Porzellan gemacht. Porzellan ist irgendwie … immer da?

Wie Gläser oder Besteck? Wer denkt schon darüber nach, wie eine Gabel gemacht wird oder wo Glas herkommt?

»Gegossen?«, setzt sie versuchsweise an. »Hat man den Korb vielleicht gegossen und die Löcher dabei irgendwie ausgelassen? Oder sind sie hinterher mit einer Maschine hineingestanzt worden? Es sind so viele, und sie sind so gleichmäßig.«

Alice mustert sie neugierig. »Ich weiß, wir haben Sie für die Betreuung der Kinder angestellt, dennoch – Sie arbeiten im Haus des Direktors der traditionsreichen *Staatlichen Porzellan-Manufaktur.*«

»Hört, hört!«, erklingt unvermittelt eine männliche Stimme. »Wenn ich dabei bin, redet meine Frau nur selten so respektvoll über mich und meine Tätigkeit.« Günther von Pechmann und Eckehart stehen im Türrahmen, sind von ihrem Ausflug zurückgekehrt. Der Baron deutet auf den Schinkelkorb in Lilis Hand. »Ich hoffe, Sie haben ihn gut im Griff. Er besitzt einen nicht unbeträchtlichen Wert.«

Verunsichert blickt Lili auf den Obstkorb in ihren Händen. Vor ihrem inneren Auge erscheint ein Haufen Scherben auf dem Parkettboden. Sicherheitshalber packt sie den Fuß noch ein wenig fester.

»Verängstige sie nicht, Günther. Ich habe ihn ihr gegeben, damit sie ein Gefühl für Schinkels Entwurf bekommt«, erklärt Alice. »Wie sich herausgestellt hat, weiß sie nicht allzu viel über den Stoff, der uns Tag und Nacht beschäftigt. Wie auch?« Sie wendet sich an Lili. »Seien Sie mir nicht böse, meine Liebe. Aber jedes einzelne Objekt, das die Manufaktur verlässt, ist in Handarbeit gefertigt. Allein die Herstellung des Korbes, den Sie da halten, benötigt zahllose Arbeitsstunden. Rund dreitausend

Schnitte hat der Modelleur mit einer winzigen Klinge in mühevoller Kleinarbeit in die Rohform gesetzt. Entsprechend wertvoll ist das Ergebnis seiner Arbeit.«

»Das Besondere daran ist«, mischt Günther von Pechmann sich ein, »egal, ob es ein teurer Obstkorb oder der kleinste und schlichteste Unterteller ist – das Material hat immer die gleichen Eigenschaften. Würden Sie bitte einmal an der Schale riechen, Fräulein Kuhn?«

Verständnislos blickt Lili ihn an.

»Nun, Sie sollen einfach Ihre Nase daran halten. Was nehmen Sie wahr?«

Eckehart neben ihm grinst. Er scheint nicht zum ersten Mal Zeuge einer solchen Szene zu sein.

»Nichts«, sagt Lili und hebt wieder den Kopf, »der Korb riecht nach nichts.«

Von Pechmann nickt. »Bitte glauben Sie mir, ich mag Sie nicht aufs Glatteis führen. Aber tun Sie mir den Gefallen, einmal kurz an dem Gegenstand in Ihrer Hand zu lecken?«

Langsam bekommt Lili Spaß an der Sache. Erneut nimmt sie den Kopf hoch und sagt: »Nichts, ich schmecke nichts.«

»Einmal reinbeißen?« Aufmunternd deutet der Baron auf die Schale.

»Es ist hart«, konstatiert Lili, »sehr hart. Meine Zähne hinterlassen nicht den geringsten Abdruck.«

»Sehr schön. Ich danke Ihnen. Damit haben Sie einige der wichtigsten Grundeigenschaften des Porzellans kennengelernt, Fräulein Kuhn. Es ist geruchs- und geschmacksneutral und im Normalfall sehr stabil. Wenn ich Sie jetzt noch daran erinnern darf, dass man es wunderbar reinigen kann und es selbst nach dauerhaftem Gebrauch keine Abnutzungsspuren zeigt, dann wissen Sie, weshalb dieser Stoff sich in den zurückliegenden Jahrzehnten in den Haushalten der Menschen, insbesondere in ihren Küchen, Bädern und Speisezimmern, so sehr durchgesetzt hat. Sie finden dort kaum noch Holzschalen oder Blechnäpfe. Außerdem ist das Porzellan längst kein Produkt mehr ausschließlich für die Reichen und Mächtigen, jedenfalls nicht, wenn wir über Gebrauchsporzellan reden. Nein, es ist ein zutiefst demokratischer Stoff, der maßgeblich dazu beiträgt, den Lebensstandard der Menschen anzuheben. Ihre Ess- und Trinkgewohnheiten haben sich verändert, ihr Verständnis für Hygiene ist gewachsen. Die Unterschiede zwischen den jeweiligen Gesellschaftsschichten werden in diesem Bereich immer kleiner.«

Eckehart, neben ihm, applaudiert artig. »Bravo, Papa, wir wählen dich!«

Verschmitzt erklärt Alice: »Selbstverständlich ist mein Mann kein Politiker, aber das Wohlergehen der Menschen liegt ihm am Herzen. Seit 1910 ist er Mitglied des *Deutschen Werkbundes*. Aber, oje, auch das wird Ihnen nicht viel sagen, oder?«

»Machen Sie sich keine Sorgen«, sagt Lili. »Alles, was ich hier sehe und höre, ist neu und interessant für mich.« Sie denkt an Takeshi und Rabbi Teichlmann. »Außerdem lerne ich gerne. So gesehen fühle ich mich fast wie zu Hause.«

24. KAPITEL

in dem ein gefiederter Urvogel gegen eine Kuh eingetauscht wird.

Es ist schon praktisch. Wenn man von der Direktorenvilla aus der Wegelystraße bis zu ihrem Ende folgt, kommt man direkt gegenüber der Station Tiergarten heraus. Rein in die Bahn, laut Fahrplan exakt sechseinhalb Minuten bis zum Lehrter Bahnhof und wieder raus aus der Bahn. Ein paar Hundert Meter die Invalidenstraße entlang, vorbei am Ministerium für Bau- und Verkehrswesen, und schon ist man da.

Alles in allem dürfte einen die Strecke vom Gelände der *Staatlichen Porzellan-Manufaktur* bis zum Naturkundemuseum etwa eine halbe Stunde kosten. Aber was ist das für eine halbe Stunde, die nicht wie in der Bahn, sondern wie im Flug vergeht.

Da wird erzählt, gefragt, gezweifelt und kritisch beäugt. Wie schaffen es die Waggons, die Spree zu überqueren? Wieso knicken die Schienen unter dem Gewicht nicht ein? Weshalb hält der Mann am Ufer einen Fisch in der Hand? Wird er ihn gleich essen? Und wie heißt das Automobil dort auf der Straße? Welche Marke ist es? Wie schnell kann es fahren?

Lili stellt fest, sie verfügt nur über wenige Antworten,

dafür aber oft über die gleichen Fragen wie Eckehart und Sybille. Das kleine Wetterl interessiert sich insbesondere für das Verhältnis zwischen Mensch und Natur (»Bestimmt bringt der Mann den Fisch zurück zum Fluss. Denn eigentlich ist es eine verwunschene Meerjungfrau, die sich wieder zurückverwandelt, wenn man sie ins Wasser wirft«), Eckehart hingegen mehr für das zwischen Mensch und Technik (»Das ist ein *Citroën*. Eine französische Marke. So einen bekommt Mama demnächst«).

Tatsächlich ist Lili eher geneigt, die Sache mit der Meerjungfrau zu glauben, als dass Alice von Pechmann schon bald am Steuer eines Automobils sitzt. Eine Frau, die über ein eigenes Kraftfahrzeug verfügt? Wo gibt es denn so was? Überhaupt, woher sollte sie wissen, wie man es bedient?

Andererseits hat sie in den zurückliegenden Wochen gelernt, dass ihre Arbeitgeber gleichermaßen der Tradition wie der Moderne verhaftet sind. Natürlich kümmert sich Alice in ihrer Rolle als Hausherrin um Gesellschaften, Kinder und Haushaltsführung. Doch daneben führt sie mit ihrem Gatten ein modernes, freies Leben. Sie besuchen Ausstellungen der sogenannten *Expressionisten*, haben ihr fasziniert von Werken der *Neuen Musik* erzählt und halten die aktuelle politische Lage ebenso im Auge wie die Belange der Arbeiter und Angestellten der Manufaktur. Wie schon zuvor in München legt Alice als gelernte Innenarchitektin auch in Berlin fachlich mit Hand an. Bei einem gemeinsamen Besuch in der Leipziger Straße stellte sich heraus, dass die Verkaufsräume der *Staatlichen Porzellan-Manufaktur* eindeutig ihre Handschrift tragen.

Die Grundhaltung des Ehepaares ist eine offene.

»Gehen Sie raus mit den Kindern! Zeigen Sie ihnen

Berlin und das, was Sie selbst interessiert. Sie sollen sich bei uns nicht langweilen, meine Liebe, denn dann tun es Eckehart und Sybille auch. Unternehmen Sie also ruhig etwas!«, sagt Alice.

Der Baron nickt zustimmend. »So ist es. Verbinden Sie das Angenehme mit dem Nützlichen. Im Idealfall sollte eine berufliche Tätigkeit Freude bereiten.«

Also macht sie sich mit Eckehart und Sybille auf den Weg. Ins Naturkundemuseum. In der Invalidenstraße.

Es ist ein eindrucksvolles, im historischen Stil erbautes Gebäude, das sie empfängt. Das Wetterl und sie sind sich sofort einig, es könnte genauso gut ein Schloss sein – etwas kleiner natürlich als *Schloss Charlottenburg*.

»Schlösser sind überholt. Es gibt in Berlin keine Kaiser und Könige mehr«, stellt Eckehart fest und bemerkt, unabsichtlich dem Thema treu bleibend: »Ich würde gerne die Dinosaurier sehen.«

»Und ich die Meerjungfrauen«, ergänzt seine Schwester.

»Mit ein wenig Glück kommt ihr beide auf eure Kosten.« Lili deutet auf das große Schild am Eingang zur Ausstellung, auf dem zu lesen ist, das Museum zeige Werk und Wirkung der Evolution. Des Mechanismus, den erstmals der Engländer Charles Darwin für Tiere und Menschen beschrieben habe, den man aber auch auf die gesamte Entstehung des Kosmos und der Erde beziehen könne. Evolution bedeute die allmähliche Veränderung des Lebens von Generation zu Generation.

»So konnten beispielsweise aus den Mammuts die Elefanten und aus dem Säbelzahntiger unsere heutigen Raubkatzen hervorgehen.« Sie ist sich nicht sicher, ob ihre Beispiele zu hundert Prozent korrekt sind, da sie sich nie sonderlich für Naturwissenschaften interessiert hat. Vielleicht wäre es klüger, mehr im Allgemeinen zu bleiben. »Versteht ihr, diese Tiere haben vor Millionen Jahren ... ganz anders ausgesehen und sind dennoch miteinander verwandt.« Sie zwinkert Sybille zu. »Möglicherweise finden wir ja auch eine Verbindung zwischen Fischen und Menschen.«

»Und eine zwischen Affen und Menschen«, souffliert Eckehart beflissen.

Unwillkürlich fragt sich Lili, ob ein Neunjähriger bereits den Geist der Ironie verinnerlicht haben kann. Das Funkeln in seinen Augen ist ihr Antwort genug. Es muss ein aufgeweckter Neunjähriger gewesen sein, der dieses Stilmittel erfunden hat.

In der Folge wandern sie einträchtig von Saal zu Saal, betrachten Mineralien, Fossilien und die Skelette und Leiber exotischer und einheimischer Tiere. Es gibt einen einzigen schwierigen Moment, als das Wetterl vor einem der Dioramen stehen bleibt, für die das Museum berühmt ist: zwei Rehkitze mit ihrer Mutter am Rand eines Feldes – täuschend echt.

»Warum laufen sie nicht davon?«, wispert es.

»Sie sind ausgestopft«, sagt ihr Bruder laut.

»Ausgestopft?«

»Ja, schau genau hin. Sie atmen nicht, sondern sind tot«, ergänzt er ungeduldig.

Tränen treten in die Augen seiner kleinen Schwester, trostsuchend drückt sich das Wetterl an Lilis Bein. Und dieser wird schlagartig klar: Es gibt kaum etwas Beängstigenderes als die Vorstellung, für immer im eigenen Körper eingesperrt zu sein; scheinbar lebendig und dennoch längst gestorben.

Auf ihrem weiteren Weg durch das Museum lernen sie ebenso viel über die Entstehung und Wanderung der Kontinente wie über den Einschlag von Meteoriten und den Ausbruch von Vulkanen, bis Sybille schließlich zwischen Erdbeben und Sonnenfinsternis bemerkt: »Ich habe Durst!«

Ein Signal. Eindeutig. Sie bleiben stehen. Lili mustert Eckehart. Er ist gleichfalls erschöpft von der Fülle des Wissens, dem sie sich in den beiden zurückliegenden Stunden ausgesetzt haben. Aber wichtiger ist, dass »Ich habe Durst« die vorletzte Stufe vor »Ich bin müde« ist, auf der das kleine Wetterl sich für gewöhnlich zwanglos auf den Boden plumpsen lässt und von da an getragen werden muss. Es empfiehlt sich also nicht, die höflichen, aber dennoch korrekten Hinweise ihrer jungen Begleiterin zu ignorieren.

Sie folgen den Pfeilen Richtung Ausgang, als Sybille sich erneut meldet. »Ich muss Pipi.«

Und da ist sie: die letzte Stufe, genauso wenig verhandelbar. Auch Eckehart nutzt die Gunst der Stunde und verschwindet hinter einer dunkelgestrichenen Tür.

Müßig lässt Lili den Blick durch die Eingangshalle des Museums schweifen. Zahlreiche Menschen bevölkern das imposante Entree mit den hohen, bogenförmigen Sprossenfenstern. Einige von ihnen nehmen an einer Führung teil. Neben ihr biegt eine Besuchergruppe in einen kleinen Saal ab, den sie mit Eckehart und Sybille übersehen hat. Der Führer scheint direkt hinter dem Eingang stehen zu bleiben, denn seine Stimme dringt laut und deutlich zu ihr herüber.

»Und hier, meine Damen und Herren, sehen Sie den berühmten *Berliner Archaeopterix.* Besser gesagt, seinen

Abdruck auf einer Kalkplatte. Der legendäre Urvogel hat vor 150 Millionen Jahren auf der Erde gelebt. Er gilt als Übergangsform zwischen den auf dem Boden lebenden Dinosauriern und den Vögeln. Eine Art Mittler zwischen Himmel und Erde, ein geflügeltes Zwischenwesen, wenn Sie so wollen.«

»Eine Art Mittler zwischen Himmel und Erde«? »Ein geflügeltes Zwischenwesen«? Wie von einem Magneten angezogen, folgt Lili der Männerstimme in den benachbarten Saal.

Die Gruppe steht vor einer Holztafel, die der Kalkplatte mit dem Abdruck des Urvogels als Untergrund dient. Lili legt den Kopf schief und kneift ein Auge zu. Die Stirn gerunzelt, die Lippen geschürzt, unterzieht sie das seltene Fundstück einer genauen Betrachtung. Tatsächlich – eine gewisse Ähnlichkeit ist vorhanden, aber den langen gefiederten Schwanz besitzt *ihr* Geschöpf definitiv nicht. Auch der Kopf mit der Flammenkrone ist anders, steckt hier in einer Art Wolke und ist nicht zu erkennen. Aber der Rest? Die Farben, die Linienführung der Knochen und die Umrisse des Urvogels – all das gleicht verblüffend dem geflügelten Wesen, das Paul Klee gemalt hat und dessen Bild im Salon des neuen Hauses über dem Kamin hängt.

Sie merkt, wie jemand nach ihrer Hand greift. Eckehart und seine kleine Schwester haben sich auf die Suche nach ihr gemacht und sie gefunden. Vertrauensvoll lächelt Sybille zu ihr empor. Lili legt den Zeigefinger an die Lippen.

»Dem Finder des sensationellen Exemplars, einem Bauern aus dem Fränkischen, ist die Bedeutung seines Fundstückes nicht bewusst gewesen«, tönt die Stimme des Museumsführers. Er macht eine kurze Kunstpause.

»Seinerzeit hat er die Platte mit dem Abdruck des *Archaeopterix* gegen eine Kuh eingetauscht!«

Die Zuhörer lachen. Wieder einmal hat die Anekdote funktioniert und würde hoffentlich am Ende der Führung das Trinkgeld in die Höhe treiben.

»Warum lachen die Leute?«, flüstert das Wetterl.

»Weil jemand einen lustigen Handel abgeschlossen hat«, antwortet Lili leise. Sie selbst lacht nicht, ist in Gedanken zu sehr mit dem Fund des Bauern und dessen Ähnlichkeit mit dem Bild von Klee beschäftigt.

Was ist los mit Paul Klee?

Und was ist los mit ihr?

Weshalb fesselt jenes Zwischenwesen sie so sehr?

Egal, ob Klees Bild sich auf den Urvogel oder auf die geflügelte Lilith bezieht oder komplett seiner eigenen Fantasie entsprungen ist – es muss die Ahnung von etwas sehr Altem, Unvergänglichem gewesen sein, die er verspürt hat. Eine Ahnung, von der so viel Macht ausging, dass er sich gezwungen sah, ihr Abbild auf Leinwand zu bannen.

Doch zu welchem Zweck? Weshalb malen Maler Bilder? Damit sie zum Betrachter sprechen?

Falls das Klees Ziel gewesen sein sollte, hat er es mit seinem geflügelten Wesen erreicht, denkt sie mit angespannter Miene.

25. KAPITEL

in dem der Direktor der Staatlichen Porzellan-Manufaktur Lili die erweiterte Familie vorstellt – höchstpersönlich.

Lili überquert das Werksgelände, um wie gewohnt an der Tür der Direktorenvilla zu läuten. Für einen Moment fällt ihr Blick auf die kleine Drehbrücke rechts von ihr. Was für eine großartige Idee! Erst gestern hat Alice ihr erklärt, man habe damals, 1869, als man die *Königliche Porzellan-Manufaktur* am neuen Standort errichtete, der Einfachheit halber gleich einen ganzen Hafen angelegt.

»So war es problemlos möglich, die vielen Baustoffe anzuliefern, die für den Umbau der alten *Gesundheitsgeschirr-Manufaktur* und den Bau der neuen Gebäude benötigt wurden.« Sie zeigte von der Terrasse des Hauses aus auf die Spree. »Sehen Sie den Kanal? Er heißt Schafgraben und verläuft einmal über das komplette Werksgelände. An seinem anderen Ende mündet er in den Landwehrkanal.«

Lili hatte genickt. Das mit dem Schafgraben war ihr neu, der Landwehrkanal hingegen ihr geheimer Freund. Jedes Mal, wenn sie die Charlottenburger Brücke überquerte, um zu den von Pechmanns zu gelangen, genoss sie für einen Moment mit geschlossenen Augen den Fahrtwind der vorbeiflitzenden Kraftdroschken auf ihrer Wange. Dann meinte sie die Hand ihrer Mutter zu spüren; wie damals, als sie ein kleines Mädchen und von ihr liebkost worden war.

»Fräulein Kuhn!« Die sonore Stimme des Barons dringt an ihr Ohr. »Ich habe Sie vom Fenster meines Büros aus gesehen.« Mit ausgreifenden Schritten eilt er auf sie zu. »Meine Frau und die Kinder lassen sich entschuldigen. Sie haben sich spontan entschlossen, meinen Schwiegervater zu besuchen. Er ist frisch verwitwet und hat offenbar Ärger mit seiner Wirtschafterin.« Die Augen Günther von Pechmanns funkeln belustigt. »Ich bin froh, nicht in der Haut dieser Frau Neltner zu stecken. Meine Gattin wird ihr gehörig den Marsch blasen!« Und Lili erkennt in seiner Stimme den Respekt eines Mannes, der sich mit seiner Partnerin auf Augenhöhe sieht.

»Das gibt mir Gelegenheit«, fährt der Baron fort, »Ihnen die – gewissermaßen – erweiterte Familie vorzustellen. Hätten Sie Lust auf einen kleinen Rundgang?«

»Sehr gerne«, antwortet Lili, »auch wenn Ihre Frau und Sie mir schon eine Menge erzählt haben, könnte ich mir vorstellen, es handelt sich nur um die Spitze des Porzellanberges.«

Von Pechmann lacht. »Das haben Sie sehr schön gesagt, meine Liebe.« Er deutet auf das Hafenbecken neben ihnen. »Wir können gleich hier beginnen, es bietet sich förmlich an. Denn über den Kanal werden die Rohstoffe antransportiert, die wir benötigen. Die Kohle für die Brennöfen zum Beispiel wird dort drüben im Kohlenschuppen eingelagert«, er zeigt nach vorn, »und das Kaolin für die Porzellanmasse im gegenüberliegenden

Tonschuppen am anderen Ende des Hafens.« Er wendet sich zur Seite. »Dazwischen, rund um den Hof herum, gruppieren sich die einzelnen Produktionsstätten. Ihre Anordnung folgt – im Uhrzeigersinn – dem Produktionsfluss: Schlämmerei, Former- und Dreherei, Ofenhalle sowie Glasierer- und Schleiferei. Dadurch gibt es keine Umwege, keine Kreuzungen. Die natürliche Reihenfolge des Herstellungsprozesses wird eingehalten. Mit anderen Worten: Die Rohstoffe kommen am einen Ende der Werkstätten hinein und das fertige Porzellan am anderen Ende wieder heraus. Ist das nicht grandios?«

Lili spürt seine Begeisterung und merkt, wie sie sich davon anstecken lässt. Eine neue Welt tut sich ihr auf, eine Welt, von deren Existenz sie bislang nichts geahnt hat. Sie fühlt förmlich die Hitze des Feuers, das im Bauch der Ofenhalle lodert, und riecht den Rauch, der durch den hohen Schornstein in den Berliner Himmel entweicht.

»Kommen Sie, ich zeige Ihnen die Schlämmerei«, sagt der Baron und nimmt sie am Arm. Es fällt nur wenig Tageslicht in das Gebäude, das sie betreten; sein Inneres liegt im Halbdunkel. Aber nicht das ist es, was Lili stört, sondern der widerliche Geruch, der ihr in die Nase dringt.

Der Direktor zwinkert ihr zu. »Sagen Sie nichts. Das Kaolin wird hier mit Wasser und anderen Zusätzen vermischt. Dadurch kommt ein Fäulnisprozess in Gang, der die Verunreinigungen, die noch im Material enthalten sind, zersetzt. Nicht umsonst nennt man diesen Vorgang *Mauken.*«

Im nächsten Gebäude ist die Luft zwar deutlich besser, dafür jedoch von weißem Mehl erfüllt. Lili fühlt sich wie in einer Backstube. Überall wird gehauen, gefräst und gesägt, um die Gipsformen herzustellen, die als Ausgangspunkt für zukünftige Teller, Vasen, Tassen und weitere Gegenstände dienen. »Je nachdem, was gefertigt wird«, erklärt ihr der Direktor, »wird die Porzellanmasse gedreht oder gegossen.«

Lilis Blick fällt auf mehrere große rotierende Scheiben, die von je einem Arbeiter mit einem Fußpedal angetrieben werden. An der einen Scheibe wird die graue unscheinbare Masse in die sich drehende Form hineingedrückt, an einer anderen wächst unter fachkundigen Händen ein bauchiges Gebilde in die Höhe, welches unschwer als Krug zu erkennen ist. Nur wenige Meter davon entfernt gießt ein Mann in einem weißen Kittel flüssige Porzellanmasse aus einer Kanne in die Öffnung einer rechteckigen Form.

Deutlich unspektakulärer geht es in der nebenan gelegenen Ofenhalle zu. Es ist nicht viel zu erkennen, da das Brenngut für über eine Woche in die Brennkammern eingemauert wird, wie Lili zu ihrer Verwunderung erfährt. Von Weitem sieht sie Takeshi, der ihr unauffällig zuwinkt. Hier beschwört er also den Geist seines Vaters, denkt sie und winkt ebenso unauffällig zurück.

Nach der Hitze im Inneren der Halle empfängt sie draußen wohltuend frische Tagesluft.

»Die meisten von uns wohnen hier«, sagt von Pechmann, während sie den Hof überqueren. »Die Direktorenvilla kennen Sie ja bereits. Dort hinten«, er weist mit dem Kopf in Richtung Chaussee, »befinden sich die Arbeiter- und Beamtenhäuser. Grundsätzlich verbindet uns ein Gedanke, eine gemeinsame Idee. Um im Bild zu bleiben: Sind wir die Familie, ist das Porzellan unser Kind. Wir pflegen es, hätscheln es, wir ziehen es groß und geben ihm alles mit, was wir wissen. Bis es uns verlässt und in die Welt hinauszieht, in fürstliche Residenzen einkehrt oder seinen Weg in die guten Stuben der Bürgerhäuser findet – entweder als künstlerisches Porzellan oder als Gebrauchsgeschirr, je nachdem. Außerdem produzieren wir mit großem Erfolg technisches Porzellan für die Industrie und die Gesundheitsstätten.«

»Was meinen Sie mit Gesundheitsstätten?«, fragt Lili.

»Nun, nicht nur Apotheken, auch Krankenhäuser verwenden unsere Gefäße; beispielsweise bei der Medikamentenherstellung. Porzellan lässt sich rückstandslos reinigen. Man kann es desinfizieren und im Extremfall sogar sterilisieren. Ein Meilenstein in puncto Hygiene.«

Lili kommt der Schinkelkorb im Esszimmer der von Pechmanns in den Sinn. Wie kann es sein, dass ein Material so zeitlos schön und gleichzeitig praktisch ist? Unglaublich fest einerseits und zerbrechlich andererseits? Weshalb wirkt es dermaßen schlicht, obwohl seine Herstellung doch so viel Aufwand benötigt?

Sie spürt, ein Geheimnis umgibt das Porzellan, und sie kratzt gerade einmal an dessen Oberfläche. Vielleicht gelänge es ihr ja, einen Zipfel davon zu lüften, denn – eine Abteilung hat der Direktor ihr bislang vorenthalten.

Sie fasst sich ein Herz. »Ich interessiere mich sehr für Malerei und weiß, Porzellan wird in Handarbeit verziert. Wo wird das gemacht?«

»Nun, ich zeige es Ihnen selbstverständlich gerne«, antwortet der Baron. »Allerdings müssen wir dafür auf die andere Seite des Schafgrabens.« Er geht mit ihr zurück zum Kanal, wo sie in einem ziegelfarbenen Gebäude eine breite Treppe hinaufsteigen. Über eine dämmerige, nur von schmalen Fenstern durchbrochene Galerie überqueren sie das Hafenbecken. Am anderen Ende öffnet er eine Tür, die in einen großen lichtdurchfluteten Raum führt.

»Voilà«, mit einer ausholenden Handbewegung präsentiert Günther von Pechmann das Atelier, »und hier sehen Sie unsere Malerfürsten am Werk! Ich übertreibe nicht, wenn ich behaupte, jeder einzelne von ihnen ist ein Meister an Pinsel und Palette!«

26. KAPITEL

in dem Lili über eine neue Religion nachdenkt.

»Wie ist es, in der Manufaktur zu arbeiten?«

»Warm«, antwortet Takeshi gewohnt zurückhaltend.

Ungeduldig schüttelt Lili den Kopf. »Nein, ich meine nicht, wie es ist, am Ofen zu stehen, sondern ob du dich grundsätzlich bei der *Staatlichen Porzellan-Manufaktur* wohl oder unwohl fühlst?«

Takeshi mustert sie aufmerksam. »Worauf willst du hinaus?«

Sie knien im Teehaus, die Schiebetür zum Teich geöffnet. Draußen, auf der hölzernen Umrandung, hat *Hund* seinen Lieblingsplatz eingenommen und beobachtet die Libellen über dem Wasser. Sobald ihm eine zu nahe kommt, zuckt er kurz mit einem Ohr, rührt sich aber ansonsten nicht.

Mildes Licht erfüllt das Innere des Raumes. Auf dem Boden vor Lili liegt ein großes Blatt Papier; weiß, mit einigen wenigen japanischen Zeichen darauf. Sie unterbricht die Bewegung, mit der sie gerade ein weiteres Symbol auftragen will; der Tuschepinsel verharrt in der Luft.

»Gestern habe ich eine Führung über das Werksgelände erhalten, vom Vater der Kinder, von Günther von Pechmann persönlich. Du hast uns gesehen. Ich war sehr beeindruckt. Er behauptet, sie seien dort eine große Familie. Und die Porzellanherstellung so etwas wie ein gemeinsames Kind. Wie denkst du darüber?«

»Was hat er noch gesagt?«

Lili legt den Pinsel zur Seite. »Er hat mir die einzelnen Produktionsstätten gezeigt sowie die verschiedenen Arbeitsabläufe erklärt: mischen, formen, brennen. Glasieren, malen, wieder brennen. All das, um einem einzigen Gegenstand Gestalt zu verleihen. Einer kleinen Figur. Einem Harlekin. Oder einer Schäferin. Oder«, sie deutet auf die Teeschale in seiner Hand, »einem Gefäß. Dass aus dieser grauen, streng riechenden Masse etwas so Schönes wie Porzellan entstehen kann, grenzt an ein Wunder.«

»Ich dachte, Wunder gibt es nur in der Bibel?«, bemerkt Takeshi mit neutraler Miene.

»Ja, schon.« Lili runzelt die Stirn. »Doch findest du nicht auch, dass dem Ganzen etwas Religiöses innewohnt? Rabbi Teichlmann würde mir den Kopf abreißen, wenn er mich hörte, von wegen Gotteslästerung und dergleichen. Aber ich erinnere mich noch genau, wie er mir damals die Geschichte vom *Golem* erzählt hat. Man benötigt zu dessen Erschaffung die vier Elemente: Erde, Wasser, Feuer und Luft. Kommt dir das nicht eigentümlich bekannt vor?« Sie lacht. »Eigentlich ist das doch Porzellanherstellung pur, oder nicht? Aus einem hässlichen braunen Tonklumpen wird etwas viel Wertvolleres, in dem Fall sogar Menschenähnliches geschaffen: Gott haucht dem *Golem* Leben ein!

Und ist es nicht das, wofür Glaube steht? Für die Verwandlung von Materie zu Geist? Von etwas Gewöhnlichem zu etwas absolut Einzigartigem? Der Mensch, der quasi über sich hinauswächst?« Sie hält inne. »In der Porzellanfertigung, finde ich, ist es nicht anders; mithilfe des schöpferischen Funkens wird aus etwas zutiefst Irdischem – aus Kaolin, Quarz und Feldspat, wie ich inzwischen weiß – etwas, wie soll ich sagen, überirdisch Schönes.« Fragend mustert sie ihn. »Und wäre die Porzellanherstellung dann nicht wirklich eine Art Religion? Eine Religion, in deren Zentrum die Idee der Schönheit steht?«

»Ein interessanter Gedanke: Porzellan als Religion.« Nachdenklich stützt Takeshi den Ellenbogen mit der Hand ab und legt einen Daumen ans Kinn. »Ein Thema übrigens, das dir vertraut sein müsste. Seit deiner Kindheit wurdest du damit konfrontiert.«

»Du meinst mit Religion.«

»Ja, genau genommen sogar von zwei Seiten. Mit viel Herzblut hat Rabbi Teichlmann versucht, dir die Besonderheiten des jüdischen Glaubens nahezubringen. In Bezug auf deine Gedanken über das Porzellan könnte man sagen, er wollte dir die Schönheit Gottes zeigen.« Ein sanftes Funkeln tritt in seine Augen. »Aber auch durch mich bist du, wenn man so will, spirituell beeinflusst worden. Mein Ziel war es, einen *chajin*, einen Teemenschen, aus dir zu machen. Als du ein kleines Mädchen warst, habe ich dir erklärt, der Weg des Tees sei für viele Menschen eine Art Religion. Dabei bezieht sich die Idee der Schönheit jedoch nicht auf Gott, sondern auf die Unvollkommenheit der Welt.« Er betrachtet den Bogen zwischen ihnen, das noch unfertige *kanji*. »Aber all diese Gedanken tragen verschiedene Wahrheiten in sich. Und so ist es auch mit dem der Schönheit.« Er mustert sie auffordernd. »Erinnerst du dich noch daran, wie wir uns kennengelernt haben? An deine ersten Worte, als ich Jakob und dir die Tür zum neuen Haus geöffnet habe?«

»›Du hast dunkelschwarze Haare!‹, habe ich zu dir gesagt.«

»Richtig, genau das sind deine Worte gewesen. Aber weißt du, was ich tatsächlich verstanden habe?«

Lili verneint.

»›Willst du mein Freund sein?‹ Das ist die Botschaft, die bei mir angekommen ist. Und seitdem *meine* Antwort auf die Frage der Schönheit.«

Sanft murmelnd fließt das Wasser aus der Regentonne die Klangsteine entlang. Ein Sonnenstrahl bricht sich auf der Oberfläche des Teichs.

Takeshi fährt fort. »Ich habe deinem Vater versprochen, immer bei dir zu sein. Daran wird sich nie etwas ändern. Aber ich bin mir unsicher, ob du immer bei mir sein wirst. Denn die Dinge sind in Bewegung geraten. Eine Bewegung, die mit Günther von Pechmann und der *Staatlichen Porzellan-Manufaktur* zusammenhängt.«

»Wie kommst du darauf?«

»Denk nach. Was hast du mir vorhin über eure Führung und die Manufaktur erzählt?«

»Dass sie dort eine große Familie sind?«

»Ein Aspekt, der ohne Zweifel einen großen Reiz auf dich ausüben muss. Was noch?«

»Dass man die Porzellanherstellung als eine Religion betrachten kann, in deren Zentrum die Idee der Schönheit steht?«

Takeshi zeigt auf die Papierwände ringsherum, auf die Tatamimatten, auf denen sie sitzen, und die Rolle mit den Regeln des Rikyu in der Bildnische. Zuletzt deutet er auf die einzelne Blume in der Vase auf dem schwarzen Lacktisch an der Wand.

»Nicht hingeschaut, hingeworfen und doch nicht zufällig. So entsteht Schönheit. Ich glaube, wir hängen derselben Religion an wie Günther von Pechmann und die Mitarbeiter der Manufaktur. Hier im Teehaus hast du dich mehr als dein halbes Leben lang mit dem Glauben an die Schönheit beschäftigt. Aber vielleicht ist es nun an der Zeit, den Raum zu wechseln.«

27. KAPITEL

in dem eine Hoffnung stirbt und eine andere aufersteht.

In seinem Unterricht pflegte Rabbi Teichlmann zu sagen: »Es ist das eine, *Ihn* zu erkennen. Wesentlich schwieriger ist es, nach dieser Erkenntnis zu handeln. Manche Menschen erkennen nichts, andere alles. Außerdem gibt es die, die erkennen und trotzdem nicht handeln. Im Idealfall ist da zuerst die Erkenntnis und dann die Einsicht, nach dieser Erkenntnis zu handeln. Wenigstens bei denen, die sich bewegen. Im Gegensatz zu denen, die das nicht tun.« Er funkelte Lili an: »Wozu willst du gehören?«

Sie nimmt all ihren Mut zusammen. Die Worte des Rabbi einerseits und Takeshis Worte, vielleicht sei es an der Zeit, den Raum zu wechseln, andererseits im Ohr, nimmt sie all ihren Mut zusammen und geht zu Günther von Pechmann.

Auf dem Schreibtisch seiner Vorzimmerdame liegen deren Stenoblock mit der Lineatur zwölf und ein weicher *Faber-Castell* Bleistift. Es ist kurz vor zehn. In der Regel heißt es um Punkt zehn Uhr: »Fräulein Koch, bitte zum Diktat!«

Günther von Pechmann ist ein Mann mit festen Gewohnheiten, darum mustern das Fräulein Koch, ihr Stenoblock und der Bleistift Lili argwöhnisch, als sie sagt, sie müsse den Direktor sprechen. »Dringend!«, fügt sie hinzu. Eine Minute später wird sie in das Büro des Barons vorgelassen.

»Fräulein Kuhn, was kann ich für Sie tun? Stimmt mit den Kindern etwas nicht?«, begrüßt er sie, diskret beunruhigt.

»Nein, mit Eckehart und Sybille ist alles in Ordnung«, sagt Lili. »Ich komme … wegen mir.«

»Was ist mit Ihnen? Fühlen Sie sich unwohl bei uns?«

»Auch das nicht, ganz im Gegenteil. Ich arbeite gerne für Sie und Ihre Familie. Inzwischen helfe ich auch meinem Vater bei der Büroarbeit, bin vorübergehend zu seiner Hilfssekretärin geworden. Weil jetzt, wo ich mit der Schule fertig bin, habe ich viel Zeit, Zeit, nachzudenken, und ich dachte, also ich habe mir überlegt …« Lili nimmt einen neuen Anlauf. »Seitdem ich ein kleines Mädchen bin, male ich. Mein Kunstlehrer sagt, ich habe ein Gespür für Farben und meine Bilder und Zeichnungen seien durchaus ansprechend. Außerdem versuche ich mich seit geraumer Zeit in japanischer Kalligrafie.«

Interessiert mustert Günther von Pechmann Lili. »Ein ungewöhnliches Hobby für eine junge Frau.«

»Es hängt damit zusammen, dass der engste Freund meines Vaters Japaner ist, also … ähem, halber Japaner. Egal. Ich glaube übrigens, Sie kennen ihn. Er arbeitet in der Manufaktur. Am Ofen.«

Erstaunt zieht der Baron die Augenbrauen hoch. »Der junge Mann, mit dem ich erst unlängst ein Vorstellungsgespräch geführt habe? Der mir erzählt hat, bereits sein Vater habe am Porzellanofen gestanden? In China?«

»Ja, das ist er. Sein Name lautet Takeshi. Er lebt bei uns

im Haus, und ich verbringe sehr viel Zeit mit ihm. Er hat mich den Umgang mit Tusche und Reispapier gelehrt.«

»Das freut mich, aber«, der Direktor der *Staatlichen Porzellan-Manufaktur* blickt auf die Uhr über der Tür, »was hat das mit dem Zweck Ihres Besuches bei mir zu tun?«

»Natürlich, entschuldigen Sie.« Lilis Stimme klingt fest, als sie sagt: »Der Rundgang neulich über das Werksgelände. Ich bin sehr beeindruckt gewesen von der Porzellanfertigung und allem, was damit zusammenhängt. Am meisten fasziniert hat mich die Abteilung für Porzellanmalerei; vielleicht haben Sie es bemerkt.«

In Gedanken wandert sie zurück in den hellen, lichtdurchfluteten Raum im obersten Stock, in den Günther von Pechmann sie geführt hatte. Männer in weißen Kitteln, Pinsel in der Hand. Farben, Paletten, Verdünnungsmittel, Pinselreiniger, eine Flut aufregender und unbekannter Eindrücke und Gerüche. Ein kreatives Chaos, das dennoch eine wunderbare Ruhe ausstrahlte, die sie an die Atmosphäre im Teehaus erinnerte. Überall Porzellanvasen, Teller und Tassen; eine riesige Terrine, die ein komplettes Fach in dem Holzregal an der Wand beanspruchte. In weiteren Fächern Figurinen, Fläschchen und Ziergegenstände; Nippes, wie sie bislang gedacht hatte. Doch weit gefehlt! Mit eigenen Augen sah sie nun, wie viel Mühe und liebevolle Handarbeit in jedem Detail dieser Stücke steckte. Einige Arbeiten schienen bereits abgeschlossen, andere befanden sich in unterschiedlichen Stadien des Verziertwerdens.

Leise Musik erklang aus einem Grammophon, das einer der Maler neben seinem Arbeitsplatz platziert hatte. Ein anderer trug eine Baskenmütze, die er sich tief über beide

Ohren gezogen hatte – in der Hoffnung, sich so besser konzentrieren zu können?

»Ich wusste nicht, dass es so etwas überhaupt gibt«, sagt Lili jetzt, »Künstler, die sich ausschließlich mit der Dekoration von Porzellan beschäftigen. Sich auf vorgegebene Motive beziehen, den Objekten aber dennoch ihre eigene Note verleihen. Ich glaube nicht, dass ich jemals den Mut hätte, freie Malerin zu werden, aber …, also ich meine …« Sie holt tief Luft. »Ich würde gerne eine Ausbildung zur Porzellanmalerin machen. Hier, bei Ihnen, in der Manufaktur.«

»Darum geht es Ihnen also.« Günther von Pechmann lehnt sich in seinem Stuhl zurück. »Nun, meine Liebe, in der Tat besteht bei uns eine lange Tradition in der manufakturinternen Ausbildung der Maler. Unter meinem Vorvorgänger Schmuz-Baudiß erhielten unsere Lehrlinge sogar ergänzenden Unterricht im Zeichnen in der *Unterrichtsanstalt des Königlichen Kunstgewerbemuseums*; Bruno Paul war damals der Leiter. Ein hervorragender Mann, ich kenne ihn noch aus München.

Sie müssen wissen, zu jener Zeit ging es in der Porzellanmalerei vor allem um die Vervollkommnung handwerklicher Techniken im Übertragen bekannter Motive auf den besonderen Werkstoff Porzellan. So blieben leider auf Dauer neue künstlerische Impulse auf der Strecke. Auch das Festhalten bei den Servicen am frederizianischen Formenkanon hat in der Manufaktur zu einer gewissen Erstarrung geführt und«, der Baron räuspert sich, »ihr wirtschaftlich nicht gutgetan. Ab 1925 kooperierte darum mein direkter Vorgänger, Direktor Moufang, mit den neu gegründeten *Vereinigten Staatsschulen für freie und angewandte Kunst.* Sein Ziel war es, der *Staatlichen*

Porzellan-Manufaktur frische künstlerische Energien zuzuführen und gleichzeitig den jungen Künstlern in der schwierigen Nachkriegszeit Auftragsarbeiten zu vermitteln.« Er unterbricht seinen Vortrag und blickt Lili direkt an. »Eine Idee, die von beiderseitigem Nutzen war und die nach wie vor Frucht trägt. Jedoch – und das tut mir leid, Ihnen mitteilen zu müssen – in unserer Malklasse bilden wir ausschließlich männliche Bewerber aus.«

Lili schluckt. Ausschließlich männliche Bewerber? Das kann nicht sein. Weshalb sollten Männer besser malen und zeichnen können als Frauen? Ausgerechnet! Eine Tätigkeit, die mitnichten etwas mit Körperkraft oder Muskelmasse, sondern vor allem mit Sorgfalt und Geschicklichkeit zu tun hat.

Offenbar entgeht dem Direktor der *Staatlichen Porzellan-Manufaktur* ihre Enttäuschung nicht. Als er fortfährt, hat seine Stimme einen versöhnlicheren Klang. »Aus wirtschaftlichen Gründen war es mir nicht möglich, die gemeinsame Ausbildung künstlerischen Nachwuchses, wie von Paul und Moufang angestoßen, fortzusetzen. Aber ich habe beschlossen, neue Wege zu gehen, um unsere Erzeugnisse wieder konkurrenzfähig zu machen!«

Unwillkürlich kommen Lili die fünfhunderttausend Butterbrote in den Sinn.

»Noch im vergangenen Jahrhundert ist Porzellan nahezu ausschließlich ein Stoff für die angeblich bessere Gesellschaft gewesen. Ich aber beabsichtige, auch minder zahlungsfähigen Menschen den Zugang zu unseren Erzeugnissen zu ermöglichen. Dazu ist es nötig, zeitgemäßes Gebrauchsporzellan herzustellen, das einerseits künstlerisch vorbildlich, andererseits jedoch bezahlbar ist. Darum bin ich zu Beginn des Jahres nach Halle an der Saale gereist, um mit der dort ansässigen *Kunstgewerbeschule Burg Giebichenstein* einen Vertrag abzuschließen. Die Schule vereint sämtliche Ausbildungsgänge der Porzellangestaltung unter einem Dach. Außerdem ist dort einer der kreativsten Geister der Keramikwelt tätig: Marguerite Friedlaender. In einer Art künstlerischem Versuchslaboratorium soll sie besagtes Gebrauchsgeschirr für uns entwickeln.« Die Fältchen um seine Augen ziehen sich zusammen. »Wenn Sie wollen, meine Liebe, können Sie sich persönlich davon überzeugen, denn an der Burg Giebichenstein werden gleichermaßen Männer wie Frauen unterrichtet. Was sagen Sie dazu?«

28. KAPITEL

in dem gute Ängste auf den Tisch kommen.

»Was sagt ihr dazu?«

Ein Vorteil. Ganz bestimmt. Gleich zwei väterliche Ratgeber oder ratgebende Vater. Lili bezieht Jakob und Takeshi in ihre Überlegungen ein. Natürlich. Was sonst?

»Es war klar, dass dieser Tag kommen würde. Kinder wachsen heran, werden älter und gehen ihrer Wege. Ich weiß, wovon ich spreche.« Jakob räuspert sich. »Ich werde es nicht so machen wie meine Eltern. Dich behindern oder dir etwas verbieten. Halle ist nicht aus der Welt. Im Gegenteil. Ich kenne die Stadt. Sie liegt gerade einmal zwei Eisenbahnstunden von hier entfernt. Als Kaufmann habe ich regelmäßig gleich nebenan, in Leipzig, zu tun; vor allem während der Messezeit. Meinen Segen hast du, Liebes.«

Er dreht sich zu Takeshi. »Was meinst du, alter Freund?«

Der Blick des Japaners sucht den Lilis. »Geh!«, lautet seine Antwort. Und sie weiß, in diesem einen Wort ist alles enthalten: Ermutigung, Segen und ein unerschütterliches Vertrauen in ihre Fähigkeiten.

Auf dem Tisch im Salon liegen Kataloge, Rechnungen

und Angebote. Bevor sie hereingekommen ist, haben Jakob und Takeshi über den Teehandel gesprochen. Geschäftlich seien die schlimmsten Zeiten vorüber, die Welt erhole sich gerade wieder, hatte Jakob gesagt und hinzugefügt: »Bis zum nächsten Mal.«

Die zurückliegenden Jahre sind nicht spurlos an ihm vorbeigegangen. Das Feuer im Kamin wirft flackernde Schatten auf sein Gesicht. Kein altes Gesicht, aber auch kein ganz junges mehr. An der Wand das Bild des geflügelten Zwischenwesens.

Geht kaum mehr, fliegt noch nicht.

»Ich habe Angst«, sagt Lili.

Im Kamin bricht ein Scheit.

»Wovor?«, fragt Takeshi. Seine Stimme klingt ruhig.

»Ich habe Angst, von euch wegzugehen. Aus dem neuen Haus. Von Berlin. Angst, allein zu sein. Ich bin mir nicht sicher, ob ich es wirklich tun soll.«

»Ich habe ebenfalls Angst gehabt, als ich mit vierzehn die Heimat verließ«, sagt Jakob.

»So wie ich, als ich in Osaka das Schiff bestiegen habe und hierhergekommen bin«, bestätigt Takeshi.

Und plötzlich liegen nicht nur Kataloge, Rechnungen und Angebote, sondern darüber hinaus Ängste auf dem Tisch. Gemeinsame Ängste, alte Ängste, neue Ängste, unabhängig von Zeit und Raum.

Lili denkt an die kolorierte Originalausgabe der *Kinder- und Hausmärchen* der Gebrüder Grimm. Ein Weihnachtsgeschenk Jakobs. Ein Motiv taucht immer wieder auf. Jemand verlässt das gewohnte Umfeld, begibt sich auf Reisen und zieht in die Welt hinaus.

Jakob und Takeshi haben es getan, als es an der Zeit war. Haben sich auf den Weg gemacht. Nun ist es an ihr, aufzubrechen und Abenteuer zu erleben. Oder etwa nicht? Sie würde zur Burg gehen. Dahin, wo bekanntlich Drachen hausen, Jungfrauen wohnen und Prinzen warten. Vielleicht ein wenig prosaischer: dahin, wo das Porzellan wartet. Die Idee der Schönheit. Auf junge wissbegierige Menschen. Auf Männer. Und Frauen. Wie sie.

Und mit einem Mal wird ihr klar: Ängste, die auf dem Tisch liegen, sind gute Ängste, weil sie in dem Moment, in dem sie ausgesprochen werden, Gestalt annehmen. An Geheimnis verlieren, an Macht – und dadurch überwindbar werden.

Also auf zur Burg!

BERLIN

1985

Komischerweise gehe ich wieder hin. Zu dem Pullunderträger. Ich weiß auch nicht, warum. Falls er erstaunt ist, mich zu sehen, versteckt er es gut.

Wie beim ersten Mal schickt er mich direkt in sein Behandlungszimmer und folgt selbst zehn Sekunden später mit seinem bescheuerten Collegeblock, den er sich auf seinen bescheuerten Oberschenkel legt. Die Beine übereinandergeschlagen, sitzt er mir gegenüber in einem Ledersessel – Modell bescheuert: viel zu hohe Lehne, tierisch tiefer Sitz und kackbraun.

Ich überlege, ob er vor lauter Geiz kein Wartezimmer hat oder ob man sich nicht reinsetzen soll, um bloß nicht zur Ruhe zu kommen und seine Gedanken zu ordnen – damit er einen sofort wieder auf dem falschen Fuß erwischt. Aber heute bin ich vorbereitet, habe mir eine Strategie zurechtgelegt.

»Was sind Sie eigentlich genau?«, frage ich. »Vor lauter ›Psych‹ verliert man völlig den Überblick. Sind Sie Psychiater oder Psychologe oder Psychotherapeut oder was?«

Natürlich weiß ich, was er ist. Ich bin nicht blöd. Ich hab's auf seinem Schild gelesen und zu Hause im Lexikon nachgeschlagen. Es ist wie beim Tennis – man muss den Punkt in Ruhe aufbauen: Erst lockt man den Gegner ans Netz, dann schießt man ihn ab.

»Tja, ein rechter Dschungel, diese Psychoszene, nicht nur von außen betrachtet.« Er setzt ein schiefes Grinsen auf. »Allerdings sind die Unterschiede recht einfach: Psychiater haben Medizin studiert, Psychologen Psychologie. Beide müssen eine Zusatzausbildung machen, um psychotherapeutisch arbeiten zu dürfen.«

»Und was haben Sie studiert?«

»Ich bin Arzt, habe also Medizin studiert. Dementsprechend bin ich ärztlicher Psychotherapeut.«

Da ist sie. Die Zielscheibe auf seinem Pullunder. Ich visiere den Ball an, hole aus und schlage zu.

»Und warum sind Sie dann kein richtiger Arzt geworden?«

Diesmal kommt seine Antwort nicht sofort. Nach einer kurzen Pause sagt er: »Nur für den Fall, ich wäre tatsächlich kein richtiger Arzt – sind Sie eine richtige Patientin?«

Fuck, jedes Mal der gleiche Mist. Er beantwortet eine Frage mit einer Gegenfrage. »Sind Sie eine richtige Patientin?«, äffe ich ihn innerlich nach. Natürlich nicht. Ich bin schließlich nicht ballaballa. In letzter Zeit passiert nur irgendwas mit mir, wo ich keinen Bock drauf habe und was ich nicht kontrollieren kann. Vorsichtshalber mache ich einen auf Modell Auster.

Aber er scheint es nicht eilig zu haben, eine Antwort zu kriegen, und schweigt ein Ründchen mit. Wenn ihm jetzt noch die Augen zufielen, würde er seine Kohle im Schlaf verdienen. Na bravo! Oha – jetzt zuckt er. Leider verloren, Psycho.

»Wie ist es Ihnen mit unserem Erstgespräch ergangen? Mit was für Gedanken und Gefühlen sind Sie hier hinausgegangen?«, will er wissen.

»Keine Ahnung«, mauere ich. Erst einmal Zeit gewinnen.

»Ist Ihnen irgendeine Frage oder Anmerkung von mir besonders hängen geblieben?«

Und bevor ich es verhindern kann, rutscht mir heraus: »Sie haben sich nicht ins Bockshorn jagen lassen.«

»Was meinen Sie damit?«

Ich kriege eine knallrote Birne. »Na ja, die Sache mit meinen Beinen und so …«

»Stimmt.« Er tut so, als fiele es ihm jetzt erst wieder ein. »Sie sind mir da ein, zwei Antworten schuldig geblieben, glaube ich. Erinnern Sie sich noch an die Fragen?«

Ich halte seinem Blick stand. »Wissen Sie sie noch?«

Zum ersten Mal, seitdem ich hier bin, lächelt er. »Nicht schlecht. Sie lernen schnell. Es ist gängige therapeutische Praxis, eine Frage mit einer Gegenfrage zu beantworten.«

Eigentlich wäre jetzt der Moment, um zurückzulächeln, aber so leicht mache ich es ihm nicht. Wenigstens schicke ich eine Minifriedenstaube los. »Ich mag meine Beine. Die Narben mag ich nicht. Aber damit ist es auch genug. Mehr von meinen Beinen geht Sie definitiv nichts an!«

Sofort sind seine Züge wieder ernst. »Wie gesagt: eine Art Spiegelung. Ein Beispiel dafür, dass Sie mit Ihrem Verhalten das Verhalten des Gegenübers beeinflussen. Vom Grundsatz her stimme ich Ihnen zu hundert Prozent zu. Ihr Körper gehört Ihnen und sollte nicht Gegenstand öffentlicher Diskussion sein. Auch nicht mit mir.« Für einen Moment schweift sein Blick ab.

Ich nutze die Gelegenheit und sage: »Okay, können wir dann vielleicht von etwas anderem reden?«

»Gerne. Wo wollen Sie denn gemeinsam mit mir hinschauen?«

Ich schlucke. »Weiß nicht genau. Schätze, es macht Sinn, Ihnen von dem Tag zu erzählen, an dem ich mir in den Arm geschnitten habe, und dem Ganzen?«

Er nickt mir aufmunternd zu.

»Also, das ist so. An meinem Geburtstag trinken wir immer nachmittags zusammen Kaffee. Schon ewig und drei Tage. Weil – morgens ist es bei uns ziemlich hektisch. Meine Eltern wollen pünktlich zur Arbeit, und ich musste, als ich jünger war, in den Kindergarten und später dann in die Schule. Darum gibt's am Morgen noch keine Geschenke und nichts.«

Ich erinnere mich genau, wie kribbelig ich als kleines Mädchen den ganzen Vormittag gewesen bin, bis endlich der Unterricht aus war. Dass ich wie eine Verrückte nach Hause gerannt bin und sich die Sekunden und Minuten wie Kaugummi gezogen haben, bis nach einer gefühlten Ewigkeit endlich die Gäste eintrudelten.

»Früher sind an meinem Geburtstag meine Großeltern zu Besuch gekommen. Ich habe sie sonst nur selten gesehen, weil Vater und Mutter behaupteten, sie hätten keine Zeit. Aber ich schätze, in Wirklichkeit hatten sie schlicht keinen Bock auf Oma und Opa. Irgendwie schade, denn sie sind vor drei oder vier Jahren kurz hintereinander gestorben. Es sind die Eltern meines Vaters gewesen, meine Großeltern mütterlicherseits habe ich nie kennengelernt. Sie sind schon lange tot. Sie waren Juden. Mutter sagt, die Nazis haben sie umgebracht. Sie hat angeblich keine Erinnerungen an ihre Eltern, weil sie bei einer Tante in England aufgewachsen ist, die sie kurz vor Kriegsausbruch rübergeholt hatte.«

»Das heißt also, Sie sind jüdischer Abstammung?«

»Nur von Mutters Seite. Vaters Eltern sind evangelisch, er selbst auch. Wieso wollen Sie das wissen? Haben Sie was gegen Juden?«

***

Er mustert mich für einen Moment nachdenklich. Schließlich sagt er: »Nein, ich bin kein Antisemit. Wurden Sie im jüdischen oder im christlichen Glauben erzogen?«

»Weder noch. Vater und Mutter haben es offengelassen. Damit ich es selbst entscheiden kann. Ich schätze, ich bin derzeit so was wie eine *happy* Atheistin.«

»Mit der Betonung auf?«

Shit, der Typ ist wirklich nervig. Da macht man einmal einen kleinen Scherz, um die Atmosphäre ein bisschen aufzulockern, und schon beißt er sich wieder fest.

Ich fürchte, das mit dem »happy« kann man zwanglos streichen. Dafür sind die letzten Monate zu beschissen gewesen. Eigentlich das komplette letzte Jahr. Wegen Vater. Und seiner Affäre mit Frau Mahrsen. Als er damit aufgeflogen ist. Wie blöd kann man eigentlich sein?!

»Verzeihen Sie, ich hatte Sie nach Ihrer Einstellung zur Religion gefragt.«

Eines muss man ihm lassen, der Typ ist wirklich hartnäckig. »Was für einer Einstellung? Es gibt keine.«

»Nun, Sie sagten, Ihre Mutter sei Jüdin, Ihr Vater Protestant. Hat es denn gar keine Beeinflussung in die eine oder andere Richtung gegeben?«

»Nein. Die meiste Zeit sind die beiden in ihrer Ehe fair miteinander umgegangen. Und mit mir auch. Haben quasi den Religionsfrieden eingehalten, bis …«

Fragend zieht der Therapeut die Augenbrauen hoch.

»Wie gesagt, sie wollten, dass ich das selbst entscheide. Wenn ich erwachsen bin und so. Sie meinten, sie wollten Konflikte vermeiden.«

»Ihrem Tonfall entnehme ich, dass das nicht durchgehend gelungen ist.«

»Kommt darauf an, was Sie unter einem Konflikt verstehen. Mit Gott ist es bis vor Kurzem *cool* gewesen. Keine Probleme. Aber dass Vater eine meiner Lehrerinnen gebumst hat, findet Mutter nicht so toll.«

Wieder wartet er schweigend.

»Eigentlich habe ich keinen Bock, darüber zu sprechen. Aber weil es so scheiße ist und weil Sie so ein Psychotyp sind, gehört es wohl hierhin.« Ich verdrehe die Augen. »Also – ein einziges bescheuertes Mal in seinem Leben hat Vater sich aus seiner Kanzlei losgeeist, um zu einer Schulveranstaltung zu kommen. Und ich blöde Kuh habe ihn noch darum gebeten, weil Mutter mit ihren Freundinnen auf Gran Canaria war.«

Ich hab's noch genau im Ohr. »Wir laufen dem Berliner Winter ein wenig weg, Liebes. Papa und du, ihr haltet hier die Stellung.« Ich weiß nicht, wie's bei anderen Müttern ist, aber in den meisten Fällen transportiert Mutters Stimme genauso viel Gefühl wie die Zeitansage im Telefon: »Beim nächsten Ton wird es …« Ein ewiges Geleier, man will am liebsten gleich wieder auflegen. Wenns nicht so erbärmlich wäre, müsste man beinah schon lachen – Vater hat super die Stellung gehalten, echt!

»Was ist geschehen?«

Irgendwie ist es mir ein bisschen peinlich, auch wenn ich selber nichts gemacht habe – jedenfalls nicht absichtlich. »Na ja«, sage ich vorsichtig, »wir haben an der Schule so eine Oberstufenkoordinatorin, Frau Mahrsen. Sie organisiert Praktika für uns und Termine an der Uni, damit wir uns in irgendwelche Vorlesungen setzen können und so. Wir sollen schon mal ein bisschen am echten Leben schnuppern, sagt sie, um eine Idee davon zu kriegen, was wir nach dem Abi machen. Und da sind dann die Eltern gefragt worden, ob sie nicht bereit wären, für den Praxistag einen Schüler oder eine Schülerin mit zur Arbeit zu nehmen. Ich meine, Vater ist selbstständig, da hat es sich doch quasi angeboten, oder nicht?«

»Sind Sie stolz auf Ihren Vater?«

»Darauf, dass er das mit der Koordination ein wenig wörtlich genommen, eine Affäre mit Frau Mahrsen angefangen und mich zum Gespött der ganzen Stufe gemacht hat? Klar, darauf bin ich superstolz!«

»Nein, ich will wissen, ob Sie bis dahin stolz auf Ihren Vater gewesen sind, auf ihn als Persönlichkeit, als Mensch.«

Bilder steigen in mir auf: Vater, der mich zum ersten Mal mit ins Kino nimmt – *Elliot, das Schmunzelmonster.* Am Ende musste er vor Rührung weinen. Oder später, beim Tennis. Mutter, die schäumt, weil ich im Finale der Clubmeisterschaften meinen Schläger so fest auf den Boden gedroschen habe, dass der Rahmen gebrochen ist und ich das Match nicht zu Ende bringen konnte. Am nächsten Tag ist er mit mir in die Stadt gefahren. Er meinte, er verstehe zwar nichts von Tennis, aber ein bisschen was von Gefühlen; manchmal müssten sie einfach raus, und dafür sollte man nicht bestraft werden. Sicherheitshalber hat er mir gleich zwei neue Rackets gekauft. Oder noch später, meine erste Party, wenn man das überhaupt so nennen kann, als wir, zu sechs kichernde Teenies, in meinem Zimmer auf dem Bett gesessen und mit Erlaubnis unserer Eltern Amaretto mit Apfelsaft getrunken haben – Mischungsverhältnis ein Teil Amaretto auf fünf Teile Apfelsaft. Vater ist reingekommen, um kurz »Guten Abend« zu sagen; als er wieder rausgeht und sich die Tür hinter ihm schließt, plötzlich tausend spitze Schreie: *Wie gut sieht der denn aus? Ist das echt dein Vater*, usw.?

Ich blicke dem Therapeuten ins Gesicht. »So was kann sich ändern, von stolz zu scheiße, oder?«

»Und das verletzt einen? Oder man verletzt sich selbst?«

Hm, das sitzt! Irgendwie habe ich noch nicht darüber nachgedacht. Dass da ein Zusammenhang bestehen könnte. Also zwischen verletzt und verletzt. Äußerlich und innerlich und so. Ich habe das Schneiden immer mehr als Strafe angesehen, die gleichzeitig befreit. Aber er hat recht. Ja, ich bin verletzt! Im doppelten Sinn.

»Können Sie sich das vorstellen? Da kommt er in seinem schicken 7er Coupé zu uns an die Schule gerauscht, stellt die Karre clevererweise um die nächste Ecke ab, damit ihn ja keiner sieht, und sitzt dann mit der sauberen Frau Mahrsen dadrin, um rumzuknutschen. Nur schade, dass es die Abkürzung zum Kiosk ist, wo wir etwa hundertmal am Tag entlanggehen. Ich habe die beiden gesehen.«

»Und was haben Sie getan?«

»Gar nichts. Was hätte ich denn tun sollen? Viel Spaß wünschen, oder was?«

»Sie hätten ihn hinterher zur Rede stellen können.«

»Nein, es war ... es war anders. Zu der Zeit hatte ich begonnen, mit Oskar auszugehen. Wir waren uns in der Disco über den Weg gelaufen. Einmal hat er mich zu Hause abgeholt, da haben Mutter und Vater ihn zum ersten Mal gesehen. Ich habe mir nichts dabei gedacht, aber als ich abends nach Hause kam, haben sie mich zur Rede gestellt.«

»Er ist zu alt. Und sein Blick – so durchtrieben. Der junge Mann ist kein Umgang für dich.« Typisch Mutter.

»Das entscheide immer noch ich«, hatte ich zurückgegeben.

»Schätzchen, du musst auf dich aufpassen. Wenn man erst einmal seinen Ruf weghat ...« Vater, vermittelnd.

»Wenn es wirklich stimmt, dass die Russen so Spionagedinger über uns kreisen lassen«, sage ich zu dem Therapeuten, »dann sind die Teile Schrott im Vergleich zu Mutters Radar.«

»Wieso?«

Ich taste durch den Pullover nach dem Pflaster an meinem Arm: »Also, das war eine richtig miese Aktion. Wie die beiden mich da in die Ecke gedrängt haben. Und dann noch Vaters Scheißspruch von wegen Ruf und so.« Ich merke, dass ich gleich anfange zu heulen. Ich habe die Szene genau vor Augen. Aber es geht nicht. Ich kann's nicht, krieg's einfach nicht raus. Ich schlucke den Kloß in meinem Hals hinunter. »Wollten Sie nicht was über Religion wissen oder so?«

Irgendwas scheint er in meinen Augen zu sehen, ich weiß nicht, auf jeden Fall geht er für den Moment auf mein ziemlich dürftiges Ablenkungsmanöver ein.

»Richtig. Sie haben mir erklärt, dass die ursprüngliche Abmachung zwischen Ihren Eltern so aussah, dass Sie sich erst mit Erreichen Ihrer Volljährigkeit für oder gegen die eine oder andere Religion entscheiden sollten.«

»Genau, das war der Plan. Meine Eltern hatten sowieso nie was mit Religion am Hut, von daher fiel's ihnen, als ich klein war, nicht sonderlich schwer, sich darauf zu einigen. Doch jetzt, in ihrem beschissenen Rosenkrieg, sind sie plötzlich jeder für sich superheilig geworden oder tun zumindest so, verstehen Sie?«

»Nicht wirklich.«

»Na ja, neulich ist Mutter um die Ecke gekommen und meinte, sie habe beschlossen, eine Art Neuanfang zu machen. Natürlich hat sie immer noch nichts von Trennung gesagt. Ach ja, das wissen Sie ja noch gar nicht. Meine

Eltern werden sich trennen, verheimlichen es aber vor mir, damit ich vor lauter Schreck nicht durchs Abi falle oder so. Auf jeden Fall hat sie mir was von Orientierung, Rückbesinnung auf die eigenen Wurzeln und so einem Mist erzählt. Sie werde demnächst an einem Kurs im Gemeindehaus teilnehmen: *Jüdisch für Anfänger* – kein Scheiß, das heißt wirklich so! –, ob ich nicht mitkommen wolle. Ist das nicht der Hammer?«

Er mustert mich nachdenklich. »Wenn Sie es so ausdrücken wollen – ja, dann ist es ›der Hammer‹. Mit dem Ihre Mutter offenbar beabsichtigt, einen Pflock einzuschlagen. Neue Wege beschreiten und dergleichen …«

»Sie will nichts einschlagen«, unterbreche ich ihn, »sie will was zerschlagen. Nämlich die Beziehung zwischen Vater und mir.« Den Rest, den ich noch übrig gelassen habe, denke ich leise. »Dazu sind ihr alle Mittel recht, sogar die Religion.«

»Sie ist ebenfalls verletzt.«

»Na und, was geht mich das an?«

»Sie ist Ihre Mutter.«

»Und ich bin ihre Tochter. Sie soll mich in Ruhe lassen!«

»Mütter kümmern sich um ihre Töchter.«

»Das hätte sie besser früher getan.«

»Haben Sie mir nicht erzählt, sie selbst sei elternlos aufgewachsen?«

»Soll das etwa eine Entschuldigung sein? Das arme, kleine jüdische Mädchen?«

»Weniger eine Entschuldigung als vielmehr eine Erklärung. Ihre Mutter hatte kein Vorbild, kein Modell. Sie besaß nicht die Möglichkeit, zu lernen, wie Eltern und Kinder miteinander umgehen.«

Ich halte die Klappe. Mir gefällt seine Erklärung nicht.

Klingt fast so, als ob ich auch daran schuld wäre. Und wenn schon.

»Wie geht Ihr Vater mit der Situation um?«

»Er … er ist gerade nicht sonderlich gut auf mich zu sprechen.«

»Weil?«

Mann, der Typ fragt einen echt Löcher in den Bauch. Ich will nicht und ziehe eine Grimasse. »Keine Ahnung; weil er auch damit angefangen hat, sonntags zur Kirche zu gehen?«

»Und Sie gefragt hat, ob Sie mitgehen wollen?«

»Noch nicht, aber das kommt, zu hundert Prozent. Haben Sie so einen Scheiß schon mal gehört?«

Sein Gesichtsausdruck bleibt neutral. »Als Therapeut höre ich so manches, nicht zuletzt, dass Eltern Konflikte auf dem Rücken ihrer Kinder austragen und dass diese dadurch unter Druck geraten können. Ziemlich sogar. Mich interessiert aber auch, was ich nicht höre. Was ist aus Ihnen und besagtem Oskar geworden? Und was ist noch in dem Gespräch zwischen Ihnen und Ihren Eltern passiert? Wären das eventuell Themen für die nächste Sitzung?«

***

Ich bin nicht mehr hingegangen. Es ist mir zu doof. Was soll diese Laberei schon bringen? Ich erzähl dem Typen was von meinen bescheuerten Eltern und von Oskar, und dann geht's mir besser? Denkste.

Stattdessen habe ich einen Pakt geschlossen. Mit mir selbst. Ich werde aufhören, mich zu schneiden – wenigstens will ich es versuchen.

Irgendwas von dem, was der Pullundermann in der letzten Sitzung gesagt hat, ist hängen geblieben. Das mit dem Verletztwerden und dem Sich-selbst-Verletzen und so. Ich weiß, das klingt ziemlich wirr, und ich kapier's ja selbst nicht ganz, weil da ist auch noch mein schlechtes Gewissen, dieses verdammte Schuldgefühl. Ich hab's in *Meyers Großem Taschenlexikon* nachgeschlagen: *Gart* bis *Grie.* »Gewissen« steht drin, »schlechtes Gewissen« nicht. Dafür, dass es Herrn Meyer nicht so wichtig ist, quält es mich ganz schön, besser gesagt, ganz unschön. Ein Scheißgefühl, echt!

Neu ist, dass ich das Bedürfnis habe, besser auf mich aufpassen zu wollen, netter zu mir zu sein. So nett, wie das Fräulein Kuhn und ihr japanischer Freund zueinander gewesen sind. Also ich zu mir, quasi in einer Person ... Ach, was soll's!

Irgendwie musste ich das Ganze Mutter und Vater verklickern; die standen mir wegen der Schneiderei nämlich mächtig auf dem Fuß und tun es immer noch. Ich hab die Angelegenheit ein bisschen geschönt und behauptet, die beiden Gespräche bei dem Therapeuten seien nicht übel gewesen, aber die Sache an sich nichts für mich; also dieses Psychogeschwafel und so. Ich bräuchte jetzt etwas Zeit für mich, um innerlich wieder ins Gleichgewicht zu kommen – ja, ich weiß, aber was erzählt man seinen Eltern nicht für einen Mist, nur um seine Ruhe zu haben –, und dann würde ich mich mit Vollgas aufs Abi konzentrieren.

»Was genau soll das bedeuten?«, fragte Mutter.

»Ihr achtet wieder weniger auf mich. Diese Fragerei neuerdings: ›Wie geht's dir, Anja?‹, das halte ich nicht aus.«

Denn das ist ihre neueste Macke, urplötzlich einen auf

tierisch besorgte Eltern zu machen. Am liebsten würde ich abhauen, ganz weit wegfahren, in die Staaten oder so, aber das geht nicht wegen des Abis, das will ich unbedingt hinter mich bringen. Bin ich erst mal mit der Schule durch, kann ich tun und lassen, was ich will. Na ja, so ungefähr jedenfalls.

»Wir machen uns nun einmal Sorgen. Der Schnitt, den du dir am Arm zugefügt hast, und«, Vater machte eine vielsagende Pause, »die Tatsache, dass du neuerdings wild um dich schlägst, mit dem Finger auf andere zeigst. So kennen wir dich nicht.« Er blickte zu Mutter in der Hoffnung auf Unterstützung.

Sie warf ihm einen vernichtenden Blick zu. »Nicht jeder in der Familie hat das Zeug zum Lügenbaron!«

Fuck, genau das brauchte ich jetzt.

»Passt auf«, ging ich dazwischen, »ich hab's euch noch nicht erzählt, aber ich habe einen Nebenjob angenommen. Besuche an ein paar Nachmittagen eine alte Dame und kümmer mich ein bisschen um sie. Dadurch krieg ich etwas Abstand«, das »von euch« verkniff ich mir, »ähem … zu alldem«, ich gestikulierte ziemlich sinnlos in der Luft herum, »das lenkt mich ab, bringt mich auf andere Gedanken. Ihr wollt doch immer, dass ich was Vernünftiges mache und nicht einfach nur rumhänge und unter die Räder komme.«

Seit vor ein paar Jahren *Christiane F.*, der Film, rausgekommen ist, hat die Hälfte aller Berliner Eltern die Sorge, ihre Kinder, vor allem ihre Töchter könnten am Bahnhof Zoo stranden. Dass es längst davor das Buch gab und ich es heimlich mit roten Ohren unter der Bettdecke gelesen habe, wissen Vater und Mutter sowieso nicht. Typisch. Aber so eine bin ich nicht, und so eine werde ich nie sein.

Wer Bock auf so eine Kacke hat, soll sich vor den Videorekorder hocken. Sozialscheiße in der Endlosschleife. Nein, danke!

»Ich mache diesen Job und dann das Abi, und im Gegenzug vertraut ihr mir, dass ich die Sache in den Griff kriege. Auch ohne Psychogedingse und so. Okay?«

Sie nickten. Ein bisschen ratlos, wie mir schien. Anscheinend hatten sie nicht alles verstanden. Also, ich meine in der Tiefe und so.

Aber gleiches Recht für alle.

Mir geht's nicht viel anders.

***

In der großen Pause fragt mich Franke, wie's mit der alten Dame läuft.

»Gut«, sage ich. »Sie hat zwar keinen Bock, das Haus zu verlassen, aber das ist nicht schlimm. Meist sitzen wir hinten im Garten, da stehen ein Brennofen und der Schuppen, in dem sie ihre Töpfersachen aufbewahrt.«

Ich hatte dem Fräulein Kuhn, so heißt sie mit Nachnamen, angeboten, mal mit ihr rauszugehen, damit sie ein bisschen Abwechslung hätte, was anderes sieht und so.

Doch sie hatte mich nur angeschaut und gesagt: »Was soll ich da draußen?«

Erst fielen mir tausend Antworten ein, dann keine. Als sie hinzufügte: »Ich habe hier alles, was ich brauche«, hielt ich den Mund.

»Sie töpfert?«, fragt Franke.

»Ja, und das ist ziemlich cool«, antworte ich. »Denn eigentlich töpfert sie das, was alle töpfern: Schüsseln, Schalen, Tassen und so ein Zeugs. Sie legt auch völlig normal los an ihrer Töpferscheibe, die sie mit so einem Gaspedal betreibt. Aber irgendwann lässt sie dann locker, und die Sachen laufen ihr quasi aus dem Ruder. Also absichtlich, meine ich. Manchmal fängt sie sie wieder ein, ein anderes Mal lässt sie's einfach geschehen, und die Teile werden krumm und schief. Als hätte der Ton ein Eigenleben und soll nun selbst entscheiden, was aus ihm wird; keine Ahnung.« Ich runzle die Stirn. »Sie sagt, sie versuche einen Sinn darin zu erkennen, im Unfertigen oder vermeintlich Misslungenen, wie sie es nennt. Behauptet, manchmal würden die Dinge erst durch Verluste und Einschränkungen komplett – sie ist schon nicht ganz echt! Deswegen glasiert sie die Sachen auch nicht vollständig. Aber egal, ob glasiert oder unglasiert, beides sieht ziemlich *cool* aus, finde ich, aber die Kombination ist dann der Hammer. Das Raue, Natürliche auf der einen Seite und das Glatte, Schöne direkt daneben. Können Sie sich das vorstellen?«

Franke mustert mich aufmerksam. »Kann ich. Was machst du, während die alte Dame töpfert?«

Ich merke, wie ich rot werde. »Ich töpfer auch, also, sie versucht es mir beizubringen.«

»Und, macht es Spaß?«

Erstaunt blicke ich ihn an. »Weiß nicht. Hab ich mir noch nicht überlegt. Aber vielleicht geht's auch gar nicht darum.«

Ich denke daran, wie ich das Fräulein Kuhn gefragt habe: »Töpfern Sie, damit etwas von Ihnen bleibt?«

»Nein«, hatte sie geantwortet, »ich töpfere, damit es mich überhaupt gibt.«

***

»Sollen wir beim Töpfern Musik hören?«

»Musik?«

»Ja, wir haben zu Hause noch so eine alte Kompaktanlage rumfliegen, von meinen Eltern. Sie wissen schon, Radio, Kassettenplayer und Plattenspieler – alles in einem – mit zwei kleinen Boxen. Die könnte ich mitbringen. Der Sound ist zwar nicht so toll, aber besser als nichts.«

Letztlich schleppe ich auch noch eine 50-m-Kabeltrommel an, weil wir ja hinten im Garten, neben dem Brennofen, arbeiten. Der Schuppen hat zwar eine kleine Veranda, aber keinen Strom. Dafür ein Fenster. Wenns regnet, töpfern wir drinnen, sonst draußen vor der Tür.

Wie sich herausstellt, mag das Fräulein Kuhn Rio Reiser und die Scherben haha; außerdem The Jam. Meine Patti-Smith-Platten und die Ramones findet sie doof. Ihre absolute Lieblingsgruppe ist dieselbe wie meine: Everything but the Girl. Weil sie unbedingt wissen will, wie die Sängerin aussieht, bringe ich ihr ein Foto von Tracey Thorn mit, das ich irgendwo ausgeschnitten habe.

»Sie trägt die gleiche Frisur wie Sie.«

Ich nicke. »Kann schon sein.«

»Anfang der Dreißiger bin ich auf einer Kunstgewerbeschule gewesen. Da waren ebenfalls ein paar Mädchen, die sich die Haare so geschnitten haben. Ganz kurz. Beinah ein Skandal damals.«

»Sie auch?«

»Nein. Ich glaube, dafür war ich immer schon zu … altmodisch. Man könnte auch sagen zu behütet. Schließlich bin ich nur unter Erwachsenen aufgewachsen. Mit Gleichaltrigen konnte ich nie viel anfangen.« Sie zuckt mit den Achseln. »Vielleicht ist es auch die Schuld meines treuen Freundes gewesen. Er heißt übrigens Takeshi.

Ohne es auszusprechen, lehrte er mich das Prinzip des *senpai* und des *kōhai*, dass der Unerfahrene dem Erfahrenen einen gewissen Respekt und Gehorsam schuldet. Sich an dessen Haltung den Dingen des Lebens gegenüber orientiert. Deswegen gingen solche Sachen wie moderne Haarschnitte entweder an mir vorbei, oder ich hatte gar nicht erst den Eindruck, mich auflehnen zu müssen. Im Gegensatz zu Ihnen hatte ich keine Mutter mehr, an der ich mich hätte reiben können.«

Ich hoffe nur, dass das kein Vorwurf ist, und denke an meine Erzeugerin und den dazugehörigen Erzeuger. Nein, nicht nur diesbezüglich bin ich in etwa so japanisch wie *E. T.* oder *Pac-Man*, wobei Letzterer ja vielleicht sogar aus Japan kommt.

Ich hatte dem Fräulein Kuhn ein paar Sachen erzählt. Über Vater und Mutter. Zum Ausgleich sozusagen. Mich ein bisschen ausgekotzt. Nicht viel. Nur so viel, dass es für eine alte Dame bekömmlich war.

»Wie ist das heute?« Ich deute mit dem Kopf rüber zum Haus. »Ich meine, die Porzellansachen, die bei Ihnen auf den kleinen Regalen stehen – die wirken schon ziemlich modern.«

»Erstaunlicherweise höre ich das immer wieder. Dabei sind es ganz simple Alltags- und Gebrauchsgegenstände. Ich verändere lediglich ihre Form ein wenig und versuche Schönheit darin zu finden; mir zu verdeutlichen, dass sie zwar anders sind, aber dennoch Sinn, sprich, eine Daseinsberechtigung haben. Einen eigenen Sinn und ein eigenes Dasein. Ich habe lange gebraucht, um die richtige Einstellung, den geeigneten Blickwinkel zu finden. Jahrzehnte, um ehrlich zu sein. Doch mittlerweile ist es mir gelungen – wenigstens an den meisten Tagen. Seltsamerweise ist dieser *Eigensinn* meiner Arbeiten zu meinem Markenzeichen geworden. In Sammlerkreisen werden meine Werke durchaus geschätzt.«

»Sie verkaufen Ihre Sachen? Ich denke, Sie können sich nur schlecht von etwas trennen?«

»Es sind bloß wenige Stücke, die ich weggebe. Aber tatsächlich kann ich davon leben. Schließlich bin ich eine Friedlaender-Schülerin.« Sie klingt stolz.

»Was ist das, eine Friedlaender-Schülerin?«, frage ich.

»Nun, die Kunstgewerbeschule, von der ich Ihnen vorhin erzählt habe, heißt Burg Giebichenstein. Sie befindet sich in Halle, etwa zwei Stunden entfernt von hier. Marguerite Friedlaender hat mich dort unterrichtet, bis zu dem … zu dem Unfall meines Vaters.«

HALLE / BERLIN

1930–1932

Der sorgfältig geformte Rohling wird dem ersten Brand unterzogen; bis zu tausend Grad Celsius heiß. Dadurch erhält er eine deutlich höhere Festigkeit.
Danach erfolgt das Blautauchen. Der Scherben wird in Gänze in eine organische blaue Flüssigkeit getunkt, deren Farbe später, beim zweiten Brand, wieder komplett verschwindet. Durch das Blautauchen werden feinste, mit dem bloßen Auge nicht erkennbare Fehler sichtbar.
Manch einer behauptet, wahre Schönheit zeige sich nur im Unvollkommenen.

(frei nach *»Handwerkskunst«*, KPM Berlin)

29. KAPITEL

in dem Lili einen Schatz sucht und findet. Oder er sie. Man weiß es nicht so genau.

Es gilt, Abschied zu nehmen. Und den Kindern den Abschiedsschmerz zu versüßen. Alice hat einen Kuchen gebacken. Seine kümmerlichen Überreste liegen auf der Porzellanplatte auf der Anrichte.

»Meine Güte, wir werden Sie sehr vermissen«, sagt Alice, steht auf und kommt um den Tisch herum. Lili erhebt sich ebenfalls. Die beiden Frauen umarmen sich.

Günther von Pechmann räuspert sich. »Nun, sie verschwindet ja nicht komplett von der Bildfläche. Schließlich ist Halle nicht aus der Welt.«

»Das sagt Vater auch«, bestätigt Lili.

»Ein kluger Mann, Ihr Herr Vater, Fräulein Kuhn«, konstatiert der Baron. »Kennt er die Burg Giebichenstein?«

»Das nicht, aber er hat sich erkundigt und herausgefunden, die Kunstgewerbeschule verfügt über einen ausgezeichneten Ruf.«

»So ist es. Andernfalls würde die *Staatliche Porzellan-Manufaktur* gewiss nicht mit ihr zusammenarbeiten.«

»Wann dürfen wir endlich unser Geschenk überreichen?«, mischt Sybille sich ein. Schon während des Kaffeetrinkens hat sie es kaum ausgehalten, ist die ganze Zeit ungeduldig auf ihrem Stuhl hin und her gerutscht.

»Wir haben nämlich eine Überraschung für dich«, erklärt Eckehart.

»Das kann man wohl sagen.« Aufmunternd nickt Alice ihren Kindern zu. »Ich glaube, jetzt ist genau der richtige Moment, um euer Geschenk zu überreichen.«

Eckehart und das kleine Wetterl klettern von ihren Stühlen und bauen sich vor Lili auf. Feierlich überreichen sie ihr jeder ein sorgfältig in Geschenkpapier eingewickeltes Päckchen.

»Danke für die schöne Zeit!«, sagt Sybille.

»Dem schließe ich mich an!«, ergänzt Eckehart.

Lili schluckt. »Darf ich die Geschenke gleich aufmachen?«

Eckehart und seine Schwester nicken. »Unbedingt.«

Das erste Päckchen enthält einen großen eisernen Schlüssel mit langem Bart. Im zweiten hingegen findet sich eine von einem roten Seidenband zusammengehaltene Pergamentrolle. Vorsichtig zieht Lili an der Schleife, und das Papier entrollt sich wie ein altertümlicher Liebesbrief.

Zweifelsohne eine selbst gefertigte Zeichnung. Unbedingt echt, da an den Seitenrändern ein wenig angeflämmt.

»Oh«, staunt Lili, »das sieht mir aber schwer nach Piraten oder Rittern aus!«

Man erkennt bunte Pfeile, die einen Weg markieren. Daneben die blaue Linie eines Flusses. Ein ziegelfarbenes Gebäude mit hohem, qualmendem Schornstein und den Buchstaben SPM. In der rechten oberen Ecke der Skizze ist eine Windrose abgebildet, fein säuberlich mit den Abkürzungen für die vier Himmelsrichtungen versehen. Fragend hebt Lili den Blick.

»Es ist eine Schatzkarte«, ruft das Wetterl glücklich, »wir haben sie selbst gemalt! Und hier«, die Spitze ihres kleinen Zeigefingers pikst auf eine Stelle auf der Karte, die mit einem schwarzen Kreuz markiert ist, »hier liegt der Schatz.«

»Sybille meint, dein Geschenk«, korrigiert Eckehart.

»Wie schön. Ich danke euch ganz, ganz herzlich.« Unauffällig versucht Lili, eine Träne wegzublinzeln. »Was für eine großartige Idee. Wann sollen wir denn …?«

»Auf Schatzsuche gehen? Sofort, meine Liebe«, befiehlt Alice mit blitzenden Augen. »Günther hat versprochen, egal, was sich an dem bezeichneten Ort befindet – zu dem hoffentlich der Schlüssel passt –, Sie dürfen es behalten. Wir wissen selbst nicht, was es sein wird, weil die Auswahl ziemlich groß ist, nicht wahr, Günther?«

»Sehr richtig. Nicht nur das Fräulein Kuhn ist gespannt auf die Dinge, die sie erwarten!«

***

Ein und ein halbes Jahrhundert, in dem sie in ihrem dunklen Versteck geschlummert und gewartet hat. Ein und ein halbes Jahrhundert, in dem Revolutionen das Land erschüttert haben, Kriege geführt und Reiche gegründet wurden. In denen ein Kaiser abgedankt und die Republik Einzug gehalten hat.

Doch all das nur ein Wimpernschlag in der Zeit.

Gesteinsschichten, die der Landschaft Millionen Jahre lang ein Gesicht verliehen, sich mit ihr verändert haben. Augen, Ohren und Mund gewesen sind. Von der Sonne geblendet, vom Heulen des Windes betäubt; Regen, der in Risse und Ritze eingedrungen ist. Bis der Rhythmus der

Entstehung und Anpassung, des Wandels und Fortschreitens gestört, die Natur aus dem Takt gebracht wurde.

Dreimal klopft der Inspizient mit seinem Stab auf den Boden, und aus der Kulisse tritt – der Mensch. Mit einem Mal Lärm, Hektik, Betriebsamkeit. Brutal wird der Boden aufgerissen, Erde abtransportiert. Erde, die mehr ist als die Summe ihrer Einzelteile – Kaolin, Feldspat und Quarz –, die woher stammt? Morler Erde? Passauer Erde? Unwichtig. Porzellanerde ist es. Rein und unverfälscht.

Zahllose Hände, durch die die bis dahin unberührte Materie geht. Kinderhände, Männerhände, Frauenhände. Die Hände alter Menschen, junger, gebildeter und einfacher.

Das Material wird gemischt, geformt, gebrannt, glasiert.

Und aus dem vielen wird eins.

Vier Jahre lang haben die Porzellanmaler der Königlichen Porzellan-Manufaktur *in Berlin unter der Leitung des genialen Chemikers Franz Carl Achard experimentiert. Und nun – endlich! –, in dieser Nacht, ist es so weit: Ein neues Blau erblickt das Licht der Welt …*

Eine Schale.

Nicht groß, nicht klein. Weiß, mit einer einzigen blauen Blüte geschmückt.

Eine Schale aus Porzellan. Aufgeladen in der Zeit, immerwährendes Gedächtnis.

Stimmen erklingen. Dringen durch die Wände des Schuppens herein. Frauenstimmen. Kinderstimmen. Und als gelegentlicher Kontrapunkt ein Bass.

Eine Tür wird geöffnet, Schritte sind zu hören. Ein Schaben, Scharren und Rutschen. Gegenstände werden beiseitegeräumt. Bretter, die protestieren; ein Deckel, der sich knarrend bewegt. *Es werde Licht!* Und wie am ersten Tag leuchtet das Weiß des Porzellans im Halbdunkel des Lagerschuppens.

Ein Frauengesicht erscheint in der Öffnung der Kiste; fein geschnittene Züge, umrahmt von dunklem Haar. Lange, schlanke Finger nehmen die Schale von ihrem strohgepolsterten Lager, heben sie behutsam empor und befreien sie aus ihrem unfreiwilligen Versteck. Einige wenige Schritte zur Tür. Tageslicht.

»Sie ist atemberaubend; unendlich schön. Ich darf sie wirklich behalten? Vielen, vielen Dank!«

Porzellan altert nicht. Es behält Farbe, Form und Festigkeit für alle Zeit. Welten gehen, Porzellan bleibt. Falls es die Idee der Schönheit gibt, wird Lili ihr niemals näherkommen.

30. KAPITEL

in dem Lili und Jakob von einem Philosophen unter den Kellnern Eisbein und Bier empfohlen wird.

Den Unterarm auf einer Holzplatte aufgestützt, diese etwa zehn bis zwanzig Zentimeter erhöht, sodass das Handgelenk leicht und locker fällt. Jeder der zehn Schüler der Klasse hat das Malpult passend für sich eingestellt – Hände, die über Scherben schweben.

Lili hält den Feenhaarpinsel zwischen Daumen und Zeigefinger. *Feenhaar.* Was sonst? In ihrer Vorstellung kann es gar nicht anders sein; so dünn, so fein sind seine Haare, dass sie sie sich zart wie die einer Fee denkt.

Sie blickt von ihrer Arbeit auf, nach vorn, zu Erwin Hahs, der sie heute in Porzellanmalerei unterrichtet. Sonst in Zeichnen. Und Grafik. Sein Kittel ist buntgefleckt. Hahs kennt keine Angst vor Farben. Ebenso wenig vor Menschen.

Ihre Mitschüler waren in Gelächter ausgebrochen, als sie in der ersten Stunde gefragt hatte: »Feenhaar?«

Ein Blick des Professors genügte, und die Klasse war still. Nüchtern und sachlich erklärte er: Die Verwechslung sei naheliegend, aber tatsächlich heiße es nicht Fee, sondern Feh, mit nur einem *e* und *h* am Ende.

Ein guter Lehrer, Erwin Hahs, dessen Kunst bereits in wenigen Jahren als »entartet« eingestuft werden sollte.

Apropos.

Mit Feh sei das Fell des Sibirischen Eichhörnchens gemeint, erläuterte er. In der Porzellanmalerei verwende man bevorzugt die feinen Haare dessen Schweifs. Aber damit nicht genug. Mit mildem Schauder erfuhr Lili, die Züchter stellten die Käfige der Tiere absichtlich in den Wind – damit diese ein dichteres Fell entwickelten.

Sie hat beschlossen, bei ihrer Erklärung zu bleiben. Manche Wahrheiten taugen mehr als andere. Und überhaupt: Weshalb einen guten Gedanken verwerfen, nur weil er falsch ist? Wobei – falsch und richtig zugleich.

Falsch wegen des Feenhaars.

Und richtig wegen des Feenhaars.

Es gibt Menschen, für die wird ein Märchen zur Wirklichkeit; zumindest behaupten sie das. Für Lili ist die Wirklichkeit zu einem Märchen geworden.

Da steht eine Burg überm Tale …

Kein Satz ist ihr in ihrer ersten Woche in Halle häufiger begegnet. In den Souvenirläden in der Stadt, den Broschüren der Buchläden und selbst auf dem Hinweisschild, das den Weg hinauf zur Schule markiert – überall ist der Anfang des Gedichtes des bekannten deutschen Dichters zu lesen.

Eichendorff. »*Taugenichts*«. Auf der höheren Mädchenschule hatte sie sich damit herumgequält. Doch hier kann sie die Begeisterung des Dichters nachvollziehen. Denn was ist das für eine Burg! Hoch über der Saale gelegen. Mit einem gigantischen Blick von den Ruinen der Oberburg aus auf Stadt, Land und Fluss. Die Unterburg hingegen renoviert und umgebaut. Seit wenigen Jahren beherbergt sie die Ateliers und Werkstätten der Kunstgewerbeschule. Ganz im Stile des Eichendorff'schen Überschwangs hatte sich ein Journalist in der Berliner Presse geäußert:

Dem verantwortlichen Stadtrat wie auch jenem Oberbürgermeister, der als Erster auf den Einfall kam, einen von Hindemith gesetzten Tusch: nie ist eine Burg auf vernünftigere Art zu einem Gebrauchsgegenstand erhoben worden! Sauerteig! sag ich – Sauerteig im zähen Kuchen einer etwas strengen Stadt.

Nun ja, so weit, so begeistert, denkt sie.

Vor genau sieben Tagen hatte Jakob sie nach Halle gebracht und ihr Gepäck die steile Treppe nach oben in die Mansarde getragen, in der sie von nun an wohnen würde – Seebener Straße, gleich unterhalb der Burg.

Als Allererstes packte sie ihre Schale aus. Die von Günther von Pechmann und seiner Familie. Sie erhielt einen besonderen Platz auf der Fensterbank.

»Sie bedeutet dir viel, nicht wahr?«, fragte Jakob.

»Ja«, antwortete sie, »das Schälchen ist mein Glücksbringer, mein Talisman. Ich werde es immer in Ehren halten. Manchmal glaube ich sogar, nicht ich habe es gefunden, sondern es hat mich ausgesucht.« Sie lachte. »Natürlich ist das Unfug. Aber denk an Takeshis Vater. Das Porzellan hat ihn geführt. Und schließlich bin auch ich jetzt hier.«

»Bist du dir sicher, worauf du dich einlässt?«, fragte Jakob zögerlich und deutete mit dem Kinn auf das schmale Bett, den Schrank, den Tisch und den Stuhl.

»Nein«, erwiderte sie lächelnd, obwohl ihr nicht danach zumute war; schon der Abschied von *Hund* war ihr schwergefallen, ganz zu schweigen der von Takeshi.

Später spazierten sie am Saaleufer entlang und kehrten

in einer Bootsschenke ein. Jakob erkundigte sich nach der Spezialität des Hauses. Mit Blick auf die Burg hoch über dem Fluss antwortete der Kellner:

»Bier, Eisbein und neuerdings Kultur – von allem viel! Aber keine Sorge, nicht nur wir hier unten mögen es üppig.« Er zeigte auf die nahe gelegene Bogenbrücke. »Sehen Sie die beiden Kreaturen dort?«

Suchend drehten Lili und Jakob den Kopf, bis ihr Blick an zwei riesigen steinernen Tierskulpturen beidseits des Ufers zu Füßen der Brücke hängen blieb; jede von ihnen bestimmt zehn oder elf Meter hoch.

»Richtig, ein Pferd und eine Kuh«, erklärte ihnen ihr Gegenüber, sichtlich stolz, die Gäste an seinem Wissen teilhaben zu lassen. »Das Pferd steht für die städtische Seite Halles, die Kuh für die ringsum liegenden Dörfer und Wiesen. Die Brücke verbindet beides: Stadt und Land. Gerhard Marcks, der Bildhauer oben von der Burg, hat die Figuren gemacht. Ach ja, sie dienen übrigens als Eisbrecher«, schloss er und wandt sich ab, fraglos ein Philosoph unter den Kellnern.

Lili richtet ihre Aufmerksamkeit wieder auf die Pinselspitze, die über das makellose Weiß des Scherben gleitet. Mit angehaltenem Atem verfolgt sie, wie ihre Hand sich scheinbar wie von selbst bewegt; Strich für Strich entstehen auf dem Porzellanteller die Umrisse winziger Blüten, Blätter und Stiele.

»Lassen Sie Ihr Unbewusstes arbeiten«, hat Hahs ihnen empfohlen. »Versuchen Sie nicht, zu genau zu sein – Kopf und Hand wissen, was zu tun ist. Denken Sie immer daran – die Manufakturen bezahlen Sie später nach Stückzahl«, hatte er erklärt, Künstler und Handwerker zugleich.

Auf Lilis Arbeitsplatte liegen fünf Teller; Ausschuss der Keramikwerkstatt, zum Üben für die Schüler der Malklasse. In den zurückliegenden Unterrichtsstunden hat sie gelernt: Anders als beim Zeichnen oder Malen auf Papier, wo das Bild fertig ist, sobald die Farben getrocknet sind, zeigt der Scherben nur ein vorläufiges Ergebnis an. Zunächst muss er in den Ofen, durchs Feuer gehen, wie es heißt; erst dann zeigen die Farben ihr wahres Gesicht.

Dabei gilt es, einen weiteren Aspekt zu beachten. Nicht alle Farben vertragen sich und dürfen direkt nebeneinandergesetzt werden. Auch wenn man für jede Farbe einen eigenen Pinsel benutzt – manche von ihnen vermischen sich und verändern dadurch ihren Ton.

»Sie sollten stets mehrere Porzellanteile gleichzeitig bearbeiten. Dann können die helleren Farben in Ruhe trocknen, bevor Sie den nächstdunkleren Farbton auftragen. Halten Sie dabei bitte die folgende Reihenfolge ein: erst Rot, dann Purpur, dann Violett und so weiter!« So Erwin Hahs, ihr Professor.

Lili denkt an Takeshi, an das Teehaus, an die endlosen Stunden, die sie dort miteinander verbracht haben; in ihrer Erinnerung ein ganzes Leben. Der Abschied von ihm – in stummem Einverständnis. Nur ihre jeweiligen Farben hatten gesprochen: Takeshis Weiß und ihr Blau. Farben, die sich über die Jahre vermischt und dennoch ihren Ton behalten haben. Vielleicht sollte sie Hahs davon erzählen. Auch wenn die anderen bestimmt wieder lachen würden.

31. KAPITEL

in dem sich Burgler, Bauhäusler und Bayern vermischen.

Sauerkraut, Stampfkartoffeln und eine dicke Rostbratwurst. Was dem einen zu viel, ist dem anderen zu wenig, denkt Lili. Weder Takeshi noch Frau Herschowitz wären, aus unterschiedlichen Gründen, von der dampfenden Mahlzeit auf ihrem Teller angetan. Takeshi fände sie zu schwer und Frau Herschowitz nicht koscher genug.

Nicht koscher genug?

Egal, sie befindet sich nicht mehr in Charlottenburg, im neuen Haus, sondern hier, auf der Burg. Vielleicht liegt es an der frischen Luft, möglicherweise auch daran, dass sie täglich so viel Neues lernt und entsprechend Energie verbraucht – präzise um die Mittagszeit wird sie von regelrechten Hungerattacken befallen. Erneut blickt sie auf ihren Teller. Sauerkraut, Stampfkartoffeln und eine dicke Rostbratwurst. Entschieden richtig. Entschlossen greift sie zum Besteck.

»Guten Appetit!« Der Mann, der sich auf dem Platz gegenüber niederlässt, ist mindestens fünfzehn Jahre älter als sie.

»Ebenso«, murmelt sie.

Die nächsten Minuten vergehen schweigend. Ihr Tischnachbar scheint die gleichen Prioritäten zu setzen wie sie. Erst nachdem er seinen Teller zu drei Viertel geleert hat, fragt er:

»Ein neues Gesicht, wenn ich mich nicht täusche. In welche Klasse gehen Sie?« Sein Schweizer Akzent ist unüberhörbar.

»In die Malklasse von Erwin Hahs.«

»Ah, ein guter Mann und großartiger Künstler. Paul Thiersch, der frühere Schulleiter, hat ihn gleich nach dem Krieg an die Burg berufen. Übrigens«, er streckt ihr die Hand hin, »ich bin Hans Finsler.«

»Lili Kuhn aus Berlin.« Sie greift nach seiner Rechten, wobei ihr Blick auf die Staubspuren an den Ärmeln seines ansonsten tadellos sauberen Anzugs fällt. »Sind Sie Bildhauer?«

»Nein, aber nah dran. Ich komme gerade aus der Bildhauerwerkstatt von Gerhard Marcks, wo ich seine und die Arbeiten seiner Schüler fotografiert habe.« Er deutet auf die Flecken an seinem Anzug. »Ich nehme an, die haben Sie auf die Spur gebracht. Wo gehobelt wird, da fallen Späne. Sagt Ihnen der Name Marcks etwas?«

Lili kramt in ihrem Gedächtnis. »Ist das nicht der mit den Tieren, unten an der Brücke?«

Hans Finsler lacht. »Richtig, die braven Bürger Halles kennen ihn vor allem wegen Pferd und Kuh. Aber sein Ruf reicht weit über Halle hinaus. Spätestens seit seiner Zeit am *Bauhaus* genießt er flächendeckend, auch jenseits der Grenzen, einen hervorragenden Ruf als Bildhauer.«

Lili schneidet ein Stück von ihrer Wurst ab. »Was ist das, das *Bauhaus*?«

Ungläubig mustert sie ihr Gegenüber. »Sie wissen nicht, was das *Bauhaus* ist?«

Sie nickt, ein wenig unbehaglich. »Nein.«

Finsler schiebt seinen Teller zur Seite und beugt sich nach vorn. »Das *Bauhaus* ist direkt nach dem Krieg gegründet worden, von Walter Gropius, dem berühmten Architekten. Er hat es in Weimar gewissermaßen aus dem Boden gestampft. Eine völlig neue Art von Kunstschule, an der berühmte Leute wie Klee, Kandinsky und eben Marcks unterrichtet haben.«

Plötzlich erinnert sich Lili. Paul Klee, sein geflügeltes Zwischenwesen und der Galerist, der ihnen damals die Zeichnung verkauft hat. Schlechtheim, Samuel Schlechtheim, so lautet sein Name. Er hatte über Klee und dessen Bild gesagt: *Erst unlängst hat der Künstler es in Dessau vollendet, wo er derzeit mit seiner Familie lebt. Er lehrt dort am* Bauhaus.

»Ich glaube, ich habe doch schon mal vom *Bauhaus* gehört«, sagt sie, »aber steht es nicht in Dessau?«

»Inzwischen schon. Die Völkisch-Nationalen haben 1925 in Thüringen ganze Arbeit geleistet. Obwohl die Bauhäusler in Weimar innerhalb weniger Jahre Fantastisches auf die Beine gestellt haben, machten die Rechten die Schule zu. Genau wie hier standen am *Bauhaus* Kunst und Handwerk gleichberechtigt nebeneinander, ebenso wie Männer und Frauen. Wenigstens war das der Plan. Leider hat es Streit um die zukünftige Ausrichtung der Schule gegeben, und vor dem Umzug nach Dessau wechselten zahlreiche Studenten und einige ihrer Lehrer zu uns an die Burg. Nicht immer einfach, wenn das Neue sich mit dem Alten verbinden soll. Zumindest sagen das Marcks und Friedlaender; sie sind eng befreundet. Marguerite Friedlaender kommt ebenfalls vom *Bauhaus*, wo sie von Gerhard Marcks in der Töpferwerkstatt unterrichtet wurde. Er hat sie als Lehrerin hier an die Burg geholt; behauptet, sie sei eine der begabtesten Keramikerinnen, die er je getroffen habe. Neuerdings macht sie in Porzellan.«

»Porzellan?«, fragt Lili, hellhörig geworden.

»Ja, bis vor wenigen Monaten hat sie die Leitung der Keramikwerkstatt innegehabt, doch dann erhielt sie einen Auftrag aus Berlin, von der *Staatlichen Porzellan-Manufaktur.*«

Lili schiebt ihren Teller ebenfalls zur Seite. »Ich kenne den Direktor der Manufaktur. Er hat mich hierher, an die Burg, vermittelt.« Sie berichtet Hans Finsler von Günther von Pechmann und dessen Familie. »Wundervolle Menschen. Großzügig und offen. Sie haben mir die Augen für die Schönheit des Porzellans geöffnet. Vorher hatte ich keinen Blick dafür. Doch jetzt – all die erstaunlichen Erzeugnisse, die die Manufaktur fertigt. Die Service, Kunstgegenstände und vieles andere mehr. Sie haben in mir den Wunsch geweckt, Porzellanmalerin zu werden.« Sie hält inne. »Haben Sie Lust, mir noch ein wenig mehr von Marguerite Friedlaender zu erzählen? Baron von Pechmann hat sie nur kurz erwähnt, als er von einem ›künstlerischen Versuchslaboratorium‹ hier an der Burg sprach. Er meinte, sie solle für ihn – oder besser gesagt für die Manufaktur – hochwertiges Geschirr für jedermann entwickeln.«

Hans Finsler zieht eine schmale schwarze Pfeife aus der Hemdtasche. »Darf ich?«

Lili nickt.

Mit geschickten Fingern stopft er die Pfeife und zündet sie an. »Die Friedlaender genießt den Ruf, eine sehr resolute Frau zu sein. Ich selbst habe miterlebt, wie in ihrer

Anfangszeit einer ihrer Gesellen zu ihr gekommen ist, ein Bayer, und überraschend um drei Tage Urlaub gebeten hat. Als sie ihn nach dem Grund fragte, hat er ihr erklärt, er wolle seine Braut erschießen, weil sie die Verlobung aufgelöst habe. Die Friedlaender hat den halben Vormittag auf ihn eingeredet, um ihn von seinem Entschluss abzubringen, doch vergebens. Also schloss sie ihn kurzerhand in ihr Atelier ein. Sechs Stunden hat der arme Kerl dort geschmort, bis er – endlich! – auf Ehrenwort versprach, seinem Mädchen nichts anzutun. Daraufhin hat sie ihm den Urlaub bewilligt. Nach vier Tagen kehrte er wieder aus der Heimat zurück, einen diamantgeschmückten Ring am Finger. ›Wenn ich schon nicht das Mädchen zurückhaben kann, dann wenigstens den Ring!‹, erklärte er breit grinsend.«

»Und Frau Friedlaender hat dabei keinen um Rat gefragt oder um Hilfe gebeten?«, erkundigt sich Lili.

»Nein«, antwortet der Schweizer bedächtig und nimmt einen Zug aus seiner Pfeife, »Marguerite Friedlaender weiß genau, was sie will, und kommt in aller Regel sehr gut allein zurecht.«

32. KAPITEL

in dem weiße Teller und Tassen zu Lili sprechen – unverblümt.

»Kann ich Sie sprechen?«, hatte sie gefragt.

»Selbstverständlich«, antwortete Erwin Hahs, »kommen Sie heute Nachmittag in mein Büro.«

Drei Unterrichtsstunden und eine Mittagspause später klopft Lili an der schlichten, grau gestrichenen Tür im zweiten Stock. Warum auch immer – Hahs' Büro befindet sich nicht wie die Büros der anderen Dozenten im Herrenhaus, sondern hier, im ehemaligen Kornhaus.

»Herein«, erklingt gedämpft eine Stimme, und sie drückt die Türklinke.

Mit dem Rücken zu ihr steht ein Mann in der Mitte des Raums, dessen Einrichtung im Wesentlichen aus einem bis an die Decke reichenden Regal und einem weißen Arbeitstisch besteht. Den Kopf tief gebeugt, betrachtet er durch eine Lupe eines der zahlreichen großformatigen Fotos, die vor ihm auf dem Tisch liegen. Er richtet sich auf und dreht sich um.

»Sie schon wieder«, begrüßt Hans Finsler sie überrascht, »haben wir nicht erst gestern gemeinsam mittaggegessen?«

»Ja, ähem … ich schon wieder; das haben wir«, bestätigt sie nicht weniger überrascht. »Aber offenbar bin ich falsch, denn ich wollte gar nicht zu Ihnen, sondern zu Erwin Hahs.«

»Nein, nein, bleiben Sie. Sie sind schon richtig. Erwin ist gleich wieder da. Er ist nur kurz raus, um etwas zu holen. Wir teilen uns die komplette zweite Etage des Kornhauses. Anscheinend hat er Ihnen nichts davon gesagt, aber Erwin unterrichtet nicht nur Malerei. Er leitet außerdem – gemeinsam mit mir – die Werbewerkstatt der Burg.« Er deutet auf die Aufnahmen vor sich.

»Deshalb haben Sie gestern die Arbeiten von Gerhard Marcks und seinen Schülern fotografiert.«

»Korrekt. Eigentlich bin ich zwar gelernter Architekt, habe an der Burg aber als Bibliothekar angefangen. Doch als sich herausstellte, dass unsere Schüler Jahr für Jahr hervorragende Zwischen- und Abschlussarbeiten anfertigten, aber keiner davon wusste, habe ich mir das Fotografieren beigebracht. So kann ich nicht nur festhalten, was die Studenten leisten, sondern gleichzeitig ihre Arbeiten der Öffentlichkeit präsentieren. Doch wie es manchmal so ist, hat das Ganze eine Eigendynamik entwickelt. Inzwischen drucken wir nicht nur regelmäßig Werbe- und Ausstellungskataloge. Nein, es ist mir gelungen, eine eigene Fachklasse für Sachfotografie einzurichten. Die erste an einer deutschen Kunstgewerbeschule«, erklärt er stolz.

»Darf ich?«, fragt Lili und zeigt zum Tisch.

»Bitte schön, tun Sie sich keinen Zwang an.«

Sie neigt den Kopf und nimmt die auf dem Arbeitstisch ausgebreiteten Fotos näher in Augenschein.

Sie sind anders. Ganz anders als die Werbefotos, die sie bisher kennt. Anders als die Anzeigen in den Zeitungen,

Zeitschriften oder Bildillustrierten, die sie gelegentlich am Kiosk an der S-Bahn-Station Tiergarten durchblättert. Anders als die Plakate in den großen Kaufhäusern am Alex und in der Königstraße. Und anders als die Reklame, die im Lichtspieltheater gezeigt wird oder an den Litfaßsäulen in Berlin hängt.

Die Fotos von Hans Finsler zeigen nichts, und sie zeigen alles.

Nichts im Sinne von marktschreierisch, grell, bunt. Da sind keine Menschen, die gerade glücklich etwas tun oder nicht tun, in Ruhe genießen oder bloß heiter lächeln. Keine Schrift, keine Werbesprüche.

Die Schwarz-Weiß-Aufnahmen präsentieren ausschließlich Geschirr. Von vorn oben aufgenommen. Wenige Tassen, Teller und Kannen, auf einer neutralen Unterlage platziert. Mal in einem geometrischen Muster, mal scheinbar zufällig angeordnet. Nicht nur die Fotos sind ungewohnt, sondern vor allem das, was sie zeigen: reinweißes Porzellan, ohne jeden Schmuck und ohne jedes Ornament. Keine Verzierungen, keine Blumenmuster, nichts. Ein Service, das dem Auge nicht die geringste Ablenkung erlaubt; den Betrachter direkt und unmittelbar und vor allem mit Nachdruck anspricht.

Das Geschirr, das zu Hause, im neuen Haus, auf den Tisch kommt, ist mit Schnörkeln, Rosetten und filigranen Ausziehungen versehen. Es finden sich Blüten, Blätter und Arabesken darauf.

Doch hier?

Weshalb lernt sie die Porzellanmalerei, wenn der bloße Gegenstand allein aus sich heraus eine solche Wirkung entfaltet?

»Was halten Sie davon?«

Es ist nicht Hans Finslers Stimme, die sie hört. Lili richtet sich auf und dreht sich um. Die Aufnahmen haben sie dermaßen in ihren Bann gezogen, dass sie nicht bemerkt hat, dass noch jemand das Zimmer betreten hat.

»Es ist … phänomenal«, sagt sie voller Inbrunst. »Ich habe noch nie etwas so Reines gesehen.«

Die Frau, die neben Finsler steht, trägt ihr Haar zurückgekämmt und in einem Knoten am Hinterkopf festgesteckt. Sie ist größer und kräftiger als Lili und von herber Schönheit. Es geht eine große Ruhe von ihr aus, in der ein Ausdruck von Kraft und Disziplin mitschwingt.

»Wahrscheinlich ist es nicht verkehrt, unser Service«, sagt die Frau, »aber man kann die Dinge immer besser machen.«

»Die Sachen stammen von Ihnen?«, fragt Lili.

»Ich habe sie entworfen. Angefertigt wurden sie von uns gemeinsam, drüben in der Werkstatt.«

»Dann sind Sie also Marguerite Friedlaender?«

»Richtig. Und mit wem habe ich es zu tun?«

»Das ist Fräulein Lili aus Berlin«, schaltet Hans Finsler sich ein. »Sie wartet auf Erwin.«

»Jetzt nicht mehr«, sagt Lili. »Denn eigentlich wollte ich Professor Hahs fragen, ob er mich Frau Friedlaender vorstellen könnte.«

»Weshalb wollen Sie mich kennenlernen?«, fragt diese.

»Nun ja, wegen Günther von Pechmann und der *Staatlichen Porzellan-Manufaktur* und überhaupt, weil …« Lili bricht ab.

»Warten Sie.« Marguerite Friedlaender runzelt die Stirn. »Sie kommen aus Berlin? Ich erinnere mich. Der Baron hat mir bei seinem letzten Besuch erzählt, er wolle eine junge Frau an die Burg schicken, die beabsichtige, Porzellanmalerin zu werden.«

Lili schluckt. »Ich glaube, ich habe es mir gerade anders überlegt.«

33. KAPITEL

in dem Lili Pech und Glück zugleich hat.

Einst verkündete Walter Gropius am *Bauhaus* in Weimar: »Der beste Industriedesigner ist der geübte Handwerker!«

Ein Satz, den Marguerite Friedlaender jederzeit unterschreiben würde. Insofern reagierte sie auch nur mäßig erstaunt, als sie im Herbst 1929 ein Brief aus Berlin erreichte. Der Direktor der *Staatlichen Porzellan-Manufaktur*, Günther von Pechmann, schlug ihr eine Zusammenarbeit vor. Die überaus talentierte Leiterin der Keramikwerkstatt solle bitte Tafelgeschirr, Schüsseln, Vasen und andere dekorative Gegenstände für ihn entwerfen. Im Gegenzug dürfe sie nicht nur die ausgezeichneten Ressourcen der Manufaktur in Berlin nutzen, nein, er werde ihr sogar einen eigenen Porzellanofen auf der Burg Giebichenstein bauen.

Sie stimmte zu. Anfang 1930 besuchte Günther von Pechmann die Burg, um die Einzelheiten zu besprechen. Dann ging es los.

In der ihr eigenen Art legte sie in ihren Entwürfen für die *Staatliche Porzellan-Manufaktur* ein atemberaubendes Tempo vor. Bis zum Winter 1930 entstand nicht nur die in ihrer Schlichtheit vollkommene *Hallesche Form*, sondern sie entwarf auch das in Gestaltung und Ausführung nicht weniger streng zurückgenommene Speiseservice *Burg Giebichenstein* – beide machten Stadt und Burg über Nacht bekannt. Eine der ersten Käuferinnen des Geschirrs: Alice von Pechmann.

Der gute Ruf der Verbindung Burg, Manufaktur, Friedlaender sprach sich schnell herum. Als kurz darauf der Architekt Hans Wittwer mit dem Bau des Restaurants für den Flughafen Halle-Leipzig beauftragt wurde, sicherte er sich gleichzeitig die Gestaltung der Innenausstattung des Gebäudes; zu seinen Aufgaben gehört neben vielem anderen die Beschaffung eines geeigneten Bewirtungsgeschirrs – einschließlich des hellgrauen Aufdrucks des Flughafenlogos in Unterglasur.

Und so erklärt es sich, dass Lili Pech hat. Und Glück zugleich.

»Ich möchte die Porzellanmalerei aufgeben und stattdessen die Porzellangestaltung erlernen«, bittet Lili Marguerite, »bei Ihnen.«

»Keinesfalls. Ich stecke bis über beide Ohren in Arbeit«, entgegnet diese, »in Kooperation mit der *Staatlichen Porzellan-Manufaktur* entwerfe ich gerade ein völlig neuartiges Gebrauchsgeschirr für den Flughafen Halle-Leipzig. Außerdem mag ich es nicht, wenn jemand etwas hinschmeißt, was er begonnen hat, wie Sie es scheinbar mit der Porzellanmalerei vorhaben.«

»Ich könnte Ihnen bei den organisatorischen Arbeiten zum Flughafengeschirr zur Hand gehen; Anrufe entgegennehmen, Korrespondenz erledigen und mit Lieferanten sprechen. Ich weiß, wie so etwas geht. Mein Vater ist Kaufmann; ich habe eine Zeit lang als … als Hilfssekretärin für ihn gearbeitet.«

»Und was ist mit der Porzellanmalerei?«

Lili zögert. »Die würde ich, falls Sie darauf bestehen, weiterbetreiben.«

»Das tue ich. Es liegt nicht in meiner Absicht, Erwin Hahs Studenten abzujagen. Was wäre denn der Preis für Ihre, hm … Tätigkeit als Hilfssekretärin?«

»Sie zeigen mir, wie man Porzellan herstellt.«

Marguerite runzelt die Stirn. »Das können Sie getrost vergessen, meine Liebe. Es ist wie beim Hausbau – man beginnt nicht mit dem Dach. Wenn überhaupt, ginge es darum, Ihnen Grundlagen zu vermitteln. Zunächst würden Sie das Töpferhandwerk erlernen, und selbst dabei könnte ich Sie nicht systematisch anleiten, weil ich, wie gesagt, viel zu viel zu tun habe.«

»Wie sieht's denn mit halbsystematisch aus«, fragt Lili und verzieht die Lippen zu einem schiefen Lächeln, »weil mit Halbheiten kenne ich mich aus.«

»Sie müssten sich bei meinen Gesellen und den anderen Studenten eine Menge abgucken. Manche Dinge gälte es schlicht auszuprobieren, bei anderen hingegen hieße es für Sie üben, üben, üben. Es wäre ganz sicher ein hartes Brot.«

»Bitte lassen Sie es mich wenigstens versuchen.«

Der Hauch eines Lächelns tritt auf Marguerites Züge. »Na schön. Ich mag es, wenn jemand hartnäckig ist. Außerdem können wir in der Werkstatt weibliche Verstärkung gebrauchen. Unter meinen Studenten ist bislang nur ein einziges Mädchen.«

34. KAPITEL

in dem Lili einen Brief von zu Hause erhält.

Berlin-Charlottenburg, den … 1931

Meine liebe Lili,

ich hoffe, es geht Dir gut und Du kommst mit Deiner Ausbildung voran. Selbstverständlich unterstütze ich Deinen Wechsel beziehungsweise die Ausweitung Deines Lehrstoffes auf das Töpferhandwerk; Hauptsache, Du übernimmst Dich nicht.

Ohne Dich ist das Haus leer. Takeshi geht jeden Morgen zur Manufaktur, und ich setze mich in mein Arbeitszimmer, schreibe Rechnungen, telefoniere und gebe Bestellungen auf; derzeit stehen keine Reisen an.

Und so würde ich gerne schreiben, alles gehe seinen gewohnten Gang, aber dem ist nicht so. Es gibt eine gute und eine schlechte Nachricht. Ich mag nicht lange drum herumreden, doch Du musst jetzt sehr tapfer sein – Hund *ist tot. Ich habe ihn vorhin im Garten gefunden, wo er sich unter einem Strauch gleich neben dem Teehaus verkrochen hatte – offenbar um zu sterben. Er zeigt keine äußerlichen Verletzungen, ist aber in den letzten Wochen sehr langsam geworden. Ich glaube nicht, dass er Schmerzen gehabt hat. Er ist wohl vor allem sehr, sehr alt gewesen; deutlich älter, als Hunde für gewöhnlich werden. Beinah könnte man meinen, er habe Deinen Auszug abgewartet, um in Ruhe gehen zu können. Er braucht Dich ja nun nicht mehr zu beschützen, weil Du inzwischen ein großes Mädchen bist. Takeshi und ich werden ihn hinten im Garten, gleich an der Mauer, begraben.*

Die andere Neuigkeit ist, dass Judith jetzt häufiger ins Haus kommt, um ihre Mutter bei der Arbeit zu unterstützen. Sie übernimmt einen Teil der Aufgaben, die Takeshi bislang besorgt hat und die durch seine Tätigkeit bei der Staatlichen Porzellan-Manufaktur *sonst liegen bleiben würden. Zuweilen geht sie mir, wie du, bei der Büroarbeit zur Hand; sie kann Steno und Schreibmaschine. Alles in allem ist sie eine wirklich patente Person, und manchmal sitzen wir im Salon und trinken gemeinsam Tee. Erstaunlicherweise lässt uns Frau Herschowitz dabei vollkommen in Ruhe.*

Nun gut, das soll's gewesen sein für dieses Mal. Sei weiter fleißig und schließe Hund *in Dein Nachtgebet ein. Er hat es ganz sicher verdient.*

Es drückt Dich Dein liebender Vater

Nachdem Lili den Brief zu Ende gelesen hat, sitzt sie lange reglos am Tisch. Dann fängt sie noch einmal von vorn an. Aber es bleibt dabei – sie findet keine gute Nachricht in Jakobs Zeilen.

35. KAPITEL

in dem Scherben Glück bringen sollen.

»Im Porzellan hat das Töpferhandwerk seine höchste Vollendung gefunden«, sagt Marguerite, die Lili an ihrem ersten Tag in der Werkstatt das Du angeboten hat. »Aber wie bereits angekündigt, fängst du nicht mit dem Ende, sondern am Anfang an.«

Folglich lernt Lili töpfern, eine im besten Sinne handfeste Tradition. Unermüdlich experimentiert sie mit Ton und Wasser, probiert verschiedene Mischungen und Materialien aus. Sie schlägt die Masse, knetet sie, als wäre sie ein Kuchenteig, um noch das letzte Luftbläschen aus dem formlosen Stoff rauszuquetschen. Sie versucht ein Gefühl für den erdigen Schlamm zu bekommen, für sein Verhalten; will auf der Drehscheibe seine Eigenschaften nutzen und sein Eigenleben unterbinden.

»In deiner Vorstellung muss es den Punkt in der Mitte geben«, sagt Marguerite, »er ist alles. Um ihn kreist die Welt.«

So gut es geht, bemüht sich Lili, den Ton zu zentrieren, ihn exakt mittig auf der Töpferscheibe auszurichten. In stetem Rhythmus treibt sie die hölzerne Platte mit dem Fußpedal an, sodass diese sich unaufhörlich dreht; hypnotisch, rund und rund – wie die Erdkugel. Mit dem Daumen drückt sie ein Loch in den Klumpen, bricht ihn auf. Eine Hand innen, die andere außen, wachsen erst schlingernd, dann immer gleichmäßiger die Wände des lehmigen Gebildes in die Höhe. Mit sanftem Druck zieht sie die Masse nach oben; das Material zwischen ihren Fingerspitzen wird dünn und dünner und gewinnt dabei zunehmend an Form. Zwischendurch befeuchtet sie den Ton; geschmeidig, glatt, ohne Widerstand gleiten ihre Handflächen über dessen glänzende Haut.

Haut an Haut.

Mensch an Materie.

Sie streichelt ihr Werk, versucht, so viel wie möglich von sich selbst darin einfließen zu lassen – und in gelassenem Kreisen nimmt die Leere Gestalt an.

Wenn eine Schale, eine Vase, ein Gefäß fertig ist, löst sie es mit dem Schneidedraht von der Unterlage. Sie legt das ungebrannte Ergebnis ihrer Arbeit ihrer Lehrerin vor. Marguerite lobt, kritisiert, rät und rät ab. Zuletzt sagt sie: »Wenn du den Topf noch ein wenig besser machen kannst, dann tu es.«

Und Lili beginnt wieder von vorn.

Stunde um Stunde, Tag für Tag und Woche für Woche verbringt sie an der Töpferscheibe, ohne zu merken, wie die Zeit vergeht. Weiterhin besucht sie den Unterricht bei Erwin Hahs und reift Stück für Stück zur Porzellanmalerin heran. Fraglos sind ihre Tage ausgefüllt.

Doch es gibt auch Abwechslung.

Da ist der Auftrag, das große Wagnis, der Entwurf des Flughafengeschirrs *Hermes*, benannt nach dem geflügelten Götterboten, der die gesamte Werkstatt in Atem hält.

Marguerite ruft: »Ich muss ein Gefühl dafür entwickeln! Ich will wissen, wo meine Teller und Tassen eingesetzt werden, welchen Anforderungen sie zu genügen haben. Komm, wir fahren raus nach Schkeuditz!«

Gemeint ist die mittelgroße Stadt auf halbem Weg zwischen Halle im Nordwesten und Leipzig im Südosten, die seit vier Jahren Standort des neuen Flughafens Leipzig-Halle ist. Und so machen sie sich auf den Weg, Marguerite und Lili. Zwei Frauen, die Ton- und Porzellanmasse noch unter den Fingernägeln, das Haar zurückgebunden, die Kleidung praktisch, nicht unbedingt elegant.

Handwerkerinnen.

Ganz und gar.

Marguerite besitzt ein kleines Auto. Sie fahren mit offenem Verdeck. Die große Porzellangestalterin ist in Frankreich aufgewachsen und erzählt Lili von den Rohseideballen im Lager ihres Vaters, des Seidenhändlers.

Lili hingegen berichtet vom Duft des Tees, den Jakob aus Japan und China importiert.

Marguerite erinnert sich an ihr kindliches Staunen beim Anblick der chinesischen Schrift auf den kostbaren Stoffen.

Da sind die endlosen Stunden mit Takeshi im Teehaus, sagt Lili, in denen sie, auf dem Boden kniend, japanische Zeichen in Tusche gegossen hat.

In der Schule hat Marguerite vor allem von den Schlachten, die die Franzosen gegen die Deutschen gewonnen haben, gehört.

Lili musste auf dem *Fürstin Bismarck Lyzeum* die Schlachten auswendig lernen, die die Deutschen gegen die Franzosen gewonnen haben.

Geschichte in Geschichten.

Dennoch zog Marguerite später mit ihrer Familie nach

Berlin, ins Land des »Erzfeindes«; immerhin stammen die Vorfahren ihrer Mutter aus Thüringen. Sie schildert die Nachmittage nach dem Unterricht, die sie mit dem Zeichnen der Elefanten, Löwen und Affen im Zoo verbracht hat.

Lili lacht. Sie sei gleich nebenan, im Tiergarten, gewesen, allerdings habe es bei ihr nur zu einem Hund gereicht. Im selben Moment kommen ihr die Tränen.

Ein paar Kilometer fahren sie schweigend weiter, jede mit ihren Erinnerungen beschäftigt, bis plötzlich am Horizont ein lang gestrecktes weißes Gebäude auftaucht. Beim Näherkommen erkennt man eine große Halle, deren Tore weit offen stehen. Gerade wird ein Doppeldecker aus dem Hangar geschoben; einsitzig, überwiegend Holz, Draht und Segeltuch. Davor, im Sonnenlicht, ein silbrig glänzendes Passagierflugzeug, die Propeller messerscharf.

Sie parken das Auto und betreten das Abfertigungsgebäude, das zu Lilis Enttäuschung nicht viel mehr zu bieten hat, als dass es je nach Flugrichtung einmal Ankunfts- und einmal Abflughalle heißt. An den Wänden hängt Werbung der *Deutschen Luft Hansa Aktiengesellschaft*, der *Junkers Flugzeugwerk AG* sowie des Schifffahrtunternehmens *Norddeutscher Lloyd* – etwas merkwürdig, so weit entfernt von jedem Ozean, findet sie. Ansonsten nur ein paar Bänke und ein verglaster Raum, in dem ein älteres Ehepaar und eine gelangweilt wirkende Mitarbeiterin des Bodenpersonals mit amtlich wirkenden Papieren beschäftigt sind.

Lili ist erstmals in ihrem Leben auf einem Flughafen. Sie hat sich das Ganze wesentlich aufregender vorgestellt. Elegant gekleidete Reisende. Piloten und Flugbegleiterinnen in schicken Uniformen. Zöllner, Pässe, Stempel, was weiß sie. Und über allem der Geruch von Abenteuer, Gefahr und Heldentum. Schließlich geht es ums Fliegen.

Mit brennenden Wangen hatte sie in den zurückliegenden Jahren in der *B. Z. am Mittag* über die Rekordflüge von Elly Beinhorn gelesen, war im Atlas mit dem Zeigefinger die Flugrouten der berühmten Fliegerin entlanggefahren. In den »Wochenschauen« im Lichtspieltheater, in dem sie so manchen Sonntagnachmittag mit Jakob verbrachte, hatte sie mit angehaltenem Atem beobachtet, wie der hochdekorierte Jagd- und jetzige Kunstflieger Ernst Udet mit seiner Maschine Kurven, Loopings und Flüge auf dem Rücken absolvierte, mit dem Kopf nach unten in seinem Sitz hängend, lediglich von ein paar geflochtenen Baumwollfäden, dem Sicherheitsgurt, gehalten.

Und jetzt das.

Allerdings bleibt ihr keine Zeit für weitere Betrachtungen, denn Marguerite lenkt sie zum Ausgang des Gebäudes in Richtung Rollfeld. Durch eine grau gestrichene Metalltür treten sie ins Freie.

Plötzlich blendendes Sonnenlicht, Motorenlärm dröhnt in ihren Ohren. Der unverwechselbare Geruch von Öl und Benzin liegt in der Luft. Mechaniker, die an Motoren schrauben, eine kleine Maschine, möglicherweise in Privatbesitz, die gerade betankt wird. So weit das Auge reicht, eine betriebsame Geschäftigkeit, aber gleichzeitig auch eine gelassene Ruhe. Der Mensch hat die Natur mithilfe der Technik gebändigt und sie eines weiteren ihrer Geheimnisse beraubt – der Kunst des Fliegens.

Mit leuchtenden Augen dreht sich Lili zu Marguerite. »Es ist großartig!«

»Keine Bange, du wirst noch genug davon zu sehen bekommen«, antwortet diese und zeigt auf das benachbarte

Gebäude, das vor allem aus Glas zu bestehen scheint. »Das ist unser Ziel, der Glaspalast von Hans Wittwer. Niegelnagelneu. Hier ist das Restaurant untergebracht, dem *Hermes* zukünftig Flügel verleihen soll.«

Lili staunt. Was für ein Anblick. Überall spiegelnde Flächen, keine Mauern. Ein Gebäude, das allein durch seine Architektur Aufbruch und Fortschritt ausdrückt. Und wieder einmal dankt sie dem Zufall in Gestalt von *Hund*, Eckehart, Sybille, Alice und Günther von Pechmann, der ihr den Eintritt in diese Welt ermöglicht hat.

Zufall oder Schicksal?

Sie steigen die breite Treppe ins Obergeschoss empor, wo sie ein weiter, lichtdurchfluteter Raum empfängt. Ungehindert fällt das Sonnenlicht durch die riesigen Glasflächen, die die Außenwände des Gebäudes bilden. Draußen, auf der Besucherterrasse, sitzen zahlreiche Menschen bei Kaffee und Kuchen und beobachten das Starten und Landen der Flugzeuge. Ausflugsstimmung, von irgendwoher erklingt Musik.

Mit Blick auf die silbrig glänzenden Leiber der aufsteigenden Maschinen sagt Marguerite: »Es ist diese Leichtigkeit, die ich in meinem Service einfangen will. Gleichzeitig sollen die Tassen und Teller sicher in der Hand liegen, ein Gefühl der Verlässlichkeit erzeugen. Keinesfalls darf der Genuss durch den Gedanken an den Zweck geschmälert werden.«

Von hinten eilt ein Mann mittleren Alters auf sie zu, den Marguerite Lili als Max Bendig, den Betreiber des Flughafenrestaurants, vorstellt.

Nervös reicht er ihnen die Hand. »Frau Friedlaender, endlich! Wann kann ich mit dem Service rechnen?« Er streift Lili mit einem flüchtigen Blick und deutet auf die voll besetzte Terrasse. »Sehen Sie nur, die Menschen rennen mir förmlich die Bude ein. Ich zahle ein Vermögen für das Leihgeschirr, das ich derzeit benutze. Bitte, ich brauche Ihr *Hermes*, je schneller, desto besser!«

»Seien Sie beruhigt, Herr Bendig«, entgegnet Marguerite, »wir sind inzwischen mit den Entwürfen weit fortgeschritten. In diesem Moment liegen sie bei der *Staatlichen Porzellan-Manufaktur* in Berlin. Schon in der kommenden Woche werden Ihnen Probeausformungen zur Verfügung gestellt: Kannen, Kännchen, Sahneausgießer und so weiter. Allerdings warne ich vor allzu großer Hast. Oft steckt der Teufel bei diesen Dingen im Detail; sicher ist auch Ihnen daran gelegen, dass das Service sämtlichen Ansprüchen genügt.«

»Ich will vor allem, dass es eingesetzt werden kann! Hören Sie, ich erwarte keine große Kunst von Ihnen, sondern einfach ein paar Tassen, Teller und Tortenplatten. Verstehen Sie?«

Marguerite Friedlaenders Züge verändern sich unmerklich. Lili weiß: Zwei Dinge kann ihre Lehrerin partout nicht ausstehen. Das eine ist der inflationäre Gebrauch des Begriffes »Kunst«. Erst unlängst hat Marguerite ihr von ihrer Zeit am *Bauhaus* erzählt: »Wir wussten, dass das, was wir lernen wollten, Zeit brauchte. Deshalb rechneten wir auch mit der Zeit und hielten es für ganz selbstverständlich, dass erst die Zukunft zeigen konnte, ob wir Künstler würden oder nicht. Wir waren Töpfer, Weber, Metallarbeiter oder Schreiner und bemühten uns, hervorragend gut zu sein. Das war alles, und es war schon viel.«

Lili hatte Marguerites Darstellung als Warnung verstanden und sich wieder ihrer Töpferscheibe zugewandt. Jetzt verkneift sie sich ein Grinsen, denn die zweite Sache, die jene entschieden nicht mag, sind überhebliche Männer. So wundert es sie nicht, dass Marguerite das Gespräch abrupt beendet und sich kühl und knapp von Max Bendig verabschiedet: »Ich verstehe, auf Wiedersehen. Bis nächste Woche, Herr Bendig!«

Marguerite dreht sich um und geht mit schnellen Schritten zum Ausgang. Lili kommt kaum hinterher. Als sie um die Ecke biegen, geschieht es. Wo Marguerite noch eben ausweichen kann, hat sie selbst keine Chance. Ungebremst rennt sie in den ihr entgegenkommenden, sich offenbar in großer Eile befindlichen Mann. Warum auch immer hält er eine Tasse in der Hand, deren Inhalt sich über ihr Oberteil ergießt, bevor sie klirrend zu Boden fällt und zerspringt.

»Verzeihen Sie, Fräulein«, ruft der junge Mann, »es ist mir sehr unangenehm, aber es geht um Leben und Tod!« Und mit großen Schritten nimmt er drei Stufen auf einmal und verschwindet im Treppenhaus.

»Was für ein unverschämter Kerl«, schimpft Marguerite. »Hast du dir wehgetan?«

»Nein«, antwortet sie, »eigentlich ist nichts passiert.« Sie blickt an sich hinab, auf den großen braunen Fleck auf ihrer Bluse. »Mit Ausnahme, dass ich eine kostenlose Kaffeedusche bekommen habe. Gottlob habe ich meine Arbeitssachen an.«

Sie ruft sich das Paar blauer Augen ins Gedächtnis, das für einen Moment nur eine Nasenlänge von ihr entfernt gewesen ist. Bemerkenswerte Augen mit einem bräunlichen Ring um die Iris.

»Heißt es nicht, Scherben bringen Glück?«, sagt sie, ein ungewohnt leichtes Beschwingtsein in der Stimme.

36. KAPITEL

in dem die Perfektion im Unperfekten liegt.
Je nachdem,
ob man Japaner ist oder nicht.

Marguerite und Lili fahren nach Berlin. Mit dem Zug, nicht im Auto. Es ist praktischer. Kein Verkehr und überhaupt – die Kleidung wird weniger schmutzig; schließlich weiß man, was sich gehört.

Günther von Pechmann freut sich sichtlich, sie zu sehen. Die Probeproduktion des Service *Hermes* sei angelaufen, versichert er, alle befänden sich mit Hochdruck an der Arbeit, um den vereinbarten Liefertermin mit dem Flughafenrestaurant einhalten zu können.

Auch Alice, Eckehart und das Wetterl sind beglückt über Lilis Anwesenheit. Gemeinsam mit Marguerite werden Brombeeren im Tiergarten gesucht und gefunden. Anschließend ein Besuch im Zoo. Eckeharts Fahrrad bleibt zu Hause – aus Sicherheitsgründen.

»Kommst du jetzt wieder jeden Tag?«, fragt Sybille.

»Nein«, sagt Lili, »leider nicht. Aber wir bleiben in Verbindung. Das verspreche ich dir.«

Abends sind sie im neuen Haus bei Jakob und Takeshi eingeladen. Frau Herschowitz hat gekocht, und Judith trägt auf – misstrauisch von Lili durch gesenkte Lider beäugt.

Behutsam tupft Jakob sich mit der Serviette über die Lippen.

»Meine Tochter berichtet in Ihren Briefen sehr viel Gutes über Sie, Frau Friedlaender, Sie seien eine ganz hervorragende Porzellangestalterin.«

»Sie übertreibt«, sagt Marguerite, »aber ich gebe mein Bestes. Die Arbeit mit Porzellan verlangt restlose Hingabe. Wenn ich allein das Lili vermitteln kann, ist schon viel gewonnen. Sie selbst handeln mit Tee, habe ich gehört?«

»Ja, mit Unterstützung meines Freundes Takeshi. Ohne sein Wissen wäre ich aufgeschmissen.«

»Es ist genau umgekehrt«, bemerkt Takeshi, »ohne Jakob gäbe es weder das Haus noch sonst irgendetwas. Genau genommen bin ich bei der *Staatlichen Porzellan-Manufaktur* beschäftigt. Von daher ist mir ein Teil Ihrer Arbeiten bekannt, Frau Friedlaender. Es ist jedes Mal eine große Befriedigung, die frisch gebrannten Sachen aus dem Ofen zu holen. Und eine Auszeichnung – die Freude des ersten Blicks.«

Lili weiß, wovon er spricht. Es geht ihr nicht anders. Ein besonderer Moment, wenn sie in der Porzellanwerkstatt, unten im Gewölbe der Burg Giebichenstein, gespannt vor dem Ofen stehen. Marguerite, sie, die Studenten und Gesellen. Hat es geklappt? Ist ein Riss im Material? Sind Verunreinigungen zu sehen? Und dann große Freude oder tiefe Enttäuschung. Jedes Mal ein erstes Mal.

»Vielen Dank«, antwortet Marguerite. »Hat nicht schon Ihr Vater am Porzellanofen gestanden, in Jingdezhen, in China? Lili hat mir davon erzählt. Es ist ein Traum von mir, irgendwann einmal dorthin zu kommen, an die Wiege der Porzellanfertigung.«

»Vielleicht sollten Sie sich damit beeilen«, sagt Jakob, »auf meinen Reisen erfahre ich immer wieder, mit wie viel Sorge die politische Entwicklung in Deutschland im Ausland betrachtet wird. Insbesondere der wiedererstarkende Nationalismus im Zusammenhang mit dem Vertrag von Versailles löst nicht nur bei unseren unmittelbaren Nachbarn Unbehagen aus.«

»Ich befürchte, ich weiß, was Sie meinen«, entgegnet Marguerite, »ich habe es am eigenen Leib erfahren. Bevor ich auf der Burg Giebichenstein anfing, bin ich in Weimar, am *Bauhaus*, gewesen. Als vor ein paar Jahren die Deutschnationalen die Mehrheit im Landesparlament in Thüringen erzielten, musste das *Bauhaus* nur wenig später seine Tore schließen.«

»Ich habe gehört, das Ganze habe auch eine antisemitische Note gehabt?«, fragt Jakob, die Züge plötzlich sehr ernst.

Marguerite verzieht die Mundwinkel. »Wann hat es in Europa keine Judenfeindlichkeit gegeben?«

Jakob nickt. »Wir müssen aufpassen – wie immer. Sicherlich ist es klug, Vorkehrungen zu treffen.« Für einen Moment ruht sein Blick auf Lili und wandert dann weiter zu Takeshi. »Doch wir sollten uns den Abend nicht mit einem so unerfreulichen Thema wie Politik verderben. Takeshi, Lili, hättet ihr nicht Lust, unserem Gast das Teehaus zu zeigen?«

Draußen, im Garten, empfängt sie ein sternenbedeckter Himmel. Takeshi geht voran, steigt den Absatz zum Teehaus empor und zeigt auf den niedrigen Eingang – woraufhin die hochgewachsene Marguerite Friedlaender sich ganz klein machen muss, um als Erste ins Innere zu kriechen. Ein Vertrauensbeweis. Nie zuvor ist ein Gast im Teehaus bewirtet worden.

Während sie um die Herdstelle knien und Takeshi seine Gerätschaften ausbreitet, sagt Marguerite: »Stimmt es, dass die japanische Teezeremonie im Laufe der Jahrhunderte zu einem perfekten Ritual herangereift ist?«

Takeshi, der Wasser aus dem Kessel schöpft, hält inne. Er deutet hinüber zur Bildnische.

»Das sind die sieben Regeln des Rikyu, des größten aller Teemeister. Es gibt eine Geschichte, in der er seinen Adoptivsohn Shōan bittet, den Gartenweg zu kehren und zu wässern. Man erwartet Gäste, und es gilt, sie zu ehren. Shōan gehorcht und erledigt die Arbeit so gut, dass am Ende kein einziges Blatt und kein einziger Zweig mehr den Pfad verunzieren. Als sein Vater Rikyu das Ergebnis sieht, reagiert er bekümmert – aus Freundlichkeit; denn längst hat er diese Regung überwunden. Aber jetzt stellt er sich unter einen Baum und schüttelt ihn, sodass zahlreiche herbstfarbene Blätter auf den Weg hinabfallen. ›So ist es perfekt‹, sagt er zu seinem Sohn.«

Die Glut der Feuerstelle wirft einen orangen Schein auf ihre Gesichter. Jakob denkt an die Diskussion beim Abendessen. An die Nationalsozialisten und das Streben nach angeblicher Perfektion, das deren Führer propagiert. Die Reinheit der Rasse und die Reinigung des deutschen Volkes von fremden Elementen. Es ist der Widerschein ihrer Fackeln, mit denen sie inmitten Berlins Mahnwachen abhalten und Umzüge veranstalten, den er in diesem Moment sieht.

Ja, es gilt, Vorsorge zu treffen.

Von draußen dringen die Geräusche der Nacht herein. Das lang gezogene Klagen eines Uhus, das Rascheln der Mäuse im Gebüsch. Sanft hechelnd streift ein Fuchs durch die Gärten. Berlin würde immer beides sein – zu Stein gewordene Metropole und Wildnis zugleich.

Marguerite sagt zu Takeshi: »Ich verstehe, was Sie meinen. Aber bei der Porzellangestaltung ist es anders. Es gilt, Makellosigkeit zu erreichen, in jedem einzelnen Gegenstand, den ich entwerfe. Vielleicht ein unerreichbares, dennoch unbedingt erstrebenswertes Ziel.«

37. KAPITEL

in dem des einen Leid des anderen Freud ist. Und in dem Adel für braune Flecken steht.

»Ihr Geschirr ist restlos unbrauchbar für meinen Restaurantbetrieb!«

Mehr als ein Notruf. Anklage und Katastrophe zugleich, per Telefon übermittelt. Marguerite und Lili springen ins Auto und rasen nach Schkeuditz.

Mit hochrotem Kopf baut sich Max Bendig vor ihnen auf. »Sie können Ihre Prototypen wieder einpacken! Sie taugen ganz und gar nichts. Die Kannen gießen nicht, ihnen fehlt das Luftloch. Und lässt man den Deckel weg, schwappt der Kaffee über. Außerdem ist der Schlitz zum Ausguss viel zu schmal. Ich weiß nicht, was Sie sich dabei gedacht haben!«

Von Anfang an musste alles schnell gehen. Marguerite hat keine Zeit gehabt, die Muster zu erproben.

Ohne genaue Rücksprache mit ihr hatte Hieronymus Velthuysen, Syndikus der Stadt Halle, der Trägerin der Kunstgewerbeschule, seinerzeit den Vertrag mit dem Pächter des Restaurants unterzeichnet. Zu groß war die Freude über den lukrativen Auftrag – möglicherweise auch die Gier. Außerdem würde das Porzellan neben dem Berliner Manufakturstempel das Brücke-Turm-Zeichen der Burg tragen, womit der Ruhm der Stadt für alle Welt sichtbar wäre.

Die *Staatliche Porzellan-Manufaktur* ihrerseits hatte zwar sofort mit der Produktion begonnen, sobald ihr die Entwürfe vorlagen, allerdings wurde nie ein Liefertermin genannt. Ein Missverständnis, denn Max Bendig machte Druck: Er erwarte das Service innerhalb kürzester Zeit, ließ er vom ersten Tag an verlauten. Der Architekt Wittwer blies die Backen auf, Hieronymus Velthuysen bat Marguerite schriftlich um Sachstand. Aber letztlich verlangten beide nur eines: Tempo!

Und so kam es, dass Marguerite gegen ihr eisernes Prinzip verstieß – Qualität braucht Zeit.

Aber es ist auch nicht irgendein Geschirr, das sie für Bendig entworfen hat. Die Details des Service *Hermes* sind aufs äußerste vereinfacht. Keine Standringe auf den Untertellern, die Sahnegießer henkellos und selbst die Zuckerschälchen flach wie Untersetzer. Sie hat versucht, jede Einzelheit des Geschirrs einem streng funktionalistischen Prinzip anzupassen. Doch letztlich ist es eine Überforderung gewesen: eine Überforderung Bendigs durch das radikal Neue und eine Überforderung der *Staatlichen Porzellan-Manufaktur* durch die unziemliche Eile.

Darum bleibt Marguerite jetzt nichts anderes übrig, als um Nachsicht zu bitten. »Ich kümmere mich darum, dass die Mängel beseitigt werden«, sagt sie zu dem Restaurantbetreiber. Verständnis erwartet sie von Bendig nicht – ein zu kleiner Kopf auf einem zu großen Leib. Nicht nur ästhetisch eine zweitbeste Lösung. »Von mir aus soll man Ihnen einen Preisnachlass gewähren. Für Ihre Geduld.«

Für Lili ist die Ironie in Marguerites Stimme nicht zu überhören. Für Bendig schon. Es ist deutlich zu erkennen, wie es in seinen Zügen arbeitet. Schließlich gewinnt der Geschäftsmann in ihm die Oberhand. Zweifellos ist »Preisnachlass« eines der wenigen Worte, die in seinen Ohren über einen magischen Klang verfügen.

»Na schön«, räumt er ein, »ich gebe Ihnen noch eine Woche. Aber wenn Ihre Sachen dann nicht funktionieren, ziehe ich andere Saiten auf!«

Marguerite und Lili befinden sich bereits auf dem Weg zum Ausgang, als er ihnen nachruft: »Warten Sie! Da ist noch etwas!«

Misstrauisch dreht Marguerite sich um. »Und das wäre?«

»Nicht für Sie, sondern für Ihre Begleiterin.« Mürrisch hält er Lili ein Kärtchen hin.

»Was ist das?«, fragt sie.

»Nichts, was mich was angeht. Ich habe zu tun.« Abrupt wendet er sich ab und verschwindet im hinteren Teil des Restaurants.

Lili betrachtet das Kärtchen in ihrer Hand. »Georg von Schönfeld, Fluglehrer«, liest sie halblaut vor. Und auf der Rückseite, handschriftlich mit blauer Tinte: »Wenn ich nicht oben bin, finden Sie mich unten!«

»Weißt du, von wem das ist?«, fragt Marguerite.

»Nein«, sagt Lili achselzuckend, »vermutlich handelt es sich um Reklame.«

Sie steigen die Stufen ins Erdgeschoss hinab. Auf dem Rollfeld herrscht die übliche Betriebsamkeit. Mechaniker in ölverschmierten Overalls, eine achtlos beiseitegeschobene Zugangstreppe zu einem Passagierflugzeug, etwa hundert Meter entfernt startet ein Flieger. Sie lenken ihre Schritte in Richtung Ankunftshalle.

»He, Aschenputtel!«, erklingt eine Stimme hinter Lili.

Sie dreht sich um.

»Du willst doch nicht etwa davonlaufen?«

Sie erkennt ihn sofort. Blaue Augen, für einen Moment nur eine Nasenlänge von ihr entfernt. Bemerkenswerte Augen mit einem bräunlichen Ring um die Iris. Sie zieht die Augenbrauen hoch. »Ich glaube, das sind doch eher Sie, der einfach davonläuft!«

Marguerite ist ebenfalls stehen geblieben. Beide mustern sie den jungen Mann vor ihnen. Braune Lederjacke. Graue uniformartige Hosenbeine, die nach unten enger werden und in schwarzen Stiefeln stecken. Auf der Stirn – hochgeschoben – eine Fliegerbrille.

»Ach herrje«, bemerkt Marguerite spöttisch, »ein Bruchpilot. Ich vermute, Sie sind der Herr auf dem Kärtchen, das Bendig uns geben sollte?«

»Habe die Ehre, Georg von Schönfeld!« Der Fluglehrer knallt die Hacken zusammen. Er blickt zu Lili. »Ich bin untröstlich, meinen Kaffee auf einer so hübschen jungen Dame verschüttet zu haben. Bitte nehmen Sie meine aufrichtige Entschuldigung an.« Er streckt den Rücken durch. »Aber es ging in dem Moment nicht anders. Ich befand mich mit einem Flugschüler oben auf der Terrasse, als ich beobachtet habe, wie sich zwei von diesen Mechanikertrotteln am Höhenruder meiner Maschine zu schaffen gemacht haben. Sofort bin ich aufgesprungen und losgestürmt, um das Schlimmste zu verhindern.« Er grinst. »In der Eile habe ich vergessen, meine Kaffeetasse abzustellen.«

»Schon gut«, sagt Lili. »Die Bluse ist inzwischen gewaschen und der braune Fleck wieder herausgegangen. Von daher ist kein bleibender Schaden entstanden.«

Georg von Schönfeld nickt. »Dennoch will ich mein Missgeschick wiedergutmachen. Sind Sie schon einmal geflogen, Fräulein?«

38. KAPITEL

in dem die Dinge von oben anders aussehen als von unten, aber niemand von einem Wolkenkuckucksheim spricht.

Max Bendig ist nicht leicht zufriedenzustellen. Marguerite überarbeitet einen Teil der Entwürfe für das Service *Hermes*. Die Telefondrähte nach Berlin, zu Günther von Pechmann, laufen heiß. Immer wieder müssen während der Produktion Details verbessert werden. Aber funktioniert das eine, kommt Max Bendig etwas anderes in den Sinn. Plötzlich gefallen ihm die Kaffeetassen nicht mehr; dann beanstandet er, dass Unterteller und Speiseteller sich nicht richtig stapeln lassen. Außerdem habe der Sahnegießer keinen Ausguss.

Mehrmals pro Woche fährt Marguerite von der Burg zum Flughafen. Es geht um ihre Handwerkerehre. Und um mehr – es geht um den Anspruch ihrer Arbeit an sich selbst: *Es gilt, Makellosigkeit zu erreichen.*

Wenn immer möglich, an ihrer Seite – Lili.

Sie fliegt. Mit Georg von Schönfeld.

Seine Entschuldigung hatte in einem Rundflug bestanden; in seinem Schul-Doppeldecker. Die Maschine besaß offene Sitze, in die man von oben hineinklettern musste. Nur Lilis Kopf schaute über die Bordwand hinaus. Von vorn hielt eine kleine verkratzte Scheibe den ärgsten Wind ab. Auf Empfehlung von Georg trug Lili mehrere Pullover übereinander. Zuweilen wehe ein kalter Wind. Zusätzlich hatte er ihr eine alte Fliegerjacke und eine Fliegerbrille von sich geliehen. Er saß im Sitz hinter ihr, als plötzlich der Motor ansprang und sich der Propeller zu drehen begann. Langsam rumpelte die Maschine aufs Flugfeld, wo sie auf die Startfreigabe warteten. Schließlich war es so weit. Georg schob den Gashebel nach vorn, der Flieger nahm Fahrt auf, und kurze Zeit später hob sich seine Nase; sie stiegen in die Lüfte. Lili wurde in ihren Sitz zurückgedrückt. Minutenlang ging es steil nach oben, bis der Doppeldecker seine Flughöhe erreicht hatte.

Nie zuvor hatte sie Vergleichbares erlebt. Ein tiefes Glücksgefühl breitete sich in ihr aus.

»Wir befinden uns jetzt in knapp fünfzehnhundert Meter Höhe«, brüllte Georg ihr ins Ohr. »Wenn man den Steuerknüppel nach vorn drückt, bewegt sich das Flugzeug nach unten. Wenn du ziehst, geht's weiter hoch. Bei Kurven ist links links und rechts rechts. Probier's einmal!«

Es war, als hätte sie ihr Leben lang nichts anderes getan. Wie eine Feder in der Schwerelosigkeit glitten sie durch die Luft. Unter ihren sanften Bewegungen drehte sich die Maschine zur Seite, und sie flogen eine Kurve. Das Gleiche in die andere Richtung, und aus der Kurve wurde eine Acht. Hinter ihr bediente Georg das Seitenruder mit den Füßen – mit Technik. Den Rest machte sie selbst – mit Gefühl. Es blieb kaum Gelegenheit, den Ausblick zu genießen, die streichholzschachtelgroßen Gebäude und Häuser zu betrachten, den braun-grünen Flickenteppich aus Äckern und Wiesen unter ihnen zu bewundern.

Lili flog und war eins.

Mit sich und dem Himmel.

Vielleicht auch mit Georg.

Nach der Landung sagte sie: »Das war das Schönste, was ich je erlebt habe!«

Er musterte sie: »Das kannst du immer haben. Ich zeige es dir.«

»Was würde es mich kosten?«

»Nichts. Die Maschine gehört mir, und das bisschen Flugbenzin kann ich mir leisten. Deine Gesellschaft ist es mir wert.«

Lili schluckte. »Ich spreche mit Marguerite. Sie ist …, sie ist meine Freundin. Ich will hören, was sie davon hält.«

»Tu das«, antwortete Georg. »Du läufst mir nicht davon.«

Marguerite sah den Ausdruck in Lilis Augen, als diese ihr von Georg von Schönfelds Angebot berichtete und wusste – es war egal, was sie sagte.

Folglich äußerte sie knapp: »Flieg!«, und setzte etwas versöhnlicher hinzu: »Wir werden ohnehin die kommenden Wochen häufig in Schkeuditz sein. Vermutlich hast du das bessere Ende für dich: einen Piloten anstelle eines Restaurantpächters. Und Fliegen statt Scherben!«

Und so kommt es, dass Lili weiter vormittags ihre Zeit mit Marguerite und den anderen Studenten in der Werkstatt oder bei Erwin Hahs in der Malklasse verbringt. Nachmittags geht es hinaus nach Schkeuditz. Danach muss sie pauken.

Georg ist ein strenger Lehrer, das Fliegen kein Spaß für ihn. Er sagt: »Mach den Pilotenschein. Wer die Luft beherrscht, kennt keine Grenzen!«

Also sitzt Lili abends, wenn die anderen in der Stadt im

Saal des Gasthofs »Zum Mohr« tanzen sind, an dem kleinen Tisch in ihrer Mansarde, vertieft in Bücher über den Aufbau und die Funktion von Flugzeugmotoren, in Abhandlungen über Wetter- und Instrumentenkunde. Sie plagt sich mit den trockenen Paragrafen des Luftfahrtgesetzes herum und lernt jeden einzelnen Buchstaben der Theorie des Fliegens auswendig.

Dazwischen ist sie mit Georg zusammen. Oft den Kopf in den Wolken und nur selten am Boden.

»Es gibt viel zu tun«, sagt er geheimnisvoll, »wir leben in aufregenden Zeiten.«

Das kann Lili bestätigen.

Der erste Kuss schlägt ein wie eine Bombe. Zumindest kommt es ihr so vor. Der Krieg ist in ihrer Erinnerung nur ein fernes Märchen. Ein grausames, in dem ihrem Vater der Arm zerschossen wurde.

39. KAPITEL

in dem von Schnecken, Nationalsozialisten und anderen Irrtümern die Rede ist.

Die kommenden Monate vergehen wie im Flug. Genauer – sie vergehen im Flug. Lili lernt fliegen. Gemeinsam mit Georg absolviert sie Dutzende von Flugstunden in seinem Übungsdoppeldecker. Inzwischen kann sie das Modell präzise benennen: eine *RK 2 Pelikan* mit einem 96-PS-Siemens-Motor und zehneinhalb Metern Spannweite.

Georg sagt: »Ich kann nicht immer bei dir sein. Um den Flugschein zu bekommen, musst du allein fliegen.«

Lili weiß, wie es gemeint ist. Trotzdem versetzt es ihr einen Stich.

Sie wird Mitglied im örtlichen Luftsportverein, darf die Maschinen des Clubs benutzen. Und fliegt allein – wie von Georg gefordert. Die Leihgebühr für die einsitzige *Messerschmitt* leistet sie in Arbeitsstunden ab, versieht Wochenenddienste auf dem Flughafen Schkeuditz.

Georg wartet vor der Burg, holt sie ab und bringt sie zurück. Dazwischen Autoküsse, naturgemäß immer ein klein wenig nach Technik schmeckend.

Am Flughafen fegt sie die Hangars, lernt Flugzeuge zu betanken und Luft in die Reifen der Maschinen nachzufüllen. Mithilfe eines langstieligen Schrubbers wäscht sie den Schmutz von den Außenflächen, wenn jemand in einem Acker notlanden musste, was häufiger vorkommt als gedacht. Erstaunlicherweise passiert dabei nur selten etwas Schlimmes – hier ein Armbruch, dort eine Rippenprellung; ein wichtiger Teil ihrer Ausbildung besteht im Anflug ohne Motorleistung auf die Landebahn des Flugfeldes.

Lili lernt andere Piloten kennen, weitere Flugzeugtypen fliegen. Sie ist eine der wenigen Frauen im Verein und die einzige Studentin. Man weiß um ihre Verbindung zu Marguerite und zur Burg.

»Vorsicht ist die Mutter der Porzellankiste!«, ruft ihr Major von Dewall jovial hinterher, wenn sie langsam Richtung Startbahn rollt, um abzuheben. Sein weißer Kaiser-Wilhelm-Backenbart zittert im Wind. Er ist einer der beiden Leiter des Flughafens, und bei ihm legt sie schließlich den praktischen Teil der Flugprüfung ab: einen einstündigen Höhenflug über zweitausend Meter, liegende Achter fliegen und Ziellandungen. Den theoretischen Teil übernimmt sein Kollege, Major Goebel.

Ordengeschmückt, bauen sich die beiden Veteranen im Rahmen der improvisierten kleinen Feier vor ihr auf. Marguerite ist gekommen und Georg, Letzterer mit einem kleinen Blumenstrauß in der Hand. Vergissmeinnicht.

Die Majore von Dewall und Goebel schlagen krachend die Hacken zusammen und salutieren – eine Ehrbezeugung vor einer zukünftigen Fliegerkollegin. Lili hat beide Teile der Prüfung erfolgreich bestanden und bekommt eine Urkunde aus steifem Karton mit Prägedruck überreicht.

»Hals- und Beinbruch!«, wünscht von Dewall. Goebel schüttelt ihr kräftig die Hand.

Im Anschluss an die Urkundenverleihung fahren Marguerite und Lili zurück zur Burg; Porzellan und Ton warten. Wie üblich hat Marguerite das Steuer übernommen. Sie hebt für einen Moment den Blick von der Straße und schaut zu Lili hinüber.

»Weißt du, weshalb die meisten jungen Männer heutzutage fliegen?«

»Wie meinst du das?«

»Hast du nicht die Anstecknadeln auf Georgs Fliegerjacke gesehen?«

»Doch, das Piloten- und sein Sportabzeichen. Wieso?«

»Das ist kein gewöhnliches Sportabzeichen. Wenn du genau hinsiehst, erkennst du das Schwert mit dem Lorbeerkranz und das Hakenkreuz im Hintergrund. Die SA verleiht solche Embleme an verdiente Mitglieder. Außerdem trägt Georg das Parteiabzeichen der NSDAP auf der Brust. Es ist ein offenes Geheimnis, dass die Schwarze Reichswehr und die Nationalsozialisten über gemeinsame Interessen verfügen.«

»Und wenn schon, Georg liebt mich!« Lili verdreht die Augen. »Die NSDAP ist eine Partei wie viele andere auch. Ihre Abgeordneten sitzen sogar im Parlament. Georg sagt, er wolle etwas bewegen und das gehe vor allem in der Politik. Nach seiner Überzeugung weht mit den Nationalsozialisten ein frischer Wind durchs Land.«

Marguerite spannt die Kiefermuskeln an. »Ich bezweifle nicht, dass er etwas bewegen will. Ebenso wenig, dass er fliegen will. Aber nicht zum Vergnügen, sondern für Deutschland. Tatsächlich machen die Nazis viel Wind um die nationale Sache und die angebliche Schmach von Versailles; sie fordern vehement eine Wiederbewaffnung.

Doch als Fliegerin solltest du gelernt haben, allzu unberechenbaren Winden zu misstrauen.«

Der Rest der Fahrt verläuft schweigend.

Auch in den kommenden Tagen meiden sie das Thema. Andere Dinge rücken in den Vordergrund. Gerhard Marcks, der kommissarische Schulleiter, und die übrigen Lehrer haben gemeinsam mit der Werbeabteilung eine Ausstellung organisiert. Eine Woche lang sollen die Arbeiten der Studenten und teilweise die ihrer Professoren der Öffentlichkeit präsentiert werden. Hans Finsler hat sich die Finger wundfotografiert und einen Katalog zusammengestellt, in dem die Erzeugnisse der Burg ins rechte Licht gerückt werden. Vorn, auf dem Umschlag, ist das Service *Burg Giebichenstein* abgebildet. Auf der Doppelseite in der Mitte finden sich Bilder der *Halleschen Form.* Nicht zuletzt dank ihrer Entwürfe für die *Staatliche Porzellan-Manufaktur* ist Marguerite Friedlaender zum Aushängeschild der Burg geworden.

Günther von Pechmann reist an, um sie zu ehren. Am Tag vor der offiziellen Ausstellungseröffnung hält er eine Vorlesung vor den Studenten. Sein Thema: *Die* Staatliche Porzellan-Manufaktur *und das, wofür sie steht – Porzellan.*

»Nun, was ist das, eine Porzellanmanufaktur?«, beginnt er seinen Vortrag. »Ja, richtig, *manu facere*, mit der Hand machen, steckt darin. Aber was wird hier handgemacht? Was eigentlich ist Porzellan?

Jeder hat es, jeder kennt es. Aus dem eigenen Haushalt, den Museen oder Geschäften. Aber woher kommt es?« Er lacht kurz auf. »Natürlich, aus der Porzellanmanufaktur. Aber davor?«

Er stützt die Hände auf dem Katheder ab. »Die Romantiker haben seinerzeit vom ›Weißen Gold‹ gesprochen, als die ersten Kunstgegenstände aus dem unbekannten Material aus dem fernen China nach Europa gelangt sind. Das klingt edel und teuer. Und das war es auch. Tatsächlich konnte man vor hundertfünfzig Jahren in Sachsen und Preußen noch mit Porzellan bezahlen. Soldaten beispielsweise – eines der merkwürdigsten Geschäfte des achtzehnten Jahrhunderts. Obacht!« Er hebt den Zeigefinger. »Nicht Soldaten wurden mit Porzellan bezahlt, nein, Porzellan in Soldaten. Friedrich Wilhelm der Erste und August der Starke waren auf die gloriose Idee gekommen. Der eine gab etliche Stücke seines feinsten chinesischen Porzellans, insgesamt einhundertsiebenundzwanzig an der Zahl, und der andere dafür Soldaten; ›Riesen‹, wie gefordert. Sechshundert jener langen Kerle – überwiegend Halbdebile, andernfalls wären sie nicht so groß geworden – hat der Soldatenkönig zur Aufstockung seiner Potsdamer Grenadiere von August dem Starken, Kurfürst von Sachsen und König von Polen, im Tausch gegen seine Vasen, Figurinen und Ähnliches erhalten. Nicht zu beanstanden, so ein Menschenhandel, wenigstens aus Augusts Sicht. Er leide eben unter der *maladie de porcelaine*, dem Porzellanwahnsinn, erklärte er sich und der Nachwelt.

Zu seinem Arzt und Therapeuten avancierte schließlich Johann Friedrich Böttger, nicht von ungefähr Alchemist. Gemeinsam mit dem Physiker von Tschirnhaus entschlüsselte er 1708 das Arkanum, die geheime Rezeptur des Porzellans. Der sächsische Hof tanzte, und August war geheilt. Sofern man einen Alkoholiker heilen kann, wenn man ihn in einen Weinkeller sperrt.«

Die Studenten lachen. Zufrieden streicht von Pechmann über seinen Schnurrbart. Er fährt fort:

»Doch es war weniger der Alkoholgenuss als vielmehr die Sehnsucht nach dem Exotischen, die die Reichen und Mächtigen jener Zeit umtrieb. Kaffee aus Arabien, Schokolade aus Mexiko und Tee aus China erquickten die Geschmacksknospen der Privilegierten; kein Goldpokal und kein anderes Gefäß sollte den Genuss schmälern, indem es eigene Noten im Abgang enthielt. Und siehe da – außer Glas vermag einzig das Porzellan, was alle anderen nicht vermögen: Geschmacksneutralität.«

Der Baron hebt die Stimme. »Vielleicht ist es nicht ganz zufällig ein Weitgereister gewesen, nämlich Marco Polo höchstpersönlich, der dem wertvollen Stoff seinen Namen gab. Fantasiebegabt, wie er war, glaubte der Venezianer, das Gehäuse der Kaurischnecke, italienisch *porcellana*, bilde den Hauptbestandteil des geheimnisvollen Materials.« Er blickt in die Runde und zuckt mit gespieltem Bedauern die Achseln. »Doch das stimmt nicht, wie so oft ist die Wahrheit wesentlich prosaischer. Fels, Sand und Erde bilden die drei wesentlichen Inhaltsstoffe des Porzellans. Genauer: Feldspat, Quarz und Kaolin. Letzteres verleiht dem Porzellan seine charakteristischste Eigenschaft: die zerbrechliche Stärke, die stabile Leichtigkeit. Benannt ist die weiße Tonerde übrigens nach dem Gebirgszug Gaoling, südlich von Nanking gelegen.« Er hält inne. »Kaum zu glauben – aber China und Sachsen verfügen über mehr Gemeinsamkeiten, als man denkt. Auch in der Umgebung von Meißen finden sich große Kaolinvorkommen, sodass man dort seit den Zeiten August des Starken selber in der Lage ist, Porzellan herzustellen – in dem begehrten reinen Weiß.«

Im Raum herrscht gespannte Stille. Selten haben die Studenten einem ihrer Lehrer so aufmerksam zugehört.

Günther von Pechmann erzählt ihnen ein Märchen. Das Märchen vom »Weißen Gold« – das bei ihnen an der Burg Wirklichkeit geworden ist. Dank Marguerite.

»Doch was geheim ist, muss nicht geheim bleiben.« Man merkt deutlich, dass von Pechmann Freude an seinem Thema hat. Seine Augen funkeln, mühelos erfüllt seine Stimme den ganzen Raum. »Nur wenige Jahre nach Böttgers Entdeckung hatte sich das Arkanum herumgesprochen. In ganz Europa entstanden Porzellanmanufakturen, unter anderem in Berlin. Am 19. September 1763 gründete Friedrich der Große die *Königliche Porzellan-Manufaktur* und schrieb damit nach dem Tod seines Vaters die Geschichte des Porzellans fort, wobei er sich nicht weniger kreativ als dieser erwies.

Um den Erfolg seiner hochgeschätzten Liebhaberei zu sichern, verbot Friedrich die Einfuhr ausländischer Porzellane. Außerdem zwang er die Juden in allen Landesteilen Preußens per Kabinettsorder, sobald sie Hochzeit feierten, eine bestimmte Menge des königlichen Porzellans zu erwerben. Auf diese Weise gelangte der Philosoph und Aufklärer Moses Mendelssohn in den Besitz von zwanzig – zweifelsfrei – hochgeschätzten Porzellanaffen; wenigstens geht so die Legende. Majestät beschäftigten eben nicht nur Politik, Musik und Soziales, er hielt auch die Bilanzen seiner Manufaktur im Auge.« Wieder lachen die Studenten.

»Während seiner Regentschaft setzte Friedrich der Große das ›weiße Gold‹ gezielt als Mittel der Diplomatie ein. Seine Königliche Majestät persönlich führte die Gäste über das Werksgelände, um sein Porzellan in den Adelshäusern bekannt zu machen. Die Herzöge von Braunschweig-Bevern, York und Dessau, der türkische

Gesandte Achmet Effendi und Maria Josepha, Witwe des Kurfürsten Friedrich August II. – sie alle machten dem Philosophen von Sanssouci ihre Aufwartung und erhielten kostbare Porzellane zum Geschenk.«

Günther von Pechmann breitet die Arme aus. »Eine Geschichte, die sich seitdem erfolgreich weiterentwickelt hat und bis heute andauert. Denn zu meiner großen Freude gibt es inzwischen einen Ableger der Manufaktur auf der Burg Giebichenstein. Dank Marguerite Friedlaender, einer Ihrer Lehrerinnen, ist die Porzellangestaltung im 20. Jahrhundert angekommen. Marguerites einzigartige reinweißen Entwürfe enthalten in ihrem radikalen Verzicht auf jedwedes Ornament und Dekor ebenso Elemente des Bauhausstils wie solche des Expressionismus und des Futurismus. Mit dem Service *Burg Giebichenstein* hat sie den Namen Ihrer Schule, meine Damen und Herren, untrennbar und für alle Zeiten mit dem der *Staatlichen Porzellan-Manufaktur* verbunden. Dafür danke ich ihr von ganzem Herzen. Ebenso wie Ihnen für Ihre Aufmerksamkeit!«

Und unter donnerndem Applaus, nicht zuletzt von Lili, die dem Baron genauso gespannt zugehört hat wie alle anderen, bittet der Direktor der *Staatlichen Porzellan-Manufaktur* Marguerite Friedlaender nach vorn, deren Gesicht, im Gegensatz zur Farbe ihres Porzellans, ein sanftes Rosa zeigt.

40. KAPITEL

in dem erst Theater gespielt wird und sich dann ein schwarzer Vorhang über Lili und das Land herabsenkt.

Am Abend desselben Tages kommt Georg zu Besuch – erstmals wartet er nicht in seinem Auto unten vor dem Tor, sondern stellt es ab und betritt das Burggelände. Die Studenten haben ein Theaterstück eingeübt, in Eigenarbeit Kulissen und Bühnenelemente angefertigt. Die morgige Ausstellungseröffnung ist Anlass zu feiern.

»Da bist du ja endlich!«, ruft Lili und nimmt Georg in Empfang. Schüchtern drückt sie ihm einen Kuss auf die Wange. Das öffentliche Küssen ist nach wie vor nichts für sie, auch wenn der Blick des einzigen Zeugen, des heiligen Mauritius hoch oben auf seinem Sockel am Turm, blind ist.

Über die steinerne Eingangsbrücke betreten sie das Innere der Burg. Angetan blickt Georg sich um. »Großartig, deutsche Geschichte, wo man hinschaut, und gut in Schuss.«

Damit meint er das ehemalige Herrenhaus und das Kornhaus zu ihrer Linken sowie das Hofmeisterhaus zur Rechten. Die hellen Mauern der renovierten Gebäude ragen in den dunklen Abendhimmel. Sie schlendern in Richtung Burghof, wo der Rosengarten in voller Blüte steht. Lili zieht Georg durch ein Bogentor. Plötzlich sind sie umrankt von Knospen, Blättern und bedornten Trieben. Ein betäubender Duft erfüllt die tunnelartigen Gänge, deren schmiedeeisernes Gerüst vollkommen zugewuchert ist. Wie immer fühlt Lili sich in dieser Umgebung in ihre Kindheit zurückversetzt. *Dornröschen, schlafe hundert Jahr* … Eigentlich müsste Georg sie jetzt küssen, denkt sie, andernfalls würde die Zeit für immer stillstehen. Sie dreht sich nach ihm um, aber er hat das waldartige Labyrinth schon wieder verlassen. Sie folgt ihm auf den Burghof, wo sich silbernes Mondlicht über ein Dutzend wild durcheinanderstehende Plastiken ergießt. Sofern das Wetter es zulässt, arbeiten hier tagsüber die Schüler der Bildhauerklasse. Nicht nur wegen ihrer Größe, sondern vor allem wegen ihrer Ausstrahlung ragt die Skulptur einer knienden Frau aus der Menge heraus.

»Diese Figur stammt von Gerhard Marcks, dem gegenwärtigen Direktor der Schule«, erklärt Lili, »sie heißt die *Betende.*«

Georg bleibt stehen und mustert die Plastik. »Sie scheint mir recht grob«, urteilt er, »nicht unbedingt nach der Natur gearbeitet.«

Neben ihnen ragt eine schroffe Felswand in die Höhe. Auf ihrem Kamm hebt sich die Silhouette eines Wehrturmes gegen den Nachthimmel ab.

»Was ist das?«, fragt Georg.

»Das sind die Reste der Oberburg. Wir können sie uns gerne von Nahem anschauen; das Theaterstück wird dort aufgeführt.«

Durch das Prinzentor steigen sie die steile Treppe zu dem Plateau empor, dessen eine Seite durch den Turm begrenzt wird, den sie von unten gesehen haben. Auf der gegenüberliegenden fallen die Felsen senkrecht ab. Direkt vor dem Turm ist die improvisierte Bühne aufgebaut, von Fackeln, Kerzen und Öllampen beleuchtet. Sie lassen sich neben den anderen Studenten, den Dozenten und ihren Familien auf einer flachen Mauer nieder. Überall sind Kissen und Decken verteilt, eine abendliche Brise weht über das Gelände. Der Mond und unzählige Sterne werfen zusätzliches Licht über die Szenerie.

»Ist das nicht romantisch?«, flüstert Lili. Georg nickt schweigend.

Das Stück, das aufgeführt wird, beruht auf den *Metamorphosen* von Ovid. Es beginnt mit der Entstehung der Welt aus dem Chaos. Später vernichtet eine große Flut die Menschheit, nur ein einziges Paar überlebt – Lili drückt Georgs Hand. Ganz am Ende ist es Caesars Seele, die in einen Stern verwandelt wird.

Die Studenten und Studentinnen, ausnahmslos Laienschauspieler, haben größtenteils auf Ovids unsterbliche Verse verzichtet. Stattdessen arbeiten sie mit Bildern und Symbolen. Blau gefärbte Tücher stellen die alles verschlingende Flut dar, die verwüstete Welt besteht aus rohen Brettern, Ziegelsteinen und Erdreich. Tierköpfe aus Pappmaschee, die Kostüme aus ausrangierten Bettlaken genäht; der Aufführung wohnt ein eigentümlicher Charme inne. Die mittelalterlich anmutende Umgebung trägt das Ihrige zum Gelingen bei. Jubelnder Applaus ist der Lohn, ein halbes Dutzend Mal kehren die Akteure auf die Bühne zurück, um gleich darauf wieder abzutreten. Hinterher liegen sich alle in den Armen.

Lili und Georg stehen auf, treten zurück, ins Dunkel. Lediglich ein verrostetes Geländer trennt sie von dem Abgrund, der sich vor ihren Füßen auftut. In der Dunkelheit ist nicht zu erkennen, wie tief es hinabgeht. Der Verlauf des Flusses, der sich am Tag malerisch durch die Landschaft windet, ist jetzt nur durch einzelne Lichtpunkte zu erahnen. Es ist, als ständen sie am Ende der Welt.

»Das Stück, das wir gesehen haben, macht Sinn«, sagt Georg.

»Ja«, bestätigt Lili, »*Metamorphosen*, Veränderungen. Wer weiß, was die Zukunft für uns bereithält.« Sie schmiegt sich an ihn.

Georg richtet seinen Blick in die Dunkelheit vor ihnen, die wie ein schwarzer Vorhang über der Landschaft hängt. »Veränderung, das ist es, was auch unser Land braucht. Eine reinigende Flut, die Kommunisten, Bolschewiken und das internationale Judentum hinwegschwemmt. Nicht mehr lange, dann werden Geist und Rasse gereinigt werden!«

Lili spürt die Kälte, die vom Fluss hochsteigt; der Wind hat aufgefrischt und lässt sie trotz der wärmenden Strickjacke frösteln. Sie hat nie mit Georg über Religion oder Herkunft gesprochen; ihm lediglich erzählt, dass ihr Vater Geschäftsmann ist und ihre Mutter starb, als sie noch klein war. Was hätte es für einen Sinn gehabt, mit ihm in die Vergangenheit zu schauen, wo doch die Gegenwart und Zukunft so verlockend schienen?

Leise sagt sie: »Mein Vater ist weder Kommunist noch Bolschewist. Er gehört gar keiner Partei an. Er importiert Tee aus Japan und China. Sein Vater und seine Mutter sind Juden.«

Abrupt dreht Georg sich zu ihr. Das Blau seiner Augen

wirkt im Mondlicht schwarz. Der braune Ring um seine Iris ist nicht zu erkennen, aber zweifellos da.

»Du bist Jüdin?«, zischt er und schafft mit einem Satz sämtliche Bedenken an Lilis Halbjudentum, die Rabbi Teichlmann, Jakob oder sie selbst jemals gehabt hätten, aus der Welt.

Stattdessen schafft er eine neue Wirklichkeit.

Schneidiger Flieger mit tadellosen Manieren, aus bester Familie stammend, erweist sich Georg von Schönfeld als wahrer Herrenmensch – auch und gerade gegenüber einer jungen Frau. Lili spürt den Schlag, bevor sie ihn kommen sieht. Der brennende Schmerz auf ihrer Wange ist nichts im Vergleich zu der lodernden Scham in ihrer Brust. Für einen Moment erfüllt sie die widersinnige Hoffnung auf einen Ausdruck brutaler Zärtlichkeit in seinem Gesicht – wenigstens das –, aber seine Züge sind bloß grausam schön.

Dornröschen, denkt sie, ungeküsst.

Und die Zeit steht still.

41. KAPITEL

in dem lobende Worte die gegenteilige Wirkung erzielen – zumindest im feinen Ohr der Künstlerin.

»Was ist mit dir?«

Natürlich, Takeshi. Wer sonst?

Er sieht, was ist. Mit ihr, an ihr, dass sich ihr über die Jahre immer weniger schwermütig gewordenes Blau plötzlich wieder verändert hat – offenbar über Nacht. Zuweilen fragt sie sich, ob sie nicht zu alt dafür ist, für diesen Märchenkram, den ganzen Farbschnickschnack. Andererseits – sie meint förmlich zu sehen, wie Takeshis strahlendes Weiß an Glanz verliert, weil er sich Sorgen macht. Sorgen um sie.

»Nichts«, sagt sie und damit alles.

Ihr alter Freund und Vertrauter mustert sie für einen Moment nachdenklich, dann berührt er sie sanft am Arm. Freundschaft zeigt sich im Respekt vor den Antworten.

»Wolltest du uns nicht die Arbeiten von Marguerite Friedlaender zeigen?«

Bereits vor Wochen hatte sie Jakob und Takeshi eingeladen, sich die Ausstellung anzusehen. Eine Einladung, die sie am liebsten wieder rückgängig gemacht hätte.

Aber wie? Dafür wäre gestern noch spätabends ein Anruf nach Berlin vonnöten gewesen – in dem Zustand, in dem sie sich befand, ohnehin ausgeschlossen –, doch was hätte sie sagen sollen?

Ein bedauernswerter Nazi ist auf mich reingefallen?

Wahnsinn!

Wie kann Georg auf sie »reinfallen«, wo sie ihn zu keinem Zeitpunkt getäuscht hat? Jakob und Takeshi wissen nichts von Georg, und sie hat beschlossen, dass das so bleiben soll. Sie schämt sich für das, was er ihr angetan hat. *Sie* schämt sich für das, was *er* getan hat. Das Opfer schämt sich für den Täter. In der Tat: Wahnsinn.

Folglich sind Jakob und Takeshi heute Morgen wie geplant nach Halle gekommen und haben sich im Gasthof *Zum Mohr* einquartiert. Sie hat sie dort abgeholt und führt sie jetzt über den Burghof zum Südflügel, wo die Metall-, Holz- und Keramikwerkstätten untergebracht sind.

»Ich freue mich, Sie hier bei mir begrüßen zu dürfen«, nimmt Marguerite sie in Empfang und schüttelt Jakob und Takeshi die Hand.

»Die Freude ist ganz unsererseits«, entgegnet Jakob, »wir sind sehr gespannt auf Ihre Arbeiten.«

»Da muss ich Sie zu meinem Bedauern enttäuschen«, sagt Marguerite, »wenigstens Sie, Herr Kuhn. Soviel ich weiß, hat Ihre Tochter andere Pläne mit Ihnen.«

Verwirrt blickt Jakob zu Lili.

»Ich habe eine Überraschung für dich, Papa!«

»Sie hingegen, Herr Takeshi …«, fährt Marguerite Friedlaender fort.

»Bitte nur Takeshi.«

»Na schön, dann nennen Sie mich aber auch Marguerite. Sie hingegen, Takeshi, dürfen bleiben. Ich würde gerne Ihre Meinung zu meinem Teeservice hören. Lili sagt, Sie seien diesbezüglich eine Art Experte.« Sie hakt Takeshi unter und zwinkert Lili zu. »Viel Vergnügen, ihr beiden!«

Ein wenig gezwungen erwidert Lili ihr Lächeln und bugsiert Jakob zum Ausgang, was dieser ohne Gegenwehr geschehen lässt. Sie verschwinden durch die offene Tür in den Hof.

Marguerites Arbeitszimmer ist klein, aber sorgfältig aufgeräumt. In der Mitte befindet sich ein unbehandelter Holztisch. Der Ablauf ist immer der gleiche. Sobald sie einen Entwurf fertiggestellt hat, setzt sie ihn auf der Tischplatte ab und geht langsam darum herum. Sie betrachtet ihr Werk aus allen Blickwinkeln. Manchmal dauert dieser Vorgang Stunden, zuweilen – mit Unterbrechungen – Tage. Heute steht lediglich eine einzeln, strahlend weiße Tasse des Service *Halle* auf dem Tisch.

»Was denken Sie?«, fragt sie Takeshi.

»Nun«, antwortet dieser, »ich denke, Jakobs Ansicht wäre sicher maßgeblicher; er kommt in der ganzen Welt herum. Oder die von Lili, sie verfügt über einen frischen Blick. Ich fürchte, Sie werden mit einer drittbesten Meinung vorliebnehmen müssen.«

»Ich begnüge mich mit dem, was ich bekomme.« Marguerites Worte klingen ebenso förmlich wie die Takeshis.

Staubkörner tanzen in den Sonnenstrahlen, die durchs Fenster fallen. Warmes Licht erfüllt den Raum.

Behutsam nimmt Takeshi die Tasse hoch und wiegt sie in der Hand. »Sie haben nicht an Material gespart. Das Gefäß ist solide und besitzt Gewicht. Seine Wände halten den Inhalt warm. Und der Henkel sorgt dafür, dass man sich nicht die Finger verbrennt. Alles ist wohldurchdacht.«

Marguerite schweigt. Ihr Blick geht durch ihn hindurch. Eine fast schon beängstigende Konzentration geht von ihr aus, während sie seinen Worten hinterherlauscht. Schließlich nickt sie. »Es ist so, wie Sie sagen.«

Einen Monat später entwirft sie in Ergänzung zum bestehenden Service *Halle* extradünne, henkellose Teeschalen, durch deren Feinheit sich der große Wilhelm Wagenfeld noch nach Jahren zu Selbstkritik und höchstem Lob veranlasst sieht: *Ungemein dünnwandig ist das Gefäß, zart und kelchhaft lässt es an Blüten seltener Pflanzen denken, und ausgewogen geformt ist es von so stiller Wirkung, dass sich das Tässchen überall einfügt. (…) so sind mir Lob und Tadel [für die eigene Arbeit] gleichgültig, weil jenes … Gefäß für mich ein heimliches Kriterium ist, das wortlos und doch tausendmal eindringlicher mir alles Falsche aufweist, das meiner Arbeit anhängt.*

42. KAPITEL

in dem ein Zahn abbricht – mit unwiderruflichen Folgen.

Führerschein und Auto. Beides braucht Jakob nicht. Weder in Berlin noch auf seinen Reisen. Er lässt fahren, oder anders, er fährt mit: Mietkraftdroschken, Trams, Omnibusse und Eisenbahnen sind seine bevorzugten Verkehrsmittel.

Günther von Pechmann hält es ähnlich, mit einem kleinen, aber feinen Unterschied. In seinem Dienstvertrag mit dem *Preußischen Finanzministerium* sind ein jährliches Gehalt von 22808 RM zuzüglich einer Dienstaufwandsentschädigung in Höhe von 3000 RM pro Jahr verfügt. Außerdem ist dort festgehalten, dass er freie Wohnung im Direktorenhaus mit Heizung, Beleuchtung und Gartennutzung hat. Aber wichtig in Bezug auf sein Fortkommen ist – ihm steht ein Automobil nebst Chauffeur zur Verfügung. Also lässt auch der Baron fahren beziehungsweise fährt mit.

Doch siehe da – bei seiner Anreise zur Burg hatte er selbst am Steuer gesessen. Ohne Pause war er die Strecke von Berlin nach Halle durchgefahren, in dem schwarz glänzenden Citroën seiner Ehefrau Alice mit dem amtlichen Kennzeichen IA 260597, den er sich von ihr ausgeliehen hatte.

Jenem Vorgehen lagen psychologische Überlegungen zugrunde, denn es galt, die unerfreulichen Gespräche mit Max Bendig, dem Betreiber des Flughafenrestaurants in Schkeuditz, zu einem gütlichen Ende zu bringen – ohne allzu viel Preisnachlass gewähren zu müssen wegen der Verzögerungen und Komplikationen im Zusammenhang mit der Produktion des Service *Hermes*. Da schien es geschickter, auf Statussymbole wie Daimler und Chauffeur zu verzichten, um deutlich zu machen, man befinde sich – ausnahmsweise – auf Augenhöhe: dort der Pächter, hier der bodenständige Manufakturleiter. Große finanzielle Spielräume gäbe eine solche Konstellation nun einmal nicht her; wenigstens hatte sich der Baron das im Vorfeld so überlegt.

Als Lili ihn am Vortag darum gebeten hatte, Jakob und sie morgen mit hinaus zum Flughafen zu nehmen, stimmte Günther von Pechmann sofort zu. »Es ist mir ein Vergnügen, Fräulein Kuhn. Sie wissen, ich habe ohnehin dort zu tun.«

Die Stimmung im Automobil auf der Fahrt nach Schkeuditz ist schwer zu fassen. Jakob und Günther von Pechmann, die sich eben erst kennengelernt haben, machen Konversation: das Wetter, die Kinder, der Teehandel und das Service *Hermes*. Außerdem die verwegene Vorstellung, dass Marguerite und Takeshi just in diesem Moment über mögliche asiatische Einflüsse in der Porzellangestaltung für die Manufaktur diskutieren.

Lili schweigt, und Jakob verkneift sich mannhaft jede Frage nach der angekündigten Überraschung.

Doch da sind auch die Pausen. Winzige Pausen, kaum merkliche Pausen, die Jakob und der Baron so gut als möglich zu überspielen suchen. Als gäbe es die unausgesprochene Absprache, der Gesprächsfaden dürfe nicht reißen. Oder schlimmer, denkt Lili: Sie fänden ernsthaft Gelegenheit, sich nach ihrem Befinden zu erkundigen.

Sie leidet. Die Leiden einer jungen Frau, die in ihrem Inneren den Verlust von jemandem fühlt, den sie offenbar nie besessen hat. Das Fehlen eines Geliebten, der scheinbar vor allem in ihrer Vorstellung existiert hat. Ein seltsamer Gedanke: die Abwesenheit des Nichts. Das größte anzunehmende Minimum.

Trotzdem – sie spürt, sie ist nicht die Einzige, die mit sich selbst beschäftigt ist. Auch wenn Jakob sich höflich mit Günther von Pechmann unterhält – irgendetwas stimmt nicht mit ihm. Er wirkt bedrückt, mit den Gedanken woanders; eine diffuse Unruhe geht von ihm aus. Oder sind es schlicht ihre eigenen Gefühle, die sie an ihm wahrnimmt?

Der Baron parkt vor dem Flughafengebäude, und sie steigen aus. Dann durchqueren sie die Abflughalle. Draußen, auf dem Rollfeld, trennen sich ihre Wege. Günther von Pechmann zeigt in Richtung Restaurant und sagt: »Ich hoffe, es dauert nicht länger als zwei Stunden. Wir treffen uns wieder hier. Einverstanden?«

Lili nickt zustimmend. Sie dirigiert Jakob nach rechts, zu dem großen Hangar.

Er mustert sie mit hochgezogenen Augenbrauen. »Ist es das, was ich denke, dass es ist, Liebes? Du wirst doch nicht etwa einen Rundflug für uns organisiert haben?«

»Wer weiß?« Lili zuckt mit den Achseln. »Hab noch einen kleinen Moment Geduld.« Das Herz schlägt ihr bis zum Halse.

Major von Dewall höchstpersönlich hat dafür Sorge getragen, dass alles vorbereitet ist. Nur wenige Meter von ihnen entfernt steht die zweisitzige *Klemm-Kl-20* des Clubs, ein Tiefdecker in Holzkonstruktion – vollgetankt und startklar. Lili geht um die Ecke und holt aus ihrem Spind die dicke Jacke, den Schal, die Fliegerbrille und die Pilotenhaube, die sie für Jakob ausgeliehen hat.

»Das musst du anziehen«, sagt sie und hält ihm die Sachen hin, »da oben ist es ganz schön kalt.«

Jakob kommt ihrer Aufforderung nach. »Wo ist denn der Pilot?«, fragt er.

Sie deutet auf die *Klemm.* »Setz dich schon mal rein. Ich gehe und sag ihm Bescheid.«

Erneut eilt sie zu ihrem Spind, wo sie ihre eigene Fliegermontur anlegt. Bei ihrer Rückkehr nähert sie sich dem Flugzeug vom Heck und steigt unbemerkt auf den Sitz hinter Jakob.

»Bist du bereit?«

Er wendet den Kopf. Seine Augen weiten sich. »Du?«

»Ja, ich. Hab keine Angst. Es sollte eine Überraschung sein. In den vergangenen Monaten habe ich nicht nur gelernt, wie man eine Töpferscheibe dreht und Porzellan verziert, sondern auch wie man ein Flugzeug fliegt.« Sie lächelt. »Ich kann dich beruhigen, das Töpfern und Malen ist wesentlich schwieriger.« Aus der Brusttasche ihres Overalls holt sie ein amtlich aussehendes Dokument hervor. »Schau, mein Flugschein!«

Andächtig nimmt Jakob das Heftchen entgegen und schlägt es auf der ersten Seite auf.

»Flieger A Lizenz. Lili Kuhn«, liest er vor. »Du lieber Himmel! Mein kleines Mädchen ist flügge geworden.« Er schluckt. »Ich bin sehr, sehr stolz auf dich.«

Die *Klemm* ist zu alt, um ein Funkgerät zu haben. Lili gibt dem Tower per Handzeichen ein Signal und rollt die

Maschine zunächst über ein paar Meter holperige Grasfläche, bevor sie sie auf der geteerten Startbahn zum Stehen bringt. Ideales Flugwetter. Die Sonne scheint, der Himmel zeigt sich wolkenlos, es weht ein leichter Wind aus Südsüdost. Auf dem Tower wird eine Fahne geschwenkt, die Startfreigabe. Lili gibt Gas. Der 20-PS-Daimler-Motor der *Klemm* heult auf, und der kleine Flieger nimmt langsam Fahrt auf. Schneller und schneller bewegen sie sich über die geteerte Fläche vor ihnen. Der Rumpf des Flugzeugs erzittert, die Gräser und Sträucher links und rechts der Flugbahn rasen mit zunehmendem Tempo an ihnen vorbei. Langsam zieht Lili den Steuerknüppel nach hinten. Sie werden in ihre Sitze gedrückt. Mit einem Mal verstummt das Rattern der Reifen, die Nase der *Klemm* hebt sich, und ihr Propeller strebt himmelwärts.

»Wir fliegen«, ruft Jakob und dreht sich mit strahlenden Augen um, »wir fliegen!«

Etwa zehn Minuten später haben sie ihre Flughöhe erreicht. Unter ihnen das immer wieder beeindruckende Muster scharf begrenzter Flächen: Wiesen und Felder, die von oben wie braune, gelbe und grüne geometrische Formen aussehen. Außerdem das blaue Band der Saale, deren Bett sich anmutig durch die Landschaft windet. Bald darauf, deutlich zu erkennen: Halle. Rot gedeckte Hausdächer und direkt am Ufer der Turm der Burg. Verwegen wackelt Lili mit den Tragflächen.

Wie immer, wenn sie in der Luft ist, überkommt sie ein Gefühl grenzenloser Freiheit. Auch und gerade im Hinblick auf die besonderen Umstände. Das Gefühl des Einsseins, das sich an guten Tagen bei der Arbeit an der Töpferscheibe einstellt, findet sich hier in veränderter Form wieder. Steht die Scheibe für das Erdenrund, wo Dinge entstehen, wachsen, gelingen oder scheitern, so schwebt sie jetzt über ihnen, in ebendiesem Moment.

Mit einer knappen Drehung des Handgelenkes stellt sie den Motor ab. Schlagartig hört man nur noch das Rauschen des Windes. Erschrocken dreht sich Jakob um.

»Keine Sorge. Das ist der schönste Moment beim Fliegen, wenn da nichts ist außer dem Himmel und uns!«, ruft sie ihm zu. »Denk an den Klee, zu Hause, im Salon. *Geht kaum mehr, fliegt noch nicht.* Genau hier will es hin, unser geflügeltes Wesen, weit nach oben!«

»Ich muss dir etwas sagen …«, brüllt Jakob gegen das Brausen des Windes an. »Judith und ich …, wir werden heiraten!«

Lili hört seine Worte, aber sie spürt nichts. Stattdessen denkt sie: Ja, so ergibt alles Sinn. Jakobs Unruhe, seine gedankliche Abwesenheit und die seltsame Stimmung im Auto. Sie sieht über den Rand des Flugzeuges. Wohin ihr Blick auch fällt – ein einziges tiefes Blau. Das Blau der Unendlichkeit. Das Blau der Erde und das Blau des Himmels. Ihr eigenes Blau, nach dem Tod von Charlotte.

Alles ist eins.

Und alles geht entzwei.

Mit einem Ruck lässt sie den Motor wieder an, die Propellerblätter beginnen sich zu drehen und verschwimmen im Bruchteil einer Sekunde zu einer flirrenden Scheibe. Von weit entfernt hört sie Jakobs Stimme: »Bitte sag doch etwas!«

Sie konzentriert sich auf die anstehenden Manöver, betätigt Höhen- und Seitenruder, die *Klemm* geht in eine lang gezogene Kurve. Sie haben sich nicht allzu weit von Schkeuditz entfernt. Schon tauchen unter ihnen das Flughafengebäude, der Glaspalast und die Terrasse mit den bunten Sonnenschirmen und den Besuchern auf.

Sie drückt den Steuerknüppel nach vorn, die Nase der *Klemm* senkt sich. In schnellem Tempo kommt der Boden näher, immer mehr Einzelheiten sind zu erkennen; die braunen Flecken im Gras neben der Piste, Risse im Asphalt auf der Oberfläche.

Hinterher ließ sich nicht feststellen, ob es eine unerwartete Bö gewesen war. Ob der Motor des betagten Fliegers ausgesetzt oder sie ihre Geschwindigkeit falsch eingeschätzt hatte.

Urplötzlich sackt die Maschine durch, und jeglicher Steuerdruck ist weg. Viel zu schnell und im falschen Winkel erwischen sie die Landebahn. Mit einem hässlichen Geräusch knickt das Fahrwerk ein, das Flugzeug geht in die Knie, der Propeller berührt die Teerfläche und bricht.

Es gibt einen schrecklichen Ruck. Im Reflex bringt Lili beide Hände nach vorn, um die Wucht des Aufpralls abzufangen.

Dann ist es ganz still.

Benommen schüttelt sie den Kopf. Wie durch ein Wunder scheint alles an ihr heil geblieben. Sie beugt sich zu Jakob und fasst ihn an der Schulter.

»Oh, mein Gott! Es tut mir so leid. Bist du verletzt?«

Im Gegensatz zu Lili hat Jakob sich nur mit der rechten Hand abstützen können. Der linke Arm ist ihm im Krieg zerschossen worden. Seitdem hängt er mehr oder weniger nutzlos an seiner Seite herab.

Die Aufschlaggeschwindigkeit ist so groß gewesen, dass er zunächst mit dem Kopf nach vorn auf die Kante der Windschutzscheibe und danach in einer heftigen Bewegung wieder nach hinten geschleudert wurde.

Es ist ein Missverständnis.

Ein groteskes Missverständnis, denn alles befindet sich an seinem Platz. Sämtliche Knochen, Muskeln und Organe sind an Ort und Stelle, da, wo sie hingehören – mit Ausnahme des unscheinbaren »Zahns«, wie man den zapfenförmigen Knochenfortsatz nennt, der vom zweiten Halswirbelkörper gerade nach oben ragt.

Wie gesagt, ein Missverständnis, das Jakob das Genick gebrochen hat.

BERLIN

1985

Und so höre ich eine weitere Geschichte: Von einer Burg, auf der Mädchen mit kurzen Haaren herumgelaufen sind, und einer Stadt, in der ein Pferd und eine Kuh aus Stein eine Brücke bewachen, und von einer Frau, die so berühmt war, dass sie das Geschirr für einen ganzen Flughafen entwerfen durfte. Nur vom Unfall des Vaters höre ich nichts. Und mir wird klar – das Fräulein Kuhn erzählt nicht alles. Wie bei ihren Ton- und Porzellanarbeiten lässt sie bestimmte Stellen aus, die roh und unbehandelt bleiben. Ich hüte mich nachzufragen. Immerhin ist sie Jüdin, hat sie gesagt, musste die Nazis und den Zweiten Weltkrieg miterleben. Ich erinnere mich noch gut an *Holocaust* und Meryl Streep und die Familie Weiss. Was weiß ich, was dem Fräulein Kuhn in Wirklichkeit widerfahren ist? Da empfiehlt es sich, erst mal die Klappe zu halten.

»Als wir 1938 in die USA gekommen sind«, setzt sie ihren Bericht fort, als klaffte da nicht eine Riesenlücke, »habe ich Marguerite wiedergetroffen. Sie lebte mittlerweile in Amerika, in einer Künstlerkolonie in Kalifornien. Sie hatte mir, nur auf dem Papier, eine Stelle an dem College besorgt, an dem sie selbst zuvor Dozentin gewesen war. Eine reine Gefallenssache des Dekans, auch damals bin ich keine Lehrerin gewesen. Aber nur so war es zu der Zeit möglich, als Deutsche offiziell einzuwandern; die Quoten waren längst ausgeschöpft. Ausschließlich Lehrer und Priester konnten noch ins Land; Adam, als mein Ehemann, durfte mich begleiten.«

Ich erinnere mich. Ganz am Anfang hatte sie mir erzählt, dass sie ein paar Jahre lang mit Mann und Sohn in den Staaten gelebt habe und dass es die schönste Zeit in ihrem Leben gewesen sei.

»Marguerite schrieb uns, wir sollten zu ihr kommen, wir könnten bei ihr wohnen. Also zogen wir, Adam und ich, hochschwanger, zu ihr auf die *Pond Farm*, wo sie eine Keramikwerkstatt betrieb und gemeinsam mit anderen Kunsthandwerkern lebte, arbeitete und unterrichtete. Wie auf der Burg gab es dort neben der Töpferei eine Textil- sowie eine Metallwerkstatt. Wenn Sie so wollen, wurde Michael zwischen Lehm und Ton, Baumwollfäden und Eisenspänen geboren. Er wuchs zwischen einem Dutzend Studentinnen und Studenten auf, die auf dem Gelände wohnten, mit Blick auf die schneebedeckten kalifornischen Berge. Alles in allem war die *Pond Farm* nicht nur eine Künstlerkolonie, sondern eine Art genossenschaftliches Unternehmen, das versuchte, sich selbst zu versorgen. Wir hatten Vieh, Hühner und Schafe und unterhielten einen riesigen Nutzgarten.«

Ich höre dem Fräulein Kuhn mit großen Augen und Ohren zu. Ihre Beschreibung klingt schwer nach Hippieleben, ohne dass es Hippies bereits gab. So richtige, meine ich, mit Woodstock und *love and peace* und alldem. Denn wenn ich richtig rechne, erzählt sie gerade vom Ende der Dreißiger- und Anfang der Vierzigerjahre. Was für eine Geschichte; diese zarte, alte Dame in ihrer gepflegten Kleidung will im Dreck gewühlt und sich von ihrer eigenen Hände Arbeit ernährt haben?

Unbeirrt fährt sie fort. »Adam hatte eine Stelle am Krankenhaus in der nächstgrößeren Stadt gefunden, und ich nahm meine Ausbildung bei Marguerite wieder auf.

Sie war eine strenge, unerbittliche Lehrerin, die größtmögliche Hingabe verlangte, aber um ehrlich zu sein, war das in dieser Umgebung kein Problem. Es gab keine Ablenkung, nur die Farm und ringsherum Kaninchen, Eidechsen, Habichte und manchmal eine davonhuschende Schlange.« Leise sagt sie: »Möglicherweise wären wir für immer dageblieben. Aber Adam hatte sich in einem Lager der Nazis, 1938, noch vor dem Krieg, eine schwere Tuberkulose zugezogen. Trotz des trockenen Klimas in Kalifornien brach sie immer wieder auf, bis …«

Etwas geschieht. So schnell, dass ich es erst nicht mitbekomme. Aber so ist das manchmal. Eben noch scheint die Welt in schönster Ordnung, und im nächsten Moment liegt sie in Trümmern. Im Inneren vom Fräulein Kuhn scheint etwas einzustürzen. Vollkommen lautlos, was die Wirkung umso gespenstischer macht.

»… bis auch er gestorben ist«, bringt sie den Satz gepresst zu Ende. Ihr Gesicht ist aschfahl, sie ballt die Hände zu Fäusten. Aus unnatürlich geweiteten Pupillen starrt sie mich an. »Es ist mein Schicksal, dass jeder, den ich liebe, stirbt, weil – ich bringe allen den Tod!«

Die Atmosphäre im Raum ist plötzlich eine vollkommen andere – so wie das ganze Fräulein Kuhn. Gerade will ich sie fragen, was diese seltsame Formulierung bedeuten soll, als sie mit einer Stimme, die ich so noch nie von ihr gehört habe, hervorstößt:

»Gehen Sie jetzt, sofort! Das muss ich mit mir allein ausmachen!«

***

Zu Hause schließe ich leise die Tür auf, ziehe die Schuhe aus und hänge meine Jacke an die Garderobe. Ich schaffe es ungesehen in mein Zimmer, wo ich mich sofort aufs Bett haue. Was war das jetzt?

Natürlich bin ich gegangen, was blieb mir auch anderes übrig? Schließlich war es ein Rausschmiss. Und zwar völlig unerwartet. Aber warum? Was ist plötzlich los gewesen mit dem Fräulein Kuhn, das doch bis dahin so ruhig und ausgeglichen gewirkt hatte?

Klar sind ihre Erinnerungen ein bisschen mit ihr durchgegangen; das kann jedem mal passieren. Aber was ist das für eine Sache mit »ich bringe allen den Tod«?!

Was zum Henker will sie damit sagen? Ist sie doch verrückt, und ich hab's bislang bloß übersehen? Mich vom Bild der kultivierten älteren Dame blenden lassen?

Logo bin ich nicht die geborene Menschenkennerin, ich kenne ja nicht mal mich selbst richtig, aber irgendwie riecht das hier nach einer anderen Nummer. Normalerweise müsste ich stinkend sauer sein – ich hab nichts getan, außer ihr freundlich zuzuhören, und zum Dank setzt sie mich vor die Tür. Aber wenn ich in mich reinhöre, ist da keine Wut, sondern ein anderes Gefühl, deutlich beunruhigender. Was, bitte schön, heißt »das muss ich mit mir allein ausmachen«?

An diesem Abend gehe ich nur noch einmal kurz runter, um mir einen Nutella-Toast zu schmieren – ja, ja, die ganze Schokolade! –, und verabschiede mich früh von Mutter und Vater.

»Ich geh ins Bett!«

Mutter guckt ein bisschen sparsam, und Vater wirft ostentativ einen Blick auf seine Armbanduhr. Aber – keine doofen Nachfragen. Brave Eltern, sie lernen!

Statt zur Ruhe zu kommen, kann ich nicht einschlafen und wälze mich wie blöde hin und her. Ich weiß, es ist völlig übertrieben, aber irgendwie mache ich mir Sorgen um das Fräulein Kuhn. Sie hat so verdammt komisch gewirkt heute Nachmittag. Nicht nur traurig und verzweifelt, sondern … na ja, unnormal eben. Und dann dieses seltsame Zeug, das sie von sich gegeben hat.

Am nächsten Tag rauscht der Unterricht völlig an mir vorbei. Nicht unbedingt neu, aber diesmal bin ich ausnahmsweise nicht mit mir, sondern mit jemand anders beschäftigt. *Das muss ich mit mir allein ausmachen!* Das kann doch nicht sein, oder?

Nach der Schule renn ich zum Haus von Fräulein Kuhn und klingele wie wild. Es ist zwar nicht mein üblicher Besuchsnachmittag, aber wen stört's? Sie soll nur eben kurz den Kopf durch den Türspalt stecken, und alles ist gut.

Tut sie aber nicht. Also ich meine, sie macht nicht auf. Gibt keinerlei Lebenszeichen von sich. So ein Scheiß, anrufen kann ich sie auch nicht, weil sie kein Telefon hat.

Wieso öffnet sie nicht die verdammte Tür? Sie verlässt das Haus so gut wie nie, ist fast immer da. Okay, vielleicht hält sie sich hinten im Garten auf und hört mich nicht. Mir fällt das Teehaus ein. Sie hat es mir von außen gezeigt und mir von Takeshi erzählt, dass sie dort immer Tee getrunken haben und sie ihm hinterher dort sein Lager gemacht hat. Aber betreten durfte ich es nie. Ich habe auch nicht danach gefragt. In allem anderen ist das Fräulein Kuhn ja offen und unkompliziert gewesen, von daher dachte ich, sie würde schon ihre Gründe haben.

Aber jetzt rufe ich mir die seltsame Stimmung in Erinnerung, in der sie sich gestern befunden hat, und – schon gut – ich gucke zu viele schlechte Filme und so, aber selbst ihr Sohn hat sich Sorgen gemacht, deswegen hat er ja jemanden gesucht. Jemand, der ein Auge auf sie hat. Von wegen Gesellschafterin. Erst jetzt wird mir klar, dass ich quasi als Aufpasserin im Haus geparkt wurde, um rechtzeitig mitzukriegen, wenn …

Verflucht, was macht sie da im Teehaus? Hat sie sich gerade hingekniet, um irgendwie total würdig und in aller Ruhe so eine Art Harakiri vorzubereiten? *Das muss ich mit mir allein ausmachen.* Ich muss nichts mit mir allein ausmachen! Das ist die Aufgabe von – wie heißt er noch gleich? – Michael, ihrem Sohn. Es ist sein Job, sich um seine Mutter zu kümmern, nicht meiner. Ich hab schon genug mit meinen eigenen Eltern zu tun!

Ich rase zur Schule zurück und platze ins Vorzimmer vom Direktor. Frau Schulz, die Schulsekretärin, ist noch da. Ach ja, heute ist Konferenztag.

»Bitte, können Sie den Direktor kurz aus dem Lehrerzimmer holen? Es ist … es ist total wichtig!«

Normalerweise schafft es nicht einmal ein Erdbeben, dass Frau Schulz sich von ihrem Stuhl erhebt – es geht das Gerücht, sie sei da festzementiert –, geschweige denn dass sie irgendetwas tut, worum ein Schüler sie bittet. Aber entweder ist heute mein Glückstag, oder sie liest etwas in meinem Gesicht, das sämtliche Prinzipien der Trägheit oder der Schwerkraft oder was auch immer außer Kraft setzt – eine Minute später stehe ich vor dem Direktor.

»Herr Franke hat mir in Ihrem Auftrag, also in dem von Ihrem Freund, den Betreuungsjob bei dessen Mutter vermittelt«, sprudele ich hervor, »bei Fräulein Kuhn. Es lief auch so weit alles gut, bis sie gestern Nachmittag so eine Art … also so eine Art Nervenzusammenbruch hatte. Und jetzt macht sie die Tür nicht auf, und telefonisch kann man sie nicht erreichen, von daher wäre es total wichtig, wenn Sie Ihrem Freund Bescheid sagen würden!«

Man wird nicht Direktor eines Gymnasiums mit tausend Schülern, wenn man zu hysterischem Nasenbluten neigt. Wenigstens unser Schulleiter verfügt über keinerlei Neigung in dieser Richtung.

»Warten Sie hier!«, sagt er, dreht sich um und verschwindet in seinem Zimmer. Frau Schulz und ich gucken uns erleichtert an – es ist immer gut, Verantwortung abzugeben!

Zwei Minuten später kehrt er zurück und sagt: »Mein Freund lässt Ihnen seinen Dank ausrichten für Ihre Sorge und Aufmerksamkeit. Er fährt sofort bei seiner Mutter vorbei, um nach dem Rechten zu sehen. Sie leide ab und zu unter solchen ›Phasen‹, wie er es nennt. Aber darüber will er gerne mit Ihnen persönlich sprechen. Er bittet Sie, ihn um fünf im *Café Krümel*, gleich bei seiner Mutter um die Ecke, zu treffen. Wäre Ihnen das recht?«

Ich nicke, ein bisschen betäubt. Unter »Phasen« leide ich auch. Allerdings murmele ich dabei keine Selbstmordabsichten vor mich hin – wie das Fräulein Kuhn.

BERLIN

1932–1935

Porzellan wird als einziger Stoff nicht aus dem Feuer heraus-, sondern in das Feuer hineingearbeitet. Glas, Eisen und Stahl nehmen erst durch Hitze Gestalt an. Beim Porzellan ist die Form bereits da, bevor sie dem Brennvorgang ausgesetzt wird.
Das Feuer ist das beherrschende Element der Porzellanfertigung. Seine Kraft entscheidet über das Gelingen oder Misslingen allen Tuns.
Nur was sich im Feuer bewährt, hat Bestand.

(frei nach »*Handwerkskunst*«, KPM Berlin)

43. KAPITEL

in dem sich die Frage stellt, ob es einen Sinn im Irrsinn gibt und falls ja – welchen?

Es heißt, Schuld habe ein Gewicht. Man sagt, je größer die Schuld, umso höher sei ihr Gewicht. Große Schuld wiege schwer, drücke aufs Gemüt: Sie mache schwermütig.

Die Schwermut ist ein Schloss ohne Schlüssel. Sie schließt Lili ein. Im Haus, in ihrer Seele, in sich selbst.

Sie spricht nicht mehr. Verliert sich in der Einsamkeit ihrer Gedanken und Gefühle. Menschenfern.

Als kleines Mädchen steckte sie ihre Mutter mit der Spanischen Grippe an und brachte Charlotte dadurch um. Jetzt, mit zwanzig, hat sie Jakob, den Vater, auf dem Gewissen. Wer wird der Nächste sein, dessen Tod sie verursacht?

Sie hat es nicht verdient, weiterzuleben. Denn woher nähme sie das Recht, sie, die Elternmörderin?

Sie *muss* weiterleben. Darf ihrem Dasein kein Ende setzen. So lautet das Urteil: Leben als Strafe!

Den Richter sieht sie nicht – er sieht sie. In all ihrer Schuld. Sie spürt, dass er sie beobachtet. Tag und Nacht.

Sie beugt sich dem Urteil, weil sie es verdient hat. Also

isst sie. Und trinkt. Wie ein Automat führt sie zum Mund, was Takeshi ihr anreicht. Reis, Gemüse, Fisch. Brot und Käse. Sie trinkt, was er ihr einschenkt. Wasser, Tee. Wären es Säure oder Eisenspäne, sie nähme sie genauso zu sich. Da ist kein Empfinden. Nicht einmal Schmerz. Nur ein überwältigendes Gefühl der Gefühllosigkeit.

Die Reihenfolge ist immer gleich. Feste Nahrung, Flüssigkeit. Sie hält den Rhythmus ein, den Takeshi vorgibt. Stellt er sie hin, steht sie. Platziert er sie auf einem Stuhl, sitzt sie. Nur wenn er sie anspricht, antwortet sie nicht.

Weshalb so und nicht anders?

Das würde bedeuten, es gäbe einen Sinn im Irrsinn.

***

Die Haushaltskiste von Frau Herschowitz ist gut sortiert:

Kernseife, Natron, 25 %ige Essigessenz, Zitronensäure und Soda. Gar nicht so einfach, die Sache mit der Reinheit.

Für Frau Herschowitz schon. Sie ist Expertin in puncto Reinmachen und Reinsein, stellt Spülmittel, Waschmittel und Allzweckreiniger her. Scheuerpaste und Glasreiniger. Sie schrubbt damit die Arbeitsflächen und entfernt den Kalk von den Armaturen.

Lili tut sich schwerer. Mit der Reinigung. Sie überlässt Frau Herschowitz Küche und Bad, Böden und Fenster und wendet sich sich selbst zu. Ihre einzige spontane Handlung.

Sie beginnt sich zu säubern. Arme, Beine, Rumpf. An ihr Gewissen kommt sie nicht heran. Nach wenigen Wochen sind ihre Hände trocken, gerötet und entzündet. Die Haut an den Fingern ist aufgeplatzt.

Takeshi geht zur Drogerie. Er kauft Vaseline. Pfundweise. Jeden Abend massiert er sie in Lilis Hände ein. Zieht ihr weiße Baumwollhandschuhe über. Dann bringt er sie zu Bett. Wie damals, als Jakob auf Reisen und sie ein kleines Mädchen war. Damals, als Jakob noch wiedergekehrt ist.

Später am Abend hört Takeshi ein Geräusch. Er geht in Lilis Zimmer. Sie hat die Augen geschlossen, knirscht mit den Zähnen. Sie leidet – sogar im Schlaf.

***

Lili sitzt. Stundenlang. Untätig. Bewegt sich nicht. Ein lebendes Diorama. Bis nach dem Mittagessen hat Frau Herschowitz ein Auge auf sie. Dann wird gewechselt.

Jeden Tag versieht Takeshi drei Schichten. Eine morgens bei der *Staatlichen Porzellan-Manufaktur* und zwei nachmittags und abends, nach seiner Rückkehr, bei Lili.

Früh-, Spät- und Nachtschicht.

Woche um Woche. Monat um Monat.

Klaglos versieht er seinen Dienst.

Freundschaft zeigt sich nicht nur im Respekt vor den Antworten. Sie zeigt sich ebenso im Respekt vor den Fragen.

***

Sie sitzen im Salon. Takeshi hat das Feuer im Kamin angezündet. Vor ihm steht eine Teetasse, vor Lili ihre Schale. Weiß, mit einer kleinen blauen Blüte darauf. Er hat sich angewöhnt, ihr den Tee darin zu servieren – in der Hoffnung auf angenehme Erinnerungen. Als Verbindung zu der Zeit, als die Dinge noch gut waren. Er will einen Anker setzen. Doch Lilis Geist treibt weiter steuerlos dahin. In wenigen Stunden würde das neue Jahr beginnen. Das erste ohne Jakob.

Die Flammen des Feuers sind die einzige Lichtquelle im Raum. Unruhig flackert ihr Schein über die Wände.

Zunächst unmerklich, dann immer offensichtlicher beginnt sich das geflügelte Wesen auf dem Bild von Paul Klee zu bewegen. Lili beobachtet, wie Leben in seine Glieder fährt, wie sie beginnen zu zucken.

Gleichzeitig beobachtet das Wesen sie.

Langsam hebt es den Fuß, bereit für den nächsten Schritt. Seine Flügel beginnen zu erzittern. Die Augen leuchten wie glühende Kohlen. Der Rest des Antlitzes liegt im Schatten der Flammenkrone auf seinem Kopf. Sie brennt lichterloh.

Lili begreift. Endlich. Zu spät.

Es ist kein Zwischenwesen, kein Mittler zwischen den Welten. Es ist Lilith, die *Nächtliche*, der todbringende Dämon.

Sie ist Lilith, wie der Rabbi gesagt hat. Und sie hat Jakob und Charlotte den Tod gebracht. Sie sieht sich selbst.

Sie springt auf und greift in den Kamin. Mit bloßen Händen zieht sie ein glühendes Scheit aus dem Feuer und hält es an den Rahmen des Bildes.

Takeshi reißt sie zurück. Er schlägt ihr das Stück Holz aus der Hand. Noch nie hat er die Stimme gegen sie erhoben, aber diesmal brüllt er sie an: »So darf es nicht weitergehen!«

Im selben Moment hört man draußen die Glocken läuten. Laut und leise, von nah und fern.

Das Jahr 1933 bricht an.

44. KAPITEL

in dem Magie und Menschen miteinander wetteifern. Doch wie immer gilt: Wer heilt, hat recht.

Am 30. Januar 1933 ernennt Reichspräsident Paul von Hindenburg Adolf Hitler zum Reichskanzler. Bei der Reichstagswahl im März 1933 geben knapp 44 % der Wähler ihre Stimme der NSDAP – freiwillig.

In den Jahren vor seinem plötzlichen Tod hat Jakob das Heraufdämmern des Nationalsozialismus mit Argwohn beobachtet. Durch seinen Teehandel und die damit verbundenen Reisen schaute er über den nationalen Tellerrand hinaus und blickte von außen auf Deutschland.

Was er sah, gefiel ihm nicht.

Natürlich hat er weder die Novemberpogrome noch die *Shoah* vorausgesehen – wer hätte das schon? Nicht das hemmungslose und gleichzeitig lustvolle Wüten glühender und weniger glühender Nationalsozialisten gegen das jüdische Volk und dessen Kultur.

Die angeblichen Gründe?

Fluch über jene monströse Abfolge von Worthülsen, deren groteske Scheinlogik ausschließlich die eigenen niedersten Instinkte verdeckt. Das einzige Verdienst der

Nazis? Selbst spätere Generationen vermögen ohne den geringsten Zweifel Stellung zu beziehen. Wenigstens sollte man das annehmen.

Nichts von alledem hat Jakob vorausgesehen, aber er ist ein umsichtiger Mensch gewesen – insbesondere wenn es um seine Tochter ging. Er ahnte, auf Dauer könnte es für Menschen wie Lili und ihn schwer werden in Deutschland.

»Kurz nachdem Lili an die Burg gegangen ist, hat er mir seinen kompletten Besitz – das Haus, den Teehandel, die Wertpapiere und sein Barvermögen – überschrieben.« Takeshi ist blass, sein linkes Augenlid zuckt. »Ich glaube nicht, dass es einen Auslöser gab. ›Schlicht eine Vorsichtsmaßnahme‹, hat er gesagt, ›ein zusätzliches Netz für Lili.‹ Er wisse, solange er lebe, könne er mir vertrauen. Und über seinen Tod hinaus sowieso.«

»Ein guter Menschenkenner und ein vorsichtiger Mann, dieser Jakob Kuhn.« Rabbi Teichlmann legt Takeshi die Hand auf die Schulter. »Niemand ist geeigneter, sich um Lili zu kümmern, als Sie es sind. Mitunter wünschte ich, das jüdische Volk hätte hier auf Erden ebenfalls jemanden, der es an die Hand nimmt und so gut für es Vorsorge trifft, wie Jakob es für Lili getan hat.«

Der Rabbi ist ein guter Mensch. Einmal im Monat stattet er den alten und kranken Gemeindemitgliedern einen Besuch ab und spricht den Dahinsiechenden Mut zu. Seine Stimme klingt dann ganz ähnlich wie jetzt, als er sagt: »Aber vielleicht ist Jakob auch zu pessimistisch gewesen, und wir sollten einfach zuwarten, bis die Zeiten sich wieder beruhigen – bislang haben sie das noch immer getan.«

»Ihr Vertrauen ehrt mich, Rabbi. Doch ich bin der Verantwortung nicht gewachsen. Es geht Lili nicht gut, im

Gegenteil, ich denke, sie ist krank. Schwer krank. Ich brauche Ihren Rat.«

Und Teichlmann neigt den Kopf, wie er ihn schon unzählige Male zuvor geneigt hat, wenn die Menschen in seinem Umfeld mit diesem Anliegen zu ihm gekommen sind.

Mit leiser Stimme berichtet Takeshi von Lilis Verstummen nach Jakobs Tod. Von ihrer völligen Teilnahmslosigkeit, ihrem Bedürfnis, sich fortwährend zu reinigen, und dem rätselhaften Versuch, das Bild von Paul Klee anzuzünden.

Er berichtet von einem Leben im Tod.

Nachdem er zu Ende gesprochen hat, senkt sich Stille über den Raum. Nachdenklich wiegt der Rabbi den Kopf. Schließlich sagt er: »Haben Sie schon einmal von Sigmund Freud gehört?«

Takeshi verneint.

»Ein Jude, auch wenn er es nicht immer wahrhaben will. Ich bin unschlüssig, was von ihm zu halten ist. Seine Methoden sind umstritten, aber es heißt, er habe Erfolg damit; selbst bei schweren seelischen Leiden. Ich werde Ihnen einen jungen Arzt aus der Gemeinde vorbeischicken. Doktor Seidenmann. Er hat bei Freud in Wien studiert.«

Takeshi nickt. »Ich wäre Doktor Seidenmann sehr dankbar, wenn er möglichst schnell vorbeikäme.«

Ein verständnisvoller Ausdruck tritt in Teichlmanns Augen. »Ich werde ihn noch heute verständigen.« Er seufzt. »Was für ein *Schlamassel*!«

Erneut wird es still zwischen ihnen. Zwischen Lilis Welten. Takeshi und Rabbi Teichlmann. Die dritte fehlt. Unwiederbringlich. Jakob.

Die Stimme des Rabbi bekommt einen dunkleren Klang, als er sagt: »Vielleicht gibt es noch eine weitere Möglichkeit.«

Fragend mustert Takeshi den Mann, der außer ihm Lili am besten kennt. Der ihr Lehrer gewesen ist, wie er selbst.

Teichlmann streicht sich durch den Bart. »Ich weiß, wir leben im 20. Jahrhundert. Auch und gerade im Bereich der Seelenkunde hat die Medizin große Fortschritte gemacht. Aber daneben existiert ein altes, überliefertes Wissen, das gleichfalls seine Berechtigung hat.« Leise sagt er: »Unsere Vorfahren hätten behauptet, ein *Dybbuk* sei in unsere kleine Lili gefahren.«

»Wie bitte?«

»Sie würden sagen, ein Geist habe von Lili Besitz ergriffen; Jakobs Geist. Da es ihm nicht gelungen ist, seine Tochter zu schützen, bis sie Mann und Kinder, bis sie selbst Familie hat und seines väterlichen Rückhalts nicht mehr bedarf, ist er gezwungen, andere Wege zu gehen. Die jüdische Mythologie behauptet, in der Gestalt eines *Dybbuk* bekomme er einen zweiten Versuch.«

Takeshi senkt den Blick. Er erinnert sich, wie seine Mutter ihm als kleinem Jungen von den *yōkai* erzählt hat, seltsamen Wesen mit übersinnlichen Kräften, die sich von den warmen Feuern der Menschen angezogen fühlten. Es gab ebenfalls Dämonen und Geister unter ihnen. Er schüttelt den Kopf. »Dieser Geist beschützt Lili nicht. Im Gegenteil, er schadet ihr. Auf Dauer wird er sie umbringen!«

»Wie gesagt«, Teichlmann hebt den Finger, »der jüdische Glaube ist reich an Mysterien. Lilis Name leitet sich vom hebräischen *Lilith* ab. Nach alten talmudischen Quellen handelt es sich dabei um die Figur eines weiblichen Dämons, der die Menschen des Nachts heimsucht und den Tod in ihre Häuser bringt. Wenn es kein *Dybbuk* ist, der von Lili Besitz ergriffen hat, ist vielleicht er es, dieser ihr allein schon durch den Namen so nahestehende Dämon?!«

»Ich glaube nicht, dass Lili mit einem fremden Geist kämpft; bedauerlicherweise ist es ihr eigener.« Takeshi zögert. »Andererseits kenne ich mich mit Ihrem Glauben nicht aus. Ich bin bereit, jede Chance zu nutzen. Nur für den Fall, also ich meine … den unwahrscheinlichen Fall, es spielten wirklich übersinnliche Kräfte eine Rolle – was könnte man dann tun? Könnte man überhaupt etwas tun?«

»Nun«, der Rabbi blickt ihn direkt an, »da ist das *Sefer ha-Razim*, das *Buch der Geheimnisse*, ein Werk aus dem Dunstkreis der *Kabbala*, der jüdischen Geheimlehre. Darin steht geschrieben, mittels sogenannter magischer Schalen sei es möglich, die Macht eines Dämons zu neutralisieren und die Betroffenen von ihrem Leid zu befreien.«

»Magische Schalen?« Ohne es zu wissen, reagiert Takeshi wie Lili viele Jahre zuvor.

»Ja, magische Schalen«, bekräftigt Teichlmann. »Man versieht ein Gefäß, einen Alltagsgegenstand, mit bestimmten, sehr alten Beschwörungsformeln. Ginge es darum, einem bösen Dämon vorzubeugen, ihn fernzuhalten, würde man die Schale unter der Türschwelle oder an der Außenwand des Hauses vergraben. Aber Lili ist schon befallen. Folglich muss sie das Gegenmittel in sich aufnehmen, sprich, aus einem solcherart behandelten Gefäß trinken, bis ausfährt, was in sie gefahren ist. Niemand weiß, wie lange das dauert.«

Erneut zögert Takeshi. »Wenn ich Ihnen eine Schale

vorbeibrächte, die für Lili eine besondere Bedeutung besitzt – könnten Sie sie mit den entsprechenden Formeln versehen?«

»Ja, das kann ich. Und ich würde es tun – für Sie, Jakob und vor allem für Lili.« Ein sanfter Ausdruck tritt auf seine Züge. »Betrachten Sie es so: Sie haben nichts zu verlieren. Wer heilt, hat recht. Egal, ob Freud oder die Magie.« Mit einem Mal funkeln Teichlmanns Augen hinter den Gläsern seiner Brille, und für einen Moment wirkt er selbst wie ein Dämon. Wie ein belustigter Dämon. »Nicht wenige behaupten, es bestehe da ohnehin kein Unterschied.«

Am nächsten Tag bringt Takeshi Lilis Schale, die, die sie von Günther von Pechmann und seiner Familie bekommen hat, zur Synagoge, wo er sie vor dem Abendessen wieder abholt.

Äußerlich ist nichts zu erkennen, die Schale sieht aus wie immer – weiß, mit einer schlichten blauen Blüte geschmückt.

»Was haben Sie damit gemacht?«, fragt er.

Der Rabbi zuckt mit den Achseln. »Nicht umsonst ist die *Kabbala* eine Geheimlehre. Auch Lili selbst darf nicht wissen, dass ich die Schale behandelt habe.« Er verzieht das Gesicht. »Nur so können wir vor dem Dämon verbergen, dass wir ihm auf die Schliche gekommen sind. Wenn es funktioniert, wird die Schale Lili dauerhaft Schutz verleihen. Und jedem anderen, der daraus trinkt, ebenfalls. So steht es im *Sefer ha-Razim* geschrieben.«

Takeshi wiegt das unscheinbare Gefäß in der Hand. »Ich werde alles genau so machen, wie Sie sagen.«

Am Abend füllt er Lili Reis und Gemüse in das von ihr früher so wertgeschätzte Schälchen. Sie hatte es nie benutzt, sondern stets so platziert, dass ihr Blick sich daran erfreute. Ein besonderes Geschenk mit einer besonderen Bedeutung, dem er jetzt eine neue Funktion verleiht.

Sie isst schweigend. Auch das Wasser, das er ihr eingießt, trinkt sie wortlos, bis auf den letzten Tropfen.

Vorsichtig erkundigt er sich: »Wie hat es geschmeckt?«

Ihr Blick geht durch ihn hindurch, wie immer in den letzten Monaten, als würde sie ihn weder sehen noch hören.

Takeshi nimmt die Schale und trägt sie in die Küche. Er spült sie aus und stellt sie zum Trocknen in das Abtropfregal über dem Becken.

Der Rabbi hat ihn gewarnt – es würde ein langer Weg werden. Egal, ob mithilfe der Menschen oder der Geister.

45. KAPITEL

in dem von den Katastrophen der Liebe die Rede ist.

Adam Seidenmann ist Kommunist, Freud-Schüler und Romantiker in loser Reihenfolge. Ersteres macht ihn in einer weitverzweigten Familie polnischer Juden, die größtenteils aus wohlhabenden Akademikern und Kaufleuten besteht, zur beliebten Zielscheibe auf diversen Familien- und religiösen Festen, wobei beides oftmals kaum voneinander zu unterscheiden ist. »Salonkommunist« dürfte noch die harmloseste Bezeichnung sein, die er sich dabei anhören muss. Das ist nicht nur ungerecht, sondern schlicht falsch und beschreibt nicht einmal ansatzweise den leidenschaftlichen Ernst, mit dem er an den Diskussionen, Versammlungen und Märschen der Genossen teilnimmt.

Die Psychoanalyse hingegen sorgt dafür, dass die Mediziner in der Familie ihn mit hochgezogenen Augenbrauen betrachten und einen Teil seines beruflichen Schaffens bestenfalls als lächerlich empfinden. Eine Einschätzung, die er im Hinblick auf seine romantischen Neigungen teilt, teilen muss, verliebt er sich doch in schöner Regelmäßigkeit stets aufs Neue, nur um bald darauf festzustellen, dass sein überschwängliches Herz seinen Blick wieder einmal getrübt hat.

Aus seiner Sicht handelt es sich dabei vor allem um eine Frage der Navigation.

Oft fragt er sich, wie es ihm immer wieder gelingt, auf der vergleichsweise kurzen Strecke zwischen Kopf, Herz und Bauch sämtliche Prinzipien emotionaler Steuermannskunst über Bord zu werfen. Bislang ist er sich eine Antwort schuldig geblieben. Fest steht nur, er wäre kein guter Seemann geworden – es sei denn, man liebt den seelischen Schiffbruch, was ihn wiederum für die Psychoanalyse prädestiniert.

Einem Freund gegenüber äußerte er den Gedanken: »Ich wünschte, ich verfügte über den unbeirrbaren Intellekt eines Karl Marx oder den methodischen Scharfsinn Freuds, dann wäre ich in Sachen Liebe vor allzu großem Schaden geschützt.« Doch noch während er es aussprach, wusste er, dass er log. Ohne die Katastrophen der Liebe, wie er diesen Bereich seines Lebens nannte, käme ihm sein Dasein wesentlich ärmer vor.

Ungeachtet jeder romantischen Attitüde hätte ihn der Hausbesuch, um den Rabbi Teichlmann ihn gebeten hat, in jedem Fall neugierig gemacht. Ein Japaner in einer Villa in Charlottenburg und eine junge Jüdin, die nach dem Tod des Vaters verstummt ist?

Bevor er von zu Hause aufgebrochen ist, hat er sich in seinem möblierten Zimmer in Wilmersdorf vor den Spiegel gestellt. Hat seinen Anzug glatt gestrichen und ist sich – vergeblich – mit der Hand durch die widerspenstigen Locken gefahren. Zuletzt hat er die Gläser der randlosen Brille poliert, die ihm, wie er hofft, eine gewisse Ähnlichkeit mit dem Komponisten Gustav Mahler verleiht, den er über alle Maßen schätzt.

Von außen unterscheidet sich das Haus, vor dem er jetzt

steht, nicht von den anderen in der Straße. Gründerzeit, stellt er fest, das Wort »Villa« ist wahrscheinlich seiner überbordenden Fantasie geschuldet. Der Mann, der ihm die Tür öffnet, ist ohne Zweifel asiatischer Herkunft. Ob tatsächlich Japaner, kann er nicht sagen; während des Studiums hat er die Vorlesungen in Anthropologie versäumt. Stattdessen lauschte er lieber in der *Villa Joachim* im Tiergarten als Gasthörer den Vorträgen von Magnus Hirschfeld in dessen *Institut für Sexualwissenschaft*.

»Guten Abend«, grüßt er den – mutmaßlichen – Japaner, »mein Name ist Adam Seidenmann. Ich bin Arzt. Rabbi Teichlmann schickt mich.«

»Ich danke Ihnen, dass Sie so schnell kommen konnten, Doktor Seidenmann, bitte treten Sie ein. Ich bin in großer Sorge.«

Adam folgt dem Mann ins Innere des Hauses, wo er geradewegs in den Salon geführt wird. Am Tisch, mit dem Rücken zu den hohen Fenstern, sitzt eine junge Frau. Ihr Gesicht ist blass und ausdruckslos, die dunklen Haare sind zu einem schlichten Zopf gebunden. Sie trägt ein einfach geschnittenes Kleid ohne jeden Schmuck. Als sein Blick auf ihre Hände fällt, erstarrt er.

»Guten Abend«, sagt er ruhig, »ich bin Doktor Seidenmann.«

Die Frau reagiert nicht.

Vorsichtig fährt er fort. »Sie kennen mich nicht. Ich bin hier, um … um mit Ihnen zu sprechen.«

Der Japaner hinter ihm räuspert sich. »Ich weiß nicht, was der Rabbi Ihnen erzählt hat, aber vielleicht setzen Sie sich erst einmal.«

Und so nehmen sie zum ersten Mal die Sitzordnung ein, die sie zukünftig regelmäßig einnehmen werden: Lili mit dem Rücken zum Garten und dem Teehaus und damit zu ihrer Welt. Adam mit dem Blick auf Lili und für ihn auf eine neue Welt. In der Mitte Takeshi, ein Wanderer zwischen den Welten.

Während sie an mehreren Abenden pro Woche beieinandersitzen, wird die äußere Welt ihre private zunehmend erschüttern – wie die zahlloser Menschen mehr: Juden, Sozialdemokraten, Kommunisten. Zigeuner. Homosexuelle. Geistig und körperlich Behinderte. Bestimmt sind auch einige Romantiker unter ihnen.

Adam schwebt in höchster Gefahr. An diesem und an allen weiteren Abenden. Und jeder, der sich mit ihm einlässt, ebenfalls. Aber selbst wenn sie es gewusst hätten, Takeshi, Lili und er – wäre dadurch irgendetwas verhindert worden?

46. KAPITEL

in dem Befunde erhoben und Theorien erwogen werden. Nicht immer zur Freude aller Beteiligten.

»Sollten wir nicht in den Nebenraum gehen?«

»Wozu?«

»Nun ja«, Takeshis Empfinden für Höflichkeit zeigt sich aufs empfindlichste gestört. Schlimm genug, in jemandes Abwesenheit über ihn zu reden, aber in dessen Gegenwart – wenn das die Methoden Freuds sind? »Könnte es nicht zu belastend für Lili ... für Fräulein Kuhn sein, all das mitanzuhören?«

»Sie gehen also davon aus, dass sie uns hört – trotz ihres Zustandes?«

Takeshi zögert. Und nickt.

»Sehen Sie«, sagt Adam, »weshalb sollten wir dann also hinter ihrem Rücken über sie sprechen? Wir wollen sie doch wieder für das Leben interessieren. Vielleicht trägt unser Gespräch dazu bei. Oder gibt es etwas, was Fräulein Kuhn nicht hören dürfte?«

»Nein.« Diesmal ist Takeshi seiner Sache sicher.

»Nun, dann lassen Sie uns mit der Befunderhebung beginnen«, sagt Adam und zieht Füllfederhalter und Notizblock aus der Tasche. Er schlägt den Block auf der ersten Seite auf. »Ist das Fräulein Kuhn früher schon einmal psychisch auffällig gewesen?«

Takeshi schüttelt den Kopf. »Nein, sie war immer ein fantasievolles Mädchen, das sich nach dem Tod der Mutter in die Welt der Märchen geflüchtet hat. Aber sie ist nie seelisch krank gewesen.«

»Was ist mit den Eltern?«

»Soweit mir bekannt ist, gab es dort ebenfalls keine … keine diesbezüglichen Auffälligkeiten.«

Seidenmann macht sich eine Notiz. »Wie alt war Fräulein Kuhn, als ihre Mutter starb? Und wie ist das Verhältnis zwischen beiden gewesen?«

»Ich lebte damals noch in Japan, weiß also nur vom Hörensagen davon. Lili war sechs, als ihre Mutter an den Folgen einer Grippe verstarb. Laut Jakob, Lilis Vater, haben Lili und ihre Mutter ein sehr enges Verhältnis gehabt; was nicht zuletzt damit zusammenhing, dass Herr Kuhn zu jener Zeit geschäftlich viel unterwegs gewesen ist.«

»Und wie war das Verhältnis zwischen Vater und Tochter?«

Wieder fällt Takeshi die Antwort leicht. »Mein Freund Jakob hat alles in seiner Macht Stehende getan, um für Lili Vater und Mutter zugleich zu sein. Er hat sie geschützt und unterstützt, wo es ging, ist ihr gegenüber stets enorm großzügig gewesen. Ich kann mir keinen besseren Vater vorstellen.«

»Hat er sie eventuell zu sehr verwöhnt, vielleicht sogar verzogen?«

»Verwöhnt ja, verzogen nein. Lili ist eine höfliche junge Frau, die ihre Mitmenschen respektiert.«

Adam studiert seine Notizen. »Es scheint sich also weder um eine vererbte noch um eine frühkindliche Störung vor dem Hintergrund einer gestörten Objektbeziehung zu handeln. Was können Sie mir zur weiteren Entwicklung Ihres Schützlings sagen?«

»Was meinen Sie damit?«

»Nun, die sexuelle Entwicklung Fräulein Kuhns in der Jugendzeit.«

Takeshis Gedanken gehen zurück. *Wie findest du meinen Busen?*

»Fräulein Kuhn befindet sich seit ihrem achtzehnten Lebensjahr in der Ausbildung zur Porzellanmalerin auf der Burg Giebichenstein in Halle an der Saale. Zuletzt hat sie sich vermehrt der Töpferei zugewandt, um ihr Wissen später auf das Gebiet der Porzellanfertigung ausweiten zu können.«

»Nein, mich interessiert, ob Fräulein Kuhn schon einmal einen ... Gefährten hatte. Ob es möglicherweise zum Austausch libidinöser Energien gekommen ist. Oder auch zu deren Stau.«

»Die bekannte Keramikkünstlerin Marguerite Friedlaender hat Fräulein Kuhn in ihren Bemühungen unterstützt.«

Takeshis Stimme ist gleichbleibend ruhig. Dennoch hebt Adam den Blick von seinen Notizen. Die Botschaft ist eindeutig. Auch und gerade für einen eifrigen jungen Arzt.

»Tja, ... vielleicht wenden wir uns lieber dem Ereignis, sprich dem Unfall selber zu. Ist Ihnen an dem Tag an Fräulein Kuhn etwas aufgefallen? Unter Umständen etwas Ungewöhnliches?«

Takeshi zögert. »Ihr Blau hatte sich verändert.«

»Verzeihung, was wollen Sie damit sagen – ›ihr Blau hatte sich verändert‹?«

»Nun ja, es ist ein Spiel. Ein altes Spiel zwischen Lili und mir. Wobei – es ist mehr als das. Es ist ein Weg, über Gefühle zu sprechen. Sie wahrzunehmen, zu beschreiben und miteinander zu teilen. Eine Art von Austausch, den wir für uns entdeckt haben, ohne allzu viele Worte darüber zu verlieren. Farben können Türen sein. Wir erzählen uns Geschichten in Farben und tauschen so Empfindungen aus.«

Interessiert beugt sich Adam vor. Er mustert Takeshi durch seine Brillengläser. »Und wenn Sie sagen, Fräulein Kuhns Blau hatte sich verändert, bedeutet das …?«

»Sie hatte Leid erfahren. Erst unlängst, kurz zuvor.«

»Haben Sie mit ihr darüber gesprochen?«

»Nein, sie wollte es nicht. Wenigstens nicht zu dem Zeitpunkt. Vielleicht wäre es später dazu gekommen.«

»Halten Sie es für möglich, dass Fräulein Kuhn durch ein vorhergehendes Ereignis so getroffen war, dass sie beabsichtigt haben könnte, sich das Leben zu nehmen?«

Takeshi schweigt. Sein Blick geht nach innen. Schließlich sagt er: »Nein, das wäre nicht ihre Art gewesen. Ich habe es für etwas Vorübergehendes gehalten. Für etwas, das sie in jedem Fall überwunden hätte. Allerdings«, er schluckt, »allerdings beabsichtigte Jakob ihr an dem Tag, also … er wollte ihr mitteilen, dass er wieder heiraten würde.«

»Ist er dazu gekommen?«

»Das weiß ich nicht. Sie sind ohne mich zum Flughafen gefahren.«

»Wie hätte Fräulein Kuhn diese Mitteilung Ihrer Meinung nach aufgenommen?«

Takeshi senkt den Kopf. »Nicht gut.«

»Mit welchen Gefühlen hätte sie wohl reagiert?«

»Sie wäre wütend gewesen. Wütend und verzweifelt.«

»Vielleicht auch eifersüchtig? Die eifersüchtige Tochter, die der neuen Frau den Vater nicht gönnt? Oder umgekehrt – wie kann der Vater es wagen, sie, die Tochter, wegen einer anderen zu verlassen?« Adam macht eine kurze Pause. »Wäre Fräulein Kuhn möglicherweise wütend, verzweifelt und eifersüchtig genug gewesen, um ein Flugzeug zum Absturz zu bringen? Absichtlich?«

Draußen senkt sich die Dunkelheit herab. Im Haus selbst ist es still. Ein Deckenbalken knarrt. Von weit entfernt ist das Tropfen eines Wasserhahns zu hören.

Takeshi hebt den Blick. Er sieht Adam direkt an. Seine Augen gleichen glänzenden schwarzen Kieseln.

»Nein«, sagt er.

47. KAPITEL

in dem ein nicht zu behandelnder Patient an der Spitze des Deutschen Reiches steht, weshalb Adam mehr Zeit für andere Patienten hat.

Adam kommt wieder. Er kehrt am nächsten Abend zurück. Und in der Woche darauf. Und in der Woche danach ebenfalls. Er kehrt zurück zu Takeshi und zu Lili, ins neue Haus. Da ist die medizinische Herausforderung. Nun gut. Aber da ist noch mehr. Er kann es nur schwer in Worte fassen. Auch und gerade vor sich selbst. Merkwürdigerweise fühlt es sich wie die Rückkehr zu etwas eigentümlich Bekanntem, seltsam Vertrautem an.

Er überlegt. Wenn seine Seele ein Haus ist, hat er bei Takeshi und Lili ein beinah baugleiches gefunden; allerdings mit einer vollkommen anderen Inneneinrichtung. Ein zweiseeliges Haus. Eines, das er mit seinen Bewohnern teilen will – weil es ihm guttut.

Doch was ist mit Lili? Wer ist sie?

Ein besonderer Reiz geht von ihr aus. Der ihn anspricht, ohne dass sie spricht. Er muss ihre Stimme hören. Um jeden Preis.

***

»Können Sie mich hören, Fräulein Kuhn? Wir machen uns große Sorgen um Sie. Wie geht es Ihnen?«

Wie immer benutzt er einfache Worte, angemessene Worte, ärztliche Worte. Aber er weiß – wichtig ist nur das eine: Wir!

***

»Es wäre schön, wenn Sie mit mir redeten. Ich würde gerne eine Sprechkur mit Ihnen machen. Vielleicht haben Sie schon einmal davon gehört?«

Keine Reaktion. Vielleicht hat sie schon einmal davon gehört. Vielleicht auch nicht. Sosehr er es sich auch wünscht: Die schöne junge Jüdin gibt nichts preis.

Er erwägt, an Sigmund Freud zu schreiben. *Wie mache ich eine Redekur mit jemandem, der nicht redet?* Er verwirft den Gedanken wieder. Nicht nur der große Meister fände ihn lächerlich.

***

In seiner Ratlosigkeit versucht er es über Umwege: »Haben Sie Lust, von sich aus etwas zu erzählen? Möglicherweise von Ihrer Zeit auf der Burg Giebichenstein? Ihr Freund Takeshi hat mir davon berichtet. Frau Friedlaender ist übrigens nicht mehr dort. Sie hat Ihnen einen Brief geschrieben. Auf meine Bitte hin hat Takeshi ihn mir gezeigt.« Jetzt die Provokation. »Er hätte sie gern um Erlaubnis gefragt …«

Nichts. Kein Zucken, kein Augenblinzeln, gar nichts. Also weiter im Text.

»Frau Friedlaender schreibt, der Bürgermeister der

Stadt Halle habe sie ›mit Tränen in den Augen‹ gebeten zu kündigen. Von sich aus. Er bringe es nicht übers Herz. Aber sie sei nun einmal die einzige jüdische Lehrkraft an der Burg Giebichenstein, und er hoffe, wenn sie freiwillig gehe, wären die Nationalsozialisten der Schule wohlgesinnt. In ihrem Brief verabschiedet sich Marguerite Friedlaender von Ihnen. Sie will nach Holland gehen; wünscht Ihnen Mut und Stärke. Sie sollen, wenn es Ihnen wieder besser geht, sich erneut dem Töpfern zuwenden. Oder, *damit* es Ihnen wieder besser geht. Sie meint, Sie haben nicht nur ein gutes Auge, sondern verstehen auch die Sprache der Keramik …«

***

Ein einziges Mal versucht er es mit den Werkzeugen der Psychoanalyse:

»Was ist Ihre früheste Kindheitserinnerung? Was steht ganz am Anfang? Was fällt Ihnen ein, wenn Sie sich als kleines Mädchen sehen?«

***

Zuletzt versucht er sie zu ködern. Er schämt sich nicht dafür:

»Die beiden von-Pechmann-Kinder schicken Ihnen Genesungsgrüße. Außerdem haben sie ihre jeweiligen Weihnachtswunschzettel dazugelegt.« Adam grinst. »Ein halbes Jahr vor Weihnachten. Sie wollen gerne Ihre Meinung hören. Eckehart wünscht sich eine Taschenlampe, ein Fischnetz und einen Automaten – was immer damit gemeint ist. Er fragt sich, ob das möglicherweise zu viel sein könnte.

Das kleine Wetterl hingegen bewegt das gegenteilige Problem. Sie hat auf ihrem Wunschzettel eine Laute, einen Nikolaus und einen Christbaum aufgeführt. Jetzt macht sie sich Sorgen, es könnte zu wenig sein, da der Nikolaus ja schon vorher kommt und der Christbaum für alle ist.

Was denken Sie? Wollen Sie einen Blick auf die Wunschzettel werfen? Die Kinder haben sie mit ein paar sehr schönen Zeichnungen versehen.«

***

Bei jedem seiner Besuche gibt er sein Bestes. In der Hoffnung auf einen Tausch. Sein Bestes gegen eine Reaktion von ihr. Aber sie scheint an keinem Handel interessiert. Hält an ihrem Schweigen fest.

Psychotherapie ist nicht einfach. Mitunter selbst mit Worten schwierig. Psychotherapie ohne Worte – noch schwieriger. Adam ist kein Pessimist, aber er erkennt eine Herausforderung, wenn er sie sieht.

Er erklärt Takeshi: »Ich vermute, das Fräulein Kuhn ist infolge des tragischen Unfalls in eine spezielle Form der Katatonie verfallen. Einen Zustand, der sich neben vielem anderen in einer Passivität im Antrieb sowie einem vollständigen Mutismus zeigt.« Er deutet auf Lilis Hände. »Wir wissen nichts über die genaueren Umstände des Absturzes. Aber der Waschzwang könnte ein Hinweis darauf sein, dass das Fräulein Kuhn sich am Tode ihres Vaters schuldig fühlt. Dem permanenten Drang, sich reinigen zu müssen, käme in dem Fall eine symbolische Bedeutung zu.«

Und fragend wendet er den Kopf zu Lili, die wie immer weit entfernt scheint.

***

Höflich erkundigt sich Takeshi: »In den vergangenen Wochen sind Sie früher zu uns gekommen als sonst. Machen Sie keine Dienste im Krankenhaus mehr?«

Adam räuspert sich. »Sie haben mir erzählt, das Fräulein Kuhn sei als kleines Mädchen in die Welt der Märchen geflüchtet. Ich halte es nicht für ausgeschlossen, dass sie dieses Muster – unbewusst – wiederholt. Wie Dornröschen in einen hundertjährigen Schlaf gefallen ist. Doch die Welt da draußen«, er deutet mit dem Kopf durch die Mauern des Hauses hindurch, »schläft nicht. Oder doch – sie droht in einen tausendjährigen Albtraum zu verfallen. Im April haben die Nationalsozialisten ein neues Gesetz erlassen. Es dient der Wiederherstellung des Berufsbeamtentums. Nur Arier dürfen im neuen Deutschland Beamte sein.« Er verzieht das Gesicht zu einer Grimasse, die ein Lächeln darstellen soll. »Keine Japaner. Und schon gar keine Juden. Ebenso wenig dürfen wir im öffentlichen Dienst tätig sein. Mit mir zusammen sind insgesamt sechs Kollegen aus der Klinik entlassen worden. Aber auch davor durften die nichtjüdischen Ärzte uns schon keine Patienten mehr überweisen. Sie sehen also – dank eines merkwürdigen Geschicks ist es mir vergönnt, mich mehr denn je der Behandlung von Fräulein Kuhn zu widmen.«

48. KAPITEL

in dem der größte Raubzug aller Zeiten beschrieben, aber nicht verhindert wird – zu viele Diebe und Dumme.

Das Schweigen zu dritt. Das Reden zu zweit. Die Zeit vergeht, ohne dass jemand die Tage zählte. Auch wenn es weniger geworden sind, seit dem Boykottaufruf im Frühjahr – immer noch sieht man Schilder vor den Geschäften: »Deutsche, kauft nicht beim Juden!«, die Schmierereien an den Schaufenstern: »Wer da kauft ein, ist selbst ein Schwein!«

Im Mai sind Bücher verbrannt worden. Bücher?!

In größeren Abständen untersucht er Lili neurologisch. Ihre Muskeln funktionieren einwandfrei. Sie isst und trinkt selbstständig. Doch stets braucht es den äußeren Impuls, von ihr selbst kommt nichts.

Ein inneres Verbot?, fragt er sich.

Er zieht sie sanft am Arm, und sie setzt sich in Bewegung. Nimmt er den Zug weg, bleibt sie stehen. Er fragt Takeshi, ob er mit Lili rausdürfe einen Spaziergang unternehmen, im Tiergarten.

Erstaunt antwortet Takeshi: »Sie sind der Arzt.«

Stimmt, beinah hätte er das vergessen. Weil es so eine

ganz und gar unmedizinische Situation ist. Und weil seine Gefühle sich so ganz und gar unmedizinisch entwickeln. Er hat sonst keine Patienten, die er an zwei Abenden pro Woche besucht. Mit denen er sich an den Tisch setzt und Tee trinkt und schweigt. Oder mit deren Mentoren er sich unterhält und dabei Faszinierendes über die Welt des Tees, über Teile Asiens oder – gleich um die Ecke – die Fertigung von Porzellan erfährt. Ist es anfänglich eine berufliche Fragestellung gewesen, die ihn hierhingeführt hat, ist es jetzt …?

Er ruft sich innerlich zur Ordnung. Auch wenn Lili eine außergewöhnliche Patientin ist – sie ist eine Patientin.

Also gehen sie in den Tiergarten. Aus therapeutischen Gründen. Natürlich. Es regnet. Auf der einen Seite hält Adam den Schirm über Lili, auf der anderen hat er sie untergehakt.

Es ist merkwürdig, denkt er, von außen betrachtet wirken wir wie ein Paar. Tun das, was Paare für gewöhnlich tun, wenn sie allein sein wollen: gehen in die Öffentlichkeit.

Er nimmt alles um sie herum überdeutlich wahr. Die feuchte Luft, das satte Grün der Rasenflächen und das Geräusch, das ihre Schuhe auf dem gekiesten Weg verursachen. Vor allem nimmt er Lili wahr.

Er sagt: »Ihre Haut riecht nach Regen.«

Woher kommt dieser Satz? Er weiß es nicht und blickt zur Seite. Sie reagiert nicht. Ein paar Schritte weiter sieht er erneut zu ihr hinüber. Ist es ein Regentropfen, der sich in ihren Wimpern verfangen hat?

»Es ist, als liefe ich neben meinen Schatten her«, berichtet er nach ihrer Rückkehr Takeshi – und will damit sagen, dass er sich noch nie einem Menschen so nahe gefühlt hat.

***

Einmal geht er mit ihr in die Oper. Puccini, nicht Mahler. Der schrieb keine Opern. Hauptsache, kein Wagner. Der schrieb zwar Opern, aber auch deutlich Misstönenderes.

»Vielleicht gelingt es mir, sie auf einem anderen Weg zu erreichen«, sagt er zu Takeshi. »Vielleicht sind Worte zu kompliziert.«

Als das Licht im Saal erlischt, wird es still im Publikum. Der Vorhang öffnet sich. Ein Märchen. China vor dreitausend Jahren. Ein Fremder kommt in die Stadt, Prinz Kalaf. Berlin ist weit entfernt.

Zu Beginn des dritten Aktes dreht sich der Prinz zum Publikum. Selbstsicher, siegesgewiss. *Nessun dorma*: »Niemand schlafe!« Und wenn schon, keiner wird seinen Namen herausfinden. Er hat das Rätsel der Prinzessin Turandot gelöst und sie damit zur Gemahlin gewonnen.

Das *crescendo* der Streicher setzt ein, baut sich langsam auf, *mezzoforte*, *forte*, *fortissimo*, führt die Stimme des Prinzen in strahlende Höhen. Der Zauber der Musik erfüllt den Raum bis in den letzten Winkel, nimmt Sänger, Musiker und Zuhörer gefangen.

Und diesmal ist sich Adam sicher. Eine einzelne Träne läuft über Lilis Wange. Gerade will er sich zu ihr hinüberbeugen, als plötzlich brutal das Deckenlicht angeht. SA-Leute stürmen in den Saal. Sie pfeifen und johlen. Stühle gehen zu Bruch. Ein blutiger Schafskopf landet auf der Bühne.

Nicht wegen des Gesangs.

Wegen des Sängers. Er ist jüdischer Abstammung.

Besorgt blickt Adam zu Lili. Sie rührt sich nicht. Zum ersten und letzten Mal in seinem Leben ist er froh über ihren Zustand.

***

Adam erzählt Takeshi von dem Vorfall. Sie sitzen im Salon und trinken Tee. Der Japaner mustert ihn nachdenklich. »Ich lebe schon sehr lange in Berlin. Dennoch bin ich kein Deutscher. Ich verstehe es nicht. Weshalb werden in Europa die Juden seit so vielen Jahrhunderten ausgegrenzt? Was hat man gegen sie? Was passt speziell den Deutschen nicht an ihnen?«

Adam lehnt sich zurück. Er schlägt die Beine übereinander. »Nun, ich fürchte, es ist eine sehr alte Geschichte. Eine Geschichte, die mit den Dieben und den Mächtigen zu tun hat, wobei die einen von den anderen kaum zu unterscheiden sind. Wie so oft im Leben geht es vor allem um Geld und Einfluss. Anders gefragt: Wem nutzt der Antisemitismus?«

Er zieht die Bügel seiner Brille hinter den Ohren hervor und knetet mit Daumen und Zeigefinger die gerötete Stelle über der Nasenwurzel. »Die Machthaber der Antike waren nicht weniger brutal als ihre Nachfolger; aber sie waren zumindest ehrlicher. Der Pharao brauchte keine Begründung, um die Kanaaniter gefangen zu nehmen und als billige Arbeitskräfte zu missbrauchen. Er machte keinen Hehl daraus, dass jenem Manöver rein wirtschaftliche Aspekte zugrunde lagen. Auch die späteren Eroberer Palästinas verzichteten auf das Feigenblatt eines vermeintlich begründeten Antisemitismus – die Römer besetzten das Land, weil sie es konnten. Sie verfügten damals über die stärkste Streitmacht der Welt. Wem hätten sie sich zu erklären brauchen?

Ausgerechnet ein christlicher Bischof, nämlich Melito von Sardes, behauptete um 160 herum als Erster öffentlich: »Gott ist ermordet worden!« Und damit nahm das Unglück seinen Lauf.

Jeder wusste, die Römer hatten Jesus hingerichtet, nicht die Juden. Aber keiner wollte es hören. Weshalb? Das Römische Reich existierte im Mittelalter und in der frühen Neuzeit nicht mehr. Wen hätte man bestehlen, auf wessen Kosten seine religiöse und weltliche Macht ausbauen sollen? Ganz bestimmt nicht auf der der Römer.«

Adams Stimme wird energischer. Zunehmend erwärmt sich sein Intellekt für das Thema. »Doch siehe da, die Juden gab es noch. Über ganz Europa verstreut, befanden sie sich zum Teil in politisch einflussreichen Positionen. Dank des christlichen Zinsverbotes betätigten sich einige von ihnen erfolgreich im Geldgeschäft. Ganz wunderbare Gründe also für die Diebe und Mächtigen, ihre Kräfte zu bündeln und eine gemeinsame Parole zu entwickeln: »Die Juden sind das Volk der Gottesmörder!«

Festzuhalten ist, dass es sich dabei um eine Idee der Erfolgreichen, der Schlauen handelte; sie wussten, weshalb sie diesen Unsinn in die Welt setzten. Die Dummen hingegen begriffen wie immer gar nichts und ließen sich instrumentalisieren, um dann mit offiziellem Segen ihren hässlichsten Instinkten freien Lauf zu lassen. Ein willkommenes Ventil, um dem Ärger über die eigenen Unzulänglichkeiten, sprich, dem eigenen Misserfolg nicht ins Auge blicken zu müssen und stattdessen andere dafür anzuschuldigen – die Juden. Denn um die Dinge nicht unnötig zu verkomplizieren, um die anfälligen Teile des gemeinen Volkes nicht zu überfordern und vor allem damit der Antisemitismus ungehemmt Fahrt aufnehmen konnte, hatte man sich trotz aller offensichtlichen Unterschiedlichkeit, trotz aller Individualität, beispielsweise zwischen Sepharden und Aschkenasen, auf diese Verkürzung geeinigt – der Einfachheit halber waren jetzt alle ›die Juden‹. Und ebendiesen Gedanken haben die Nationalsozialisten sich zu eigen gemacht. Inzwischen geht es nicht mehr – wie ursprünglich – um Religion, um den jüdischen Glauben. Mittlerweile geht es um den jüdischen Menschen, die jüdische Kultur, das Judentum an sich. Darin liegt die große Gefahr.«

Adam macht eine kurze Pause. Für einen Moment geht sein Blick nach innen. »Vielleicht bin ich Kommunist geworden, um dabei zu helfen, diesen Schwindel aufzudecken; ihm nach Möglichkeit künftig vorzubeugen. Denn die Antwort ist immer die gleiche: Die Diebe und die Mächtigen spannen Teile des Volkes für ihre Zwecke ein, um ihre Machtposition auszubauen und sich auf Kosten der Juden zu bereichern. Religion, Rasse, Bolschewismus; alles vorgeschobene Gründe für nicht mehr als einen weiteren groß angelegten Raubzug. Das, mein Lieber, ist die deprimierende Wahrheit über die Erfindung der größten und gefährlichsten Lüge aller Zeiten – den Judenhass!«

Takeshi führt seine Tasse zum Mund. Der Tee ist kalt geworden und schmeckt bitter. »Wenn Sie recht haben, wird es da draußen immer gefährlicher für Sie werden. Sie sind beides: Jude und Kommunist. Seien Sie vorsichtig. Und kommen Sie rechtzeitig zu uns. Das neue Haus wird stets ein sicherer Ort für Sie sein.«

Adam nickt. »Das ist sehr großzügig von Ihnen. Der Rabbi hat mir erzählt, dass Fräulein Kuhns Vater Ihnen vor seinem Tod seinen gesamten Besitz überschrieben hat. Als japanischem Staatsbürger drohen Ihnen weder Enteignung noch sonstige Repressalien. Aber was ist mit ihr?« Er zeigt auf Lili.

»Lili ist Halbjüdin. Laut Rabbi Teichlmann nicht einmal das.«

Leise sagt Adam: »Erzählen Sie das einmal dem Führer und seinen Schergen.«

49. KAPITEL

in dem Adams These auch vor der
Staatlichen Porzellan-Manufaktur
nicht haltmacht.

Prof. Dr. Günther Frhr. v. Pechmann
Direktor der Staatlichen Porzellan-Manufaktur Berlin

Berlin, NW 87, den 23. März 1934, Wegelystr. 1

Betrifft:
Strafantrag gegen den Chemiker Dr. Ing. Gerhard Müller

Ich stelle Strafantrag gegen den Chemiker Dr. Ing. Gerhard M ü l l e r, Berlin-Charlottenburg, Englische Str. 31/III, weil er unter dem Titel Die Staatliche Porzellan-Manufaktur in Berlin im Herbst 1933 *eine Schmähschrift verfasst und an mehrere behördliche Stellen versandt hat, in welcher ich in meiner Eigenschaft als Direktor der* Staatlichen Porzellan-Manufaktur Berlin *beleidigt und verleumderisch beschuldigt wurde.*
Der Schriftsatz des Dr. Müller (im Folgenden als Schriftsatz M. bezeichnet) wurde mir unter dem 22. 1. 34 vom Preuß. Minister für Wirtschaft und Arbeit übersandt

und gelangte hierdurch am 24. 1. 34 zu meiner Kenntnis.

Der beleidigende Schriftsatz des Dr. G. Müller wird im Folgenden immer auf der linken Seite zitiert. Die rechte Seite enthält meine Stellungnahme zu den Äußerungen des Dr. Müller.

»Denn heute noch lässt der Direktor von Pechmann in der Staatlichen Porzellan-Manufaktur (St.P.M.) die Werke jüdischer Künstler für den Verkauf wieder vervielfältigen. Da sind z. B. [...] die Tassen und die nichtgießenden Kannen von der Jüdin Friedländer [...]«

In den Jahren 1930 bis 1933 sind in gemeinsamer Arbeit zwischen Manufaktur und den Werkstätten der Kunstgewerbeschule Halle eine größere Anzahl von Modellen entstanden, die sich vorzüglich bewährt haben. Es ist für die Manufaktur eine Unmöglichkeit, diese Modelle auszuscheiden, ohne sich selbst schwer zu schädigen. Eine solche Schädigung kann die Staatsmanufaktur nicht auf sich nehmen, weil sie vom Staat keine Betriebszuschüsse erhält, vielmehr darauf angewiesen ist, sich aus eigener Kraft wirtschaftlich zu erhalten [...]

»[...] fand der arme Manufakturdirektor doch in ganz Berlin keinen deutschen Künstler oder

Von Berliner Künstlern wurden u. a. in den letzten Jahren zur Mitarbeit herangezogen: Johannes BÖHLAND,

Künstlerwerkstätte nach seinem Geschmack, sondern musste erst in Halle die künstlerisch begnadete Jüdin entdecken.«

Prof. Ernst BÖHM, Prof. Ludwig BARTNING, Prof. Ludwig GIES, Prof. Richard SCHEIBE […] und die in einem festen Vertragsverhältnis zur Manufaktur stehenden Bildhauer Trude PETRI, Siegmund SCHÜTZ sowie Wilhelm LÖBER […]

»Dagegen ist aber bis Anfang November noch keine Hitler-Plakette oder ein Bildnis der Führer der nat. soz. Bewegung oder eine symbolische Darstellung von der nationalen Revolution von der Staatsmanufaktur herausgegeben worden […]«

Es ist eine niedrige Auffassung von den Aufgaben der Staatsmanufaktur, wenn Dr. Müller meint, die Manufaktur hätte […] so schnell wie möglich eine Hitler-Plakette herauszubringen. Als Manufakturdirektor trage ich die künstlerische Verantwortung, […] ob das Geschaffene künstlerischen Wert hat […]. Unter dem 29. 9. 33 [ist mir von der Kanzlei Adolf Hitler] folgende Mitteilung zugegangen: […] hat keinerlei Bedenken […] die Büste des Führers von der Bildhauerin Hedwig Maria LEY durchführen zu lassen.

»Kein Wort findet er für das Hakenkreuz in den [Betriebs]Versammlungen, wenn er dort überhaupt mal erscheint […]«

In Versammlungen der Belegschaft erscheine ich, wenn die Versammlung auf meine Anordnung hin einberufen ist. Sonst nur, wenn ich dazu eingeladen bin […]

»Eine volks- und blutgebundene Kunst lehnt Herr von Pechmann ab, […] sondern [neigt] zu den liberalistischen Konstruktionen der seelenlosen, aber von [ihm] so geliebten Bauhausepoche […]«

Die Manufaktur hat nie ein Muster oder Modell vom Bauhaus ausgeführt.

»Ist doch seine Frau selber Schülerin des Bauhauses und darf laut Vertrag neben ihrem Mann aus den Dispositionsfonds desselben in der St.P.M. Geld verdienen: ein Kapitel zur Doppelverdienerei.«

[…] Freifrau von Pechmann war nie Schülerin des Bauhauses. Sie hat in der schweren Zeit der letzten Jahre ihre ganze künstlerische Kraft wie früher als Mitarbeiterin ihres Mannes eingesetzt. […] Die Behauptung, dass sie in der Manufaktur Geld verdient habe, ist eine gewissenlose Verleumdung.

***

Mit Schreiben vom 08. Juni 1935 wird das Verfahren gegen Müller auf Antrag der Staatsanwaltschaft eingestellt.

***

Die Bildhauerin Hedwig Maria Ley äußert sich zu dem von ihr geschaffenen und als erstem von der Partei autorisierten Hitler-Kunstwerk, welches die *Staatliche Porzellan-Manufaktur* später reproduziert, wie folgt:

»Der Kopf ist ungeheuer kurvenreich. Die Ohren sind völlig unterschiedlich. Die rechte Gesichtshälfte ist maskulin und geladen von bäuerlicher Kraft, die linke Gesichtshälfte ist feminin und zeigt Gefühlsbetontheit. Die Nase verrät Unbeirrbarkeit, das Kinn Selbstzucht und Selbstdisziplin.«

50. KAPITEL

in dem das Ende seinen Anfang nimmt.

Dornröschen, schlafe hundert Jahr …

Ein Weiteres davon später. Die Nationalsozialisten haben die Zeit genutzt. Was weder Jakob noch Rabbi Teichlmann noch *Adonaj* selbst gelungen ist, erledigen die *Nürnberger Rassengesetze* und der nachfolgende Erlass der *Ersten Verordnung zum Reichsbürgergesetz* mit einem Federstrich: Lili hat zwei jüdische Großeltern und ist dadurch mit sofortiger Wirkung Halbjüdin. Endlich, könnte man meinen. In der Sprache der Nationalsozialisten klingt das jedoch weniger euphorisch. Für sie ist Lili ein »jüdischer Mischling«.

Sie sitzen im Salon, als es klingelt. Überrascht blickt Takeshi zur Tür. Frau Herschowitz ist bereits gegangen, Adam wollte heute nicht kommen.

Als er in den Salon zurückkehrt, begleitet ihn ein kleiner, schlanker, gepflegt gekleideter Mann von etwa sechzig Jahren.

»Lili, Liebes, hier ist jemand, der behauptet, dich von früher zu kennen. Ich habe versucht, ihm zu erklären, dass die Situation derzeit … nicht einfach ist. Aber er hat darauf bestanden, zu dir vorgelassen zu werden. Es sei wichtig.«

Der Mann an Takeshis Seite deutet eine Verbeugung an. »Bitte verzeihen Sie die Störung, Fräulein Kuhn, es ist in der Tat einige Jahre her. Doch möglicherweise erinnern Sie sich an mich. Mein Name ist Schlechtheim. Samuel Schlechtheim. 1928 haben Ihr Vater und Sie ein Bild bei mir gekauft. In meiner Galerie am Lützowufer.«

»Herr Kuhn ist inzwischen verstorben«, sagt Takeshi und blickt vorsichtig zu Lili. Sie zeigt keine Reaktion. Weder in Bezug auf Schlechtheims noch auf seine Worte.

»Ich weiß, es tut mir leid, ich habe seinerzeit die Todesanzeige gelesen.« Nervös nestelt der Galerist an der Krempe seines Hutes, den er in der Hand hält. »Ob ich für einen Moment Platz nehmen dürfte?«

»Entschuldigen Sie meine Unhöflichkeit.« Takeshi deutet auf den Stuhl, auf dem für gewöhnlich Adam sitzt. »Ich bin etwas aus der Übung. Normalerweise erhalten wir keinen Besuch.«

Erleichtert lässt sich Schlechtheim nieder. »Die Schuld liegt ganz auf meiner Seite. Ich platze einfach unangemeldet bei Ihnen herein. Aber es sind«, er sucht nach den passenden Worten, »es sind gewissermaßen besondere Umstände, die mich zu Ihnen führen.«

Lili hält den Blick weiter ins Leere gerichtet. Vor ihr auf dem Tisch steht ihre Schale. Auch Takeshi wartet schweigend.

»Wie ich bereits erklärt habe, bin ich Kunsthändler. Und Jude. Seit Jahren betreibe ich erfolgreich eine Galerie. Es hat sich herumgesprochen, dass ich nicht nur über gute Verbindungen verfüge, sondern zugleich verschwiegen bin.« Sein Blick flackert. »Unlängst ist ein neuer Kunde an mich herangetreten. Präziser, er hat einen Bevollmächtigten geschickt, der in seinem Namen verhandelt.«

Hektische rote Flecken zeigen sich auf Schlechtheims Gesicht. »Besagter Kunde ist ein mächtiger Mann. Er gehört zur … zur neuen Regierung und will deshalb nicht selbst in Erscheinung treten. Er sammelt hauptsächlich Werke der früh-nordischen Meister, wie er sie nennt. Frühe Niederländer und Flamen. Werke aus der französischen Gotik, bevorzugt 17. und 18. Jahrhundert. Diese bilden den Schwerpunkt seiner Sammlung. Darüber hinaus ist er ein Besessener, sammelt alles, was ihm in die Finger kommt: Teppiche, Gemälde, Skulpturen und Möbel. Dabei macht er auch vor Werken der sogenannten ›entarteten Kunst‹ nicht halt, obwohl seine Überzeugungen das nahelegen sollten. Im Gegenteil, er versucht ihrer im großen Stil habhaft zu werden; nicht zuletzt unter Devisenaspekten. Sein Plan ist simpel und brutal zugleich wie alles, was die Nationalsozialisten angeht.« Erschrocken blickt Schlechtheim in die Runde. »Ich hoffe, das bleibt unter uns.« Mit gedämpfter Stimme fährt er fort. »Es geht ihm darum, genannte Werke innerhalb des Deutschen Reiches möglichst günstig einzukaufen und sie mit einer hohen Gewinnspanne ins Ausland zu verkaufen. Dafür will er meine Hilfe.«

Takeshi hebt die Augenbrauen. »Ich verstehe nicht viel von Politik. Aber Sie sagten, Sie seien jüdischer Abstammung. Nach meinem Kenntnisstand sind die neuen Machthaber nicht unbedingt judenfreundlich eingestellt. Weshalb helfen Sie ihnen?«

Schweiß tritt auf Schlechtheims Stirn. »Der Bevollmächtigte meines Kunden, er kam nicht allein. Sie überzeugten mich davon, dass es … dass es besser sei, zu kooperieren.«

Stille legt sich über den Raum. Mit Ausnahme von

Schlechtheims stoßweisen Atemzügen ist nichts zu hören. Nicht nur Lili fehlen die Worte.

Schlechtheim zeigt auf den Klee über dem Kamin. »Deshalb bin ich hier.« Seine Stimme klingt gepresst. »In meiner Kartei bin ich auf den Verkauf dieser Zeichnung gestoßen und möchte sie im Auftrag meines … meines Kunden erwerben.«

Takeshis Blick folgt Schlechtheims ausgestrecktem Arm. *Geht kaum mehr, fliegt noch nicht.* Ruhig erklärt er: »Herr Kuhn hat mir vor seinem Tod all seine Besitztümer überschrieben, aber dieses Bild gehört seiner Tochter. Ich bin nicht befugt, darüber zu verfügen.«

»Hören Sie«, der Blick des Galeristen bekommt plötzlich etwas Unerbittliches, »das ist kein Vorschlag, den ich Ihnen unterbreite. Es geht auch weit über ein Angebot hinaus. Wir werden einen Handel abschließen. Sie erhalten einen bestimmten Geldbetrag, über den weder Sie noch ich, sondern der Bevollmächtigte meines Kunden entscheidet. Das Ganze wird schriftlich fixiert. Keinesfalls soll der Eindruck entstehen, es gehe etwas nicht mit rechten Dingen zu.« Er beugt sich vor. »Aber wichtiger, viel wichtiger ist das, was nicht auf dem Papier steht. Sie erkaufen sich Zeit. Zeit und Schutz. Zumindest vorübergehend. Ich weiß, dass Herr Kuhn Jude war. Und meine Auftraggeber wissen das ebenfalls. Nutzen Sie also die Chance. Noch bekommen Sie einen Gegenwert für das Bild. Später wird man es Ihnen einfach wegnehmen.« Bitter fügt er hinzu: »Wie unter Umständen Ihr Mündel auch!«

Takeshi erinnert sich an das, was Adam ihm erzählt hat. *Diebe und Mächtige. Der größte Raubzug aller Zeiten.* Jakob hat ihm die Verantwortung für Lili übertragen. Er zögert nicht.

»Nehmen Sie das Bild und sagen Sie Ihren Auftraggebern, sie mögen uns ins Ruhe lassen.«

Schlechtheim sackt in sich zusammen. »Glauben Sie mir, es ist eine gute Entscheidung. Gut für Fräulein Kuhn.« Er dreht den Kopf zu Lili, wobei sein Blick auf das Schälchen vor ihr fällt. Ein trauriges Lächeln tritt auf seine Züge. »Ah, ein Werk der *Königlichen Porzellan-Manufaktur* mit dem berühmten *bleu mourant.* Seit über einem Jahrhundert wird dieser Farbton unverändert hergestellt.« Selbstvergessen greift er nach der Schale, für einen Moment in die Welt versunken, die ihm seit Jahrzehnten Heimat ist. Er dreht das Schälchen um. »-Schauen Sie«, sagt er zu Takeshi, »das berühmte *W* für Wegely. Er hat die Manufaktur seinerzeit gegründet. Friedrich der Große hat sie erst später übernommen und ihr den Glanz verliehen, den sie heute noch besitzt. Wobei«, er runzelt die Stirn, »das *bleu mourant* ist erst wenige Jahre vor Friedrichs Tod entwickelt worden.« Plötzlich klingt seine Stimme kräftiger, seine Augen funkeln. »Es kann nicht für einen Scherben aus der Zeit Wegelys benutzt worden sein. Das ist unmöglich. Wie ist die Schale in Ihre Hände gelangt?« Jagdfieber hat von ihm Besitz ergriffen.

In wenigen Worten erklärt Takeshi die Herkunft des Schälchens. Seinen Wert als Abschiedsgeschenk für Lili. Und seine gegenwärtige Bedeutung. Verschlüsselt. Er deutet auf Lilis schweigende Gestalt. »Sie sehen, in welchem Zustand Fräulein Kuhn sich befindet. Ich kann es Ihnen nicht genau erklären, aber bitte glauben Sie mir: Die Schale ist lebenswichtig für sie. Sie stellt eine Verbindung zu früher, zu den guten Zeiten her. Vielleicht ist sie Fräulein Kuhns einzige Chance, jemals wieder ins Leben zurückzukehren. Sie dürfen sie ihr nicht wegnehmen«, beschwört er Schlechtheim.

Dieser strafft seine schmale Gestalt. Mit einem Mal scheint er größer, als er es in Wirklichkeit ist. In einer Mischung aus Stolz und Würde sagt er: »Es ist ein einzigartiges Stück, das Fräulein Kuhn da besitzt. Ein Artefakt, ein Ding der Unmöglichkeit. Wahrscheinlich werden wir nie erfahren, wie das *bleu mourant* und diese Schale zusammengekommen sind. Das macht ihren Wert und ihre Bedeutung aus.« Sein Blick wandert zu Lili. »Ich bin Geschäftsmann und kein Mörder. Mein fanatischer Sammler würde alles für dieses Schälchen geben. Je nachdem, wie die Dinge sich entwickeln, halte ich hier einen Fahrschein für Fräulein Kuhn in der Hand. Einen Fahrschein in die Freiheit. Hüten Sie ihn wie Ihren Augapfel.« Und mit diesen Worten stellt er die Schale behutsam auf den Tisch zurück, dreht sich um und verlässt den Salon. Wenige Momente später hört man die Haustür zuschlagen.

Was bleibt, sind seine Worte. Und deren Bedeutung.

Takeshi wendet sich zu Lili. Er spricht zu ihr, so wie er seit vielen Monaten zu ihr spricht – ohne Hoffnung auf Antwort. Er deutet auf den Klee an der Wand. Leise sagt er: »Ich hoffe, du wirst mir irgendwann einmal verzeihen.« Noch leiser fügt er hinzu: »Wenigstens die Magie der Schale bleibt dir erhalten. Auch wenn sie vielleicht niemals wirken wird.«

Stille bedeutet die Abwesenheit aller Geräusche. So ist es auch mehr ein Luftzug, ein lautes Ausatmen denn ein gesprochenes Wort.

»Danke«, haucht Lili.

BERLIN

1985

Ich bin schon etwas früher im *Krümel.* Es traut mir zwar keiner zu, aber ich hasse es, zu spät zu kommen. Der Laden ist okay. Kein Schnickschnack. Blanke Tische, Teelichter in kleinen Gläschen und diese typischen braunen Stühle mit den gebogenen Rückenlehnen. Im Hintergrund läuft Earth, Wind and Fire.

Abends verwandelt sich das Café in eine Kneipe. Ich bin ein paarmal mit Oskar hier gewesen. Sicherheitshalber blicke ich kurz in die Runde, aber es ist niemand da, den ich kenne.

Nachdem ich an der Theke einen Kakao mit Sahne geordert habe, suche ich mir einen Platz am Fenster. Ich beobachte die Leute, die draußen vorbeigehen. Plötzlich wird mir klar, dass ich keine Ahnung habe, wie Fräulein Kuhns Sohn aussieht, und dass es umgekehrt genauso ist. Aber vielleicht hab ich Glück, und er hat sich eine Rose ins Knopfloch gesteckt. Wer weiß?

Ich bin ziemlich gespannt, was er mir über diese »Phasen« erzählen wird, von denen der Direktor gesprochen hat. Über den Unfall von Fräulein Kuhns Vater, den Tod ihres Mannes und dass angeblich alle sterben, die sie liebt – durch ihre Schuld?

Ein Schatten fällt über mich, und ich drehe den Kopf. Der Typ, der an meinen Tisch getreten ist, trägt keine Blume im Knopfloch, stattdessen ein schwieriges Kleidungsstück unterm Sakko. Mein Blick wandert weiter nach oben, und ich sehe in das lächelnde Gesicht des Pullundermannes. Scheiße, der Kerl verfügt echt über das perfekte *timing*!

»Darf ich mich setzen?«, fragt er.

»Nein«, antworte ich, »ich bin verabredet.«

»Ach was«, sagt er und pflanzt sich auf den Stuhl gegenüber.

Dreister geht's wohl nicht. »Lassen Sie mich in Ruhe! Vielleicht haben Sie es nicht mitgekriegt, aber ich bin nicht mehr Patientin bei Ihnen.«

»Dafür Gesellschafterin bei meiner Mutter.«

Es dauert einen Moment, bis die Botschaft bei mir angekommen ist. Die Augenlider des Pullundermannes scheinen plötzlich tierisch schwer zu sein und bewegen sich nur ganz langsam rauf und runter. Super SloMo, volles Rohr. Auch die Jungens von Earth, Wind and Fire singen mit einem Mal eine komplette Oktave tiefer. Ich weiß, ich kann ziemlich dämlich gucken, aber heute schaffe ich einen neuen Rekord auf der nach unten offenen Blödgesicht-Skala. Endlich gehen Bild und Ton wieder in Echtzeit über.

»Wollen Sie mich verarschen?«, frage ich.

»Nein, will ich nicht. Mutter hat mir, nachdem Sie das erste Mal bei ihr gewesen sind, Ihren Namen genannt. Außerdem hat Ihr Direktor Ihnen vorhin meinen Wunsch nach einem Treffen ausgerichtet; andernfalls säßen wir nicht hier.«

In meinem Kopf herrscht gähnende Leere, bevor es mich siedend heiß überkommt. »Sie haben es von Anfang an gewusst? Auch als ich bei Ihnen angerufen und nach einem Termin gefragt habe, war Ihnen klar, wer ich bin?«

Er senkt den Kopf, und ich spüre, dass ich kurz vor einem vollkommenen Ausraster stehe. »Deswegen habe ich diese superschnellen Termine bei Ihnen bekommen? Weil Sie meinen Namen kannten?«

»Es tut mir leid.«

»Es tut Ihnen leid? Haben Sie denn überhaupt keinen Anstand oder verfügen auch nur über irgendeinen Rest von Berufsehre?«

»Ich habe mir große Sorgen um meine Mutter gemacht. Gleichzeitig hatte ich, als Sie anriefen, den Eindruck, dass es Ihnen nicht gut geht. Ich bin davon ausgegangen, Sie würden von der Verbindung zwischen Mutter und mir nie erfahren. Ich dachte … ich dachte, die Situation könnte uns allen nutzen. Ich kümmere mich um Sie, und Sie kümmern sich um meine Mutter. Verstehen Sie?«

Und das Fräulein Kuhn kümmert sich auf seine seltsame Art um mich, ergänze ich im Stillen.

Plötzlich passiert etwas Unerwartetes. Also anders unerwartet. Ich habe Mitleid mit ihm. Er wirkt wie ein kleiner Junge, der beim Griff in die Keksdose erwischt wurde. Na ja – und wer bin ich, dass ausgerechnet ich über andere richten dürfte. »Das war richtig scheiße, Mann!«

»Sie haben recht. Ein unglücklicher Zufall obendrein.«

Ich will schon wieder in die Luft gehen, da bemerke ich das Zwinkern in seinen Augen. Okay, Humor hat er, das muss man ihm lassen.

»Wieso haben Sie Ihrer Mutter nicht geraten, mich rauszuschmeißen, nachdem Sie mich kennengelernt haben?«

»Ärztliche Schweigepflicht. Außerdem – weshalb hätte ich das tun sollen?«

Hm, hatten wir das nicht schon mal? Frage und Gegenfrage?

»Na ja, schließlich habe ich mich bei Ihnen nicht abgemeldet, einfach verdünnisiert. Hätte bei Ihrer alten Dame ja ähnlich laufen können.«

Die Kellnerin, die aussieht wie eine weibliche Version von Iggy Pop, bringt meinen Kakao, und er bestellt einen Kaffee. »Ist es aber nicht. Im Gegensatz zur Therapie haben Sie sich bei Mutter als absolut zuverlässig erwiesen; ich habe mich bei ihr erkundigt. Sie mag Sie und schätzt Ihre Gesellschaft. Nun ja, und dass Ihnen umgekehrt etwas an Mutter liegt, haben Sie heute eindrücklich bewiesen.«

Für eine Sekunde bin ich verlegen. »Okay, das Fräulein Kuhn, also ich meine Ihre Mutter, sie hat schon was; ist irgendwie *cool.* Hey, wieso haben Sie nicht denselben Namen, Sie beide?«, fällt mir plötzlich ein.

»Mutter hat nach dem Tod meines Vaters wieder Ihren Mädchennamen, Kuhn, angenommen; es war ihr wichtig. Ich hingegen habe den meines Vaters behalten: Seidenmann. Das war mir wichtig.« Er nimmt einen Schluck von seinem Kaffee und setzt die Tasse vorsichtig auf dem Tisch ab. »Darf ich fragen, was genau Sie gestern und heute so in Sorge versetzt hat?«

»Na ja, keine Ahnung. Ihre Mutter erzählt mir ziemlich viel, vor allem von früher. Das ist schon okay,« füge ich hastig hinzu, »doch gestern hat sie den Tod Ihres Vaters erwähnt, und da war sie nicht nur traurig oder berührt, sondern auf einmal total komisch. Als wäre sie in einem ganz anderen Film. Mit so einer seltsamen Stimme meinte sie, sie bringe allen, die sie liebe, den Tod. Und noch bevor ich reagieren konnte, hat sie mich rausgeschmissen. Super schräg war, dass sie meinte, sie müsse das jetzt mit sich allein ausmachen. Ich bin nach Hause, aber irgendwie habe ich das nicht mehr aus dem Kopf gekriegt. Darum bin ich heute nach der Schule noch mal hin. Doch sie hat nicht aufgemacht und sich überhaupt nicht gerührt, und da ist mir dermaßen die Düse gegangen, dass ich zum Direktor bin, damit er den Sohn, also … ähem, Sie verständigt.«

***

Der Psychomann lehnt sich in seinem Stuhl zurück. »Ich danke Ihnen. Es ist nicht selbstverständlich, wie Sie reagiert haben. Vielleicht hätte ich mich schon früher mit Ihnen in Verbindung setzen sollen, gleich nachdem Mutter mir Ihren Namen genannt hat. Aber wie Sie selbst gesagt haben: Sie haben die Gespräche bei mir abgebrochen, und ich wollte Sie nicht unnötig belästigen. Außerdem liegen die Dinge bei Mutter nicht ganz … unkompliziert. Es galt, zu vermeiden, dass Sie voreingenommen sind.«

Wieder mal verstehe ich nur Bahnhof. »*Scusi*, haben Sie nicht Bock, einfach Klartext zu reden?«

Er verzieht die Mundwinkel. »Unter den gegebenen Umständen macht es wahrscheinlich Sinn. Insbesondere wenn Sie weiter für Mutter arbeiten. Das werden Sie doch, oder?«

Ich überlege kurz. »Eigentlich schon. Aber es kommt darauf an, was ich von Ihnen zu hören kriege.«

Er nickt. »Natürlich. Doch zuvor eine Frage. Was hat Mutter Ihnen alles erzählt? Wissen Sie von dem Rabbi und dem Tod *ihrer* Eltern? Unter welchen Umständen *meine* Eltern sich kennengelernt haben, und kennen Sie den Grund für ihre Ausreise nach Amerika?«

Ich schüttele den Kopf. »Sie hat ihre Mutter kurz erwähnt, ihren Vater auch, aber in einem anderen Zusammenhang. Mehr nicht. Ich bin verdammt neugierig. Werden Sie's mir erzählen?«

»Ja, deshalb bin ich hier. Damit Sie verstehen, was letztlich nicht zu verstehen ist. Mutter weiß übrigens, dass wir miteinander sprechen. Sie ist damit einverstanden.« Er blickt mich fragend an. »Doch mögen Sie vorher noch ein Getränk? Es könnte nämlich etwas länger dauern.«

Er bestellt für mich einen weiteren Kakao, für sich selbst ein Glas Rotwein. *Wow*, halb sechs und schon Alkohol. Im nächsten Leben werde ich auch Therapeut. Dann beginnt er mit seinem Bericht.

»Mein Vater hieß Adam. Ich kann mich gut an ihn erinnern. Er war Jude, Kommunist und ein unheilbarer Romantiker, wie er sagte. Eine Kombination, die zu Zeiten des Nationalsozialismus beinah zwangsläufig in den Tod führte. Außerdem war er Arzt. Psychiater und Psychotherapeut.« Seidenmann lächelt ein wenig zerknirscht.

Und mit einem Mal sehe ich ihn nicht mehr isoliert, nicht mehr als den, als den ich ihn kennengelernt habe – Praxis, Psycho, Pullunder –, sondern als Teil von etwas Größerem. Als Verbindung zu Fräulein Kuhn und zu einem Mann, auf den er anscheinend so stolz ist, dass er nicht nur dessen Namen behalten hat, sondern auch beruflich in seine Fußstapfen getreten ist. Oder, den er so sehr vermisst?

»In dieser Funktion«, fährt er fort, »als Arzt und Therapeut, lernte er 1933 Mutter kennen. Was genau hat Sie Ihnen vom Tod ihrer Eltern erzählt?«, erkundigt er sich.

»Nur, dass sie noch sehr klein war, als ihre Mutter starb, und dass sie ihre Ausbildung an dieser Burg abgebrochen hat, nachdem ihr Vater bei einem Unfall ums Leben gekommen war.«

Seidenmann seufzt und schaut durch das Fenster des Cafés nach draußen, wo Menschen entlangspazieren, auf dem Weg nach Hause, zum Einkaufen, in die nächstbeste Kneipe – keine Ahnung. Junge, alte. Glückliche, traurige. Normale eben; okay, ich weiß, Berlin und normale Menschen …

»Und wenn sie es dabei belassen könnte, so wie sie es Ihnen offenbar erzählt hat, wäre alles gut.« Er ballt die Faust. »Denn es ist genau so gewesen. Der tragische Verlust der Mutter in der Kindheit und der nicht weniger tragische Unfalltod ihres Vaters später, als sie zwanzig war. Aber genau das kann Mutter nicht. Es so stehen lassen und akzeptieren. Schlimmer noch, sie will es nicht!«

Mit einem Mal wirkt Seidenmann wütend. Mit kaum verhohlenem Zorn sagt er: »Sie treibt einen damit in den Wahnsinn. Behauptet, ihr Name laste wie ein Fluch auf ihr. Er sei eine Art böser Zauber, der dafür sorge, dass ausgerechnet die Menschen, die sie am meisten liebt, zu Tode kommen. Und warum? Weil ein geschwätziger Rabbi ihr diesen Floh ins Ohr gesetzt hat, als sie ein kleines Mädchen war.«

»Was ist mit ihrem Namen?«

Er schnaubt. »Ersparen Sie mir das. Sie kann es Ihnen bei Gelegenheit selbst erklären. Es ist schlicht zu hirnverbrannt, als dass ich mich darüber auslassen wollte. Entscheidend ist, was es mit ihr macht, sind die Auswirkungen jener Verrücktheit auf beinah ihr komplettes Erwachsenenleben. Mal ist es ihr näher, mal weiter entfernt, aber immer ist es da: ihr verdammtes Schuldgefühl!«

Mir ist nicht klar gewesen, dass sich ein Psychoprofi so aufregen kann. Respekt! Wieder mal was gelernt.

»Wie kommt sie denn darauf, am Tod ihrer Eltern schuld zu sein?«, frage ich.

»Jawoll, die Herrschaften, die Getränke. Ein Kakao,

für dich, Herzchen. Und …« Ein Lichtstrahl bricht sich im dunklen Rot des Weins. »Voilà!«

Iggy Pops Schwester rauscht wieder davon. Echt irre lustig, die Gute.

»Nun«, er prostet mir kurz zu, »das Folgende habe ich zuerst von Takeshi gehört: Meine Großmutter ist an den Folgen der Spanischen Grippe gestorben, nachdem Mutter sie – möglicherweise – als kleines Mädchen angesteckt hatte. Das ist es, mehr nicht. Millionen haben sich damals infiziert. Mein Großvater hingegen ist bei einem Flugzeugabsturz ums Leben gekommen, bei dem Mutter am Steuerknüppel saß. Während ihrer Zeit an der Burg Giebichenstein hatte sie den Pilotenschein erworben. Aber auch das, ohne jeden Zweifel, ein Unfall, ein tragisches Unglück!«

Und wieder geht's in meinem Kopf wie Kraut und Rüben durcheinander. Das Fräulein Kuhn nicht nur ein Hippie, sondern als junge Frau sogar Pilotin? Was, zum Teufel, hat sie damals denn noch alles gemacht? Als wir uns unterhalten haben, hat sie sich als altmodisch und wohlbehütet beschrieben. Ist das alles gelogen gewesen? Plötzlich fühle ich mich klein und unscheinbar. Was habe ich bislang so getrieben? Ein bisschen Schule. Früher Tennis. Und jetzt schneiden. Echt geil!

Seidenmann spricht weiter. »Das Schlimme daran ist, dass sie die beiden Ereignisse im Sinne eines Wahns extrem schuldhaft verarbeitet hat. Wenigstens ist das damals die psychologische Deutung meines Vaters gewesen. Selbst Takeshi wusste nicht allzu viel darüber, da sie sich diesbezüglich auch ihm gegenüber in Schweigen gehüllt hat – und zwar wortwörtlich. Als Vater Mutter kennenlernte, befand sie sich seit Monaten in einem psychoseähnlichen Zustand, in dem sie vollkommen in ihrer eigenen Welt lebte. Sie sprach nicht mehr und nahm keinerlei Anteil an ihrer Umwelt.« Seidenmann kratzt sich am Kopf. »Takeshi hat Mutter stets in Schutz genommen und mir erklärt, sie habe damals ›zu wenig Tee in sich gehabt‹. Damit wollte er wohl ausdrücken, sie habe kaum mehr gelebt.«

Interessiert frage ich: »Und Ihrem Vater ist es gelungen, sie aus diesem Zustand herauszuholen?«

Er zuckt mit den Schultern. »Niemand weiß genau, was es gewesen ist. Wirksame Medikamente gab es damals noch nicht. Natürlich besteht die romantische Möglichkeit, dass es seine Liebe zu ihr war. Aber vielleicht hat auch nur die Zeit ihre heilende Wirkung getan. Wobei das im Rückblick schwierig erscheint, denn wir sprechen vom Berlin der Dreißigerjahre, vom Nationalsozialismus und einem immer stärker um sich greifenden Antisemitismus.« Er beugt sich vor. »Doch trotz der widrigen Umstände haben meine Eltern es damals geschafft, so etwas wie ihr kleines privates Glück zu leben. Nachdem Mutter – warum auch immer – aus ihrer Erstarrung erwacht war, verbrachten sie sehr viel Zeit miteinander. Sie unterhielten sich, tauschten ihre Gedanken aus, gingen spazieren und tranken Tee im Teehaus. Wenn Sie so wollen, völlig unspektakulär.« Er zuckt mit den Achseln. »Aber ist nicht genau das der Unterschied zwischen Liebe und Leidenschaft? Ein stetes Feuer statt eines lodernden Waldbrandes? 1936 heirateten sie, und Vater zog mit in das Haus ein, das Sie kennen. Bis dahin war Mutter in den Augen der Nazis ein ›jüdischer Mischling ersten Grades‹ gewesen, aber durch die Ehe mit Vater wurde sie zur ›Voll Jüdin‹.«

In der Oberstufe haben wir ein Jahr lang *Nationalsozialismus* gehabt. Ich kenne Begriffe wie »Machtergreifung«, »Reichstagsbrand« und »Polenfeldzug«. Ich habe von Auschwitz und den anderen Vernichtungslagern gehört. Mutters Eltern wurden von den Nazis umgebracht. Aber all das ist irgendwie Geschichte, weit weg. Doch jetzt? Meine Großeltern habe ich nie kennengelernt, das Fräulein Kuhn schon. Sie sitzt nur ein paar Hundert Meter von hier entfernt in ihrem Haus inmitten Berlins, in der Stadt, in der so vieles geschehen ist, und dreht vielleicht gerade ihre Töpferscheibe. Ich weiß, wie sie redet und lacht und neuerdings auch, wie sie leidet und weint. Plötzlich scheint das Café eine Art Zeitmaschine zu sein, die uns ins Herz der Dunkelheit katapultiert.

***

Ein Mädchen in meiner Stufe heißt mit Nachnamen Kaczinski – Spitzname »Kacke«. Ich habe schon vermutet, dass sich das nicht sonderlich gut anfühlt, schlimmstenfalls sickert so was sogar ins Selbstbild ein. Aber jetzt bin ich mir sicher.

Gestern auf dem Nachhauseweg, nach dem Treffen mit Seidenmann im *Krümel*, habe ich Oskar gesehen. Von Weitem. Wie er in die Teestube gegangen ist. Wahrscheinlich, um irgendeine Maus anzugraben. So eine dämliche junge Maus, wie ich eine bin. Ich konnte gerade noch rechtzeitig abbiegen.

Er ist nicht mehr mein Freund. Vermutlich ist er es nie gewesen. Er hat sich als Schwein erwiesen. Ist mir auf einer Fete an die Wäsche gegangen. In einem Nebenzimmer. Das volle Programm. Ich wollte es nicht, aber er hat nicht aufgehört. Ich habe mich gewehrt. Laut geschrien. Ihm schließlich das Knie in den Sack gerammt. Da hat er auch geschrien. Gut so! Gott sei Dank haben die anderen uns gehört und sind reingerannt gekommen. Die komplette Mannschaft. War nicht so wahnsinnig prickelnd. Aber Schnee von gestern. Ich bin darüber hinweg.

Allerdings bin ich mir gerade nicht sicher, ob ich mir das wirklich glauben kann. Weil – ich liege im Teehaus und blute dem Fräulein Kuhn die Tatamimatten voll. Ich bin noch nie hier drin gewesen. Irgendwie muss mir der Kreislauf in den Keller gegangen sein. Es war wie ein Reflex. Noch ehe ich wusste, was ich überhaupt tat, hatte ich eine Tonscherbe von diesem bescheuerten Kiespfad aufgehoben und mich geschnitten. Na ja, und dann wurde mir superschwindelig. Jedenfalls hat das Fräulein Kuhn mich draußen gefunden und mir hier reingeholfen. Sie ist unterwegs, um Pflaster und Verbandszeug zu holen.

Ich drehe den Kopf. Der Raum ist leer. Nur in der Mitte steht ein niedriger schwarzer Lacktisch. Und darauf eine einzelne Schale. Nicht aus Ton, sondern aus Porzellan. Ein eigenartiges grünliches Porzellan, wie ich es noch nie gesehen habe. Das Ganze wirkt ziemlich asiatisch, finde ich – und alles zusammen fast wie ein Altar. Als wäre die Schale ein Heiligtum, das hier im Teehaus ausgestellt wird. Und ich glaube, das ist sie auch. Ihr Sohn hat gestern kurz davon gesprochen.

Draußen höre ich Schritte auf dem Scherbenpfad. Fräulein Kuhn kommt zurück und beginnt mich zu verarzten. Ziemlich fachmännisch. Weder der Schnitt noch das Blut scheinen ihr sonderlich viel auszumachen. Ich vermute, ich habe sie die ganze Zeit unterschatzt, nur weil sie alt ist. Die *oldies* nennen das wahrscheinlich »die Arroganz der Jugend«, aber im Ernst: Sie ist viel härter im Nehmen, als sie aussieht – glaube ich wenigstens. Nachdem sie ihr Werk vollendet hat, blickt sie mich an. Ich denke, jetzt kommen tausend Fragen oder eine Gardinenpredigt, und wappne mich schon mal innerlich. Aber das Einzige, was sie wissen will, ist: »Möchten Sie eine Tasse Tee?«

Wie gesagt, hart im Nehmen, das Fräulein Kuhn.

Ich nicke stumm und rapple mich auf, um mit ihr rüber ins Haus zu gehen.

»Nein, bleiben Sie liegen und erholen sich noch ein bisschen. Ich werde uns den Tee hier zubereiten.«

Sie dreht sich um und holt ein paar Sachen aus einer Kiste in einer Ecke, die ich übersehen habe. In einer seltsam anmutigen Bewegung, die so gar nicht zu einer alten Frau passen will, kniet sie sich neben mich. Sie entfernt eine Abdeckung aus dem Boden, und eine gemauerte Herdstelle kommt zum Vorschein. Nachdem sie die Kohlen entzündet hat, gibt sie Wasser in die beiden schwarzen Porzellanschalen, die sie mitgebracht hat, und spült sie aus. Das gebrauchte Wasser schüttet sie in einen hohen Topf. Ich zeige in die Mitte des Raums, auf die Schale auf dem Tisch, die aus dem grünlichen Porzellan.

»Was ist mit der? Benutzen Sie die auch schon mal?«, frage ich.

»Später.«

Ich stelle fest, dass eine merkwürdige Aura von ihr ausgeht, während sie den Tee zubereitet. Als wäre sie eine Priesterin, die einen alten Ritus vollzieht. Sie ist vollkommen konzentriert. Nachdem sich das Wasser im Kessel erhitzt hat, wärmt sie die Schalen vor – je ein Schöpflöffel heißes Wasser rein und zehn Sekunden später wieder raus. Sie füllt grünes Teepulver hinein. Wieder Wasser, erst nur ein bisschen. Dann schnelles Kreisen mit dem Bambusquirl und mehr Wasser und noch mal umgerührt. Sie reicht mir eine Schale. Sie lächelt nicht, als sie sagt: »Trinken Sie. Medizin.«

Sie deutet auf die grünliche Schale auf dem Tisch in der Mitte des Raums.

»Ein Geschenk Takeshis. Er hat sie selbst angefertigt. Damals war er bei der *Staatlichen Porzellan-Manufaktur* hier in Berlin beschäftigt. Eigentlich arbeitete er dort am Ofen. Aber bereits als kleiner Junge hatte er in Japan bei seinem Vater das Töpferhandwerk erlernt. In der Manufaktur blickte er, sooft es ging, den Modelleuren und Malern, den Gestaltern und Glasierern über die Schulter. Nach seiner Schicht verbrachte er viele Stunden mit ihnen an ihren Arbeitsplätzen und ließ sich erklären, wie und warum sie was taten. Es war keine Liebhaberei, sondern er betrachtete es, glaube ich, als Möglichkeit, eine Verbindung zu seinen Vorfahren herzustellen. So lernte er über die Jahre ohne offizielle Ausbildung das Porzellanhandwerk. Im Gegensatz zu mir wandte er dieses Wissen nie an – mit einer Ausnahme.« Wieder zeigt sie auf die Schale auf dem Tisch. »Man nennt dieses spezielle Porzellan Seladon. Der grüne, jadeähnliche Farbton entsteht dadurch, dass man der Porzellanmasse Metalloxide beimischt; wenigstens hat Takeshi es mir so erklärt. Er meinte, die Färbung erinnere ihn an seine Heimat.«

Sie blickt mich an. »Das Porzellan und die Menschen, die damit zu tun haben, spielten auch in meinem Leben eine große Rolle. Sie haben gestern mit meinem Sohn gesprochen, nicht wahr?«

Ich nicke.

»Hat er Ihnen von Günther von Pechmann erzählt?«

»Ja, Ihr Mann und Sie sind um ein Haar verhaftet worden. Die SA hat Ihr Haus durchsucht, und nur aus Zufall waren Sie nicht da. Günther von Pechmann hat Sie beide dann bei sich, in seiner Villa versteckt.« Ich denke zurück an die Szene im *Krümel*, als ihr Sohn mit leiser Stimme erklärt hatte:

»Sie wurden verraten. Ein ehemaliger Bekannter hatte Mutter im Tiergarten gesehen. Ein Fliegeroffizier, mit dem sie während ihrer Zeit an der Burg Giebichenstein eine kurze Liaison hatte. Er wusste, dass Mutter Jüdin war. Nach der bizarren Logik der Nazis folgerte er, der Mann an ihrer Seite müsse ebenfalls Jude sein. Er folgte Vater und Mutter unbemerkt bis nach Hause und fragte in der Nachbarschaft herum, wo die Menschen ihm gar nicht schnell genug von den Gerüchten über Vaters Verbindungen zum Kommunismus erzählen konnten. Danach machte er einen Anruf. Schon am nächsten Tag durchsuchte die SA das Haus, um Vater zu verhaften. Nur per Zufall sind meine Eltern nicht da gewesen; sie waren spazieren, wie so oft. Nachdem die SA wieder abgezogen war, lief Takeshi ihnen entgegen, um sie zu warnen. Sie dürften keinesfalls wieder nach Hause zurückkehren.« Er zog seine Brille ab und rieb sich über den Nasenrücken. Plötzlich wirkte er viel jünger. Nackt und verletzlich.

»Wieso hat dieser Mann, dieser Fliegeroffizier, das getan? Hat Ihre Mutter ihn verlassen, und war er deshalb beleidigt? Und überhaupt, woher wissen Sie das alles?«

»Besagter schneidiger Flieger ließ es sich nicht nehmen, bei der Hausdurchsuchung dabei zu sein und Takeshi brühwarm zu berichten, was er Mutter anzutun gedachte.« Er runzelte die Stirn. »Auch wenn es nicht wichtig ist – er hatte seinerzeit die Beziehung zu Mutter beendet, weil sie Jüdin war.«

Ich spürte, wie sich mir der Magen umdrehte. Was für eine entsetzliche, grausame, sinnlose Zeit. Ob es meinen Großeltern ähnlich ergangen ist? Als Deutsche von Deutschen verraten? Beklommen fragte ich: »Aber Ihre Eltern konnten entkommen, schließlich«, ich schluckte, »gibt es Sie.«

Er nickte. »Ja, Gott sei Dank hat es auch zu jener Zeit einige wenige Mutige, Anständige gegeben, die sich nicht von dem braunen Wahn anstecken ließen. Günther von Pechmann, der Direktor der *Staatlichen Porzellan-Manufaktur*, war einer von ihnen. Mutter und ihn verband eine gemeinsame Geschichte. Sie hatte auf seine Kinder aufgepasst und sich mit seiner Frau angefreundet. Später half er ihr, an der Burg Giebichenstein angenommen zu werden, und auch jetzt ließ er sie nicht im Stich. Er nahm meine Eltern in sein Haus auf und versteckte sie dort für zwei Jahre.« Gedankenverloren schwenkte er das Rotweinglas.

»Zwei Jahre lebten wir unbemerkt unter den Augen der Nazis bei Günther von Pechmann und seiner Familie in der Direktorenvilla«, sagt das Fräulein Kuhn jetzt. »Tagsüber blieben wir auf unserem Zimmer, oben, unter dem Dach. Alice, die Ehefrau des Barons, versorgte uns mit Essen und Getränken, Büchern, Zeitungen und Neuigkeiten. Er selbst brachte uns ein kleines Radio hoch, und wir hörten Musik und – ganz leise – die BBC-Nachrichten. Auch Eckehart und Sybille, ihre Kinder, statteten uns regelmäßig Besuche ab. Wir spielten Mensch-ärgere-Dich-nicht und Mau-Mau. Spätabends trauten wir uns für wenige Minuten in den von einer hohen Hecke umgebenen Garten. Es war eine schreckliche und – seltsamerweise – schöne Zeit zugleich. Denn wir hatten uns. In unserem einsamen Paradies. Wir waren die einzigen Menschen auf der Welt. Ich hatte Adam. Und Adam hatte mich, Lilith, seine erste Ehefrau.«

Ich denke an das, was mir ihr Sohn erzählt oder, besser gesagt, nicht erzählt hat, dass da irgendetwas mit ihrem Namen sei. »Ist das Ihr Vorname, Lilith?«, frage ich vorsichtig.

Mit wachen Augen blickt sie mich an. »Michael hat Ihnen erzählt, ich sei verrückt, nicht wahr?« Spöttisch verzieht sie die Mundwinkel. »Das bin ich aber nicht, auch wenn es vielleicht manchmal so wirkt. Mein Name lautet Lili, und er stammt vom hebräischen Lilith ab. Sie ist ein Dämon des Todes. Und das hat mein Leben geprägt!«

Okay, das klingt jetzt wirklich schräg. Wir haben 1985, und selbst den *Friedhof der Kuscheltiere* gibt es – wenn man ehrlich ist – nur im Kopf von Stephen King. Allerdings ist der letzte Satz dermaßen schroff über ihre Lippen gekommen, dass ich mich nicht traue, näher auf das Thema einzugehen, und stattdessen lieber ablenke. Ich kenne die Antwort bereits, will es aber von ihr selbst hören, deshalb frage ich: »Was macht denn die grüne Schale, also ich meine das Geschenk Takeshis, für Sie so besonders? Ich meine, dass Sie sie hier quasi ausstellen, aber nicht benutzen?«

Sofort werden ihre Züge milder. »Trotz ihrer Schönheit, ihrer Einzigartigkeit ist sie ein Ersatz, ein Ausgleich für eine andere Schale, die ich hergeben musste, damit Adam und ich überleben konnten. Aber jene Schale gibt es nicht mehr; darum halte ich diese dort in Ehren.« Für einen Moment schließt sie die Augen, als sähe sie hinter ihren Lidern etwas, das ich nicht sehe. Sie öffnet sie wieder.

»Das ursprüngliche Schälchen war ein wenig kleiner, weiß und mit einer blauen Blüte geschmückt. Ich erhielt es als Abschiedsgeschenk von Günther von Pechmann und seiner Familie, bevor ich zur Burg ging. Wie es der Zufall wollte, stellte sich die Schale im weiteren Verlauf als sehr alt und wertvoll heraus; aber für mich hatte sie vor allem eine emotionale Bedeutung.«

Und wieder denke ich zurück an gestern, ans *Café Krümel.*

***

»Günther von Pechmann wurde 1938 von den Nazis gekündigt«, sagte Seidenmann. »Weder seine politische Gesinnung noch die Tatsache, dass seine Frau Halbjüdin war, passten in ihr verqueres Weltbild. Er entschloss sich, mit seiner Familie Berlin zu verlassen. Um ihn nicht zu kompromittieren, zogen meine Eltern wenige Wochen vor der Abreise der von Pechmanns bei Nacht und Nebel aus der Direktorenvilla aus und kehrten zurück zu Takeshi, ins neue Haus. Aber zwei Jahre Isolation hatten ihre Spuren hinterlassen. Sie konnten und wollten nicht mehr, forderten das Schicksal regelrecht heraus und gaben ihr Versteckspiel auf. Natürlich ging es nicht gut. In den frühen Morgenstunden des 28. Oktober 1938 klingelten Polizisten an der Haustür. Sie nahmen Vater in Abschiebungshaft. Nicht weil er Kommunist, sondern weil er Pole war. Alle polnischstammigen jüdischen Männer ab dem 15. Lebensjahr, die länger als fünf Jahre im Deutschen Reich lebten, unterlagen mit sofortiger Wirkung einem Aufenthaltsverbot. Sie galten als staatenlos, da die polnische Regierung ihnen kurz zuvor die Staatsbürgerschaft entzogen hatte. Vater und die anderen wurden in Sammeltransporten zur polnischen Grenze geschafft, in ein Lager in der Nähe von Bentschen. Dort zog er sich die Lungentuberkulose zu, an der er später starb.«

Seidenmann nahm einen Schluck von seinem Wein.

»Wenige Tage später bekam Mutter einen Brief von einer Behörde. Die Kosten des Abtransports wurden ihr, als seiner Ehefrau, in Rechnung gestellt. Doch was auf den ersten Blick wie der reine Hohn aussah, enthielt auch eine Chance. In demselben Schreiben stand nämlich, dass man einem Teil der Männer eine vorübergehende, maximal vierzehntägige Rückkehr ins Deutsche Reich erlaubte, vorausgesetzt, sie lösten ihre Haushalte auf und deponierten ihr Vermögen auf einem Sperrkonto bei der *Dresdner Bank*. Die Nazis wollten die Juden zwar loswerden – von Vernichtung sprach damals noch niemand offen –, aber deren Besitz behalten. So waren sie: zunächst Räuber, später Mörder.«

Seidenmann schluckte. Er befand sich im Jahr 1938. Und ich gewissermaßen mit ihm.

»Takeshi erkannte als Erster die Chance. Er sagte, er habe Verbindung zu einem Kunsthändler mit guten Kontakten zu den Nazis. Sie müssen wissen«, erklärte mir Seidenmann, »Mutter besaß zu der Zeit eine sehr kostbare Porzellanschale. Ein Geschenk der von Pechmanns. Der Wert der Schale reichte aus, um sie unter der Hand gegen Ausreisepapiere eintauschen zu können. Vater war staatenlos – es war eine einmalige Gelegenheit. Ich weiß nicht, wie Takeshi es gemacht hat, er hat es mir nie genau erklärt. Auf jeden Fall dauerte es zehn Tage, bis er alles geregelt hatte, aber dann stand er eines Morgens vor Mutter, in der einen Hand gültige Papiere für Vater und sie und in der anderen eine neue Porzellanschale, grün, nicht weiß, die er zum Trost für Mutter angefertigt hatte.«

Seidenmann senkte die Stimme.

»Mutter hat mir die Szene unzählige Male beschrieben, weil sie unmittelbar danach aufgebrochen sind. Nach Westen. Sie haben sich in Holland eingeschifft, um von dort aus den Atlantik zu überqueren. Sieben Jahre lang hat sie Takeshi nicht mehr gesehen.

›Glaub mir‹, habe er beim Abschied gesagt, ›diese Schale wird dir genauso gute Dienste leisten wie dein altes Schälchen. Ich habe alles in sie hineingegeben, was ich kann und weiß und was nötig ist.‹«

***

Wenn ich behaupten würde, ich sei beeindruckt, wäre das schwer untertrieben. Nachdem ich das Fräulein Kuhn verlassen habe, überquere ich die nächste Kreuzung und folge der Fasanenstraße in Richtung Landwehrkanal. Ich gehe über die Brücke und biege an der S-Bahn-Station Tiergarten links und danach noch mal links ab.

Ich will das Original sehen.

Die legendäre, geheimnisumwobene *Staatliche Porzellan-Manufaktur*. Der Ort, wo Takeshi am Ofen gestanden, an dem das Fräulein Kuhn ihre Faszination für das Porzellan entdeckt und sich gemeinsam mit ihrem Ehemann zwei Jahre lang in der Villa von Günther von Pechmann und seiner Familie versteckt hat.

Was soll ich sagen?

Erstens kommt es anders, und zweitens als man denkt.

Das Areal wirkt leblos und durchaus ein wenig heruntergekommen, als lägen seine besten Zeiten hinter ihm.

An dem großen Ziegelbau, mir direkt gegenüber, sind die Fenster verschmutzt; im Hof liegt ein Schutthaufen. An eines der Gebäude hat man einen Anbau drangeklatscht. Irre geschmackvoll; es könnte genauso gut das Finanzamt Berlin-West sein. Enttäuscht drehe ich ab.

Bei uns zu Hause ist es ruhig, meine Eltern sind unterwegs. Im Esszimmer hole ich einen Teller, eine Tasse und einen Unterteller aus dem Schrank. Ich stelle sie auf die blanke Tischplatte. Dann sehe ich hin. Richtig.

»Kurland«, hat Mutter gesagt, und »Königliche Porzellan-Manufaktur«. Ich verstehe nichts davon. Egal.

Weiß. Ein stilles Weiß, streng und schlicht zugleich. Sowohl der große Teller als auch der Unterteller sind am Rand mit einer Art Girlande verziert. Allerdings nicht so ein kitschiges plumpes Ding, sondern elegant ausgeführt. Es wirkt irgendwie edel, ohne angeberisch zu sein; fällt auf und ist trotzdem richtig.

Kann man ein Geschirr mit David Bowie vergleichen?

Das Auffällige an dem Service, finde ich, sind jedoch die Tassen und da speziell die Henkel. Nicht, dass ich mir je zuvor Gedanken über die Griffe von Kaffeetassen gemacht hätte – schließlich habe ich keinen an der Klatsche. Aber diese hier haben etwas, sind bemerkenswert, weil eckig, also größtenteils jedenfalls, und bilden dadurch einen auffallenden Kontrast zu den ganzen runden Formen.

Mir fallen Fräulein Kuhns Porzellanskulpturen ein, über die sie gesagt hat, sie wolle Unterschiede betonen, Gegensätze und Abweichungen. Wenn man will, kann man eine innere Verbindung zwischen ihren Arbeiten und dem Service vor mir auf dem Tisch erkennen.

»Was tust du da?«

Mist, ich bin so in diese *Kurland*-Teile vertieft gewesen, dass ich nicht gemerkt habe, dass Mutter nach Hause gekommen ist.

»Ähem, also … ich gucke mir Omas Service an.«

»Willst du dich wieder schneiden?«

Eigentlich müsste ich jetzt den großen Teller vom Tisch nehmen und wie ein Frisbee durchs Zimmer schleudern. Aber irgendwie ist mir gerade nicht danach.

»Was weißt du von Oma?«, frage ich.

Mutter mustert mich verblüfft. »Interessiert dich das wirklich?«

Ich nicke.

Unsicher deutet sie zum Tisch. »Sollen wir uns vielleicht setzen?«

Es ist seit langer Zeit das erste Mal, dass ich mich bewusst mit Mutter an einen Tisch setze. Auf ihre Einladung hin.

»Wie kommst du plötzlich auf dieses Thema?«

Ich zucke mit den Schultern. »In den letzten Wochen habe ich eine Menge alter Geschichten gehört. Da dachte ich, ich könnte auch mal bei mir selbst gucken. Hast du gar keine Erinnerungen an deine Eltern?«

Mutter schüttelt den Kopf. »Nein, leider nicht. Die frühesten Bilder, die bei mir auftauchen, haben bereits mit England zu tun, mit Tante Hannah. An meine Eltern erinnere ich mich nicht. Hannah hat mir später erzählt, sie seien kluge Menschen gewesen, aber auch ein wenig ängstlich. Obwohl sie bemerkten, wie sich die Verhältnisse in Deutschland zuspitzten, hatten sie sich nicht getraut, ihr altes Leben aufzugeben und das Land zu verlassen.« Mutter blickt mich an. »Du weißt, dass dein Vater und ich uns trennen werden, nicht wahr, hast es längst mitbekommen?«

Ich nicke beklommen. Mit einem Mal ist die Katze aus dem Sack. Einfach so. Kein Trommelwirbel, kein Tusch, einfach nur Trauer.

»Vielleicht habe ich das von ihnen geerbt«, sagt Mutter, »vielleicht habe ich ebenfalls Angst, all das hier zu verlieren.« Sie zeigt auf die Einrichtung ringsherum. »Vielleicht habe ich Angst, meine Tochter zu verlieren. Möglicherweise wäre ich nicht mutig genug gewesen, sie nach England zu schicken, damit sie überlebt.« Sie schluckt. »Ich war drei, als Mutter mich auf die Insel, zu Hannah, gebracht hat. Angeblich hatte sie zwei Koffer dabei. Einen mit Kleidung und Spielzeug für mich und in dem anderen ihr geliebtes Hochzeitsservice.« Sie deutet auf die beiden Teller und die Tasse auf dem Tisch.

»Weshalb hat sie so sehr daran gehangen?«, frage ich vorsichtig. »Stand sie in irgendeiner Verbindung zur Manufaktur?«

»Nein. Es war das Service selbst. Seine Ausstrahlung, sein Wert, seine emotionale Bedeutung. Es transportierte für sie jede Menge Erinnerungen. An ihre eigenen Eltern, ihre Aussteuer und die Hochzeit. An das große Fest, das gefeiert wurde. Und natürlich an Vater. Dieses Geschirr steht für reines, unverfälschtes Glück. Eingebrannt in Porzellan und damit unvergänglich. Außerdem weist es in die Zukunft. Ich bin sehr, sehr froh, es zu haben. Später wirst du es einmal bekommen.«

Verlegen kaue ich an meiner Unterlippe herum. So habe ich das Ganze noch nie gesehen. Dass Teller und Tassen ebenso Teile eines größeren Ganzen sind wie beispielsweise der Pullundermann und ich.

»Lass stecken«, sage ich, »das dauert noch ein paar Tage.« Bei meinen nächsten Worten bin ich – ausnahmsweise – deutlich behutsamer. »Oma und Opa waren Juden, richtig?«

Mutter kramt in der Handtasche, die auf ihrem Schoß liegt. Sie holt ihre Zigaretten heraus und zündet sich eine an. »Ja.« Sie weiß, was kommt.

»Die Nationalsozialisten haben sie umgebracht?«

Sie nimmt einen tiefen Zug und stößt den Rauch durch die Nase aus. »Was die Nazis getan haben, ist unbeschreiblich. Ich kann und will es mir nicht vorstellen. Drüben in England, bei Tante Hannah, bin ich mit dem jüdischen Glauben und der jüdischen Kultur groß geworden. Viele ihrer Freunde waren Juden. Außerdem gab es ein paar entfernte Verwandte. Ich erinnere mich, wie wir *Chanukka*, das Lichterfest, gefeiert haben oder *Rosch ha-Schana*, das jüdische Neujahrsfest. Als Kind stand für mich dabei nicht die Religion im Vordergrund, sondern es war laut und lustig und alle waren zusammen. Ich spürte ein Gefühl von Gemeinschaft und Familie. Gleichzeitig habe ich Mutter und Vater zu keinem Zeitpunkt mehr vermisst.« Sie nimmt einen weiteren Zug aus ihrer Zigarette. Die abgebrannte Asche nimmt langsam bedrohliche Ausmaße an. »Und das ist es, was ich den Nazis ganz persönlich übel nehme. Sie haben das Band zu meinen Eltern abgeschnitten, mich nicht nur heimat-, sondern vater- und mutterlos gemacht.«

Der Aschekegel fällt auf den Boden, ohne dass Mutter es merkt. Schnell trete ich mit dem Schuh die Glut aus, bevor sie auf dem Parkett ernsthaft Schaden anrichtet. Plötzlich fangen alle an zu reden, denke ich, selbst Mutter – oder höre ich mit einem Mal einfach zu?

»Ich weiß, dass du es albern findest, dass ich jetzt«, sie schnaubt auf, »im reiferen Alter versuche, mich meinen

Wurzeln, den jüdischen, wieder anzunähern. Aber kannst du dir vorstellen, wie es ist, ohne Eltern aufzuwachsen?«

Ich lasse mir mit meiner Antwort Zeit. »Nein«, sage ich langsam und bin sicher, ich würde es mir nie vorstellen können.

Nichts davon.

Niemals.

Ich muss es auch nicht.

Ich bin achtzehn. Mein Job ist es zuzuhören; ab und an wenigstens. Ich habe Eltern. Auch wenn ich es vielleicht nicht immer zu würdigen weiß.

***

Ich bin noch mal hingegangen. Zu dem Pullundermann.

Am Telefon hat er sich seine Überraschung nicht anmerken lassen. Natürlich kriege ich sofort einen Termin …

Auch jetzt sitzt er ruhig und entspannt vor mir. Mal sehen, wie lange noch.

»Ich will nicht, dass sich die Dinge vermischen«, eröffnet er das Gespräch. »Deswegen frage ich Sie – in welcher Rolle sind Sie heute hier? Als Patientin oder Gesellschafterin meiner Mutter? Wollen Sie über sich oder die alte Dame sprechen?«

Ich zucke mit den Achseln. »Beides. Aber vor allem will ich Ihnen einen Gefallen tun.«

Wusst ich's doch. Schon guckt er wie ein Auto.

»Mir?«

»Ja, aber freuen Sie sich nicht zu früh. Das hier ist ein einmaliges Vergnügen. Wenn alles erledigt ist, bin ich weg; nicht nur aus Ihrer Praxis. Nach dem Abi fliege ich nach Israel. Ich werde eine Zeit lang in einem Kibbuz arbeiten.«

Die Idee war mir nach dem Gespräch mit Mutter gekommen. Weshalb sollte nicht auch ich mich um meine Wurzeln kümmern, im Zweifel um meine religiösen? Ein Elternteil Christ, das andere jüdisch – wo ginge das besser als in Israel, wo sich all diese Bibel-Geschichten live und in Farbe zugetragen haben? Ich verkneife mir ein Lachen: *Anja auf Spurensuche im Heiligen Land.* Könnte glatt eine Doku werden. Abgesehen davon finde ich diese Kibbuzsache ziemlich *cool*.

»Weiß Mutter von Ihren Plänen?«

»Ja, ich hab's ihr erzählt, sie findet sie gut. Von wegen welchen Einflüssen man unterliegt, wo man herkommt, was einen ausmacht. Aber es sind noch ein paar Wochen bis dahin, sodass wir in Ruhe Abschied nehmen können. Mein Abschiedsgeschenk hat sie mir allerdings schon gegeben.« Ich greife in die Jutetasche neben mir auf dem Boden und hole einen Gegenstand hervor. Grün, aus Porzellan.

Verblüfft fragt Seidenmann: »Sie hat Ihnen Takeshis Schale geschenkt? Das glaube ich nicht. Sie ist ihr ... ihr Heiligtum. Ihre allerkostbarste Erinnerung. Weshalb hätte sie das tun sollen?«

»Stimmt«, antworte ich und halte ihm die Schale hin, »und genau deshalb kann ich das Geschenk nicht annehmen. Es ist viel zu persönlich. Wenn überhaupt, gehört das Ding Ihnen, nicht mir.«

Misstrauisch mustert er erst mich, dann die Schale. Er beugt sich vor. »Was ist passiert?«

Ich weiß, es ist gemein, aber ich kann mir den kleinen Seitenhieb nicht verkneifen. Der große Psycho und all das. »Ich habe das getan, was Sie längst hätten tun sollen«, sage ich. »Ich war in der Stadtbücherei.«

»Und was haben Sie da gewollt?«

Langsam wird mein Arm schwer. Ich ziehe die Schale wieder zurück und lege sie mir auf den Schoß. »Ich hab in diesen Namenslexika nachgeschlagen. Sie wissen schon. Wenn Eltern Kinder kriegen und was Besonderes für sie raussuchen wollen. Was mit Bedeutung und so. Ich dachte immer, *Anja* sei nur bescheuert. Aber es ist auch ziemlich heilig, nämlich als russische Variante von Anna, der Mutter Marias; im Hebräischen übrigens *Hannah.*«

»Was wollen Sie mir damit sagen?«

»*Michael* ist auch voll biblisch. Einer der vier Erzengel.« Ich grinse. »Und – der Schutzpatron der Deutschen. Ach ja«, füge ich hinzu, »bei der Gelegenheit habe ich dann auch *Lili* nachgeschlagen, den Vornamen Ihrer Mutter.«

Er mustert mich schweigend. Plötzlich ist mir gar nicht mehr so triumphal zumute, und ich gebe mit meiner Geschichte ein bisschen Gas. »Es stimmt nicht«, sage ich. »Es ist ein Missverständnis. *Lili* ist die Koseform von Elisabeth. Hat vielleicht noch mit *Lilie*, der Blume, zu tun. Aber das ist es. Es besteht keinerlei Verbindung zu *Lilith*, wie dieser Rabbi es Ihrer Mutter erklärt hat. Es ist schlicht falsch.«

Er findet seine Sprache wieder. »Und das haben Sie Mutter erzählt?«

Ich nicke.

Zu meiner Verblüffung hatte das Fräulein Kuhn erst gar nicht reagiert, sodass mir der verrückte Gedanke gekommen war, ich hatte ihr nichts Neues berichtet. Doch wieso hätte jemand sein Leben lang an einer solchen Schuld festhalten sollen? An dem Glauben, für den Tod ausgerechnet der allerliebsten Menschen verantwortlich zu sein? Nein, das wäre total *crazy* gewesen.

Sie sagte kein einziges Wort, schien völlig abgetaucht. Die ganze Zeit hielt sie den Blick auf eine Stelle über dem Kamin gerichtet. Aber da war nichts. Zumindest konnte ich nichts erkennen.

Plötzlich befürchtete ich, sie hätte eine Art Rückfall bekommen. Denn so ähnlich musste es damals gewesen sein, als sie sich monatelang – wie hatte ihr Sohn es genannt? – in einem »psychoseähnlichen Zustand«, ganz in ihrer Welt, befunden hatte.

Darum war diesmal ich es, die fragte: »Wollen Sie vielleicht eine Tasse Tee, Frau Kuhn?«

Keine Reaktion. »Frau Kuhn?«, wiederholte ich.

Und endlich kehrte Leben in ihre Augen zurück. Sie nahm meine Anwesenheit wieder zur Kenntnis.

»Sie würden mich bei einer so wichtigen Angelegenheit nicht auf den Arm nehmen?«, fragte sie mit einer Stimme, die von weit her zu kommen schien. »Sie haben das mit der Namensherleitung nicht erfunden, um mich zu trösten? So ist es doch nicht, meine Liebe, oder?«

»Nein«, sagte ich, »ich schwöre, es ist wahr. Ich habe Ihnen sogar eine Fotokopie gemacht. Hier.« Ich zog einen zusammengefalteten Zettel aus der Hosentasche und gab ihr den. Sie faltete ihn auseinander und studierte ihn gründlich. Tierisch gründlich. Trotz ihres Alters braucht sie keine Brille. Töpfern scheint fit zu halten.

Schließlich fragte sie ruhig: »Darf ich ihn behalten?«

»Ja«, antwortete ich.

Sie verstaute den Zettel sorgfältig in einer Tasche ihres Kleides. »Danke.«

Den restlichen Nachmittag verbrachten wir hinten im Garten, wo wir wie üblich töpferten. Über die Sache mit ihrem Namen sprachen wir nicht mehr. Ein paar Stunden später packte ich meine Klamotten zusammen, um abzuhauen.

»Warten Sie«, sagte sie.

Sie drehte sich um und ging zum Teehaus und kehrte mit der grünen Schale in der Hand zurück. »Die ist für Sie.« Sie hielt mir das Schälchen entgegen.

»Moment«, sagte ich. »Das geht nicht, das kann ich nicht annehmen. Das ... das ist viel zu wertvoll.«

Sie blickte mir weiter unverwandt in die Augen. »Bitte glauben Sie mir, ich kann sehr wohl beurteilen, was wertvoll ist. Nämlich das, was Sie mir heute Nachmittag haben zuteilwerden lassen. Sie wissen, ich vermag nur sehr schwer loszulassen, aber hier, bei diesem ... *Geschehnis*, ist es mir eine unendliche Freude. Endlich bin ich frei. Außerdem bin ich mir sicher, Takeshi hätte es genau so gewollt«, fügte sie seltsam triumphierend hinzu.

»Was hätte ich machen sollen? Ich konnte die Schale in dem Moment schlecht ablehnen«, sage ich zu Seidenmann. »Weil es Ihrer Mutter so wichtig war. Sie so berührt war. Aber von Anfang an wusste ich, es ist nicht in Ordnung. Die Schale ist ein sehr persönliches Erinnerungsstück. Sie sollte in der Familie bleiben. Und da es Ihre Mutter ist, gehört die Schale Ihnen.«

Er lässt sich Zeit, scheint über meinen Bericht nachzudenken. Schließlich sagt er: »Wirkte Mutter verwirrt oder durcheinander auf Sie?«

Ich schüttele den Kopf. »Nein, sicher nicht. Sie hat definitiv keinen an der Waffel, wenn Sie das meinen.«

Er räuspert sich. »Ja, genau das meine ich. Wenn sie in dem Moment nämlich geistig klar gewesen ist, dann sollten Sie ihren Wunsch respektieren und die Schale behalten. Es ist ein Geschenk, das Sie offenbar verdient haben.«

Ich senke den Kopf. Ich glaube nicht, dass ich die Schale verdient habe. Überhaupt bin ich der Meinung, kein Geschenk zu verdienen, bei all dem Mist, den ich in letzter Zeit gebaut habe. Vielleicht nicht unbedingt bei Fräulein Kuhn. Aber sonst. Leise sage ich: »Sie sind doch sonst so ein Beißer …«

»Wie bitte?«

»Na ja, ich meine, Sie beißen sich doch sonst immer so an einem Thema fest. Wenn Sie mir eine Frage gestellt haben und so. Neulich, bei unserem letzten Treffen, hier in der Praxis, da wollten Sie doch wissen, was noch passiert ist, als Mutter und Vater mich so in die Mangel genommen haben.«

Für einen Moment scheint ihn der abrupte Themenwechsel zu irritieren, aber er fängt sich recht schnell wieder. »Sie haben mir, glaube ich, von einem Streitgespräch erzählt …«, sagt er langsam.

Ich nicke.

»Er ist zu alt. Und sein Blick – so durchtrieben. Der junge Mann ist kein Umgang für dich.«

»Das entscheide immer noch ich!«

»Schätzchen, du musst auf dich aufpassen. Wenn man erst einmal seinen Ruf weghat … «

»Das musst du gerade sagen!«

»Was meinst du damit, dein Vater müsse das gerade sagen?«

»Ich weiß auch nicht, wovon sie spricht.«

»Tu doch nicht so! Als ob du so ein Saubermann wärst mit deiner Frau Mahrsen und so … «

Stille legt sich über den Raum. Durch die Scheiben dringt gedämpfter Verkehrslärm herein. Hupende Autos, das Klingeln der Tram.

»Ich habe ihn auffliegen lassen. Ihn verpetzt. Wenn

es mir in dem Moment nicht rausgerutscht wäre, hätte Mutter es vielleicht nie erfahren, und nichts wäre passiert. Nichts von alldem, was die beiden sich seitdem antun. Dieser ganze Scheißrosenkrieg. Ich bin schuld daran, dass sie sich trennen werden und es unsere Familie bald nicht mehr gibt.«

Er legt den Kopf zur Seite. »Hm«, sagt er nachdenklich, »das kann man so sehen.«

»Wie, zum Teufel, soll man es denn sonst sehen?«

»Nun, dass möglicherweise Ihr Vater die Verantwortung trägt? Schließlich ist er fremdgegangen. Oder Ihre Mutter? Selbst wenn der Partner eine außereheliche Affäre hat, muss es denn gleich Trennung sein? Nicht wenige Paare bleiben trotz einer solchen Geschichte zusammen. Manche Beziehungen wachsen sogar daran, werden stärker. Vielleicht hatten Ihre Eltern sich bereits vorher auseinandergelebt, sodass das Fehlverhalten Ihres Vaters nur Anlass, aber nicht zwangsläufig Ursache der darauffolgenden Entwicklung war.«

Geräuschvoll ziehe ich die Nase hoch. »So einen Quatsch kann auch nur ein Psychiater von sich geben, und das wissen Sie ganz genau! Vollkommener Schwachsinn. Meine Eltern waren ganz normal miteinander verheiratet, und wenn ich Vater nicht verraten hätte, wäre all dieser … dieser Scheiß nicht passiert, und ich würde mich nicht schneiden, und sie würden sich nicht trennen, und ich säße nicht hier und müsste Ihnen diesen ganzen Mist …!« Nach Luft schnappend, bringe ich den Satz nicht zu Ende.

Er wartet. Und wartet. Sagt kein Wort. Trotzdem habe ich das seltsame Gefühl, dass irgendetwas rüberschwappt. Von ihm, zu mir. Ein Gedanke. Eine Erkenntnis. Keine

Ahnung. »Warum, glauben Sie, haben Sie mir das ausgerechnet jetzt erzählt?«

Eindringlich betrachtet er mich durch seine Nickelbrille. John Lennon, Groucho Marx und Willi – sie alle blicken mich gleichzeitig an.

»Warum nicht?«, entgegne ich.

Die Situation kommt mir eigentümlich bekannt vor. Frage. Gegenfrage. Nicht verkehrt. Vielleicht werde ich auch mal Therapeut; also, ich meine, Therapeutin.

Vielleicht auch nicht.

EPILOG

Es ist eine jener Nächte, in denen Wundersames geschieht, ohne dass die Menschheit etwas davon ahnt – oder nur ein sehr kleiner Teil der Menschheit. Geduldig stehen die beiden Männer vor einer der zweiundzwanzig Kammern der gewaltigen Ringofenanlage und warten.

»Was denken Sie«, fragt der eine, »wird es gelingen?«

»Ja«, antwortet der andere schlicht.

Tausendzweihundert Meter im Quadrat misst sie, die Ofenhalle, und erhebt sich auf einem drei Meter hohen Unterbau, der die Fundamente und den Sockel des Ofens mit seinen Gas-, Luft- und Rauchkanälen enthält.

Im Vergleich dazu wirken die beiden Männer winzig klein. Man müsste annehmen, sie fürchteten um Leib und Leben inmitten dieser beängstigenden Kulisse von Dampf und Hitze, dem Rauschen der Flammen und Zischen der Gase, die einem Vorhof der Hölle zu entstammen scheinen. Doch das Gegenteil ist der Fall. Nicht teuflische Fantasien nehmen hier Gestalt an, sondern Erzeugnisse von himmlischer Schönheit.

Genau zehn Tage zuvor hat Takeshi zwei schlichte Porzellanschalen in feuerfeste Schamottkapseln gepackt und in der Brennkammer eingemauert. Seitdem haben sie einen ununterbrochenen Prozess des Vorwärmens, Aufheizens, Brennens und Abkühlens durchlaufen.

Günther von Pechmann reicht dem Japaner Hammer und Meißel. »Ich bin froh und stolz, hier zu sein. Meine letzte Amtshandlung als Direktor der *Staatlichen Porzellan-Manufaktur.* Die Koffer sind gepackt. In ein paar Stunden verlassen wir Berlin.«

Mit einigen geschickten Schlägen legt Takeshi eine Öffnung in der Kammerwand frei und entnimmt dem Ofen die Schamottkapseln samt ihrem kostbaren Inhalt. Behutsam stellt er sie auf der hölzernen Arbeitsplatte des Werkzeugwagens ab. Dann öffnet er sie; erst die eine, danach die andere. Wie zwei frisch geschlüpfte Küken in ihren Eiresten liegen die Schalen vor ihnen. Unberührt erblicken sie das Licht der Welt. Sanft hebt Takeshi die linke, Günther von Pechmann die rechte aus ihrer Form. Zwei Männer. Ein Asiate und ein Europäer. Zwei Porzellanschalen. Die eine jadegrün, die andere schneeweiß, mit einer einzelnen blauen Blüte geschmückt.

Der Baron hält die weiße Schale in die Höhe. Fachmännisch begutachtet er sie von allen Seiten. Schließlich sagt er: »Niemand wird sie als Fälschung erkennen. Weder ein jüdischer Kunsthändler noch irgendwelche dahergelaufenen Nazis. Und genau genommen ist sie es auch nicht, eine Fälschung, meine ich. Sie besteht aus der Porzellanmasse der Manufaktur, trägt deren Farben sowie das *W* des ersten Besitzers.« Er dreht das Schälchen um und inspiziert den bläulichen Buchstaben, den Takeshi vor dem Glasieren gewissenhaft aufgetragen hat. »So ist sie lediglich anderthalb Jahrhunderte jünger als ihre so sorgfältig getarnte Zwillingsschwester«, er zeigt auf die grünlich getönte Schale in der Hand des Japaners, »die zärtlich von Seladon, ihrem schmachtenden Liebhaber, umhüllt wird.«

Ruhig stellt Takeshi fest: »Das eine verbirgt das andere. Lili wird sich daran erfreuen, nichts ahnend von dem kostbaren Geheimnis, welches sich darin versteckt.«

Ordentlich verpacken sie die beiden Schalen in Zeitungspapier und verstauen sie in Takeshis ledernem Rucksack. Dann verlassen sie die Ofenhalle und treten nach draußen, wo sie ein früher Morgen begrüßt. Sie geben sich die Hand – Brüder im Geiste, mit einer gemeinsamen Mission.

Günther von Pechmann wendet seine Schritte ein letztes Mal zur Direktorenvilla, Takeshi die seinen in Richtung Landwehrkanal. Er würde der Galerie von Samuel Schlechtheim einen Besuch abstatten und danach nach Hause gehen. Zu Adam und Lili. Ein neues altes Geschenk im Gepäck.

Die klare Morgenluft umfängt ihn wie der Atem der Engel, von denen sein Freund Jakob damals gesprochen hatte, als er seiner kleinen Tochter den Tod ihrer Mutter zu erklären versuchte. Takeshi blickt nach oben, in das Blau des Himmels über Berlin.

Ein neues Blau, wie es sich für einen neuen Tag gehört? Ein altes, sterbendes, wie das der Blüte unter dem Seladon der Schale in seinem Rucksack? Oder doch das Blau der Ozeane, des Ursprungs allen Lebens?

So wie eine Teekanne es von einer elliptischen Bahn um die Sonne sehen würde.

Oder wie Gott es täte.

Mit einem Hauch von Ewigkeit.

ANMERKUNG DES AUTORS

Um es mit den Worten Alfons Paquets (»*Fahnen*«) zu sagen: Günther und Alice von Pechmann sowie ihre Kinder Eckehart und Sybille sind in meinem Roman »Figuren, die lebendigen Menschen gleichen«. Ihre Genealogie und weitere biografische Daten sind dem persönlichen Nachlass Günther von Pechmanns entnommen, den ich im *Deutschen Kunstarchiv* im Germanischen Nationalmuseum in Nürnberg eingesehen habe.

Ihre Gedanken, Gespräche und Gefühle hingegen stammen weitestgehend von mir. Sie sind in die Lücken hineingeschrieben, die jede historische Person zwangsläufig hinterlässt.

Günther von Pechmanns Gehalt entspricht dem in der Vertragsverlängerung von 1937 genannten. Wie viel er fünf Jahre zuvor, zu dem Zeitpunkt, in dem die Summe im Roman erwähnt wird, verdient hat, entzieht sich meiner Kenntnis.

Die Formulierungen »ungeübte Lippen« sowie »fehlgepaart« gehören Robert Walser beziehungsweise Hideo Yokoyama. Sie sind zu gut, als dass ich sie selbst hätte erfinden können.

Ebenso verhält es sich mit dem Satz: »Weshalb einen

guten Gedanken verwerfen, nur weil er falsch ist?« Er stammt definitiv nicht von mir, aber ich kann mich nicht erinnern, wo ich ihn aufgeschnappt habe.

Nach meinem Kenntnisstand hat es Anfang der Dreißigerjahre des vorigen Jahrhunderts auf der Burg Giebichenstein zwar eine Malklasse, allerdings keine spezielle Porzellanmalklasse gegeben. Ich bin mir jedoch sicher, Erwin Hahs hätte auch diese Aufgabe mit Bravour bewältigt.

DANK

Es gibt Menschen, die mir ihre Zeit geopfert, mit Rat und Tat zur Seite gestanden und ihr Wissen und ihre Begeisterung mit mir geteilt haben, ohne die dieser Roman nicht hätte entstehen können.

Dazu zählt wie immer meine Ehefrau Birgit, die nicht nur erneut erste Leserin, sondern darüber hinaus maßgeblich an der Gestaltung der Handlung dieses Romans beteiligt gewesen ist. Neben vielem anderen steuerte sie *die* Idee zu *Ein neues Blau* bei.

Christin Irrgang vom *Bauhaus* in Dessau vermittelte mir großzügigerweise den Kontakt zu Matthias Dotschko bei der *Königlichen Porzellan-Manufaktur* in Berlin. Er zögerte nicht, mich seinem Kollegen Dr. Carsten Glitzky und seiner Kollegin Claudia Tetzlaff vorzustellen. Alle drei sind vom Porzellan beseelt.

Das Wort *unschätzbar* wird zuweilen inflationär gebraucht. Hier nicht. Claudia Tetzlaff zeichnet mit ihrer Klugheit und ihrem freundlichen Wesen für alles Gute, Richtige und Schöne im Zusammenhang mit der Fertigung von Porzellan und der Geschichte der *Königlichen Porzellan-Manufaktur* in meinem Roman verantwortlich; ihre Mithilfe war zweifelsohne unschätzbar! Den Rest, mit allen »Brennfehlern«, habe ich selbst verbrochen.

Da ist Christian Schnalke – großer Freund, Autorenkollege und ganz klar Therapeut ehrenhalber –, der mit wenigen einfühlsamen Worten und viel kreativem Input meinen stotternden literarischen Motor wieder in Gang brachte.

Volker Kutscher, großartiger Schriftsteller, Doppelkopfspieler und noch großartigerer Mensch, der mir in Sachen Spannungsaufbau wieder einmal unverzichtbare Hinweise hat zuteilwerden lassen.

Teemeister Sôtai Knipphals, dessen Wissen um den Weg des Tees tief und rein ist. Sämtliche westlichen *Unschärfen*, die der Roman trotzdem enthält, gehen allein auf mein Konto und haben ausschließlich erzählerische Gründe.

Luise Heitmann, die ambitionierteste, zügigste und leidenschaftlichste Leserin, die ich kenne. Lob und Ehr für die weltbeste »*last minute*-Korinthenkackerei«.

Zeèv Rosenberg empfahl mich freundlicherweise seinen beiden wunderbaren Töchtern Mascha und Noa. Sie heilten mich schlagartig vom Klischee. Eine weitere wichtige Erfahrung bei der Entwicklung von *Ein neues Blau*.

Die charmanten Damen Furger und Kakinuma vom *Zentrum Paul Klee* in Bern, die mich in Entstehungsgeschichte und Provenienz von Paul Klees Zeichnung *Geht kaum mehr, fliegt noch nicht* einweihten.

Irith Fröhlich, die ebenso kompetent wie unkompliziert die jüdischen Inhalte meines Romans absegnete und das *h* zu *Shabbat* beisteuerte.

Peter Hüpper, Tennispartner und Fliegerass, der mich souverän vor aeronautischen Blindflügen bewahrte.

Thomas Schmidt, einfühlsam, professionell und überaus zuverlässig, von der Agentur *Landwehr & Cie*. Er half, den Schwerpunkt des Romans zu finden.

Nicht zuletzt sind da all die talentierten und engagierten Mitarbeiterinnen und Mitarbeiter des *Ullstein Verlages* – zuvorderst Katrin Fieber, meine so einzigartige Lektorin. Ich kann mir keine bessere denken!

Ohne meine Familie – meine Frau sowie meine Söhne Sebastian und Fabian – hätte ich niemals den Mut und die Kraft, einen Roman zu veröffentlichen. Sie sind moralisch, musikalisch und vor allem in Modefragen unverzichtbar.

Pullunder werden niemals sterben, Männer!

QUELLEN

Das »Sauerteig«-Zitat findet sich in der folgenden Broschüre: Renate Luckner-Bien, *Da steht eine Burg überm Tale. Die Burg Giebichenstein in Halle an der Saale*, Hasenverlag Halle/Saale, 2. Auflage 2018. Ebenso verhält es sich mit dem »Eisbein«-Zitat.

Die »Sieben Regeln des Rikyu« werden nach folgender Internetseite zitiert: https://japan-kyoto.de/japanischer-tee/chado/.

Die »Verlobungsgeschichte« von Marguerite Friedlaenders Gesellen ist ihren Erinnerungen entnommen: Marguerite Friedlaender-Wildenhain, *Ein Leben für die Keramik*, Verlag Neue Keramik GmbH Berlin, 1989. Ebenso verhält es sich mit dem »Topf«-Zitat von Max Krehan sowie dem »Industriedesigner«-Zitat von Walter Gropius. Auch das »Kunst«-Zitat stammt aus dieser Quelle.

Mir ist wohl bewusst, dass ich allen Leserinnen und Lesern Marguerites Ehemann unterschlagen habe; es tut mir leid, aber ich konnte ihn für meine Geschichte schlicht nicht gebrauchen.

Auch im Hinblick auf die *Pond Farm* musste ich der Wirklichkeit etwas auf die Sprünge helfen. Aus erzähltechnischen Gründen verlegte ich ihren Betrieb einige wenige Jahre nach vorn.

Sämtliche Abläufe um die Produktion des Flughafengeschirrs *Hermes* einschließlich seiner (nahezu) wörtlichen Beschreibung stammen aus dem Katalogbuch zur Ausstellung *Wir machen nach Halle. Marguerite Friedlaender und Gerhard Marcks*, herausgegeben von Matthias Rataiczyk, 2018 Kunstverein »Talstrasse« e. V. für die Kunsthalle »Talstrasse«, Halle (Saale) und Autoren. Hieraus ist auch das Zitat Wilhelm Wagenfelds über Marguerite Friedlaenders *Berliner Gefäße* entnommen.

Der komplette Schriftwechsel zur Strafanzeige Günther von Pechmanns gegen den Ingenieur Dr. Müller entstammt den entsprechenden Unterlagen, die ich im *Deutschen Kunstarchiv* im Germanischen Nationalmuseum in Nürnberg eingesehen habe.

Die Einlassung Hedwig Maria Leys zu ihrer Hitler-Büste wird nach folgender Interseite zitiert: https://lottissimo.com/de/i/5286485.

Im Hinblick auf die Welt der japanischen Teekultur hat sich das folgende Werk als unverzichtbar erwiesen: Kakuzō Okakura, *Das Buch vom Tee*, Insel-Bücherei Nr. 1423, Insel Verlag, Berlin 2016.

Sehr informativ in Bezug auf die Geschichte der KPM ist die Dissertation von Margarete Jarchow aus dem Jahr

1984: *Die Staatliche Porzellanmanufaktur Berlin (KPM) 1918–1938, Institution und Produktion*, Universität Hamburg 1984.

Meine überschaubaren Kenntnisse des jüdischen Glaubens verdanke ich unter anderem diesen beiden Büchern:
S. Ph. de Vries, *Jüdische Riten und Symbole*, Rowohlt Taschenbuch Verlag, Reinbek bei Hamburg, 13. Auflage November 2017.
Andreas Brämer, *Judentum. Die 101 wichtigsten Fragen*, C. H. Beck Verlag, München, 2. Auflage 2015.